修羅走る 関ヶ原

山本兼一

集英社文庫

目次

修羅走る 関ヶ原 7

修羅の死生観 安部龍太郎 591

解説 葉室 麟 598

初出　「小説すばる」二〇一一年一月号〜二〇一二年十一月号
単行本　二〇一四年七月　集英社

関ヶ原合戦布陣図

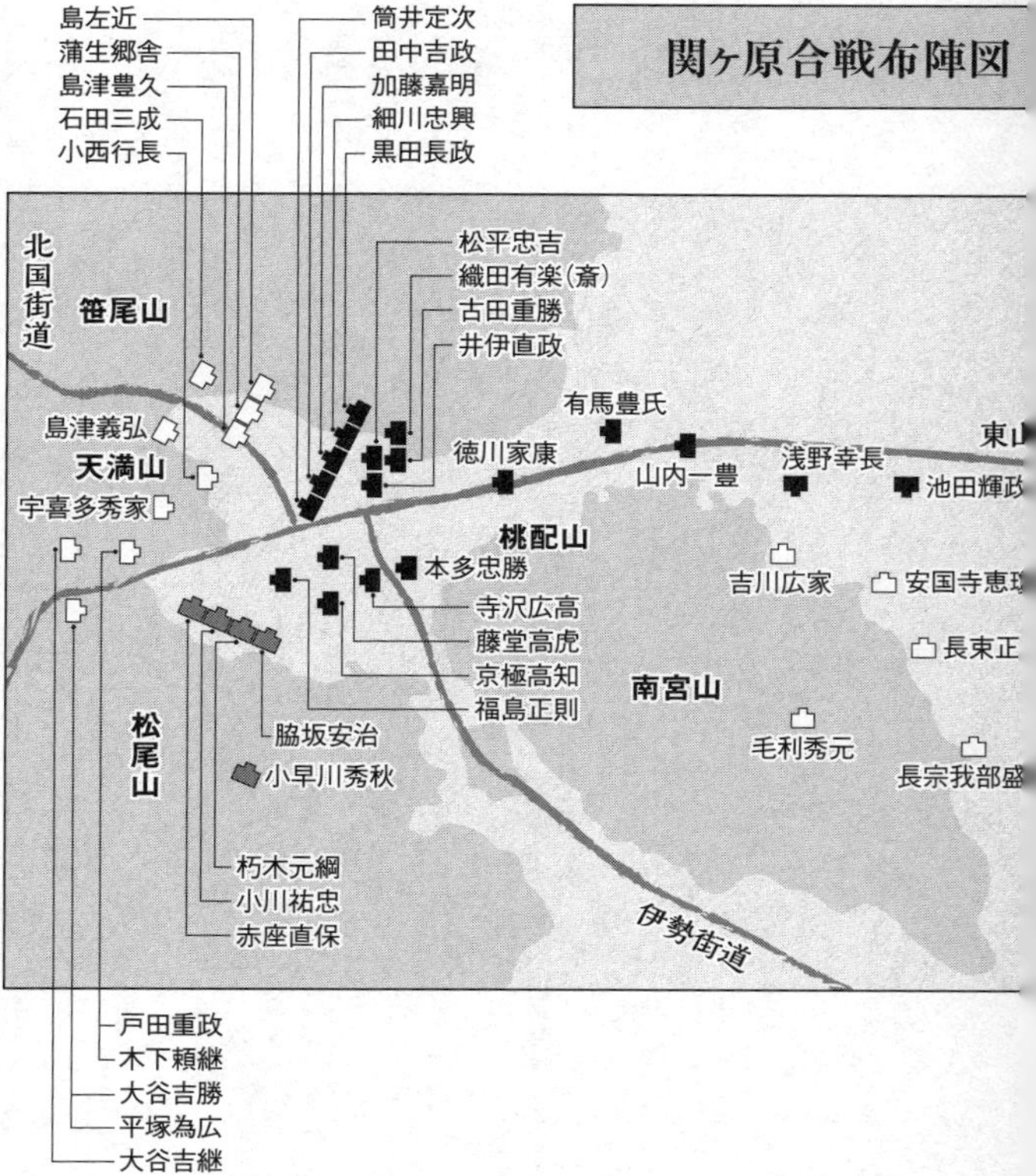

島左近
蒲生郷舎
島津豊久
石田三成
小西行長
筒井定次
田中吉政
加藤嘉明
細川忠興
黒田長政
松平忠吉
織田有楽(斎)
古田重勝
井伊直政
北国街道
笹尾山
島津義弘
天満山
宇喜多秀家
有馬豊氏
徳川家康
山内一豊
浅野幸長
池田輝
東
桃配山
本多忠勝
吉川広家
安国寺恵
寺沢広高
藤堂高虎
長束正
京極高知
福島正則
南宮山
毛利秀元
長宗我部
松尾山
脇坂安治
小早川秀秋
朽木元綱
小川祐忠
赤座直保
伊勢街道
戸田重政
木下頼継
大谷吉勝
平塚為広
大谷吉継

地図作製　今井秀之

修羅走る　関ヶ原

石田三成

霧が、深い。

昨夜来の雨は上がったが、地はぬかるみ、草木は露で濡《ぬ》れている。

関ケ原《せきがはら》は、夜明け前の闇に沈み、篝火《かがりび》の光が濃霧ににじんでいる。

笹尾山《ささおやま》の石田三成《いしだみつなり》本陣に、ひっきりなしに駆け込んでくる母衣武者《ほろむしゃ》たちが、全軍が定めた通りの場所に陣を張ったことを告げた。

陣幕の内にいる石田三成は、島左近《しまさこん》、蒲生郷舎《がもうさといえ》ら重臣たちとひとしきりの評定《ひょうじょう》を終えると、澄みきった声で高らかに宣した。

「今日、天下を糺《ただ》す。家康《いえやす》めを成敗してくれる。そう心得よ」

重臣たちが、大きくうなずいた。

「まこと、あやまたず徳川《とくがわ》を討ち果たし、天下を糺さねばなりません」

島左近の声に、力がみなぎった。左近は筋骨のたくましい武者で、紺絲縅《こんいとおどし》の甲冑《かっちゅう》をつけていても、肩や腕の肉の盛り上がりが見て取れる。

金色の采《さい》を手にした三成は、床几《しょうぎ》から立ち上がると、闇と霧に閉ざされた関ヶ原を眺めた。

——なにも見えぬ。

日輪が昇り、あたりが明るくなったとて、合戦は一寸先、須臾《しゅゆ》の瞬きの後が無明の闇である。

闇を拓《ひら》くのは、周到なる智恵《ちえ》と身ぶるいするほどの勇気であるはずだ。

「天下の暗雲をひらこうぞ」

三成は、またはっきりと口にした。

「御意《ぎょい》。内府《ないふ》は非道でござる」

蒲生郷舎が大きくうなずいた。背の高い郷舎は、ことのほか膂力《りょりょく》が強い。

内府、すなわち内大臣徳川家康は、蒲生郷舎のいうとおり非道である。

豊臣《とよとみ》家の年寄《としより》でいながら、誓約をいくつも破り、天下をわが手に握ろうとしている。このまま放置しておけば、恩と義の消えた闇の世となる。

──許せぬ。

許してはならない。許してよいはずがない。

秀吉《ひでよし》公亡きあとは、五人の奉行、五人の年寄が合議して幼い秀頼《ひでより》公を守《も》り立てていくと誓いを立てた。

家康は、それを踏みにじっているのである。

三成はかぶっている乱髪天衝脇立兜《らんぱつてんつきわきだてかぶと》の毛を後ろに払った。天竺《てんじく》渡来の犛《ヤク》牛の毛を植えた兜に、長い金色の脇立が衝《つ》き立っている。犛牛の長い毛は、ぐっしょり濡れていた。

「兵たちは、疲れておろうな」

西軍三万余の将兵は、昨夜、大垣《おおがき》の城を出て、激しい雨の中、四里（約一六キロメートル）の道を夜通し行軍して、関ヶ原にたどり着いた。

足軽たちには、ぬかるんだ野しか休むところがない。すべてが濡れているので、火を起こすことさえままならぬ。

笹尾山の本陣には、丸太の柵が二重に巡らせてある。

あたりには、めでたい吉祥《きつしよう》の文字を集めた石田家の家紋「大一大万大吉」の胴を着け、旗を背負った足軽たちが大勢うずくまっている。三成の六千の手兵である。

「冷え込まぬだけ、まだしも凌《しの》ぎやすいと思わねばなりますまい。敵も濡れそぼっておりましょう」

島左近が言った。

たしかに、秋なかば九月十五日の夜明けにしては、さほど寒くないのが幸いだ。

「徳川の本隊は、関東より長駆の果て、先鋒《せんぽう》の福島正則《ふくしままさのり》や黒田長政《くろだながまさ》は、岐阜城《ぎふじょう》攻めから長らくの野陣でござれば、疲労が積もっておるはず。士気は、わが軍勢のほうがはるかに高《たこ》うござる」

蒲生郷舎が、付け加えた。

それが、今日の合戦の利のひとつだ。

地の利、時の利、人の利、天の利——。いくつもの利をひとつずつ確かに積み重ねていけば、勝ちが得られる。

兵力は互角だが、分《ぶ》はこちらにある。

西の軍勢は、関ヶ原を囲うように布陣している。

この笹尾山とは原を挟んだ松尾山《まつおやま》に、小早川秀秋《こばやかわひであき》の一万五千。奥の東山道《とうさんどう》沿いに、大谷吉継《おおたによしつぐ》ら一万。はるか東の南宮山《なんぐうさん》に、毛利秀元《もうりひでもと》、吉川広家《きつかわひろいえ》ら二万八千。

総勢八万四千の将兵が、三成の指揮下にある。

東の軍勢は、関ヶ原の中央に布陣しつつあるとの物見たちの報告だ。

徳川の味方、総勢無慮《むりょ》八万。

陣形としては、原を囲う山に鶴翼《かくよく》に開いて布陣している西軍に利がある。

このまま夜が明けて、全軍が力のかぎりぶつかり合うならば、西軍こそ、勝ちを得られる――。

しかし、合戦は一筋縄ではいかない。

気がかりな綻《ほころ》びがいくつかある。

暗い原を睨《にら》んでいると、あちこちに明かりが見える。篝火か松明《たいまつ》か、そこに兵がいて、じっと夜明けを待ち構えている。

具足《ぐそく》の音を響かせ、使番《つかいばん》が坂を駆け登って来た。

「小早川金吾中納言《きんごちゅうなごん》の侍大将、松野主馬《まつのしゅめ》殿、お目通り願いたいと参られましたッ」

使番の大声に、三成も大声で答えた。

「これへッ」

一番気がかりな綻びが、向こうから、やって来た。

島左近と蒲生郷舎が、三成を見た。

二人には、気がかりを話してある。

坂道を武者たちが登ってきた。

三成の馬廻衆《うままわりしゅう》に案内されて、先頭を歩いてくるのが松野主馬であろう。

武者を三人従えている。

三成たちのいる陣幕の内に来ると、立ったまま怒鳴った。

「小早川家先手頭《さきてがしら》松野主馬重元《しげもと》にござる。直々《じきじき》にお耳に入れたき儀がござれば、使番では心もとなし。わが陣を離れて、参上つかまつった。内密にお伝えしたき儀なれば、お人払い願いたい」

篝火に照らされた松野主馬は、年若ながら、凜《りん》とした気魄《きはく》をみなぎらせた目で、三成を見すえている。栄螺《さざえ》をかたどった兜の下の引き締まった顔は、いかにも精悍《せいかん》である。

「聴こう」

三成は、床几を示し、松野主馬に坐《すわ》るように促した。

陣幕の内に控えていた使番や医師《くすし》たちが外に出ると、小姓《こしょう》が正面の幕を下ろして閉ざした。

三成と島、蒲生、松野だけになった。

床几には坐らず、松野主馬は、片膝をついて話しはじめた。低声《こごえ》ながら、しっかりと三成の耳の奥までことばが届いた。

「わが主《あるじ》小早川中納言は、黒田長政、本多忠勝《ほんだただかつ》らを通じて、徳川内府と内通。裏切りの存念あること、かねて懸念しておりましたが、本日になってもはや明白になり申した。楯裏《たてうら》の寝返りは、義に背いて許しがたきことなれば、火急にお伝えに参ったしだい」

三成は松野の前にしゃがむと、手を取って力強く握りしめた。

「よくぞ報《しら》せてくれた。かねて案じておったとおりだが、明白になったとなれば、また策の立てようがある」

小早川秀秋に二心《ふたごころ》があることは、このたびの陣立ての一番の綻びだと三成は懸念していた。

そのため、三成は、大垣城からこの笹尾山に来る途中、松尾山山麓の平岡頼勝《ひらおかよりかつ》の陣に立ち寄った。

平岡は小早川の重臣で思慮深い男である。

——明朝、笹尾山からの狼煙《のろし》を合図に、総攻撃をかける。くれぐれも遅れを取られぬよう。よろしいな。

平岡にそう念を押した。

——念押しなど無用のこと。なんのご懸念もござらぬ。

そう答えた平岡の顔に、三成は、苦悶《くもん》の色を読み取っていた。義と義の板挟みになって苦悩する男の顔であった。

——小早川は、頼りにならん。

内心、そう見切りをつけていた。

「どこで露見したか。すでにわれらが陣への攻撃を命じたのか？」

三成は、主馬に訊《たず》ねた。

「黒田長政の家人《けにん》が、平岡の陣中に目付《めつけ》として送られております。大久保猪之助《おおくぼいのすけ》と申すものにて、つねに平岡のそばから離れませぬ。そのことに気づき、とにもかくにもお報せに参った。下知《げち》のことはまだ下りませぬ」

「それならば、まだ間に合う。金吾中納言は、こころを決めてはおらぬ」

三成がつぶやいた。

「……と、仰せられますと？」

松野主馬が問い直した。

「金吾中納言は、日和見《ひよりみ》を決め込むつもりだ。勝ちの決まったほうに付く算段よ」

小早川秀秋は、そもそもの出自と数奇な命運の変転からして二股膏薬《ふたまたごうやく》となる宿命を背負っている。

秀吉の妻のねねの兄木下家定《きのしたいえさだ》の五番目の子として生まれ、子のない秀吉の養子として育てられた。

ところが、淀殿《よど》に秀頼が生まれたため、小早川家に養子に出され、筑前《ちくぜん》、筑後《ちくご》の三十五万石を相続。慶長《けいちよう》の役《えき》での軽はずみな行動から、所領を没収され、越前北庄《えちぜんきたのしよう》十六万石に転封《てんぽう》となった。

その後、家康のはからいによって、筑前、筑後の旧領に戻ることができた。

金吾中納言にとっては、豊臣家にも徳川家にも恩義がある。二股膏薬にならねばならぬ理由が、そこにあるのだ。

まだ十九歳の金吾にとっては、どちらにつくかの決断はとてもできまい。

それでも、一万五千の軍勢は、軽々しくあつかえない。威圧し、恫喝《どうかつ》してでも、こちらの陣営に取り込まねばならない。せめて、敵とならずに傍観させておきたい。

「あやつめ、関白《かんぱく》と播磨《はりま》一国を踏みつけにしましたな」

島左近がつぶやいた。

昨日、三成と大谷刑部《ぎようぶ》、長束正家《なつかまさいえ》、小西行長《こにしゆきなが》、安国寺恵瓊《あんこくじえけい》の連名で、小早川秀秋に誓紙《せいし》を届けた。

秀頼公が十五歳になるまでは、秀秋を関白職とすること。播磨一国を与えた上、なお江州《ごうしゅう》に十万石を家臣の平岡石見守《いわみのかみ》と稲葉佐渡守《いなばさどのかみ》それぞれにわたすことを記し、黄金三百両を添えて送ったのである。

「内府からは、上方《かみがた》に二カ国を約束してきておるとの話、平岡を問い詰めて聞き出しております」

松野主馬が言った。

「どちらもどちらだ……」

三成は呟《つぶや》いた。信義もなく決断もできない十九の若造に、合戦の成り行きがかかっているとなれば、なりふりなどかまってはいられない。国の一つでも二つでも呉《く》れてやらねばならぬ。

——万が一のときは……。

そこまで考えている。

ことここに至れば、金吾謀殺をも心づもりしておかなければなるまい。

そのとき、陣幕の外から大声が響いた。

「大谷刑部殿の使番、火急にお目通り願いたいと参っております」

「通せッ」

三成の声で、捲《まく》り上げられた陣幕の内に、真っ赤な母衣を背負った武者が息せき切って駆け込んできた。

「主の刑部から内密の伝言にございます」

片膝をついた武者が、島と蒲生、松野を見た。

「重臣ばかりじゃ。かまわぬ。申せ」

「はっ。小早川の陣から、平塚因幡守《ひらつかいなばのかみ》殿が直々にわれらが陣を訪ねられ、金吾中納言殿に二心あるがゆえに、油断めさるな、との仰せにございました」

平塚因幡守は、美濃垂井《みのたるい》の城主だ。その男がわざわざ大谷の陣まで出向いたのだから、もはや疑いはない。

「……さようか」

「そのこと、なにを置いても石田治部《じぶ》殿にお報せせよとの、刑部の下命《かめい》にござる」

「ご苦労だった。小早川が裏切ったときは、刑部殿の陣こそ危ない。充分にお備えあれと伝えてくれ」

「承知つかまつった」

頭を下げると、母衣武者が背中を向けて駆け出し、陣幕を出て行った。

「されば、拙者も御免」

松野主馬も頭を下げた。

「ご苦労だった。豊臣家への忠節の段、いたく感じ入った」

「なにほどのこともござらぬ」

踵《きびす》を返して駆け出した松野主馬の背中に、三成は声を投げた。

「待たれよッ」

「なにかござろうか?」

松野主馬が振り返った。

「金吾中納言に、わしから人を遣わす」

「承知ッ。されど、金吾中納言殿は松尾山の山頂。使番は、みな山麓の平岡が受けておれば、登って談判のこと、かないますかどうか」

主馬が首を傾《かし》げた。

「わかった。そのつもりで行かせよう」

「お名を聞いておきます。誰を遣わされますか?」

問われて、三成の脳髄が、答えを求めて目まぐるしく活動し、瞬時にもっともふさわしい人物の名が浮かび上がった。

「土肥《どひ》だ。土肥の市太郎《いちたろう》をやる」

「承知つかまつった」

その名だけ聞くと、松野主馬はもう大股に坂を駆け下っていた。

三成が天を仰ぐと、関ヶ原の闇に、ようやく薄ぼんやりと明るさがにじみ始めていた。

自軍の綻びを知ってつくろい、敵の綻びを知悉《ちしつ》して楔《くさび》を打ち込む。それこそが、百戦を勝ち抜く道である。

土肥市太郎

笹尾山の中腹に陣を定めると、土肥市太郎は、父の六郎兵衛《ろくろべえ》や弟の市次郎《いちじろう》や家人《けにん》、足軽たちとともに休みをとった。

あたりは闇に沈み、夜来の雨で、全身がぐっしょり濡《ぬ》れている。具足《ぐそく》を着けていては、休むに休めない。

市太郎は、兜《かぶと》を脱ぎ、具足の籠手《こて》と胴をはずして諸肌《もろはだ》脱ぎになると、硬く絞った手拭いで上半身を拭った。

濡れそぼったままでは、体が冷えて思うように動けない。乾かせぬまでも襯衣《したぎ》と小袖《こそで》を絞り、手拭いで肌をこすった。それだけでも、ずいぶん気持ちがさっぱりした。

「こんなときに甲冑《かっちゅう》を脱ぐとは油断であるぞ。いま敵襲があったらなんとする」

父の六郎兵衛が叱ったが、市太郎は鼻の先で笑い飛ばした。

「阿呆《あほ》らしい。敵のほうが、後から関ヶ原に着きますわい。この闇で、すぐさま攻撃が仕掛けられるものか」

「夜襲を油断してはならんぞ」

「父上は、戦《いくさ》を知らんな。夜襲ならば、鉄炮《てっぽう》が大事。今夜は鉄炮は撃てませぬ」

「夜鉄炮、雨鉄炮、どちらもあるではないか」

父のことばに、市太郎は首を振った。

「夜か雨かどちらかでござる。こんなに暗くてなにもかもが濡れていては、火皿に盛る口薬《こうやく》を濡らしてしまう。火道《ひみち》が濡れて不発となった鉄炮は、筒を外し、尾栓《びせん》を抜いて掃除せねば撃てませぬ。鉄炮衆なら、徳川の阿呆でもそれくらいのことは心得ております」

言うと、父が押し黙った。鉄炮の扱いなら、父より市太郎のほうがよほど長《た》けている。

市太郎は、七年前の文禄《ぶんろく》のころ、父とともに三成に従って朝鮮に渡り、かの地で戦ったことがある。初陣《ういじん》だったが、実際の戦火を体験し、ずいぶんと心胆が太くなった。

弟の市次郎と吉左衛門《きちざえもん》も諸肌脱ぎになって、体を拭っている。こたびの合戦は、父と三兄弟そろっての出陣である。

「おまえたちも体を拭け。いまなら、兄者《あにじゃ》の言うようにまだ敵は来ぬわい」

市次郎にうながされて、郎党《ろうとう》たちも具足の胴をはずした。なかには下帯まで脱いで絞り全身を拭っている足軽もいる。

「なんだおまえ、褌《ふんどし》の紐《ひも》を首に掛けておらぬのか。それでは走ったときに外れて遅れを取るぞ」

合戦のとき身につける五尺（約一五一センチメートル）の褌の端には、輪にした紐が付けてある。

それを首からかけておけば、腰に結んだ紐が緩んでも、褌は外れない。具足のなかで褌が外れてしまえば、直しようがなく、いたって具合が悪い。

親の代からの郎党なら、知らぬはずがないが、このたびは、近在の百姓までを足軽にかき集めての出陣だから、なかにはお貸し具足の着け方さえ満足に知らぬ者がいる。

土肥家は、関ヶ原の西二里半（約一〇キロメートル）にある江州坂田《さかた》郡枝折《しおり》城《じよう》を拠点とした国侍《くにざむらい》である。

先祖は桓武《かんむ》平氏《へいし》の末裔《まつえい》で鎌倉《かまくら》の源《みなもとの》頼朝《よりとも》公に仕えた武家だと伝え聞いている。江州にやってきたのがいつの時代かは、父の六郎兵衛にも分からない。

枝折城は、東山道の往還を見下ろす小さな山にある。北に伊吹山《いぶきやま》を見上げ、東に関ヶ原、西に鳰《にお》の海《うみ》（琵琶湖《びわこ》）の朝妻湊《あさづまみなと》を控えるその城は、古くから東山道を扼《やく》する要衝であった。

その地の支配者は、変転した。

京極《きようごく》家から浅井《あざい》家に代わり、信長《のぶなが》に攻められ、秀吉の時代になっても、土肥家が枝折城とともに生き残ってこられたのは、時代の趨勢《すうせい》に身をゆだねて、無理に逆らわなかったからだろう。

長浜《ながはま》城《じよう》から秀吉がいなくなったあとは、佐和山城《さわやまじよう》に入った石田治部少輔《じぶしよう》三成に従っている。

枝折城の麓の館に父と弟の市次郎、三男の吉左衛門が住み、市太郎は、東山道の醍井の屋敷に住んでいるので醍井殿と呼ばれている。名の通り、水のきれいな在所で川の流れにゆれる梅花藻《ばいかも》が美しい。

近在の番場《ばんば》や多和田《たわだ》には分家があり、一族で千町歩《ちようぶ》に近い所領があるため、家の子と郎党が二百人ばかりもいる。

二十八歳の市太郎は、十五で元服してから、父と共に村々の田畑を見回る日々を過ごしてきたが、二十一のとき、朝鮮出兵に駆り出され、かの地でずいぶん戦った。父よりよほど奮戦したと自負している。

二年前の慶長三（一五九八）年にも、三成に従って肥前名護屋《ひぜんなごや》まで行ったが、秀吉が亡くなったため、そのときは渡海しなかった。

そして、今年の七月、また三成の陣触れが出た。

徳川家康が、関東に行っている間に、兵を挙げるというのである。

佐和山の城に一族郎党をひき連れて入り、八月になって大坂城《おおさかじよう》へ移った。

行って驚いた。

家康の盟約違いを糾弾する檄文《げきぶん》によって、毛利輝元《てるもと》を旗頭《はたがしら》として九万もの軍勢が集まってきたのである。

西軍は、伏見城《ふしみじよう》を攻めて落とし、美濃に出撃。三成麾下《きか》六千の将兵は、大垣城に入った。

たったふた月ばかりのことなのに、あまりにも毎日が目まぐるしく、思い出すと気が遠くなる。

戦の日々は、一日一日がじつに長い。

それでいて、ひと月がじつに短い。

合戦はなくても、軍陣にいれば、いつも死と隣り合わせにいる。一歩踏み出せば、そこに死があり、あの世の入口が口を開いている。

臆する——。

臆したくはない。

しかし、合戦は恐怖との闘いだ。

朝鮮に渡海して漢城《かんじょう》に進軍したとき、明《みん》の大軍に囲まれた。

あのときの恐怖は忘れない。

戦闘のなかで、血を噴いて倒れた兵を見れば、腰が震え、手が震え、全身がわななないた。

それでも、おのれを奮い立たせて、手槍《てやり》を振るって明の兵を突き殺した。そうでなければ、生き残れなかった。

いまも、合戦が好きなわけではない。

武者のなかには、武勇を誇り、いかにも怖いものなどないと見栄を張って見せる者もいる。それはそれで立派なことだろうが、武を誇る気持ちは、市太郎には薄い。よく闘い、よく生きたいと願っている。

醍井の館には、妻と三人の子がいる。

女ばかりが続けて生まれたので、まだまだ子を生《な》さねばならない。それには、まず生きて帰ることだ。

体を拭うと、市太郎は腰に結わえた袋から干した唐がらしを取り出して、手の平でよく揉《も》んで粉にして、体になすり付けた。すこしひりっとするが、体が火照《ほて》って寒さを感じずに済む。館の畑で採れた唐がらしは、よく干して、合戦の前に、足軽たちにも配ってある。

襯衣と小袖に腕を通し、きちっと前を合わせた。左右の籠手をはめ、桶側《おけがわ》の胴を着けた。

兜は、鉄錆地《かなさびじ》の頭形《ずなり》である。前立《まえだて》も脇立《わきだて》も立てていない。けれん味のないすっきりした形が自分らしくて気に入っている。

篝火《かがりび》のそばで、兜の中を覗《のぞ》いた。内張りの裏側を見ると、阿修羅《あしゅら》の兜仏が、ちゃんと縫いつけたままになっていた。

明銭《みんせん》よりひとまわり大きな銅の板に打ち出した三面六臂《さんめんろっぴ》の仏様である。

京に行ったとき、仏師に注文して打たせた。いくつか見せてもらって、阿修羅を選んだ。阿修羅は、闘いの場である修羅道で最強の仏であると、仏師に言われた。

合戦をするときの守り仏には、なによりだと思って選んだ。

阿修羅の兜仏を指の先で撫《な》で、目を閉じて祈った。

——勝ちますように。

もう一度祈った。

——生きますように。

大きく深呼吸すると、市太郎は、兜をかぶり、緒をしっかりと結んだ。

すこし空腹を感じたので、乾飯《ほしいい》でも食べようと腰の袋をはずした。紐をほどき、乾いてひび割れた飯を何粒か口に放り込んだとき、山の上から、赤母衣《あかほろ》を背負った武者が駆け下りてきて、山の下で、馬に跨《また》がった。

つづいて、すぐ数人の武者たちが駆け下りてきた。こちらは、母衣武者ではなく一手《いって》の大将のようだ。

下りてきた若い大将と目が合った。

栄螺の兜の下に光る眼差しが、いかにも鋭い。

会釈した。

むこうも会釈を返した。

一瞬のできごとだが、気脈の通じるのを感じた。

戦場にはことばにならない想念が渦巻いている。怨念と激情と殺意と野望と、そして、信義である。

対峙《たいじ》した人間の体内に渦巻く想念を、一瞬のうちに読み取らねば、生き抜けない。

関ヶ原では、いま両軍合わせればとてつもない人数の将兵が夜の明けるのを待っている。合わせておそらくは十五、六万人。

それだけの人間が、夜明けとともにぶつかり、血を流す。

流さねば、収まりがつかない。

——このまま、霧が晴れねば、なんとするのか。

ふと、そんなことを思った。

夜が明けても、霧が晴れねば、原に進んできた東の軍勢は混乱するだろう。山から囲んでいる西軍が有利だ。

市太郎は、このあたりの地形には通暁している。枝折の城からさほど遠くないので、若いころから、しばしば馬で駆けて来たことがある。

太古のむかし、ここで壬申《じんしん》の乱の壮絶な合戦があったという。

東から来た軍勢と西からの軍勢が、この狭い盆地でぶつかり合った。原の西を流れる黒血川《くろちがわ》は、その合戦のとき、将兵の血で川が黒く染まったゆえに名付けられた。

細長い日《ひ》の本《もと》の国で、東と西から軍が寄せ合えば、どうしても東山道の隘路《あいろ》であるこの地でぶつかることになる。

北に向かえば北国街道《ほっこくかいどう》。

南に向かえば伊勢《いせ》街道。

ここは、まさに日の本の国の十字路なのだ。

そんなことを思いながら乾飯を食べていると、三成の小姓《こしょう》が駆けてきた。

「土肥市太郎、市次郎殿はおわしましょうや」

「ここにッ」

立ち上がりながら、市太郎は乾飯の袋の口を縛り、腰に結びつけた。

「治部殿がお呼びでござれば、急ぎ参られましょう」

言われて、弟の市次郎とともに山を駆け登った。

丘ほどの小さな山である。すぐに、三成の陣所に着いた。

陣幕の内に招き入れられた。

「礼は無用だ。これを見よ」

三成に言われた。卓に絵図が広げてある。篝火の明かりに照らされているのは、関ヶ原の図であった。

関ヶ原を囲う山々に、赤い凸の標《しるし》が並べてあるのは西軍だ。原の真ん中に、青い凸があるのは東軍だ。

「市太郎、市次郎、それぞれに命じることがある」

三成が、采《さい》の尻で、図面を指した。

「まずは、市太郎。そのほうは、松尾山に行け」

松尾山には、なんども登ったことがある。関ヶ原を見下ろす高い山だ。悠長に登れば半刻《はんとき》(一時間)はかかる。駆け登れば、四半刻(三十分)か。

「山頂に陣を張る小早川中納言に会え。中納言は、われらを裏切る懸念がある。それを止めるのだ。利に踊らされて、義を見失うなと諫《いさ》めてやれ」

市太郎は黙した。難しい役目だ。難しすぎる。

「正面の山麓には、重臣の平岡の陣があって、通れぬ。そなたなら、山に登る道をいくつか知っているであろう」

「御意《ぎよい》。裏の牧田川《まきたがわ》からの道がござる」

市太郎の返事に、三成がうなずいた。

「ならば、それを登って、中納言に徳川を攻めさせよ。豊臣を裏切っても、未来はないと教えてやれ。人は見逃しても、天が許さぬと言うてやるがよい」

「かしこまった」

市太郎は大声で返答した。

「市次郎は、南宮山《なんぐうさん》に行き、毛利秀元に会え」

三成の手にした采の尻が、関ヶ原の東にある南宮山を指している。

「かしこまった」

「毛利殿には二心《ふたごころ》なきやもしれぬが、山麓にいる家老の吉川広家《きつかわひろいえ》が黒田長政を通じて、寝返りを考えておること明白。吉川が邪魔をすれば、毛利一万五千の兵が動けぬ。なんとしても、毛利を動かすのだ」

「承知つかまつったッ」

兄弟の返答が、ぴたりと重なった。

「わしの手の内から、鉄炮の上手、弓の上手、槍の上手ばかり百人を選ばせている。五十人ずつ連れてゆけ。書状をしたためてある。これを中納言と毛利に渡せ―

「かしこまった。ただひとつ……」

市次郎がことばを返した。

「なんだ？」

「牧田川から南宮山を越えれば、四里ありまする。あまりに時間がかかりますゆえ、こちらの麓から行ってよろしいか」

市次郎が指で示したのは、関ヶ原の北の菩提山《ぼだいさん》に続く山地である。

そちらからのほうが南宮山には近いが、どこかで東山道を横切らねばならない。しかも、菩提山のあたりは、竹中重門《たけなかしげかど》の領地である。警戒が厳しかろう。

三成が、しばし考えている。

「よし。そちらから行くがよい」

短く命じた。悠長に時間をかけてはいられぬと判断したらしい。

「もうひとつ……」

市次郎が、まっすぐに三成を見すえた。三成が目で、なにか、と訊《たず》ねた。

「万に一つ、僥倖《ぎょうこう》があって、徳川家康めの本陣に迫ることができましたら、狙いを替えてよろしいか？」

市次郎の問いに、三成が力強く頷《うなず》いた。

「よし。そのときは、内府《ないふ》の首を取るがよい」

一礼して陣幕を出ると、真っ暗だった闇空が、ほんのわずかに白み始めていた。

徳川家康

低い山である。

桃配山《ももくばりやま》は、巨大な南宮山から延びた尾根の突端にある小丘にすぎない。

その桃配山には、すでに、葵《あおい》の紋の陣幕が張りめぐらされている。

美濃の赤坂《あかさか》から、雨中、馬に跨《また》がって来た徳川家康は、わずかな坂道を登ると、幔幕《まんまく》の内の床几《しょうぎ》に腰をおろした。

雨はやんだものの、厭離穢土欣求浄土《おんりえどごんぐじょうど》の旗が濡《ぬ》れて重く垂れている。

大きな金扇の馬標《うまじるし》が、篝火《かがりび》の光にぬめるように煌《きら》めいている。

天を見上げれば、ほのかに明るみはじめてはいるが、なにしろ霧が濃い。すべてが濡れそぼっている。

家康は、顫えていた。

寒さからではない。

得体のしれない恐怖が、臍下丹田《せいかたんでん》から、こみ上げて来るのである。

床几の上にかけた虎の皮に尻を落ち着け、細く長くゆっくりと息を吐き出した。

いくら腹に気を落とし込んでも、おのれの体が小刻みに顫えるのを、どうしても止めることができない。

——さほどに怖いのか？

おのれに問いかけてみた。

すぐに首を振った。

——馬鹿な。

この世に生を享《う》けて五十九年。どれほどの合戦をくり返し、戦場を駆け抜けてきたことか。

糞《くそ》をひりながら馬で逃げた三方ヶ原《みかたがはら》の合戦や、本能寺《ほんのうじ》で織田信長《おだのぶなが》が討たれたときの堺《さかい》から伊賀《いが》越《ご》えの逃避行など、九死に一生を得たことも一度ならずある。あのときのような恐怖が、いまあるわけではない。

しかし——。

じわりと、恐ろしい。

死の恐怖ではない。

せっかく手に入れたものを失うことが恐ろしい。

この合戦で負ければ、これまでひとつずつ手に入れ、周到に積み重ねてきたすべてが泡と消える。

せっかく、すぐ目の前にあっていまにもこの手で摑《つか》もうとしている天下が、するりとあっちに逃げてしまう。

そして、二百五十五万石の領地も、命をも失うことになる。

三成は、無慈悲にわが首を刎《は》ねるであろう。

——人生は露の夢。

とは思いたくない。

人は勝ってこそ、生きている値打ちがある。勝たねば、一本の藁《わら》しべどころか、おのが命さえ手に入らない。

手に入れるためにこそ、死にもの狂いで駆け抜けてきた。

——それを一炊《いっすい》の夢にしてたまるものか。

そう思えば思うほど、執着《しゅうじゃく》が増すのか、さらに顫えが湧いてくる。

家康に続いて桃配山に到着した天海僧正が、幔幕の内に入り、すぐわきの床几に腰をおろした。頭巾《ずきん》をかぶり、黒い衣に紫の袈裟《けさ》をかけた老僧は泰然としている。

「今日の暦《こよみ》はどうであろうかのう」

家康がたずねると、天海が大きく頷《うなず》いた。

「さきほど調べておきましたところ、東の方が大吉にございます」

「そうか。我が方の運気のよい日に合戦となったのが幸いだ」

「御意《ぎょい》。本日ならばお味方の勝ちはまちがいありませぬ」

「なによりだ」

家康はそれ以上詳しくはたずねなかった。すこし尻が落ち着き、顫えが治まった気がした。

天海には、しばしば暦の吉凶をたずねるが、ふしぎと同じ答えが返って来ることが多い。

翌日の鷹狩《たかがり》に出かけるのによい時刻を訊《き》くと、天海はかならずこう答えた。

「巳《み》の刻（午前十時ごろ）がよろしゅうございます」

その日によっての運気の吉なる時刻を訊《たず》ねているのだから違っているのが当然なのに、いつも同じ時刻ではなにか訝《いぶか》しい。

「なぜいつも巳の刻なのだ。日によって吉凶の時刻は異なっているであろう」

訊ねると、厳《いか》めしい顔に淡い笑みを浮かべた。

「合戦とはちがい、運気の力を借りる必要のない狩りならば、出立《しゅったつ》の時刻が早すぎてはお供の者たちが難渋いたします。巳の刻なら早すぎることはありませぬ」

平然とそう言ってのけたのが痛快であった。たしかにその通りで、命運を賭けた合戦でもなければ、時刻の吉凶にこだわる必要はあるまい。

今日が大吉日というのも、じつは怪しい。

——まことか。

疑う気持ちもある。

しかし、たとえ凶日であったところで、今さら日を変えるわけにはいかない。ならば、是が非でも東が大吉日であらねばならない。

天海僧正は、頬骨の突き出た無骨な顔立ちだが、学問や智恵《ちえ》がことのほか秀でているということはない。武蔵国《むさしのくに》無量寿寺《むりょうじゅじ》にいたこの老僧を、わざわざ呼び出してそばに侍《はべ》らせているのは、人としての資質が気に入ったからだ。この男には、大局から物事を俯瞰《ふかん》する大きな視点がある。

いまも、目を半眼《はんがん》に細めて、不動の姿勢をとっている。天地がいかに激しく揺れ動こうとも、この男だけは、しっかりとそこに座しているだろう。

今日の合戦は、家康の一生を賭けた大博奕《おおばくち》である。

だからこそ、勝つも負けるも五分五分の勝負ではいけない。十が十、必ず勝たなければならないのである。

かならず勝つために、必勝の算段をいくつも積み重ねてきた。

この六月から家康は、天下取りの筋書きを考え、その実現のためにあらゆる手を打ち、策を弄してきた。

筋書きの序段は、関東への下向《げこう》であった。

表向きの名目は、上杉《うえすぎ》討伐であったが、畿内《きない》を留守にすれば、かねて家康に腹を立てている三成が挙兵すると見越してのことである。

下野《しもつけ》小山《おやま》の陣で、大坂城にいる石田三成が挙兵したとの報《しら》せを手にした。毛利輝元を総帥として三十余人の武将が集結しているという。

——さてこそ。

家康は、じぶんの筋書き通りにことが動き始めたのに満足した。

小山でさっそく評定《ひょうじょう》を開いて、大坂での異変を伝えた。家康は、八十余人の客将たちと五万六千もの兵を引き連れていた。

「大坂に妻子の人質がおることとなれば、みなさっそく引き返すがよい」

家康は、大坂方につくも、自分につくも好きにするがよいと、判断を武将たちにまかせた。あえて味方につくように求めなかったところが味噌《みそ》であった。

「人は命じられて動くものではございますまい。なにがおのれの得になるのか、じぶんで判断してこそ動くもの」

そう天海に言われて、はたと気づいたゆえの方策であった。

——たしかにそのとおりだ。

いくら命じても人は動かぬ。

そこに利があることを、わかりやすく示してやるのがよい。

動きやすいように道筋さえつけてやれば、こちらの望むように動いてくれるものだ——。おのが体験を振り返ってそう確信し、段取りをつけたのであった。

八十余人の武将たちが顔をそろえた評定の席で、福島正則が口火を切った。

「三成の反逆こそ許し難し。太閤《たいこう》殿下からいただいた代官所領など二十四万石の米が尾張《おわり》の清洲城《きよすじよう》にたくわえてある。内府《ないふ》殿にはこれをお使いいただきたい。清洲の城は、畿内に攻め込むにはもっともよい足場ゆえ、城そのものもお使いあれ」

そのうえで誓書を差し出し、家康の命《めい》に従うと言った。居並んだ武将たちは、福島のことばに水を打ったように静まり返った。

――あの御仁《ごじん》がそこまで言うならば。

秀吉恩顧の福島正則が家康に味方するというならば、これは、豊臣家と徳川家の戦いではない。

三成と家康の戦いである。

それならば、家康に与《くみ》しやすい――。

計算していたとおり、諸将は、こぞって家康に味方すると言い出した。

むろん、前もって家康が根回ししておいたがゆえの福島正則の発言であった。

正則は、朝鮮出兵のときから、三成を憎んでいた。荒くれ侍の気風を残す武者と、研ぎ澄まされた智恵を誇る吏僚《りりょう》では、水と油ほどに質が違っている。

家康は、尾張時代の秀吉に、小姓《こしょう》として仕えていた武将たちと、近江《おうみ》在国時代に新しく召し抱えられた三成らの吏僚たちとの軋轢《あつれき》を見抜き、そこにくさびを打ち込んだのであった。

そこから、筋書きは動きはじめた。

動きはじめてもなお、家康は一時も休むことなく、策を考え、手を打ち続けた。

各地の武将たち一人ずつに、いまの状況を説明し、支援を依頼する密使と手紙を送ったのである。

東北から伊勢、美濃はもちろん、北陸、九州など、考えつくあらゆる武将たちに礼を尽くした文書を書き、使者に持たせた。

手応えは悪くない。

ことに、加藤清正《かとうきよまさ》を味方につけられたのがよかった。

清正も、福島正則とおなじく石田三成が嫌いである。そこにくわえて肥後《ひご》と筑後の二国を恩賞として約し、誘いをかけた。

九月になって、清正は、徳川に味方する旨を約束した。

——まだ安心できぬ。

家康は、さらに大坂方についている武将の調略《ちょうりゃく》を画策した。

最大の眼目は、毛利一族である。

毛利と親しい黒田長政に調略を頼んだ。

「小早川秀秋と吉川広家《きっかわひろいえ》ならば、落とせるやもしれません」

「なるほどな。そのほうに任せるゆえ、なんとしてもこちらにつかせてくれ」

長政はしきりと密使を送り、吉川広家と小早川秀秋の切り崩しに成功した。すでにどちらからも誓紙《せいし》が届いている。

両家は、毛利の両川といわれた名家であった。毛利輝元が、関ヶ原に着陣していない以上、この二家の裏切りの意味は大きい。

――打てるだけの手は打った。

家康は、安堵《あんど》してよいはずだった。

しかし、どうにも心が落ち着かぬ。

不安な材料はいくつかある。

まずは、せがれの秀忠《ひでただ》が、関ヶ原に来着《らいちゃく》していないこと。東山道を通ってくる秀忠には、本多正信《まさのぶ》ら信頼のできる家臣をつけておいた。それなのに、信州《しんしゅう》で真田《さなだ》の城を攻めるのに手間どって遅れを取ったのだ。

――馬鹿め。

ひとつの不安は、連鎖となって、いくつもの不安を呼び覚ます。

昨日の杭瀬川《くいせがわ》での小競り合いでの敗退は、誘いにのせられて深追いしたあげくの散々な負けであった。

緒戦での負けを知った吉川や小早川が、やはり三成に味方すると、こころを変ずるかもしれない。

合戦は勢いだ。

勢いを失ったときが、負けるときだ。

家康には、愚かなせがれが、勢いを削《そ》いでいると思えてならない。

――くそッ。

秀忠のことを思えば、いかにも腹立たしい。

家康は、立ち上がると、陣幕の内を歩き回った。

控えている使番《つかいばん》や医師《くすし》たちが後ずさり、怪訝《けげん》な顔でこちらを見ている。

「なにごとも、急《せ》いてはし損じまするぞ」

天海のつぶやきが、家康の耳に届いた。

「さようなことは……」

言われずとも分かっているつもりである。しかし、分かっていてもできないのが人間ではないか。

床几から立ち上がった天海が、転がっていた木の枝を拾って、あたりの地面を掘り始めた。小さな穴を掘って、なにかを埋めている。

「なにをしておるのか」

家康がたずねると、振り返って答えた。

「いまの殿様のお心根では、こたびの勝利は危《あや》うございましょう。この地が殿様の墓所になるやもしれませぬ。柿の種を植えておけば、墓ができても、村人が柿の実を供えてくれましょう」

「柿の種……」

「昨日、いただきました種を残しておきました。ほんとうならば桃を植えたいところですが、あいにく季節違いで持ち合わせておりませぬでな」

聞いていた家康は、ことばを喉に詰まらせた。この山を桃配山と呼ぶのは、いにしえの壬申の乱のときに、大海人皇子《おおあまのみこ》がこの地で兵士に桃の実を配り、戦いに勝ったことに由来するという。縁起のよい山である。ちょうど関ヶ原の奥まで見通せる位置にあるので本陣に選んだのだ。

「わしの墓の供え物だと……。馬鹿なことを」

呟《つぶや》いてから、呵々大笑《かかたいしょう》した。

「そのほうは、いったいなにを考えておるのか」

あまりに気長な話で、怒る気にもなれない。

「考えておりますのは、天地の悠久。そこに我が意をそわせた者だけが勝ちを得ましょう」

「そわせられねば……」

「負けて死すのみ。墓に柿が供えられましょう」

「…………」

家康は、苛立《いらだ》ちを懸命に抑えて、息をととのえた。

身につけているのは、全身黒ずくめの伊予札《いよざね》の鎧《よろい》である。横に長い鉄の札に艶やかな漆が塗ってある。大黒頭形《だいこくずなり》の兜《かぶと》は、大黒様の頭巾のかたちでなんのけれん味もない。金色の羊歯《しだ》の前立《まえだて》を立てているが、いまにも闇に溶け込みそうな地味さである。

家康とちがって、秀吉は派手好みであった。

秀吉を慕う武将たちも、派手な具足《ぐそく》を好む者が多い。

合戦でもそうだ。

秀吉は、祭りでもするように合戦を楽しんだ。

——わが風は違う。

質実にして剛健。可憐《かれん》さも華美さもないが、地を這《は》うほどの周到さこそが、家康の流儀である。

そのことを、いま一度、嚙《か》みしめると、腹がすわった。

「水を持て」

命じると、小姓が竹筒を差し出した。口をつけて飲むと、甘露《かんろ》のごとく体に染みわたった。喉が渇いていたことにさえ気づかないほど興奮していたらしい。

——いまこの時。

わが手で天下を摑む。

そう思い直せば、気持ちが晴れ、明るい道が見える気がした。

不安が消え、昂《たかぶ》りだけが残った。

何人かの家来を引き連れた武者が山を駆け登って来た。

気がつけば、あたりが白み始めている。

もう、夜明けだ。

「戻りましたッ」

大声がひびいた。さきほど物見に行かせた小栗忠政《おぐりただまさ》であった。姉川《あねがわ》の合戦の時から仕えている男で、あのときはまだ元服したばかりであったが、いきなり襲ってきた敵の武者と戦って、見事に切り伏せた。

褒美に鎗《やり》を与えると、その後の合戦でもますます奮戦して一番鎗を取るようになった。鎗の又一《またいち》と呼んで、つねにそばに仕えさせている。

「おう。一回りしてきたか。ようすはどうであった」

わが軍勢の配置と最前線のようすを見に行かせたのである。

「全軍滞りなく配置についております。わが方は、なんと申しましても、兵の気魄《きはく》が高《たこ》うございまする。闇のなかにうずくまっているだけなのに、空に龍《りゅう》でも舞っているほどの瑞気《ずいき》を感じまする。それにひきかえ敵方は……」

「敵方が見えたのか？」

「敵に近づきましたのは、まだ夜明け前のこと。いまのように白んではおりませなんだので見えはいたしませなんだ。しかし、気は感じられまする。夜半の行軍の疲れにて闇に沈み込み、そのまま奈落にまで沈み込みそうな気配にござった」

「さようか。よく見てきた」

夜明け前に行かせたのは、とにもかくにも全軍が配置につき、大きな問題がないかどうかを確かめさせるためであった。

敵のようすが分かるとは、家康も思っていない。

「近《ちこ》う寄れ」

手招きして、床几のそばに呼び寄せた。

「して、福島はいかにしておったか？」

いちばん気がかりなことを、低声《こごえ》で訊ねた。

家康は、福島正則に、まだ気を許していなかった。

六千の兵を率いる福島は、東軍先鋒《せんぽう》として最前線に陣取っている。家康本隊の三万をのぞけば、六千の兵は浅野幸長《あさのよしなが》の六千五百とならんで最大級だ。

——もしも……。

福島正則が、変節して、矛先をこちらに向けて駆けてきたら、戦場は大混乱に陥るだろう。

せっかく調略して味方につけた小早川秀秋も、吉川広家もこころを変えるだろう。

東軍は総崩れとなる。

その懸念が、家康は捨てきれない。不安の根はそこにある。

ただの憶測ではない。

正則には、油断できない振舞いが目立つ。

上杉討伐に出立する前、清洲城にいた正則が、伏見にいた家康に使者を送って寄越した。使者は通行手形がなかったため山科《やましな》の日岡《ひのおか》の関所で足止めを食い、役目をはたせず清洲にもどった。

使者は、不明を詫《わ》び、腹を切って果てたので、正則が家康にその首を送りつけてきた。

家康は、通さなかった役人を自害させて首を送ったが、正則は、あくまでも関所の責任者の自害を要求した。

家康は、仕方なく、二千五百石取りの伊奈昭綱《いなあきつな》を自害させた。家康としては、なんとしても正則を味方につけたいと思っていればこそ、敢《あ》えて煮え湯を呑《の》んだのであった。

まだある。

岐阜城を落としたとき、福島正則は、「わが武功に替えても」と、城主織田秀信《ひでのぶ》の助命を嘆願した。秀信は、三法師《さんぼうし》と呼ばれた信長の孫で、かつては秀吉が後見人であった。正則としては、義理を感じてのことだろう。

そんな男だけに、なにをしでかすかわかったものではない。

「あやしい気配はなかったか？」

「はっ。兵たちは、闇のなかに休んでおりました。ただ……」

「なんだ？」

家康は、大きな目を剝《む》いて、耳をそばだてた。

「いささか気になりましたのは、聞きつけましたみょうな声」

「みょうな声……。そのほうが聞いたのか」

「はい。しかと。しかし、ただの戯《ざ》れ言《ごと》でありましょう」

小栗が言い澱《よど》んだ。

「かまわぬ申せ。なんと言うておったのか」

「治部少輔《じぶしょう》を退治したら、つぎは内府だ、と」

「……ふん。たしかに戯れ言だ」

家康は、笑い飛ばした。

「むろんにござる。ただの侍大将のたわごと」

「なに、足軽が言うたのではないのか」

「はい。篝火のそばにおった一手《いって》の大将がそう申しましたゆえ、足軽どもがどっと沸き立ちました」

「ふむ」

家康は、考えた。考えていると苛立ってきた。

兜の緒を解いて脱ぐと、小姓に渡した。首のまわりにびっしょりと汗をかいていた。手拭いで丹念に拭った。

なにやら、よくない匂いがする。腹のなかに不安と苛立ちがないまぜになって滾《たぎ》り始めた。

――あの男なら。

福島正則なら侍大将を集めて、そんなことを言い触らしているかもしれない。

実際のところ、福島勢の足軽たちのなかには、いまだに大坂方につきたいと思っている者が多いとの間諜《かんちょう》の報せを受けている。

それとぴたりと符合するではないか。

――どうするか。

いまさら福島に使者を遣わすなどということはありえない。それこそ藪《やぶ》の蛇を突つくことになる。

しかし、放置はできない。

「使番ッ」

家康は、大きな声を張り上げた。

背中に伍《ご》の字の指物《さしもの》を背負い、緋色《ひいろ》の陣羽織を着た使番が、すぐに家康の前に片膝をついた。

「黒田の陣に行け」

「かしこまった」

「福島隊のうごき、よくよく注視せよと伝えよ」

万が一、福島正則が寝返ったら、小姓のころからの朋輩《ほうばい》である加藤嘉明《よしあき》も呼応するであろう。合わせれば九千の兵になる。

すぐ後ろにいる井伊直政《いいなおまさ》の三千六百、松平忠吉《まつだいらただよし》の三千では支えきれまい。

そうなったら、最右翼にいる黒田長政と細川忠興《ほそかわただおき》合わせて一万の兵を、側面から割り込ませて福島隊の背後を襲う算段しかない。

そこまでは口にしなかったが、黒田長政ならば家康の心中を察してくれるはずだ。

「承知ッ」

駆け出した使番が坂を下るのを見届けて、家康は立ち上がった。

「今日こそ、わが生涯最大の決戦じゃ。ゆめゆめ油断するでないぞ」

自分に言い聞かせるつもりで大声を張り上げたが、なお苛立ちは晴れない。

「なんとしても勝たねば……」

思えば思うほど、腹から苛立ちがこみ上げてきた。

頭に血が上り、心の臓が張り裂けそうなほどに激昂《げっこう》しているのがよく分かったが、自分でもどうすることもできなかった。

黒田長政

黒田長政は、夜半の行軍で、徳川軍の最右翼に進んだ。

暗いうえに霧が垂れ込めているので、自軍がどこにいるかもよく分からない。

「ここでよいのか」

長政は、馬をならべて行軍してきた竹中重門《しげかど》にたずねた。

重門は、半兵衛《はんべえ》重治《しげはる》のせがれで、この関ヶ原を見下ろす菩提山《ぼだいさん》城《じよう》を根城にしている。あたりの地理に通暁しているはずだ。

「その小高い森が丸山《まるやま》なれば、陣所を定めましょう」

足軽たちが手にした松明《たいまつ》の光で、杉の森がおぼろげながら照らし出されている。

たしかに小高い丘があるようだ。

そこに登って、ともかく陣幕を張らせた。

「狼煙《のろし》の用意をしておけ」

開戦の合図は、長政が丸山から上げる狼煙だと、昨夜の評定で家康が決めた。

「しかし、この霧ではとてものこと見えますまい」

竹中重門がつぶやいた。

「まことにな」

長政は、一ノ谷《いちのたに》の兜《かぶと》を脱いだ。

源平《げんぺい》の合戦のとき、源義経《よしつね》が馬で駆け下って平家の本陣に攻め入ったという一ノ谷の断崖絶壁をかたどった大きな立物《たてもの》をつけた兜である。

小姓《こしょう》にわたすと、藤巴《ふじどもえ》の紋の蒔絵《まきえ》をほどこした鎧櫃《よろいびつ》の上に置いた。

鎧櫃の上には、板をのせて、もうひとつ水牛の角の脇立《わきだて》を立てた兜が飾ってある。

長政は、こちらの大水牛脇立桃形《ももなり》兜のほうが好みである。

角は軽い桐《きり》の木と張懸《はりかけ》で細工したものだが、長く大きく反っていて金箔《きんぱく》が押してあるのでずいぶん勇ましい。

朝鮮に出兵したとき、長政と福島正則のあいだがぎくしゃくしたことがあった。ちょっとしたいがみ合いである。

秀吉の軍師だった竹中半兵衛重治の従弟重利《いとこしげとし》の取りなしで、手打ちをすることになった。

そのとき、お互いの兜を交換した。

黒田は大水牛脇立の兜を福島に。

福島は一ノ谷の兜を黒田に。

もっとも、どちらも愛用の古い兜はそのまま取り置き、新しくつくった写しを交換した。

そのため、長政は気を遣って、福島正則のいる前では大水牛脇立の兜をかぶらない。

ただし、合戦が始まれば、どうしても大水牛の兜がよい。朝鮮でもどこでも、ずっとこの兜で戦ってきた。これでなければ、気持ちが昂《たかぶ》らないのである。

――福島殿も一ノ谷をかぶればよい。

福島正則が七つばかり年長なだけに、長政は遠慮しているのだが、合戦が始まってしまえば、そんなことはなんの問題もない。今日も、大水牛の兜をかぶる。

竹中重門が、地面に置いた板の上に、関ヶ原の地図を広げた。

あたりは白み始めている。松明の光がなくても、おおよそのところは見てとれる。

「ここが、この丸山でござる」

重門が指で示したのは、関ヶ原中央部の北の山際である。

「治部少輔の正面か」

石田治部少輔三成は、関ヶ原の北西にある笹尾山に陣取ったと聞いている。

「敵までは、わずか十町（約一・一キロメートル）に過ぎません」

重門に言われて、長政は霧に向かって目を凝らした。

足軽たちに急ぎ立ち木《き》を伐らせたので、視界は開けているが、霧が白い壁となっている。せいぜい二十間（約三六メートル）くらい先までしか見えない。この丸山の麓にうずくまる自軍の足軽が見えるばかりだ。

厚い霧の向こうから、不気味な圧迫感が押し寄せてくる。

——すぐ目と鼻の先に数万の敵兵がいる。

たしかにいる。

山ほどの大きさの大蛇が地を這《は》っているなら、こんな気配がするかもしれないと思った。

鬨《とき》の声や喚声が聴こえるわけではない。

それでも、なにかが渦巻き、静かにどよめいている。

それは、天地に横溢《おういつ》している不可知な力かと長政は思った。

合戦というものは、自分で戦っているようでいて、その実、天命に突き動かされ、闇雲に戦わされているだけなのかもしれないと思うことがある。

敵兵と川での組み打ちとなった朝鮮での戦闘を思い出しても、いったいどうやって生き残れたのか、さっぱり分からない。

自分以外の大きな力にどうしようもなく動かされている気がする。勝とうと思って戦い、生きようと願って奮戦するが、そんな我執《がしゅう》ばかりで勝てるわけでも生き残れるわけでもない。

あのときは、敵を突き殺したあと水中で気を失っていたら、家来たちが、川面《かわも》に突き出た水牛の角を見つけてひっぱり上げてくれた。

なんとか生き長らえられたが、それが己の力だと慢心する気にはなれない。

天の助けが、大水牛の脇立に降り立ったようでもある。だから、あの兜は手放せない。

「八幡様《はちまん》をお祀《まつ》りいたしました」

小姓にいわれて、長政は陣幕の奥に行った。

八幡大菩薩《だいぼさつ》の軸を祀り、祭壇には、長い魔よけの陣太刀《じんだち》と、御神酒《おみき》の瓶子《へいし》が供えてある。

「南無《なむ》八幡大菩薩。こたびもまた御加護を賜りますよう」

両手を合わせた長政は、深々と頭を垂れた。

——われに武運を与えたまえ。

瞑目《めいもく》して拝んでいると、陣幕の内に駆け込んでくる具足《ぐそく》の音がした。

長政はそのまま拝み続けた。

——わが智略《ちりやく》を賭しての合戦なれば、なにとぞ、なにとぞ、武運を与えたまえ。

三十三歳の長政は、十歳のときから秀吉のもとで戦場を駆けてきた。備中高松《びっちゅうたかまつ》城《じょう》を攻め、賤ヶ岳《しずがたけ》で柴田勝家《しばたかついえ》と戦い、河内《かわち》に領地をもらって根来《ねごろ》、雑賀《さいが》の衆を撃退した。九州でも戦った。朝鮮に出陣し、大いに武名を高めた。

若いころの戦いは武者として得意の手槍《てやり》を振るっての戦働《いくさばたら》きが主であった。

長じてからは一手の大将として采配の妙を誇った。

こたびは、すこし違う。

智略をめぐらせてすでに大いに人を動かしている。

かねてより、父の官兵衛孝高《かんべえよしたか》は軍師として大いに才覚を発揮してきた。

——武略もさることながら、戦いは智略が肝要だ。

父を見ていると、そんな思いが強くなってくる。かつての父の戦いぶりは、長政にとって大いなる鑑《かがみ》である。今、父は九州にいて西軍についた大友《おおとも》と戦っている。

いまこそ長政独自の智恵を見せるときだ。

智略を尽くせばこそ、自軍の損耗《そんもう》を最小限におさえ、大なる戦果を挙げることができる。

——調略《ちょうりゃく》によって敵を味方に転じさせる。

戦わずして勝つのに、これ以上の策はない。

そう考えた長政は、下野《しもつけ》小山《おやま》の陣で福島正則を口説いた。

家康に頼まれてのことである。

石田三成には恨みをもっているので長政は、はなから家康につくつもりだった。

三成には腹が立ってならない。

きっかけは、朝鮮出兵だ。

三成の妹婿と娘婿が、目付《めつけ》として朝鮮に渡り、戦況を秀吉に報告した。

蜂須賀家政《はちすかいえまさ》とともに蔚山城《ウルサンじょう》の救援に向かった長政は、「戦うべきなのに戦わなかった」と虚偽の報告をされ、秀吉の不興をかったのである。蜂須賀家政は、逼塞《ひっそく》を命じられた。

秀吉の死後、帰国した長政は、徳川家康らの年寄衆《としよりしゅう》に訴えた。

現地での戦いぶりを調べた家康は、長政にも家政にも落ち度はなかったとの裁定を下した。

朝鮮出兵をきっかけとして、三成を憎んでいる秀吉恩顧の大名は多い。

加藤清正は、勝手に豊臣清正を名乗るなどの行動を三成が秀吉に報告したため、日本に呼び戻され、伏見の屋敷に蟄居《ちっきょ》させられたのであった。

長政、清正、蜂須賀家政ら尾張以来の武断派と、三成、小西行長ら近江《おうみ》の長浜時代から家臣となった文治派との対立は、もはや修復できないところまできていた。

清正などは、「三成が腹を切っても許さない」と激怒している。

長政は、三成への怒りもさることながら、それを軍略に利用することを考えた。

――落ち着くべきだ。

じぶんにそう言い聞かせて、きわめて冷静に、天下の男たちを観察し、味方につけられる者とそうでない者を峻別《しゅんべつ》した。

いまの状況なら、かなりの数を、徳川の味方につけられると踏んだ。

むろん、策が功を奏すれば、日《ひ》の本《もと》は徳川の天下となる。

その読みを現実のものとするべく、今日まで調略に励んできた。おびただしい数の手紙や誓紙《せいし》を書き、密使に届けさせた。

よい感触は得ている。

味方する旨の誓紙を差し出した者は多い。

しかし、誓紙などあてにならない、とも言える。

——策が吉と出るか、凶と出るか。

まもなく、はっきりする。

拝礼を終わって振り返ると、黒地に金で伍《ご》の字を描いた指物《さしもの》を背負った家康の使番《つかいばん》が片膝を突いて待っていた。

「聴こう」

床几《しょうぎ》にすわると、使番が寄ってきた。

「内密のことなれば、おそばに寄らせていただきまする」

長政がうなずくと、すぐ脇までやってきた。耳のそばで低声《こごえ》で話した。

「福島殿のことでございます。内府《ないふ》様から、念押しを言いつかってまいりました」

「ふんッ」

鼻を鳴らして、長政は使番を睨《にら》みつけた。

「さようなこと、いまさら念を押せと言われても困る。調略のことは布陣までで終わりじゃ。あとは猪武者《いのししむしゃ》となって戦うばかり。それを知らぬ内府様ではあるまいに……」

「まことに……」

うなずいた使番に、長政は真顔でたずねた。

「爺《じい》さん、臆したか？」

あの老獪《ろうかい》な家康にしてさえ、これほど大きな合戦となれば恐怖するのかもしれない。

使番が目を伏せた。

「臆しておられるようには見えません。されどたいそう激昂《げっこう》なさっておいでのごようす。松尾山に、金瓢簞《きんびょうたん》に金の切裂《きりさき》の馬標《うまじるし》が上がるとの風説があり、万が一にもそのようなことになれば、と苛立《いらだ》っておいでござる」

「金瓢簞だとッ」

逆さ金瓢簞に金色の布を筋に切って下げた馬標は、秀吉のものだ。いまなら、大坂城にいる秀吉の一子秀頼しかつかえない。

八歳の秀頼が関ヶ原までやってくることはありえない。大坂の金城《きんじょう》湯池《とうち》の奥深くにいて淀殿にしっかり守られているはずだ。

大坂城を守っている毛利輝元の軍勢が駆けつけて来ることはありえないことではないが、それなら、大坂、京、近江に放ってある間諜《かんちょう》たちからすでに報告が届いているはずだ。

「馬鹿も休み休みに言え。どうして金瓢箪があらわれる?」

「ただの流説《るせつ》でございます。されど、偽計としても、万が一、金瓢箪があらわれますれば、福島殿が戦うかどうか」

——馬鹿な。

笑い飛ばすのは簡単だが、馬標ならずとも、豊臣家の惣金《そうきん》の旗でも立てられたら、恩顧の武将たちは、やはり二の足を踏むだろう。

——豊臣家を騙《かた》る奸臣《かんしん》め。

と、逆上して激しく戦うとも考えられるが、何にせよ、一時、戦場は混乱するだろう。

合戦では、須臾《しゆゆ》ののちになにが起こるかわからない。小さな混乱が大きなうねりとならぬとも限らない。

「わかった。念を入れて見張っておくと、内府様にお伝えしてくれ。万が一、福島が躊躇《ちゆうちよ》するようなことがあれば、尻を蹴ってやるわい」

いま、東軍の最前線にいる福島正則は、朝鮮の陣では、海上の補給などを任されていたため、長政や清正ほど、三成に大きな遺恨はないはずだ。

小西行長や宇喜多秀家の陣取る正面の天満山にでも金瓢箪があらわれたら、正則がどんな行動を取るか分かったものではない。槍の穂先を反転させ、家康の本隊に襲いかかることだとてありうる。

正則は長政の七つ上だが、清正にしても正則にしても、幼いころから秀吉の台所飯で育った男たちは、考えるよりも先に、槍を手に駆け出しているところがある。武勇の誇り方も、かなり無茶だ。命を惜しまぬところは見上げたものだが、蛮勇こそが武者の誇りだと勘違いしている節がある。

そんな男たちを兄のように見て育った長政は、一歩立ち止まって思考し、智略を重んじることを胆《きも》に銘じている。

——さてこそ。

長政は、腕を組んで思いをめぐらせた。

福島の陣に母衣武者《ほろむしや》を駆けさせることも考えたが、この期《ご》におよんでの念押しなど意味はあるまい。

——それよりも……。

長政は、そばに控えている竹中重門を見た。

名軍師のほまれ高い竹中半兵衛のせがれ重門も、九月になってから徳川に寝返ったばかりだ。

なにしろ、ここのすぐ近くの菩提山城を根城にしているから、このあたりの地理にことのほか精通している。それを活用しない手はない。

「そのほう、三百の兵を連れて山中を迂回《うかい》。三成の陣の背後を突いてくれ」

つぶやくと、重門が大きくうなずいた。

いま二十八歳の重門は、七つのときに父が亡くなり、秀吉の小姓に取り立てられた。

七つの重門や十歳の長政にとって、十代後半の清正や正則は、ほとんど怪物に見えた。体をぶつけあっては勝てるはずがない。

そのため、重門もやはり智略を重んじるようになった。

「そのこと、拙者のほうから進言しようと思うておりました。笹尾山の背後ならば、敵の警戒も手薄なはず。三百の兵に弓、鉄炮《てつぽう》があれば、大いに攪乱《かくらん》することができもうす」

「すぐに行くがよい。風が出てきたゆえ、霧が晴れるであろう。そのまえに山のなかに入り込むのが得策」

「おまかせあれ」

一礼すると、竹中重門は立ち上がり、手の者たちに出陣を命じた。

ちょうどそのとき、関ヶ原を閉ざす霧のむこうから、ただならぬ馬のいななきが聞こえた。

数十騎が、後方から駆けてきたらしい。伝令の母衣武者にしては数が多過ぎる。

——抜け駆けか？

長政は、目を凝らした。

ようやく淡くなってきた霧ににじむように、赤備《あかぞな》えの武者が数十騎駆けて行くのが見えた。

福島正則

正則は、杉の大木を見上げた。

ようやく夜がほのかに白みはじめたので、闇に沈んでいた杉の姿が見えてきた。

見上げれば、梢《こずえ》の上のあたりは、まだ靄《もや》にかすんでいる。鋭い葉の先に、露がたくさん滴っている。

杉ならば、まっすぐに天を突いて立つべし、と思うのだが、この大杉は幹の途中で数本の太い枝に分かれている。

そこで悶《もだ》えてうねりながら、枝を広げている。およそ杉らしくない。

――まっすぐにはゆかぬな。

苦い思いが、こみ上げてくる。

なにごとも、思い通りにはいかないのだと、あらためて自分に言い聞かせた。

幔幕《まんまく》は大杉を背に張ってある。正則は床几《しょうぎ》に腰をおろした。

六千の手兵たちは、あたりの野にうずくまって開戦のときを待っている。この野と山々に、十万にちかい軍勢が、じっと時を待っている。夜が明けきって霧が晴れれば戦《いくさ》が始まる。

正則の兵たちは、六月に尾張の清洲城を出立《しゅったつ》して以来、ほとんど野陣である。くたびれているだろうが士気はすこぶる高い。

本陣を張った大杉は、関ヶ原の東山道をずいぶん西に進んだところにある。

いまはまだ霧にはばまれて見えないが、すぐ前方には、宇喜多秀家、小西行長ら、西軍の主力が布陣しているはずである。

風で靄がうごいている。間もなく晴れるだろう。

――ここまでくれば、激突するばかり。

そんなことは百も承知だ。

しかし、いつもの合戦のような勇壮な気分にはなれない。ただまっすぐ突き進むには、忸怩《じくじ》たる苦みがある。

――三成を殲滅《せんめつ》する。

そのことはよい。

三成は、小癪《こしやく》だ。賢《さか》しらな顔つきが気に喰《く》わぬ。秀吉様に取り入って、尾張以来の武者たちを踏みつけにした。

――秀吉様も秀吉様だった。

すこし、恨みたい気持ちもある。

あんな若造の言うことを真に受けて取り上げられたのが、そもそもよくない。加藤清正や黒田長政が激怒するのも無理はない。

三成などは、早く亡き者にしてしまえばよいのだ。小賢しい男の当然の報いだ。

しかし――。

そのことと、徳川家康に天下取りをさせることは、また別の話だ。

この戦いに勝てば、家康は、ますます大きな力を手にする。誰もあの男に逆らえなくなる。

正則は、家康がどうにも好きになれない。

温厚さをよそおい、いかにも公正に天下のためを考えているふりをしているが、その実、あれほど欲が深い男もめずらしかろう。

欲が深いぶん周到で、気も遣っている。ひとつずつ小石を積み重ねながら、天下取りの磐石《ばんじやく》な土台を築いてきた。

徳川は、源氏《げんじ》を称している。

ほどなくして家康は征夷大将軍《せいいたいしようぐん》に就くだろう。

となれば、豊臣家は、摂津《せっつ》、河内《かわち》、和泉《いずみ》を治める一大名に転落する。

大きな懸念は、家康が豊臣家に手を伸ばすかもしれぬことだ。

悔いの根を残さぬために、秀吉様の遺児秀頼様を放逐しようとするかもしれない。

あるいは、戦をしかけて、豊家《ほうけ》そのものを滅ぼそうとするかもしれない。

——そんな暴挙を許してよいはずがない。

豊臣家は、正則のすべてだった。

まだ豊臣を称する以前、木下《きのした》を名乗っていたころから、正則は秀吉とねねを親代わりに育った。

小姓組《こしょうぐみ》には愉快な仲間が大勢いた。みなでたらふく飯を食わせてもらい、戦場を駆け回った。

あんな満ち足りた日々はなかった。

腹の底から笑い合い、仲間を信じていた。

あの日々を幻にしてはいけない。

たとえこの身が消えても、豊臣の家だけは存続させなければならない。

そう思えばこそ、正則は、徳川家と縁組した。家康の養女を、養子の正之《まさゆき》に娶《めと》らせたのである。

大名家の勝手な縁組は許されないとの決まりがあるので、石田三成は怒ったが、知ったことではない。

家康に接近しておけば、きっと豊臣家を存続させてくれるはずだと信じてのことである。

——阿《おもね》る。

などという卑しい気持ちはさらさらない。家康の機嫌を取り結ぶために、そんなことをしたのではけっしてない。

ただ豊臣家の存続を願ってのことだ。

しかし、やはり苦い。

力のある家康に従わなければ、豊臣家は生き残れない。

もしも、家康が豊臣の家を滅ぼそうと合戦をしかけるなら、むろん命を捨てて戦う。加藤清正も黙ってはいまい——。

正則のうちから、新たな苦みがこみ上げてきた。

自分ひとりのことなら、命など惜しくはない。みごとに戦って、豊家のために討ち死にして見せる。

いまは、尾張清洲二十四万石を領し、六千人の家来を抱える身である。

わがままな茶々《ちゃちゃ》と幼い秀頼を守るためにそれだけの命を捨ててよいものか——。

ためらいが生まれる。

だから苦い。

ためらわずともよいのだ。

悔しければ、向かっていけばよい。

若いころなら、それができた。

いまは、それができない。どうしてもまわりのことを考えてしまう。

だからとてつもなく苦い。

世の摂理といえばそれまでだが、その摂理に従わねば生きられない自分の無力が苦い。

そんなことを考えていると、つい眉間に皺《しわ》が寄る。生きている身の不自由さが、苦くてたまらない。

「いかがなさいました。油断でござるぞ」

陣幕に入ってきた可児才蔵《かにさいぞう》に言われた。

才蔵は、指物《さしもの》の代わりに笹竹《ささたけ》を背負っている。

勇猛なこの男は、戦場で討ち取る首の数が多いので、とても持ち歩けない。

それで、笹の葉を口や鼻、耳に挿《さ》して印にしておくのだ。

美濃の可児郡に生まれた才蔵は、かつて、斎藤龍興《さいとうたつおき》、柴田勝家、明智光秀《あけちみつひで》に仕えたが、いずれも主家が滅んでしまった。その後、前田利家《まえだとしいえ》に仕えていたが、なにかの事情で浪人した。前田家を辞した理由を話したことはない。

——御ために罷《まか》りならざる品々これあるにつき。

というばかりであった。

福島家に召し抱えるつもりで呼び出したとき、

「なにか武芸をたしなむか」

と正則はたずねた。

「じぶんで髷《まげ》を結い、髭《ひげ》を剃《そ》るのが上手でござる」

才蔵は平然と答えた。

まわりにいた者たちは、うつけ者、すね者だと囁《ささや》き合ったが、正則は、器量を感じた。

「後ろに目がなければ、じぶんで髷を結うなどはできぬ。目に見えぬことができるのであれば、目の前のことなどたやすかろう」

と、七百石の禄《ろく》を与えた。

四十七歳の老練だが、まるで衰えたところがなく、いつも颯爽《さっそう》としている。

今日の戦いでは、先鋒《せんぽう》最前線の福島隊のなかでもいちばんの前衛を受け持っている。

その才蔵が本陣にもどってきたのなら、よほどの大事が出来《しゅったい》したに違いない。

「油断でござる。抜け駆けを許してはなりません」

才蔵が、甲高い声を張り上げた。

「抜け駆けだと」

「情けなや。それも気づかぬほどになにを思い煩っておられたか。ほれ、なんとかここまで押し戻してまいったところ。ふん。いっかな懲りずに戻ろうとせぬわい」

見れば、むこうの枯れ田で、赤備えの武者が五十騎ばかり、行く手を遮られて輪乗りしている。

赤に金で井の字を描いた旗は、井伊家の部隊である。

馬上、真っ赤な具足《ぐそく》をまとい、金の大ぶりの脇立《わきだて》を立てた赤い兜《かぶと》をかぶっているのは、直政本人だ。

「直政か……」

正則がつぶやくと、才蔵が大きくうなずいた。

「松平忠吉《ただよし》殿が初陣《ういじん》ゆえに、敵方の激しき形勢を物見《ものみ》して後学のためになすべし、などとほざきおってからに」

松平忠吉は、家康の四男で、武蔵忍城《おしじょう》十二万石を与えられている。家康からは、東海道を上る軍団の総大将を任されていた。

「なんの、ただ抜け駆けするつもりにござるわい。許してはなりませんぞ」

言い置くと、才蔵が駆けだした。

赤備えの一隊のところまで行き、大音声《だいおんじょう》を発した。

「本日の先鋒は、福島左衛門大夫《さえもんのたいふ》が仰せつかっておる。誰殿にもあれ、先へ通ることまかりならぬ」

「むろんのこと。それはよく承知しておる。ただ戦の始まりを見届けるだけのこと。物見じゃ。通せばよかろう」

「断るッ」

両手を広げた才蔵が、仁王のごとく立ちはだかった。

馬上の直政が唾を吐き捨てた。

「今日の合戦は、徳川の合戦じゃ。陣借りの木《こ》っ端《ぱ》武者がなにを邪魔する」

わざとらしい大声が、正則にも聞こえた。

「なんだとッ」

正則は床几を蹴って立ち上がった。

「聞き捨てならんことをぬかす痴者《しれもの》め」

手にした采《さい》をふると、足軽たちが赤備えの武者の一団の前に槍衾《やりぶすま》を作った。

正則は、手槍を掻《か》い込んで駆け寄った。

地に槍を立てて、大音声を発した。

「徳川の合戦とはよくぞぬかした。今日の合戦は、豊臣家の奸物《かんぶつ》三成を除く戦い。

豊家御《おん》ための合戦ぞ」

直政の顔が、大きく歪《ゆが》んだ。

まずいことを口にしたと後悔しているらしい。

「さように激昂《げっこう》なさるな。ちと口が過ぎた。さっきも申したように、松平忠吉殿、初陣につき、戦の始まりのようすを見届けたいとの所存。なにとぞ通されたい」

慇懃《いんぎん》にことばを選んではいるらしい。

「ならんッ。抜け駆けは軍法破り。許すわけにはいかん」

「ちっ。めんどうなことじゃ」

言い捨てた直政は、礼もせずに馬の尻に笞《むち》をくれた。

五十騎の武者は、東山道を大きくはずれて北に向かって駆けて行った。

「まったく油断ならぬこと」

才蔵が苦い顔をしている。

「まことにな」

正則は手槍を小姓に渡すと、陣幕にもどった。

霧がかなり薄くなってきた。

戦闘の開始を予期してか、野にざわめきが満ちている。

潮が満ちるように、ざわめきが高まっている。

これから、人と人がぶつかり合う。

命と命が激突し合う。

鉄炮《てっぽう》の玉と矢が肉に食い込み、槍が腹にめり込む。

血が流れ、人がうめく。

合戦の経験が豊富な正則にしても、これほどの大人数が結集した野戦は初めてである。あたりに満ちている殺気の渦に、血が滾《たぎ》り始めた。

もう、なにかを考える暇はない。

ただただ、戦うばかりだ。

——それにしても。

井伊直政の吐き捨てたことばが、耳の奥にこびりついて離れない。

——徳川の合戦とは、よくぞぬかしおった。

冷静に考えて状況を俯瞰《ふかん》してみれば、たしかに、これは徳川と豊臣の戦いかもしれない。

そうであるなら、自分は豊臣家が滅びるのに手を貸すことになる。

——いや。

立ち上がった正則は、手槍を摑《つか》むと勢いよく突き出してしごいた。

——そうはさせじ。

槍を大きく振り回した。

槍の穂先が風を切ってうなった。

「皆の者、合戦じゃッ」

大音声を発した。

「豊臣家のための合戦じゃ」

大声に、配下の者たちが応え、喚声を発した。

「豊家をないがしろにする者は許さぬ。油断なく戦えッ」

雄叫《おたけ》びを発すると、すでに胸の苦みは消えていた。

戦場に立てば、なにも考えず、ただ敵を討ち倒すだけの武者になりきる。

それが、正則の真骨頂である。

——豊家を貶《おとし》める者は、誰であれ許さぬ。

正則は、いまいちどその思いを深く嚙《か》みしめた。

井伊直政

——つまらん。

馬に笞《むち》をくれて駆けだすと、直政は、いったん自軍の前までもどった。

赤備《あかぞな》えの軍団が、すでに戦闘態勢を組んで、槍《やり》をかまえている。

しだいに晴れつつある霧のなか、その前にも後ろにも、大軍団がぎっしりと犇《ひしめ》いている。色とりどりの旗指物《はたさしもの》が、まさにこれから押し上げようとする津波に見える。

軍団が発散する熱を感じて、直政は大きくうなずいた。

強い。徳川は強い。

そのことが、大きな自負となった。

——馬鹿なやつだ。

福島左衛門大夫正則のことだ。

この戦いに勝てば、天下は大きく徳川に傾く。

そのことを知っていながら認めたがらない福島が、ことのほか愚かに思えた。

馬上、軍団の前にしばし、たたずんで前方をながめやった。

霧は薄くなってきたが、まだ敵陣までは見通せない。

それでも、味方の陣営がほとんど見渡せる。

本来ならば、井伊直政と松平忠吉《ただよし》は、三番の備えである。

一番の備えは、福島正則六千、筒井定次《つついさだつぐ》二千八百五十、田中吉政《たなかよしまさ》三千、藤堂高虎《とうどうたかとら》二千五百、京極高知《たかとも》三千など。

二番の備えに、細川忠興《ただおき》五千、加藤嘉明《よしあき》三千、黒田長政五千四百などがいる。

その後ろの三番の備えとして、織田有楽《うらく》や古田《ふるた》重勝《しげかつ》らとともに陣取るべき赤備えの井伊軍団と松平忠吉は、闇にまぎれてずいぶんと前に進み出て、第一線のすぐ後ろにならんでいた。

そのまま先駆けして一番槍の手柄を取るつもりであった。

「よいのか」

まだ二十一歳の松平忠吉は、戦場の熱に上気していたが、不安そうでもあった。

「なに、抜け駆けは裏切りとは違い申す。抜け駆けでも功名は功名。手柄は取った者勝ちじゃ」

そう諭した。

物見《ものみ》と称し、五十騎を連れて福島の陣の脇をすり抜けようとしたが、笹《ささ》を背負った可児才蔵《かにさいぞう》に見咎《みとが》められ、はばまれてしまった。

ただでさえ、扱いの難しい福島正則だ。

やむを得ずいったん退《ひ》くことにした。

自軍の前にもどってみれば、野に満ちた徳川の軍勢の背中がよく眺められた。

——壮観だな。まさに天下分け目の戦い。

よもや、この決戦で負けるようなことがあれば、徳川に明日はない。

——そんなことがあってたまるか。

直政は、しっかりと自分に言い聞かせた。

合戦の前は、いつでも自分に言い聞かせる。

——勝つのは自分だ。

勝てばこそ、生きて誉れが得られる。

もし、徳川が負けるようなことになれば——。

それを考えると恐ろしい。

最前線にいれば、逃げることなど叶《かな》わない。戦って、戦って斬り死にするばかりだ。

その覚悟は――。

できていない。死ぬのはまっぴらごめんだ。

轡《くつわ》をならべた忠吉を見れば、顔が青ざめて唇がかさかさに乾いている。小刻みに震えている。

「恐ろしゅうござるか」

穏やかな声でたずねた。

「…………」

忠吉は答えなかった。目が虚《うつ》ろに泳いでいる。

「誰でも最初は恐ろしい。拙者も小便を漏らした。内府《ないふ》様も糞《くそ》を垂れたことがある。それほどに合戦は恐ろしい。されど、恐ろしくなくなる道もござる」

「……どうすればよいのか？」

忠吉が訊《たず》ねた。

「ただ己の斃《たお》すべき敵だけをご覧あれ。その者を殺すことだけを考えて槍を振るいなさるがよい」

「…………」

納得したのかどうか、忠吉が小さくうなずいた。

「進めば極楽、退けば地獄——とは、よう言うたもの。進む以外に極楽はござらぬ」

唇を噛《か》みしめた忠吉がうなずいた。

「この合戦、先駆けはなんとしても徳川の譜代《ふだい》、直臣《じきしん》がせねばなりませぬ」

福島正則が一番槍をつければ、これは豊臣家の内輪争いになってしまう。豊臣の家臣同士の覇権争いになる。

徳川の譜代が火蓋を切ってこそ、天下分け目の戦いとなる。

——それがおれの仕事。

そう確信している。抜け駆けの軍法違反などさしたる問題ではない。

布陣している軍団の背後を眺めて、直政は武者震いした。

気持ちがはやっている。戦いたくてうずうずしている。呼吸が荒くなっているのを自分でも感じた。

陣と陣との隙間を見つけた。

「あそこを通りますぞ」

采《さい》で示したのは、すぐ前の加藤嘉明と筒井定次の陣のあいだである。

加藤嘉明は、秀吉の小姓《こしょう》上がりだが近江《おうみ》の出身である。筒井定次は順慶《じゅんけい》の養子。

どちらもさしてうるさくは言うまい。

「まいりますぞ」

声をかけると、直政は馬に答をくれた。

五十騎の赤備えの武者が、それに続いて馬蹄《ばてい》の音をとどろかせた。

直政は、脇にしっかりと手槍を掻《か》い込んで馬を駆けさせ、一群れの兵団の後ろに近づいた。

白地に蛇《じゃ》の目《め》の旗指物は、加藤嘉明三千の軍勢である。

原を閉ざしている白い靄《もや》は、しだいに淡く薄くなりつつある。

さっきまで、ほんの数十間しか見通せなかったが、いまはもう二、三町（約二一八～三二七メートル）先まで見える。まもなく、晴れるだろう。

湿りきった刈田に、足軽どもの黒い陣笠《じんがさ》と胴が目立つ。

林立した蛇の目の指物が揺れている。

加藤の足軽たちは、すでに立っている者が多い。体を伸ばし、いつでも駆け出せるように仕度をしている。

その左には、筒井定次の軍勢がいる。

こちらも三千近い人数が、群れとなって野を覆い、いつ合戦が始まってもいいように準備を調《ととの》えている。

「ほれ、あのあいだへ……」

と、隣を駆けているはずの松平忠吉に声を掛けた。脇を見たがいない。

手綱《たづな》を引いて、馬を止めた。

振り返って見れば、自分と家臣の数騎だけが駆けていた。

忠吉は、後ろのほうで田を這《は》っていた。ぬかるみに脚を取られ、馬が転倒したらしい。栗毛《くりげ》の馬が横になってもがいている。毛並は良くても、動きの悪い馬だ。

直政の馬は、白と黒の二毛《にげ》だ。馬の値としてはずっと安いが、よく走るのが気に入っている。

家臣たちに助けられ、忠吉がやっと立ち上がった。

――うかつな。

昨夜の雨で、関ヶ原はぬかるみだらけだ。原野と田が入り交じり、畦《あぜ》や水路もある。馬を駆けさせるのに細心の注意を払わなければならないのは当たり前だ。

直政はその場で待った。眉間に皺《しわ》が寄った。愚か者、うかつな者は死ぬのが戦場だ。討ち死にするなら、それまでの命運ということだ。

風が吹いて、靄がさらに薄くなった。

空にほのかな青みさえさしてきた。

すぐ前方の加藤、筒井の軍勢はもとより、その両翼に展開する軍団が眺め渡せる。

——すさまじい数だ。

無慮《むりよ》数万の武者、足軽が野を覆っている。

これほど大規模な合戦は、直政にしても初めてのことだ。

一人ひとりの男が噴き出し、発散した気が、とてつもないうねりとなり、原から天に向かって渦巻いている。

直政は、それをはっきりと感じた。

——国がうねる。

細長い日《ひ》の本《もと》の東から集まって来た大軍勢と、西から来た大軍勢が、この狭い関ヶ原で激突する。

誰もがこれから始まる大会戦に奮い立ち、勇み立っている。

その気が、おのれからも発散されているのを感じた。

——よくぞ男に生まれた。

武者として働けるのが、なにより気持ちを昂《たかぶ》らせる。

激突して敵を槍で突き伏せる。

油断すれば、こちらが突き伏せられる。

どちらとなるかは、武運しだいだ。天に祈り、われを励ました。

ようやく忠吉がやって来た。

真新しい白絲《しらいと》で縅《おど》した銀箔押《ぎんぱくおし》の桶側胴《おけがわどう》が泥まみれだ。吹き返しのない越中頭形《えっちゅうずなり》兜《かぶと》は、銀箔を押した洒脱《しゃだつ》なこしらえだが、それも泥を浴びて汚れている。

顔をこわばらせた忠吉は、失態を繕おうと慌て、焦り、肩で息をしている。転倒したのが乱戦の最中なら、敵の足軽の絶好の餌食になっていた。

「陣羽織を直しなされ。見苦しい」

泥にまみれた忠吉の陣羽織が、肩からはずれて斜めになっている。いまさら泥を拭う時間はないが、陣羽織くらいはきちんと着ていなければ恥ずかしい。

「ふん。見かけで合戦するのではなかろう」

忠吉が、鼻息荒く言い放った。

「とんでもない。さような了見では、初陣《ういじん》は飾れぬわい」

直政が静かに言うと、忠吉が唇を嚙んだ。

「合戦は、男がおのれの器量を誇り、見せつける場じゃ。一番の誉れをめざして懸命に駆け、槍のさばきに武芸の修練を誇る。われらの赤備え、いったいなんの為《ため》とおぼし召されるか」

忠吉が黙した。

信長に滅ぼされた甲斐武田《かいたけだ》家の馬廻衆《うままわりしゅう》七十余騎を、家康公の下命《かめい》により、井伊家は受け入れた。

そのとき、甲冑《かっちゅう》を始め、旗、指物、馬の鞍《くら》、鐙《あぶみ》から笞にいたるまで、家中《かちゅう》の士の具足《ぐそく》、武具、馬具をすべて赤一色にせよと家康公に命じられた。長篠《ながしの》の合戦で死んだ武田家の重臣山縣昌景《やまがたまさかげ》が赤備えを好んでいたことにあやかってのことである。

それ以来、新たに召し抱える者があれば、武具奉行が赤一色で軍装を調えるように命じている。

十余年前の長久手《ながくて》の合戦が思い出される。

あのとき、直政の赤備えの軍勢は、朝日のなか、丘を疾風《はやて》のごとく駆け下り、秀吉方の軍勢に討ち掛かった。

その凄《すさ》まじさゆえ、直政は大名たちから赤鬼と呼ばれた。まさに誉れの赤備えである。

疾駆する赤武者の群れは、天から舞い降りたかのごとき華麗な軍団に見える。

見目麗しいいでたちながら、ひとたび敵に襲いかかれば血肉を食らう地獄の羅刹《らせつ》となる。

　それが赤備えの真骨頂だ。

　今日も、三千六百の赤備えの武者たちが、いまや遅しと敵陣への吶喊《とつかん》を待ち構えている。

　誰もが、名を惜しみ、人に誇れる武勇を挙げようと期している。

　背筋を伸ばして誉れを手に入れ、名を挙げてこその男である。

　忠吉は叱られた子のように、泣き出しそうな顔で、陣羽織を直した。

　多くを語らずとも分かったらしい。

　一騎の母衣《ほろ》武者《むしゃ》がそばに寄り、大雑把ながらも泥を拭ってやったので、すこしは見栄えがましになった。

「それでよろしい。見苦しい姿で、満足な戦いなどできませぬ」

　直政は槍の石突きを地面に突き立て、采を握った。金紙《きんし》の房に赤い柄がついている。

　采で、右手前方を示した。

「敵大将石田治部少輔《じぶしょう》は、あちらの方向の笹尾山に陣を張っております」

　笹尾山は霧に閉ざされて見えない。

それでも、直政には、その山の形と、治部少輔がどこに幔幕を張っているかが、はっきり見えていた。

つぎに左を指した。

手前の野には福島正則の軍勢が見えているが、そのむこうは霧でやはり見えない。

「こちらが南の松尾山。小早川一万五千が陣取っておる」

忠吉は黙って聞いている。

直政は、さらに采で正面を指した。

「敵方主力の宇喜多秀家一万七千、小西行長六千は、この方面の天満山《てんまやま》におる」

天満山はほんの数町先のはずだが、これもまた霧で見えない。

「大きな山か」

忠吉がたずねた。

「低い山にござる。北と南の二つの天満山がある。宇喜多は南だ」

忠吉はうなずかない。見えない敵を、どのように見てよいのか分からないらしい。

「北の笹尾山から正面の天満山、そして南の松尾山にいたる丘々に、敵は、鶴翼《かくよく》の陣を布《し》いておる」

「……見て来たようなことを言うものよ」

つぶやいた忠吉を、直政は睨《にら》みつけた。たとえ家康公の御子《おこ》とはいえ、合戦の経験のない若造に侮られたくはない。

「見えておる」

語気が強くなった。合戦のなんたるかを知らぬ若造には、戦場往来の肝っ玉を教えてやらねばならぬ。

「………」

忠吉が押し黙った。

「わしには、敵の配置が手に取るように見えておる」

「……はい」

素直な返事だった。

「駿府《すんぷ》から伏見、大坂への行き帰りに、いつもここを通った」

東海道ならば、伊勢から鈴鹿《すずか》を越えて近江に出る。

そちらの道を選ばず、直政はあえて東山道ばかり通った。

「いつの日か、西国《さいごく》の武者たちと雌雄を決することがあれば、必ずやこの地で決戦となると踏んでおった。たとえ霧で閉ざされていようとも、この関ヶ原の地形は、わしの目にくっきりと見えている」

直政は、いま一度、采で前方やや左手を指した。

「あそこに天満山がある。宇喜多の旗が翻っておる」

目を凝らすと、霧のかなたに青い旗の群れが見えた。

風が動き、霧が動いている。

野に丘に、まさしく采の指したその先に、青地に兒《ちご》の字を白く染め抜いた宇喜多の旗指物が林のごとく翻っている。四、五町（約四三六～五四五メートル）先だ。字など読めないが、直政にはくっきり見えている。

宇喜多勢の右にも左にもおびただしい軍勢がいる。

笹尾山が見える。丘の上の白い幔幕は三成だ。その麓に、島左近、蒲生郷舎《がもうさといえ》。すこし左の奥まったあたりに島津《しまづ》勢。

北天満山の麓は小西行長。

南天満山の手前に宇喜多。

さらに左に大谷刑部《ぎょうぶ》。

松尾山の山頂には、小早川。山麓に脇坂《わきさか》、朽木《くつき》、小川《おがわ》、赤座《あかざ》。

野に丘に、将兵が潮《うしお》のごとく満ちている。色とりどりの旗が、さざ波となって揺れている。

敵の陣からもまた、大いなる気が立ち昇り、渦巻いている。

気の強さに、直政はぞっとした。

――修羅の群れか……。

臆してそう感じたのではない。

合戦に立ち向かう彼我《ひが》の軍勢の気の違いを冷静に見定めてのことだ。

千人、万人の軍団は、もはや人の集まり以上の魔物である。人が人でなくなり、羅刹となって戦う――。その気の高まりこそが、軍団を強くする。

そんな目で見れば、西軍の群れは強い。

天を衝《つ》くほど士気が高く、強烈な気をうねらせ、発散させている。

気の強さは、徳川勢に劣らない。むしろ数倍している。

徳川方の士気が低いわけではない。ただ、長い行軍で疲労が積もり、いささか弱まっている。

それに比べれば、敵方の陣は、満を持して勢い立っている。

直政の尻の骨のあたりから、みょうに熱を帯びた疼《うず》きが広がった。

全身の肌にぞわぞわと粟《あわ》が立った。

背から肩、腕、腹から腿《もも》、足の爪先まで、ぶるっと震えた。

ひさしぶりの武者震いである。

全身の血が滾《たぎ》っている。魔羅《まら》が硬く怒張している。

須臾《しゅゆ》ののちに死ぬかもしれない。ならば、とことん、生に向かって突っ走る。

——激突あるのみ。

井伊家の本隊には、すぐ後についてくるように指示してある。すでに、じわりと前に出ている。駆けだせば、後をついてくる。

まずは五十騎で一番槍をつける。

それがなによりの大事である。

吉と出るか、凶と転ぶか。そんなことは分からない。

ただ駆ける。ひたすら駆け、目前の敵を突き伏せる。

それが合戦である。

将ならば、それを全軍にさせる。

それには、まずおのれが駆けて戦うのが肝心だ。将の心得をもったいぶって説く輩《やから》がいる。そんなことは知らぬ。まず駆けて戦う。それが直政の流儀だ。

法螺《ほら》の音が響いた。

五つずつ三度。身ごしらえをせよとの触れ貝だ。

呼応して、あちこちで貝の音が響いた。

音のゆりの小気味よい貝を聞くと、身が引き締まる。どこで吹いているのか。あるいは敵陣かもしれない。なんにしても、まもなく合戦が始まる。

左手前方で鉄炮《てっぽう》の音がした。小西の陣あたりか。

二発、三発と続いた。

もう猶予はない。

「よろしいな」

隣にいる忠吉を見た。

銀色の桶側胴と頭形の兜が、音を立てて震えている。

「とにもかくにも駆けて槍をつける。一番が大事。軽くひと当たりして転じる。拙者について来るがよい」

采を腰に締めた縄に挟み、あらためて手槍を掻い込んだ。

「どぉおりゃッ」

腹の底から大音声《だいおんじょう》を絞り出し、天に向かって咆哮《ほうこう》した。

「行くぞッ!」

馬の腹を蹴った。馬が駆ける。

刈田を駆け、ぐんぐん進んだ。加藤嘉明と筒井定次の軍勢のあいだだ。

両脇の足軽たちが、驚いて見ている。

「すわっ、抜け駆けぞ」

「合図の狼煙《のろし》はまだだ」

声が聞こえたが、かまうことはない。

右手で槍をまっすぐに構え、左手で手綱をさばき、膝で鞍を挟み、鐙で馬の腹を蹴って、まっしぐらに駆けた。

忠吉と五十騎がついてくる。

井伊の赤備えもついてくる。後ろなど見なくとも、それが分かる。

加藤と筒井のあいだを抜け出た。

広い原が続いている。馬が濡《ぬ》れた草を蹴って駆ける。

手綱を左に絞り、原を斜めに駆けた。

敵陣でいちばん前に出ているのは宇喜多だ。宇喜多の先鋒《せんぽう》を、疾風《はやて》のごとく掠《かす》める。

左後方を振り返ると、福島正則の軍団がいる。まだ動いてはいない。いまのうちだ。

「駆けよ、駆けよッ」

宇喜多の陣が近づいてくる。

そろそろ鉄炮の射程だ。一町（約一〇九メートル）を切った。むこうもまだ撃たない。引き寄せて撃つつもりだ。

前列の鉄炮隊が、膝射ちに構え、こちらを狙っている。

物頭《ものがしら》が長い采を振るのが見えた。

火薬の炸裂音《さくれつおん》が一斉に轟《とどろ》いた。銃口から水平に噴き出す火が数十本見えた。

こちらの何騎かが転倒した。

正面の弓隊が、弓を引き絞っている。号令とともに矢を放った。矢が直政の胴の脇に当たって弾《はじ》けた。

「うりゃぁぁぁッ」

雄叫《おたけ》びをあげて、直政は手槍を構えた。

敵陣で鉦《かね》が気ぜわしく打ち鳴らされた。突撃せよとの攻め鉦だ。

長柄《ながえ》の槍隊が、立てていた穂先を揃《そろ》えてこちらに向かって走ってくる。突き立った槍衾《やりぶすま》が地獄の針山に見える。

その前を掠めて、鉄炮隊に向かって突っ込んだ。

玉を込めている足軽の喉元を狙って、手槍を突き立てる。のけぞって倒れた。

素早く槍を引き抜き、もう一人突き伏せた。

長巻《ながまき》の柄《つか》を二人で持って、馬の脚を払いに来た足軽の顔を、返した槍の石突きで殴りつけて転ばせた。

まわりで、馬廻衆が奮戦している。

忠吉はどこにいるのか。見れば、手にした槍を大きく振り回し、群がり寄って来る足軽どもを払いのけている。

はるか向こうでは、福島隊が張り裂けんばかりの大音声をあげて突き進んで行く。野に雄叫びが満ち、修羅の戦いがはじまった。

――勝つぞ。生きるぞ。

直政は、おのれに言い聞かせ、さらに槍を振るい、足軽を突き伏せた。

松野重元

馬を降りて松尾山の坂を登っていたとき、背後の野で銃声が轟《とどろ》いた。

朝から散発的に銃声が聞こえてはいたが、いまのは鉄炮《てっぽう》隊の一斉射撃だ。百挺《ちょう》ばかりの鉄炮が同時に放たれた音だった。

——始まったか。

振り返ると、あれほど濃かった霧が晴れている。

眼下に関ヶ原が一望できた。

左手の丘々に陣取っているのは、西の豊臣の軍勢だ。地形をたくみに利用して鶴《かく》翼《よく》に開いた力強い布陣である。

右手の平原に、東から来た徳川の軍勢が集結して陣をかまえている。

——地を覆うとはこのことだ。

蟻《あり》が群がり集まったかと見えるほどの人数である。

西の丘陵に陣取る将兵も多いが、東の平原には、それに倍する数の軍勢がいる。

ずらりと前線に布陣しているのは、黒田、細川、加藤、京極、福島らの手勢である。色とりどりの旗や馬標《うまじるし》、足軽たちの背負った指物《さしもの》が揺れている。

その後ろにかまえている大きな集団は家康の本隊だ。三万と聞いている。

——多い。

家康の底力を見せつけられた気がした。

ざわめきが地から湧き上がっている。

風にのって雄叫《おたけ》びが聞こえる。

すでに兵と兵とがぶつかっている。

激突しているのは、いまのところ最前線のほんの一点だ。

東の野に布陣している軍団は、まだ動いていない。

後方から、赤備《あかぞな》えの軍団が突出しつつある。一本の矢のごとく細長い流れとなって、一番備えの軍団のあいだを通過して飛び出していくのが見える。

――井伊の軍勢だ。

赤備えの井伊軍団が向かっているのは、西軍でいちばん大きな宇喜多の陣だ。

赤い矢の先端が、宇喜多の陣に突っ込んで行く。銃声や雄叫びはそこから聞こえてくる。鉦《かね》と法螺《ほら》の音が響く。決戦の火蓋が切られたのだ。

――こうしてはおられぬ。

これから東の全軍が進撃を開始する。

機を正しく読み、松尾山の小早川勢が横を突けば、西軍が勝てる。

――しかし……。

松野主馬《しゅめ》重元は、首を振って、坂道を駆け登った。

――こうしてはいられない。

小早川金吾中納言は、あろうことか、寝返りを考えている。

それを翻意させ、正しく西軍の豊臣に味方させねばならない。

先鋒《せんぽう》の頭《かしら》であるのに、あえて持ち場を離れ、石田三成に報《しら》せに行ったのは、大軍を率いた金吾中納言の動静が、勝敗を大きく左右するからだ。

具足《ぐそく》を鳴らしながら山道を登った。

松尾山は、小高い山だ。原からの高さは二町（約二一八メートル）ほどもあろうか。急いで駆け登っても四半刻（三十分）はかかる。

小早川金吾中納言一万五千の兵は、山頂と山の中腹にかけて布陣している。

山頂に古い城跡があり、金吾中納言は馬廻衆《うままわりしゅう》や直属の旗本とともにそこにいる。

昨日、着陣したとき、主馬は山麓に布陣するように進言したが、金吾中納言は山頂に行くと言い張った。そのほうが戦場から離れていられるからだろう。

山麓には、豊臣方の脇坂や朽木《くつき》らが陣をかまえている。合わせて四千ばかりだ。あの連中も、はたして頼りになるかどうか分からない。

山の中腹の自分の陣所に戻ると、六百の手兵が、じっと眼下の関ヶ原を睨《にら》んでいた。みな鉄炮を手に、いつでも出撃できる準備をしている。

帰ってきた主馬に気づき、足軽たちが一礼した。

「お留守のあいだに、本陣より母衣《ほろ》武者《むしゃ》が駆けて参りました」

留守を守らせていた弟の平九郎《へいくろう》が苦い顔で迎えた。

「なんと言うて来た」

「開戦の狼煙《のろし》が上がっても、沙汰あるまで待機せよ、との下知《げち》でござった」

「ふんッ。日和見《ひよりみ》を決め込むつもりか。馬鹿なことだ」

主馬は腹が立った。

もう戦闘は始まっている。

機を逃さずに攻め込まねば、勝てる戦《いくさ》が勝てなくなる。

「ええい。とにかく中納言殿に会わねば話にならんわい。行ってくるぞ」

「御意《ぎょい》。激昂《げっこう》めされませぬよう」

「激昂しに行くぞ。なにが悲しゅうて徳川に肩入れせねばならんか」

松野主馬の生国《しょうごく》は美濃である。一族は、美濃の国侍《くにざむらい》で、信長に仕えていた。

主馬の伯父《おじ》の松野平助《へいすけ》は、信長が本能寺で討たれたとき、山城《やましろ》にいたが本能寺から遠く離れていた。

事変を聞いて駆けつけたが、すでに本能寺は焼け落ち明智光秀が陣を張っていた。

このうえは明智の家臣となるように言われたが、平助は首を横にふった。

これまで信長公に過分の知行《ちぎょう》をもらっていたのに大事のときに力にもなれず、その上、逆臣を主と仰いで仕えることはできない、と追い腹を切って果てた。

信念の男だった。

主馬は若いころに小姓《こしょう》として秀吉に召された。つねに秀吉の身近に仕え、褒美をもらったことがなんどもある。

朝鮮出兵のすこし前、秀吉から、丹波篠山《たんばささやま》に三百石の知行を与えられた。

豊臣の姓を賜り、従五位《じゅごい》の下《げ》にも叙せられた。秀吉に気に入られていたのは、軍功もさることながら、陰日向のない働きをしたからだろう。

丹波に移されたのは、同じ丹波亀山《かめやま》十万石の城主としてやってきた金吾中納言の世話をするようにとの命令であった。

そのとき金吾中納言はまだ八歳だった。

秀吉の養子として羽柴《はしば》を名乗っていた金吾中納言は、秀頼が生まれて、小早川家に養子に出された。

主馬はそれについて備後《びんご》に行った。

秀次《ひでつぐ》事件に連座して金吾中納言は隠居させられた。のち筑紫《つくし》に転封《てんぽう》となった。それにも従い、一万石の知行をもらっている。

朝鮮にも、金吾中納言について行った。

まだ十七だった金吾中納言は、どうにも腹の据わらぬ若者で、すぐに調子に乗り浮足立つかと思えば、気が乗らぬと懈怠《けだい》に陥るのが欠点だ。

そんな性癖は、二年たち、十九になったいまもまるで変わっていない。

このたびの出陣にしても、まことにもってぐずぐずしていた。

伏見城を八月一日に攻め落としたのち、東に向かって行軍をはじめたものの、東近江《ひがしおうみ》の石部《いしべ》という在所で足を止めてしまった。

石田三成からは、早く大垣に来るようにと、しきりと使番《つかいばん》が来た。

「病気じゃと言え」

それですませてしまった。

近江には、徳川方からも遣いが来た。黒田長政が、内通するようにしきりと工作してきたのである。

それもあって、近江を発《た》つのが遅くなった。

この松尾山に着陣したのは、ようやく昨日のことである。

「徳川への内通など、とんでもない不心得。男として、いや、人としての分《ぶん》が立ちませぬ」

主馬は、近江にいるときから、いくたびも金吾中納言を諫《いさ》めた。

あまりに諫言《かんげん》が度重なると、金吾中納言は主馬を遠ざけるようになった。

世が平穏ならば、多少の軽佻浮薄《けいちょうふはく》は目をつぶりもしよう。

しかし、合戦のときに、右顧左眄《うこさべん》するのは許せぬ。

まして、豊家《ほうけ》をないがしろにする裏切りなどもってのほかである。

じつは、昨日も、この松尾山に、徳川方から使者が来ていた。徳川に加担すれば、上方《かみがた》に二国を与えるというのである。そんなことは、隠し立てができぬ。すでに小早川の全軍が知っている。

昨夜は、石田三成本人も、わざわざ山を登って金吾中納言に会いに来た。

金吾中納言は会わなかったが、重臣の平岡頼勝が会った。

——笹尾山からの狼煙を合図に、敵の背後を突かれよ。

三成がそう申し入れたのを、主馬も居並んで聞いていた。

平岡は了承した。

「承知した」

はっきりと言葉にして答え、平岡がうなずいたのを主馬はたしかに見た。松明《たいまつ》の明かりのなか、平岡の顔は苦渋に満ちていたが、どんな心境であれ、約束したのだ。武士と武士、いや、人と人との約束はあくまでも守らなければならぬ。狼煙が上がったら、全軍で突撃せねばならぬ。

竹筒の水を飲んで山頂に向かった。供には数人を連れているだけだ。具足をつけていると坂がきつい。息が切れるのをかまわず足を速めた。

途中の陣所で、番卒に誰何《すいか》された。

「松野だ」

ぎょっとした顔をされる。先鋒の頭が持ち場を離れて山を登ってくるなど、尋常ではない。顔も恐ろしく引きつっているに違いない。悲壮な感情が脳天から背筋を貫いている。男として正義を通せるか、長いものに巻かれて転んでしまうかの瀬戸際である。

生と死は、もはやなんの価値もない。いま貫くべきはただひとつ、信義を守る行動である。それは命より大切なものだ。

登るに連れて、陣所が増え、兵が多くなる。あたりの木立は伐《き》り倒されて、関ヶ原への眺望がよくきく。小早川家の違い鎌の旗が林立している。

山頂に登り詰める手前の山の肩にたどりついた。

ここに平岡頼勝の陣所がある。

高みから俯瞰《ふかん》すると、すでに前線で激突が始まっていた。

人などは芥子粒《けしつぶ》よりなお小さくしか見えないが、それでも命懸けの死闘が繰り広げられているのが見える。

あたりにいる兵が、何人かずつ集まって、指をさしながら戦いを見ている。

――高みの見物か。

ここにいれば、眼下の戦いを自分とは無縁のものだと思うこともできる。

銃声と雄叫びが、風に乗って聞こえた。

それは、はるかに遠い下界での話である。

「松野主馬、御本陣に通る」

番卒の答えを待たず、さらに山道を上がろうとすると、突き出した槍《やり》に行く手を阻まれた。

「なりませぬ」

「なんだと」

「お通しすることはできませぬ」

「なぜだ」

「殿のご下命《かめい》にござれば」

「ふん。ならば突け。突き殺せ」

言い捨てて通った。語気が激しかったからか、番卒は突かなかった。一人が山頂に走った。平岡は、山頂にいるらしい。報せに行くのだろう。

山の肩から山頂には、なお二町ばかりの坂道がある。

主馬は懸命に駆け登った。鎧《よろい》の内が汗でぐっしょり濡《ぬ》れた。

頂きには、古い城跡がある。

おそらくは、織田信長公が美濃を治めたとき、近江の浅井《あざい》を警戒してつくらせた出城であろう。山のいちばん頂きに大きな本丸があり、四方に延びた峰の上にいくつもの曲輪《くるわ》が並んでいる。

建物はすでに朽ちてない。

いまは幔幕《まんまく》を張って本陣としている。

幔幕の内に、大勢の将が集まっている。

眼下の決戦を見物している。

「なんだそのほう。なぜ持ち場を離れた」

立ち上がって叫んだのは、平岡頼勝である。主馬を指さして、目を吊《つ》り上げた。

「あほうをぬかすもたいがいにされよ。ここで豊家を裏切ったとて、小早川の家に未来などあるものか」

平岡を睨みつけ、そのまま強い視線で一座をねめ回した。

まんなかに小早川金吾中納言がいる。

さらに強い視線で睨みつけると、青白い顔をした金吾中納言が、背をすくめて縮み上がった。

金吾中納言秀秋が、体を強張《こわば》らせて俯《うつむ》いた。奥歯を嚙《か》みしめて、呵責《かしやく》にじっと堪えているようだ。

手にしている采《さい》が、小刻みに震えている。

やがて顔を上げると、恨みがましい眼で松野主馬を睨みつけた。

——この男……。

主馬の眼に映る秀秋は、むかしの子ども時分とすこしも変わっていない。

まだ元服前の子どものころ、秀秋は、落ち着きがなく、やたらと空威張りする甘えん坊だった。

背丈が伸びて見かけは大人になったが、腹がすわらず、虚勢を張るところなどはまるで同じである。

「うるさい、うるさい、うるさいわ。余計なところにしゃしゃり出てくるでない」

床几《しょうぎ》から立ち上がると、腰に帯びている太刀《たち》を抜いて振り回し、むやみと中空を切りつけた。へっぴり腰なので、刃筋にまるで勢いがない。

「そんなやわな太刀で倒される敵はおりませんぞ」

主馬が叱り飛ばすと、秀秋は太刀を納め床几にすわった。

泣き出しそうな顔をしている。

「このわしに、いったいどうしろと言うのだ。石田治部少輔《じぶしょう》から誓紙《せいし》を受け取った。徳川の内府《ないふ》からも受け取った。どちらも味方せよと言うてくる。関白《かんぱく》にするとか、二国をくれてやるとか……。そんなにわしの力が欲しいか」

誰に言うでもなく喚《わめ》き立てた。たいそう苛立《いらだ》っている。自分がどう行動するべきか、まるで分からないのだ。

紺絲縅《こんいとおどし》の甲冑《かっちゅう》が勇ましいだけに、秀秋の狼狽《ろうばい》ぶりが見苦しい。

「落ち着きなさいませ」

「ふん」

鼻を鳴らして、手で顔を拭った。自分でもみっともないと感じたらしく、眉間に不機嫌な皺《しわ》を寄せた。

「なにをなすべきか、いま一度考えなされよ。非道をなすべきにあらず。なすべきは天道《てんどう》なり」

「天道などどこにある」

秀秋が叫んだ。

「わしはさんざんに考えに考え抜いたわい。がんじがらめに縛りつけられ、どちらに味方しても非道に陥るしかない。それならいっそ、この山から下りずにいるのがよかろう」

主馬は首を振った。

「それでは、豊家からのご恩を仇《あだ》で返すことになるッ」

大声で恫喝《どうかつ》した。

「すでに合戦が始まっておるのだ。山を下りて福島隊の脇を突けと下知されよ」

秀秋が豊家を裏切るつもりなら、主といえども刺し殺す覚悟を決めた。

その腹で睨みつけた。

「さしでがましい奴《やつ》だッ」

主馬にむかって大声を張り上げたのは、家老の平岡頼勝であった。

四十がらみの平岡は茶色い肋骨胴《あばらどう》を着けている。一枚の鉄に肋骨と腹、臍《へそ》を叩《たた》き出した当世具足《とうせいぐそく》である。ちょっと見ると裸になって胸と腹をむき出しにしているようでぎょっとする。兜《かぶと》は総髪を頂きで束ねたごとき野郎頭形《やろうずなり》だ。

「この陣の大将は金吾中納言殿じゃ。大将の下知通りに動くのが貴様らの役目。とっとと持ち場に帰れ」

主馬は、平岡を睨みつけた。

「裏切りをそそのかした非道な男に命令される謂《い》われはない」

「小早川家の先を考えてのことだ。世の中を大きく見渡せば、徳川に味方するのが家のため。治部少輔に味方してもこの家の先はない」

平岡が傲然と言い放ったので、主馬は激昂した。腸《はらわた》が煮えくりかえった。

「なんだとッ」

地面を蹴って摑《つか》みかかった。倒れたところを馬乗りになって、咽喉輪《のどわ》を摑んで揺さぶった。

「やめんかッ」

稲葉正成《まさなり》が、主馬を羽交い締めにして平岡から遠ざけた。まわりにいた武者たちにたちまち引き離された。

「たいがいにせよ」

稲葉は三十になったばかりの若さだが、美濃三人衆の一人だった稲葉一鉄《いってつ》の子重《しげ》通《みち》の養子である。

家老の平岡とともに小早川家を仕切っている。

摂津生まれの平岡も、美濃生まれの稲葉もかつては秀吉に仕えていた。松野主馬ともども、秀秋に付けられた守役《もりやく》である。

出身の家格でいえば、城持ちの子だった稲葉がいちばん高い。

松野主馬は小姓のころから、平岡は長じてから秀吉に仕えた。

摂津の地侍の家に生まれたが、平岡家は父の代から諸国を流浪している。頼勝も若いころは、貧窮の苦労を舐《な》めたはずだ。そのなかでもなんとか身を立てようと、諸国をめぐるあいだに見聞を広め、軍学を身につけたらしい。その熱心さを秀吉に買われて仕官がかなった。

平岡が平岡なりに、秀秋の身を考えて忠誠を尽くそうとしているのは間違いない。

しかし、同じく豊家に仕えていた身でも、かつての主家をいかに重んじるかについては、温度差が大きい。平岡の下した結論は、主馬とはまるで違っている。

考えてみれば、羽柴を名乗っていた金吾中納言は、たかだか数年のうちに、丹波亀山、備後三原《みはら》、越前北庄《きたのしょう》、筑前名島《なじま》の城をあわただしく移り変わった。

備後三原に行ったのは、羽柴家から小早川家に養子として入るためである。小早川家代々の家臣もいるので、家中《かちゅう》のまとまりがどうしても希薄である。

――哀れな木の葉だ。

金吾中納言秀秋の運命は、木の葉のごとく変転してきた。坂の上の小石が転がるように、運命の坂道を転がっているようにさえ見える。しかし、だからと言って、ただ時勢に流されて徳川についてよいという論にはならない。

武士には守るべき信義があるはずだ。

「情けない。貴殿らはそれでも武士かッ。いや、人かッ」

主馬は大声で吼《ほ》えた。

「命あっての武家じゃ。まずは家を保つことこそ大事。それを考えよ」

平岡頼勝が野郎兜の下の顔をゆがめた。この男にとっても、裏切りは生きるための苦渋の決断であったはずだ。

しかし、許せるはずがない。

許してよいはずがない。

「天に恥じよ。地に恥じよ。おのれに恥じよ」

主馬は腹の底から声を絞り出した。

平岡や秀秋に怒鳴ったのではない。天に向かって咆哮《ほうこう》した。おのれを含めて、天と地のあわいに生を享《う》けたすべての生き物に向かって、生きる限りは信義を貫くべしと叱咤《しった》した。

陣幕の内にいる武者たちが押し黙った。

恥じてはいるのだ。

恥じてはいても、生きるために、恥より利を選んだ男たちだ。

はるか眼下の関ヶ原での銃声と雄叫びが山上のここまで届いてくる。

ここにいれば、まるで他人事《ひとごと》のように合戦が進んで行く。

この地の天候は変わりやすい。

さっきまで見えていた青空がまた雲に閉ざされ日が翳《かげ》った。

それでも、原の霧は晴れている。

東から西に向かう軍団の先鋒と、西から東に押し返す軍団の先鋒とが、入り乱れて白兵戦を演じている。銃声が響き、叫喚が聞こえる。波と波がぶつかり合うように、夥《おびただ》しい旗指物の群れが軋《きし》み合っている。

もうすこし東軍が前に出て来たところで側面を突くのが、小早川軍にとって絶好の攻め時である。

そのためには、いま決断を下さねばならない。

「いまからでも遅うない。徳川を攻められよ。福島隊に向けて采を振られよ」

主馬は、秀秋に懇願するように言った。声が嗄《か》れ、悲痛に響いたのが自分でも分かった。

「ならん。ならん。ならん」

平岡が、秀秋の前に立ちはだかって大声を張り上げた。

なにか、後ろを意識している気配を感じた。

居並んだ重臣たちの列のなかに、腕を組み、口をへの字に曲げた武者がいる。地味な桶側胴《おけがわどう》に筋兜《すじかぶと》。質実剛健を絵に描いたような男は徳川家康の家臣、奥平貞治《おくだいらさだはる》である。

そのとなりにもう一人、黒田長政の家臣大久保猪之助《いのすけ》がすわっている。

二人とも秀秋が確実に西軍を裏切るようにと派遣されて来た目付《めつけ》である。

——殺してやる。

あの男らがいるからいかんのだ。

殺してしまえば、秀秋も意を決して、徳川を攻めるしかない。

「奥平殿ッ」

主馬が声をかけると、大きな眼を見開いた奥平がこちらを睨み返した。

返事はない。

「貴殿は、この陣によくぞのうのうと坐《すわ》っておられるもの」

怒鳴りつけると、奥平貞治の口元が、さらに大きく曲がって開いた。

「わしは、この小早川の御家を救うために参った。すでに金吾中納言殿は、徳川のお味方。貴殿こそなにを血迷っておるか」

平然と言ってのけた。

――許せん。

主馬の腸がぐらぐらと煮え立った。全身の血が滾《たぎ》り立った。

――許してはおけん。

「ならば、まずは貴殿こそわが敵。立ち合え。尋常に勝負いたさん」

叫んで、目の前に立っていた平岡を蹴飛ばして転ばせると、太刀を抜いて奥平の喉元を突かんと躍りかかった。

身を躱《かわ》そうとした奥平が床几から転がり、地面を這《は》った。

背中を見せて逃げて行く。

捲《まく》れ上がった兜の錣の隙から首を突こうとしたところで、主馬はまわりの連中に押さえ込まれ、太刀を奪われた。

連れて来た家来たちも抗《あらが》って摑み合ったが、なにしろ本陣である。馬廻衆たちが主馬を取り囲み、槍の穂先を並べて向けた。

「やめんか。持ち場にもどれ。おぬしは先鋒の隊長だ。自分の陣にとっとと戻って下知を待て。さもなくば、軍令違反でこの場で突き殺す」

平岡が言い放った。

「ならば突け、殺せ」

立ち上がった主馬の大声に、一同がおののいた。

こちらには恥じるところがない。

恥をうちに抱く者は、天の声を恐れる。

「わしは天に恥じることがない。裏切って生きるより、裏切らずに殺されるほうを選ぶわい」

胸を張って一歩踏み出すと、馬廻衆たちが一歩退き、槍の穂先がさがった。

「やめよ……」

鵯《ひよどり》が鳴くような掠《かす》れた声がかかった。

「やめてくれ……」

情けない声を出しているのは、大将その人、金吾中納言秀秋であった。

「そのほうは、太閤《たいこう》殿下に恩義を感じておるのであろう」

秀秋が口を開いた。声が震えている。

「さようにござる。殿下の御恩をありがたく感じておればこそ、いまこそそれに報いるときと腹をくくり、豊家に尽くす所存」

「その気持ちはわしとて同じだ」

秀秋の声がさらに震えた。

「……ならば、なぜ裏切りなさるのか」

秀秋が首を大きく横にふった。

「このたびの合戦は、獅子《しし》身中《しんちゅう》の虫、身勝手なる石田治部少輔を討伐するためのもの。わしが徳川に味方をすれば、畿内に二カ国がもらえる。そうすれば、豊家に存分にお仕えできるというもの。万が一にも徳川が豊家に矛先を向けることがあれば、そのときはわしが先鋒となって内府を討ち果たそうぞ」

震えていた秀秋の声が、しだいに力をおびた。

主馬は返事ができない。

豊家のための戦いだと言われれば、反論のしようがない。

「されば、持ち場に戻って下知を待て」

「…………」

拳を強く握ったが、殴りつける相手がいなかった。

「大将はこのわしだ。わしが下知する」

主馬は奥歯を噛みしめた。

ぎしぎしと音を立てて歯が鳴った。歯が折れて、顎が砕けそうだ。

頭のなかの血が滾って、なにをどう言葉にしてよいのか分からなかった。

原の雄叫びが聞こえる。

怒濤《どとう》と怒濤がぶつかる。

東の赤備えの軍勢が、一本の槍のごとく鋭く突き出して突っ込んで行ったが、それを揺るぎなく受け止め、なお、はじき返している軍団がある。

青い旗指物の群れである。

西の山麓に備えた軍団のなかでも飛び抜けて数が多い。

ここからは読めないが、その指物には兒《ちご》の一字が白く染め抜いてあるはずだ。

本貫地《ほんがんち》を備前児《びぜんこ》（兒）島《じま》とする宇喜多秀家一万七千の軍団である。

宇喜多秀家

宇喜多秀家は、南天満山《みなみてんまやま》の小高い丘に張った本陣の幔幕《まんまく》から、関ヶ原を見つめていた。

背後の南天満山はさして大きな山ではないが、深い杉の森におおわれている。夜明けになって、前方が見晴らせるように、杉の木を何十本か切り倒させた。

視界は開けたはずだったが、濃く垂れ込めていた霧のせいで、さきほどまで自軍の背中しか見えなかった。

いまは、霧が晴れて、原がずいぶんと見渡せる。

ときおり雲が途切れると、青空が見えて日さえ射している。

霧の晴れた前方の野には、色とりどりの甲冑《かっちゅう》を身に着け、さまざまな旗を背負った敵の将兵が群がり集まっている。

正面に見えているのが福島正則隊の六千である。

それを後ろから支えるようにして、京極やら藤堂やら、井伊の赤武者やら細川やらの軍勢が見える。

家康の本隊がその向こうにいるはずだが、まだそこまでは霧が晴れていない。

──取るに足らぬ。

そう言い放つ自信があるのは、なんといってもこちらの陣形がよいからだ。

宇喜多の軍団から見てもっとも左翼の笹尾山には、石田三成の六千。

その手前には秀頼麾下《きか》の黄母衣衆《きほろしゆう》二千。当の秀頼は大坂城だが、黄母衣衆だけ出陣してきた。それでもむろん士気が上がるのはいうまでもない。

島津義弘《よしひろ》と豊久《とよひさ》の千五百。

さらには北天満山のふもとに小西行長六千の兵が布陣している。

秀家の右翼には、戸田重政《とだしげまさ》、大谷刑部吉継《ぎようぶよしつぐ》、朽木元綱《くつきもとつな》ら、ざっと一万。

ひときわ高い松尾山には、小早川秀秋の一万五千。

宇喜多秀家自身の軍団は、左右に鶴翼《かくよく》に開いた西軍のちょうど中央にいる。

秀家は、備中、備前と美作《みまさか》にまたがる五十余万石の領地から引き連れてきた一万七千の将兵を、五段に分けてしっかり備えさせている。

まさに西軍の中核となる主力部隊である。

騎馬の将も足軽も、背中の兒《ちご》の旗指物《はたさしもの》をはためかせて、いまや遅しと突撃のときを待っている。

「これはどうしてもこちらの勝ちだな。天が勝てと味方してくれておる」

ついさきほど、そう言って明石掃部全登《あかしかもんてるずみ》と笑い合った。

空が白み、霧が晴れてきたので、明石を始めとする侍大将たちは、評定《ひょうじょう》を終えて自分の部隊の指揮に戻った。

——鉄炮《てっぽう》、弓を射かけたのち、槍衾《やりぶすま》で平押しに押す。

というのが、秀家の下知《げち》であった。

なにしろ、宇喜多隊は数が多い。

一番備えは、明石掃部の三千だ。

明石掃部は、宇喜多家の譜代《ふだい》ではないが、頼りになる男である。

鉄炮、弓、槍隊も掃部の隊には精兵が集まっている。

それを五番備えの秀家本隊までの陣構えで支える。

仮に、正面にいる福島隊の六千や、松平忠吉《ただよし》の三千、京極高知《たかとも》の三千が一団となって突貫して来ても、びくともすまい。

ここで宇喜多勢がもちこたえ支えていれば、左翼、右翼の味方が挟撃し、敵は脇を突かれて算を乱して敗走するしかない。

布陣から言えば、周囲の山に陣取った西軍が、原にいる東軍を包囲して確実に討ち取れる。

徳川内府《ないふ》の背後を、毛利が突けば家康の首も逃すことはない。敵は袋の鼠《ねずみ》になる。圧倒的にこちらに有利な陣形である。

気がかりがないわけではない。

さきほどからしきりと駆け込んでくる母衣武者たちだ。

——小早川に異心あり。

というのである。

三成の陣からも、大谷刑部の陣からも、同じことを告げに来た。

——しゃらくさい。

と秀家は思っている。

あんな高い山の上に布陣するなど、小早川には、そもそも合戦に加わる意志がないのだと思わざるを得ない。

そんな大将が戦おうが裏切ろうが、大勢に影響などない——。そう切り捨てて考えることにした。

どだい、小早川金吾中納言は、腹のすわらぬ若造である。

このような大合戦に臨んで、采配など振るえるものか。大将がそんな体《てい》たらくでは、家臣たちも槍を持つ手に力が入るまい。

この南天満山のふもとから眺めるかぎり、勝利はあきらかにこちらの手にある。自信をもってそう断言できる。

散発的に銃声がとどろいた。

「敵がこちらに向かってまいります」

そばにいた母衣武者が声を上げた。

「知れたこと。開戦だ。鉦《かね》を打ち鳴らせ」

命じると、丸太を三本組んだだけの櫓《やぐら》の上で、鉦役があわただしく間を詰めて攻め鉦を打ち鳴らした。小さな半鐘だが、よく透き通った音色で遠くまで届く。

「笹尾山から狼煙《のろし》が上がっております。むこうの山からも上がっております」

馬廻《うままわり》の武者が声を張り上げた。

「おう。遅い遅い。もう始まっておるわい」

西軍の開戦合図の狼煙は、太い三筋の煙である。

笹尾山のむこうの小さな山からも煙が上がっている。それは東軍の狼煙のはずだ。

見れば、笹尾山と敵の狼煙は、わずか十町（約一・一キロメートル）ほどしか離れていない。

それほどに両軍が接近して布陣していることに、秀家はあらためて驚いた。

——家康の本隊は見えぬが……。

案外、すぐそこまで迫っているのかもしれない。

それなら、こちらは全力で押し返すばかりだ。

敵は、見えている先鋒《せんぽう》だけでも嬉《うれ》しくなるほどの大人数だ。

よくぞ、これだけの大合戦に大将として出陣できたものと、わが運命の巡り合わせの良さに心が沸き立ってくる。

——来たぞ、来たぞ。

赤備《あかぞな》えの一隊がこちらに向かって駆けて来た。

秀家は、床几《しょうぎ》から立ち上がって眺めた。

井伊直政の軍だ。

見ているだけで、呼吸が荒くなる。

「まだだ、引きつけて撃てよ」

ここで大声を張り上げても、最前線の明石掃部に聞こえるはずもないが、つい気合が入って声を上げてしまう。

二十九歳の秀家は、自分の采配に自信がある。

もともと体格に恵まれた質《たち》だった。

固太りで筋肉が隆《りゅう》とついている。膂力《りょりょく》があり、相撲《すもう》なら誰と取っても負けたことがない。

秀家の父は備前岡山を拠点として毛利に従う大名だったが、秀吉に攻められて帰順した。

十歳のときに父直家《なおいえ》を亡くした。

それ以降は、秀吉を父のごとく慕って育った。秀家の秀の字は、むろん秀吉からもらったものだ。

秀吉もよく可愛《かわい》がってくれた。

父の遺領五十余万石の相続をそのまま認めてくれたのがなによりありがたかった。

秀吉が養女にしていた前田利家の娘豪姫《ごうひめ》を嫁にくれたのも格別のはからいだ。

秀家は、懸命に秀吉の恩に報いようと精を出した。

秀吉にしたがって、四国、九州、小田原《おだわら》に出陣し、朝鮮にも渡海した。

いつもできるだけ多くの軍勢を派遣して、手柄を立てられるように采配を振るった。
秀家の下知はかならず的確で、多大な戦果を挙げてきた。
この合戦にさきだって、じつは細川忠興《ただおき》から遣いが来ていた。
――徳川内府殿が、このたび大事を企てられたのは、ひとえに秀頼公の御《おん》ためで
ある。
それゆえ東軍に、味方せよとの伝言だったが、秀家は断った。
――とんでもない話だ。
五大老の一人として、病床の秀吉に手を取られ、後事を託されたのを忘れたこと
はない。秀頼のことをくれぐれもよろしく頼むと、涙ながらに言われたのである。
あのときの秀吉の手の力のなかったこと。
秀吉の顔の窶《やつ》れきっていたこと。
子ども時代からの恩と、そのあとの内府のしでかした違約のあれこれを思えば、
とても味方などする気にならない。
それに、第一、勝つのはこちらである。
家康を放逐し、豊臣家が天下の主であることをはっきりと世に示す――。
そのための戦いなのだ。

昨夜のうちに、赤坂の家康の陣に夜襲が掛けられなかったのははなはだ残念だが、そんなことはもうどうでもよい。

石田治部少輔《じぶしょう》は、正々堂々、正面対正面での決戦を望んだ。

たしかに、この戦いはそうあるべきだと、いまは秀家も思う。

天下の覇者が誰であるかを明確にする分け目の合戦なのだ。

覇者はむろん豊臣家に決まっている。

それをはっきりさせる戦いであれば、たしかに姑息《こそく》な夜襲などするべきではなかろう。

赤い井伊の部隊が、ぐいぐいとこちらに迫ってきた。赤い武者の馬が駆け、赤い足軽たちがまわりを懸命に走ってくる。

そのすぐ後ろに、べつの後続の部隊も続いてきた。

五七《ごしち》の桐《きり》にギザギザの山道を三本ならべた旗指物は、福島正則の隊だ。

銀の芭蕉葉《ばしょうは》の馬標《うまじるし》が真ん中にある。

そこに福島正則がいる。

「引きつけよ、引きつけよ」

敵の軍勢がさらに駆けて迫ってくる。

先頭を切って駆けてきた赤備えの一隊が、こちらとの距離が一町を切ったところで、くるりと右に向きを変えた。

鉄炮の有効射程を見切って、突進先を変えたのだ。

左翼の小西行長の前も通り過ぎて、奥に引っ込んだ島津勢に向かって行った。

そのあとに続いてやって来たのは福島正則の軍勢だ。

先頭を駆けてくる鉄炮組が、一町を切って、四十間（約七三メートル）あたりまで近づいたとき、秀家は大声で叫んだ。

「放てェッ」

そのとき、同じ間合いを見計らって、前線からも明石掃部の胴間声《どうまごえ》がとどろいた。

福島隊の鉄炮組からも、銃声がとどろいた。

音の大きさからして、両軍いっせいに四、五百挺《ちょう》の鉄炮が玉を放ったにちがいない。

むこうの鉄炮組は、ひきつづき二番、三番、四番組と続いて射撃してきた。

いまの射撃で、両軍ともかなりの死傷者が出たはずだ。

福島隊の鉄炮足軽が左右に開いて避けると、後ろから騎馬武者があらわれ、こちらに向かって駆け出して来た。その後ろから足軽たちが駆けてくる。

こちらでは、その武者が出てくるのを狙って鉄炮の二番組、三番組がいっせいに射撃した。

駆け寄せて来る騎馬武者たちがばたばたと倒れた。

それでも、すでに勢いがついた福島勢の武者たちは、大きな喚声を張り上げ、喚《わめ》き立てながら、六尺の手槍を構えて突き進んでくる。

こちらを馬蹄《ばてい》で蹂躙《じゅうりん》するつもりなのだ。

「弓だッ」

宇喜多秀家が叫ぶと、同時に弓組から夥《おびただ》しい数の矢が放たれた。

明石掃部の下知の間合いは、秀家の呼吸にぴったり符合している。

弓組は矢をつがえ直しては、次々とたくさんの矢を射かけているので、空が黒く染まるほどだ。

矢を浴びた馬が棹立《さおだ》ちになり、武者が転がり落ちた。

足軽たちが倒れる。

「槍だッ。槍組出《いで》よ」

叫ぶと同時に、こちらの弓組が左右に避けて散った。そこへ明石隊の槍組が、長《なが》柄槍《えやり》の穂先を突き出し槍衾をつくった。

三間の長柄槍は、とても重い。

持って駆け回るには特別な調練が必要だ。

手槍ならば、突き三分に引き七分の心得でさばけるが、重い長柄槍ではとてもそんな自由は利かない。三間の柄といえば、なにしろ人間三人の背丈以上の長さがあるのだ。折れないように太さもしっかりとある。武器としてはとてもやっかいな代物だ。

真正面から水平に構えて突き進んでも、自由が利かないから、じつはさほどの戦力にはならない。

しかも、手元に入り込まれると、長柄槍は弱い。

武者たちが手にした六尺槍の餌食になってしまう。

混戦になったら、長柄の槍組は、槍を捨て、腰に差した刀を手に戦うしかない。

長柄槍には、特徴を活かした有利な戦法がある。

槍衾をつくるには、密集した足軽たちが両手でしっかり長い柄をかまえ、尻の石突きを地面に突き刺して固定してしまう。

そのうえで穂先を斜めに突き出して、構えるのである。

この態勢ですき間なく槍の穂先を折り敷けば、駆けてくる武者や馬は、槍の餌食になるしかない。

ただ、馬の腹に突き刺さった槍がそのまま持って行かれてしまうことが往々にしてある。

すると、そこから陣形が崩れる。

陣形の密度が崩れれば、そこに恐怖とひるみが生じ、敵の武者が狙って駆けてくる。蹂躙された足軽たちは逃げまどうことになる。

長柄槍では、隊形がなにより大切なのだ。

「いまだ、駆けよ」

秀家が下知するまでもなく、最前線で明石掃部が采《さい》を振るったはずだ。

手槍を搔《か》い込んだこちらの騎馬武者たちが駆け出して突撃した。

すさまじい喚声が野に響いた。

「押せ、押せ、前に押し出せ」

秀家の下知と同時に、一番備えの軍列が前に進んだ。

敵がひるんでいるので、長柄の槍組が石突きを地面から抜いて槍を構え直し、じりじりと前に進んだ。

長柄の槍で向かって行くときも、突くことは考えない。

槍組がいっせいに槍の穂先を上下させ、敵の足軽が背中に立てている旗指物をたたき落とすつもりで打ちつける。

それが、長柄槍のもっとも有効な戦い方だ。

槍組ぜんたいの呼吸がそろうのが肝心だから、重い長柄槍をあつかうには調練を重ねなければならない。

明石掃部は、槍組にいつもその練習をさせている。

おかげで、宇喜多の槍組は、みな腕が太く胸板が厚い。

駆けて来る足軽の指物を狙って叩《たた》くと、陣笠《じんがさ》を滑った穂先は、具足《ぐそく》に守られていない肩や喉元を傷つける。

ざっくりと肩を切り付けられると、敵は戦闘力を失う。頸《くび》の血の道を断てば、絶命させられる。

その訓練を積んでいるので、明石の槍組は大いに強い。

「全軍、前に進め」

宇喜多秀家が大声で下知すると、鉦役がけたたましく鉦を打ち鳴らした。貝役が、法螺《ほら》貝《がい》を高らかに吹き鳴らした。

二番備え、三番備えも前に進んだ。四番備え、五番備えも前に進む。一万七千の将兵がじりじりと押し出した。

秀家は、馬に跨《また》がると、丘の上から前方に向かって進んだ。

野に喚声が満ちている。

旗と旗が入り乱れて、乱戦になっている。

乱戦ながらも、宇喜多の青い指物が、じりじりと前に進んで行くのがはっきり見てとれる。

——いいぞ。陣形を活かして、力で押し切れ。

秀家は、ふだんから抱懐している戦術論をさらに確信をもって深めた。

合戦談議になると、大名や武者のなかには、采配が大事だという者がいる。

また、合戦前の調略《ちょうりゃく》こそ勝敗を分けるという者もいる。

大将が抱く志こそ、全軍の士気を高めるという者もいる。

あれこれと論はあるが、秀家は、合戦にあっては、なによりも陣形が大事だと考えている。大軍勢の力を活かす要諦は、なんといっても陣の形である。

西軍は、またとない絶好の陣形が布《し》けた。

鶴翼の要《かなめ》にいる自分がいちばんの大軍勢を率いている。

その自分がぐいぐいと力で押せば、必ずや敵を圧倒できる。

「敵は弱いぞ。どんどん押せ」

全軍にむかって大声を張り上げた。

福島隊はじりじりと後退《あとずさ》って行く。

すでに一町ばかり押し返した。

福島隊の先鋒が崩れると、さらにもう一町押し進んだ。

——勝つぞ。

宇喜多秀家は、西軍の勝利を確信して、にやりとほくそ笑んだ。

大谷吉継

紺地に白三丸の旗がひるがえる大谷刑部《ぎようぶ》吉継《よしつぐ》の陣は、宇喜多秀家の陣から五町（約五四五メートル）ほど奥まった谷間にある。

石田三成に味方する西軍のなかでは、いちばん西の端である。

東から京へ向かう東山道が、東西に長い関ヶ原を横断し、近江《おうみ》との国境《くにざかい》の山中に入るとば口にあたっている。

関ヶ原周辺の山々に鶴翼《かくよく》に開いた西軍布陣の要が宇喜多秀家の陣だとすれば、大谷の陣は、それを後ろで支える要石《かなめいし》である。

大谷の陣から力が湧き溢《あふ》れれば、徳川勢を東に押し戻すことができる。逆に、ここが力を失ったら味方は総崩れとなる。

樹木の深い谷間だが、さきほどから銃声と喚声が聞こえている。

前の備えから駆け戻ってきた母衣武者《ほろむしゃ》が、宇喜多勢が前に進み出たこと、笹尾山から開戦合図の狼煙《のろし》が上がったことを告げた。

「ゆるりと前に出るべし」

大谷吉継は、低声《こごえ》で命じた。

このところ、病が高じて、口がうまく開けない。醜くなってしまった顔を隠すためにすっぽりと白い頭巾《ずきん》を被《かぶ》っているので、声は聞き取りにくかろう。いつもそばについている湯浅五助《ゆあさごすけ》が、吉継の命令を大声で全軍にむかって叫んだ。

「ゆるりと前に進めぇっ」

宇喜多秀家の軍勢は、勢いをつけて福島隊をすでに三町も押し戻しているという。

まずは、谷間から関ヶ原を望むところまで前に進み出て、合戦のようすを見極め、どの方面に討ち掛かるべきかを探るつもりである。

湯浅五助の大声によって、吉継麾下《きか》の六百、せがれ大谷吉勝《よしかつ》にまかせた二千五百、甥《おい》の木下頼継《きのしたよりつぐ》の一千、寄騎《よりき》である戸田重政、平塚為広《ためひろ》の七百、合わせて五千に近い兵が、前に進み出た。

関ヶ原から、強烈な殺気が猛々《たけだけ》しい渦となってこちらに押し寄せてくる。男たちの昂《たかぶ》った闘争心が痛いほどに感じられる。

強い気と念を感じるが、吉継には殺し合う兵のぶつかり合いは見えない。

頭に被った白い頭巾は、目のところが開いているが、光はかすかにしか感じられない。

夜はすでに明け、夜来の雨は上がっている。

それを感じはするが、はっきりと見ることはできない。

病に冒された吉継は、目が見えず、歩くこともままならなくなっている。ここまで、家臣たちの担ぐ竹の駕籠《かご》でやって来た。左右は素通しで、よく戦場の気が感じられる。

吉継の病は重い。

患って、もう何年になるだろうか。

まずは、指の感覚が麻痺《まひ》して、うまく動かせなくなった。最初のうちはさして気にもとめていなかったが、しだいに指が曲がり、つねっても痛みを感じなくなった。熱さ冷たささえ感じない。

そのうち、顔が赤く腫れて、膿《うみ》が流れるようになった。腫れはどんどんひどくなり、赤黒く爛《ただ》れて顔の形が変わった。

瞼《まぶた》を閉じることができなくなり、いつも目が乾いた。やがて目が霞《かす》んだ。いまはもうほとんど見えない。

口がうまく動かせず、すぐに唇から涎《よだれ》が流れてしまう。

脚に痺《しび》れが広がり、変形して歩けなくなった。

最初は煩悶《はんもん》し、懊悩《おうのう》したが、それでも、病をつらいと思ったことは一度もない。不自由ではあるが、痛みに苛《さいな》まれるわけではない。自分の体に起こったことを、あるがままに淡々と受け入れてきた。

いまはむしろ、病に感謝している。

病のために目が霞み、自分の手さえはっきり見えなくなってからというもの、大谷吉継は、以前より、さまざまな事柄がよく見えるようになった。

歩くこともままならないので、ふだんは館のなかでじっと坐《すわ》っている。

それでも、宇宙の森羅万象の動きは、魂でひしひしと感じる。目が見えず、暑さ寒さを感じずとも、魂を研ぎ澄ませていれば、日月星辰《じつげつせいしん》の運行は感じられる。

じっと坐っていてさえ、日が昇り、沈み、月が満ちて欠けるのを感じる。風が吹き、雨が降り、春夏秋冬がめぐってゆく。その変転のなかに人の世があり、喜怒哀楽が満ちている。

そうやって多くの時を過ごすうちに、天地のあわいに満ちている気こそが、この地上を支配しているのだとつくづく悟った。

ことさら陰陽《いんよう》五行《ごぎょう》の説を学んだわけではない。

理屈ではなく、吉継の実感である。

この天地には、満ちていく力と、引いていく力があるのだと、魂が感じている。

——おもしろいものだ。

人間などは、そこに蠢《うごめ》いている虫とさして違わない。ほんのちっぽけな命でしかない。

まだ病を得る前は、天を貫くほどの強い気概があれば、この世でできぬことはないと信じていた。武将としての心意気を養えば、この天地が動かせると信じていた。

いつだったか、太閤殿下《たいこう》に言われた言葉が、なによりの自慢であった。

——吉継には、百万の兵を預けて合戦をさせてみたいもの。

百万の軍勢があれば、たちどころに朝鮮から明国《みんこく》へと征圧し、天竺《てんじく》にまで駆け込める。四海に武を布《し》き、万民に安寧をもたらすことができる——と、吉継は自分のなかに眠る力を信じていた。

病になったいまは、そんな思い上がりが、微笑《ほほえ》ましく感じられる。

——思い上がりは、武者の病気だ。

そんなふうにさえ感じる。

武者は、高慢なほどの矜持《きょうじ》をもっていなければ戦えない。天地を動かすほどの自負がなければ、とてものこと、修羅の戦場に飛び込んで行くことはできない。

しかし、高慢過ぎると、戦況を見誤り、おのれの立っている場所を見失い、命を落とすことになる。

目が見えなくなって、吉継が一番よく見透かせるようになったのは、人のこころである。

いま、この関ヶ原には、敵味方合わせて二十万人にも達さんばかりの将兵がいる。

その男たち一人ひとりのこころが、吉継には見てとれる気がする。

勇猛な男、臆病な男、姑息《こそく》な男、真《ま》っ直《す》ぐな男、すねた男、手柄を立てたがっている男、逃げようとしている男――。男たちのさまざまな心が絡み合い、もつれ合い、戦っているのが戦場だ。

今日の関ヶ原で、いちばん怯《おび》えているのは、徳川家康である。

家康は、虎視眈々《こしたんたん》と豊臣家をこの世から消し去ろうと画策し、一つずつ周到な布石を打ってきた。

上杉討伐に出かけて、三成が挙兵するようにしむけたあたりは名人芸といってよい。

あの老人の行動は、すべてが計算ずくである。人々のこころを読み切り、高いところにある水を低いところに流すように、人を動かしている。

ただし、計算ずくなだけに、おのれの段取りが崩れることを、極端なまでに恐怖している。

石垣の石が一つ崩れたくらいなら、積み直せばよいが、今日の合戦ばかりは、家康にとって最後の大博奕《おおばくち》である。

もしも、ここでの合戦で負けることになれば、いや、負けずとも分《ぶ》が悪くなれば、家康の布石は、音を立てて崩れ去る。これまで積み上げてきたあらゆる布石の裏側がすべて露呈し、家康の醜い欲だけが衆目に晒《さら》されてしまう。立ち直るのは難しかろう。

——大義は豊臣にあり。

との意識が大名たちのこころに甦《よみがえ》り、秀頼公を守《も》り立てる気運が生じれば、天下の趨勢《すうせい》は大きく変わる。

——家康は奸賊《かんぞく》なり。

そう断じる者が多くなろう。

水の流れは大坂に傾く。

そうなることを、いちばん恐れているのは家康である。桃配山《ももくばりやま》に置いたという本陣の床几《しょうぎ》に坐っていてさえ、苛々《いらいら》と落ち着かず、周囲に当たり散らしていることだろう。

一方の石田三成は、逆に、おのれを恃《たの》むこころが、いささか強い。

吉継よりひとつ下の四十一ではあるが、これまで秀吉公のもとで、ぬくぬくと大きな負けを知らずにやってきた。

それは吉継とて同じだが、吉継は病を得て、人間のこころが見透かせるようになったと自覚している。

三成は、大きく挫《くじ》けた経験がないだけに、おのれを恃む気持ちが強すぎる。

同じ近江に生まれ、まだ十になる前の子ども時分から、秀吉公の近習《きんじゅ》として、吉継と三成はつねに行動をともにしてきた。三成のこころは手に取るようによく分かる。

たがいに、賤ヶ岳《しずがたけ》の合戦でみごとな働きをして秀吉公に重用されるようになり、九州征伐ではふたりして兵站《へいたん》奉行に任じられた。

秀吉公の領国が拡大するにしたがって、ともに大名に取り立てられた。

三成は、近江佐和山《さわやま》の二十万石。

吉継は、越前敦賀《つるが》の五万石。

近江長浜での秀吉公は、たかだか十二万石の大名に過ぎなかったが、信長公亡きあと天下人となり、数十万人を動かすとてつもない大軍団を有するまでになった。

そこに、豊臣の弱点がある。

急激に大きくなっただけに、どうしても家臣団の結びつきが弱い。

小なりといえども、三河《みかわ》の地侍である徳川家には、父祖伝来の家臣がいて、結束が強い。

この点は、侮れない。

豊臣家臣団のもろさを、家康は正確に見抜いている。

家康は、豊家殲滅《ほうけせんめつ》作戦の第一の要諦を、そこに見いだしている。

秀吉公恩顧の大名でも、福島正則や、加藤清正らは、槍働きや取っ組み合いの合戦こそ得意だが、計数は苦手である。

それが得意な吉継と三成は、秀吉公からたいそう大事にされた。

そこに亀裂の根がある。

合戦は、武人の人生と人生のぶつかり合いだ。

武人が背負ってきた宿命と半生が、戦場ですべてあらわに晒される。先祖伝来積み重ねてきた良きことも悪《あ》しきことも、すべてが戦場で露呈する。

人としての宿命と人生をぶつけ合うのが戦場だ。

いまの吉継は、そのことを痛いほどに痛感している。

朝鮮の陣で、吉継と三成は、同じ船奉行として、肥前名護屋城《なごやじょう》から朝鮮へ、十万の将兵をはこぶ数百隻の船の手配をはじめ、膨大な兵糧米《ひょうろうまい》の搬送までを段取りした。

あの船を先に送り、この船を戻し、と、たちどころに算段をつける三成の頭脳の明晰《めいせき》さに、吉継は舌を巻いたものだった。

——頭の良すぎるのが、三成の欠点だ。

吉継はそう見ている。

じつは、三成はたいへん情に篤《あつ》い男なのである。

朝鮮から帰って病が悪化した吉継を、とてもよくかばってくれた。

吉継の病は、見かけが見かけだけに、どうしても、まわりの人々から疎《うと》んじられがちである。

織田有楽斎《うらくさい》がもよおした茶の湯の席で、濃茶《こいちゃ》を回し飲みしたとき、吉継の頬の浮《ふ》腫《しゅ》から膿が垂れて茶碗《ちゃわん》のなかに入ってしまったことがある。

一座の者は身をこわばらせたが、次の席にいた三成が、なにごともなかったようにすっと飲み干してくれた。

本当はそういう情の篤さのある男なのである。

ところが、頭が良すぎるせいで、人から冷やかに見られてしまう。

じつは謙虚で情に篤い男なのに、冷やかな才人だと見られてしまうのだ。

三成の心の根のなかには、天下人たる太閤殿下秀吉公に才気を認められ、寵愛《ちょうあい》されたとの自負がある。それもまた尊大だと見られがちな理由である。

——自負は大切だが、あからさまに見せると他人は一歩退《ひ》く。損をするのはおまえだ。

と、何度も忠告した。

そのたびに、三成はすなおに納得して振舞いや言説を改めた。

しかし、心の根までは改まらない。

積み重ねてきた人生は、変えられない。

挙兵したいま、いっきに三成のこれまでの生き方が噴出し、世間から問われている。

考えてみれば、晩年の秀吉公には、謙虚さなど微塵《みじん》もなかった。

秀吉公を手本としている三成は、そこが限界かもしれないと思えてくる。

そんな三成の半生が、この合戦で吉と出るか凶と出るか——。

いや、吉にできるか、凶となってしまうか——。

このたびの家康討伐の挙兵を、吉継は、三成に思い止《とど》まらせようとした。

越前敦賀城にいた吉継のもとに、家康から上杉討伐の陣触れが届いたので、そちらに従うつもりでいったん伏見に入り、そこから美濃の垂井宿《たるいじゆく》まで行った。

そこに、佐和山城から三成の使者がやって来た。

佐和山の城を訪ねると、人払いをした本丸の座敷で、三成が吉継に切り出した。

「家康めを討ちたい。力を貸してくれ」

幼いころから、佐吉《さきち》、紀之介《きのすけ》と呼び合ってきた仲の男にそう言われて、正直なところ吉継は困惑した。

それには、いささか前の事情がある。

じつは、家康の上杉討伐にあたって、三成も従軍を申し入れていた。三成としては、死の床にあった太閤殿下との約束違反をくり返している家康が、上杉討伐に名を借りて、さらに勝手な振舞いに及ばぬように目付としてついて行くつもりだったのだろう。

ところが、家康のほうから断ってきた。

家康としては、三成を畿内に残しておけば、挙兵するはずだと読みきってのことに違いない。それぐらいの計略なら簡単に思いつく老獪《ろうかい》な男である。

家康が断ってきた表向きの理由は、七人の武将に由来している。

福島正則、加藤清正、加藤嘉明《よしあき》、浅野幸長《よしなが》、黒田長政、細川忠興《ただおき》、池田輝政《いけだてるまさ》の七人は、朝鮮の陣のことで、三成と反目し合っていた。

七人の武将は、戦目付《いくさめつけ》の報告がかんばしくないので、秀吉公から不興をかったと怒っている。渡海していない輝政も、三成を憎んでいた。

戦目付として、秀吉公から朝鮮に派遣された武将は何人かいたが、そのなかで三成と親しい三人が、とくに恨みをかっていた。

七人衆とも称された七将は、三人の目付たちを処罰するよう三成に求めたが、三成は拒否した。

それを恨みに思った七将は、去年の春、大坂にいた三成を殺害しようと企てた。

三成は、前田利家の大坂屋敷にいた。

利家が病に臥《ふ》せっていて、たいそう具合が悪かったのである。

閏《うるう》三月に、利家が亡くなった。

秀吉公と深い結びつきのある利家の死は、三成にとっては大きな引き潮になった。

家康にとっては、上げ潮であった。

豊家の軸がひとつ消え、徳川の分がよくなった。

七将が襲撃を画策していることを、味方から知らされた三成は、大坂でいくつかの屋敷に逃れたのち、宇喜多秀家らの手助けで、女用の輿《こし》に乗って伏見まで行き、徳川屋敷に逃げ込んだ。

窮余の一策だが、これには吉継も驚いた。

——やりおるわい。

三成の機転のよさは、まさに天下一である。

じつは、ついそのすこし前、三成は、やはり前田利家を見舞いにやって来た家康を襲撃して殺すべく、ひそかに精兵をさしむけたばかりだった。

そのことを家康が気づいていないはずがない。

家康襲撃を察知した加藤清正らが、鉄炮《てつぽう》に火縄をかけて護衛としてついていたために諦めたのだが、殺そうと狙った男の屋敷に逃げ込むあたり、三成の心胆の太さがうかがえる。

七将は、手勢を引き連れて、伏見の徳川屋敷に迫った。

激昂《げっこう》して三成の引き渡しを要求する七将を諭し、なだめたのは家康であった。

福島、加藤らが小姓《こしょう》のころに、台所飯を食べさせてくれた北の政所《まんどころ》ねね様の仲介もあって、七将は矛を納めた。

家康は三成に、奉行の役を辞して、しばらく佐和山城でおとなしくしているように勧めた。

三成は、その言葉にしたがって佐和山城にいた。

実際のところ、そうするより事態を鎮静化する方法はなかった。

家康は大坂城の西の丸に入った。

ほとんど新しい天下の主の顔つきであった。

秀吉公、前田利家と、かつて戦国の世を駆け抜けた武将たちが次々と亡くなって、残った家康に従う者がしだいに増えた。

そのまま一年が過ぎた。

今年の五月になって、家康は、五大老の一人上杉景勝《かげかつ》が、砦《とりで》を築いて牢人者《ろうにんもの》を集めているなどの罪状をあげつらい、会津《あいづ》討伐を宣言した。

――まことに老獪。

と、吉継はつくづく思う。

もしも、七人の将たちが三成を殺していたら、福島正則や加藤清正ら、秀吉子飼いの大名たちが、つぎに敵視するのは家康自身だと感じていたはずだ。

三成が生きていればこそ、秀吉恩顧の大名たちを、

――三成憎し。

の一念で束ねることができる。

人間のこころの動きを読み切った荒技だと感心したくなる。

福島正則や加藤清正たちも、そのことは重々承知しているはずだ。

それを知りながら、なお、家康の掌《てのひら》の上で踊る覚悟を決めたに違いない。

そんないきさつだったから、吉継は、三成の挙兵を思い止まらせようとした。

「いまは分が悪すぎる。挙兵するのは、家康が豊家に牙を剝《む》いたときだ――

それまで隠忍自重して、家康の老獪さ、姑息さを世にあらわすのが、まずは先決だと諭した。

「しかし、家康めは許しがたい」

「許しがたいからといって、すぐに挙兵しては内府《ないふ》の思うつぼだ」

吉継は、そう説いた。

「勝てばいいのだ」

「内府は三百万石を領するゆるぎない大身《たいしん》だ。しかも、はっきり申して、おぬしより人望がある。これをなんとするか」

家康は、このところ、大名たちに接するのにじつに慇懃《いんぎん》である。いたって腰が低い。吉継などはむしろ気味が悪いと思っているが、尊大であるよりははるかによい。書状や贈り物もじつに小まめに大名たちに送っているようだ。そういう心遣いを、三成はあまりしていない。

「こちらには、大義がある」

家康が、秀吉公との約束を破ったのが悪いのだと三成が言った。

それは重々承知している。

「大義は、家康も立てておる」

ちかごろの家康は、秀吉公の死の床で、天下を譲ると言われたと吹聴《ふいちょう》している。――浅才狭量《せんさいきょうりょう》の身でどうしてわたしなどに天下のことが主宰できましょうや。と固辞した家康に対して、秀吉公が涙を流してなんども頼んだという尾ひれまで付けている。

「まったく腹立たしい」

三成が言い捨てた。たしかに秀吉公がいまわの際《きわ》にそんなことを言うはずがない。

だが、それとこれとは話が違う。

「腹立たしいからと言って、腹を立てていては将は務まらんぞ」

吉継は諫《いさ》めた。

私憤と公憤は、おのずから違うものだ。数万人、数十万人の命を預かる大将として旗を揚げるなら、一人の人間としての憤懣《ふんまん》などは捨てなければならない。

「むろん公憤の戦いである。力を貸してくれ」

三成が膝を進めた。

竹馬の友にそこまで言われて、吉継は腹を決めた。

「わかった。しかし、おぬしが総大将では、従う者が少ない」

「たしかにそのとおりだ」

相談して、総大将は毛利輝元がよかろうと決めた。

まずは、前田玄以《げんい》ら三奉行に、毛利輝元へ総大将に迎えたいとの旨の書状を書かせ、安国寺恵瓊《えけい》に届けさせた。

そこからすべてが始まった。


関ヶ原から、銃声と雄叫《おたけ》びが聞こえる。

大谷吉継の駕籠は、宇喜多秀家の本陣があったところまで進んだ。

「宇喜多隊、五町前に進んでおります」

駆け戻ってきた母衣武者が知らせた。

「駕籠を南北に向け、わしを原に向けて坐らせてくれ」

吉継が言うと、湯浅五助ら、そばの者が言われたとおりにした。指示はいつも具体的にするように心がけている。

手を借りて原に向かって坐ると、戦場の空気がはっきりと全身で感じられた。

かつて何度も往来した関ヶ原の地景は、頭のなかに入っている。

——勝っておるな。

最前線の激突が、ひしひしと感じられる。

宇喜多の軍勢が圧倒的に福島隊を押している気配だ。

それが吉継の魂に直接つたわってくる。

原の北側では、小西行長の六千、石田三成、島左近らの六千が、戦闘を開始したらしい。緒戦の勢いはよい。吶喊《とつかん》の声がそう教えてくれる。

臍《へそ》の下の丹田《たんでん》でしっかりと息を吸い込み、ゆっくりと吐いた。天地の精気を十全に感じるには、まずはこころを研ぎ澄ます必要がある。

——不気味だ。

不気味な静けさを保っている方面がある。

右手の松尾山である。

一万五千の男たちが、山からじっとこちらを見つめている気配は、すでに戦闘が始まっているだけにたいそう不気味である。

——小早川金吾か。

この戦場にいる二十万の男たちのなかで、もっとも胡乱《うろん》な男である。

小早川秀秋が陣取る松尾山の前には、脇坂安治《やすはる》、朽木元綱《くつきもとつな》、小川祐忠《すけただ》、赤座直保《なおやす》の陣がある。合わせて四千三百の兵がいる。

そこまで、距離にして七、八町。

その陣もまた、静まり返っている。

右手の気を受け止めていると、暑さも寒さも感じない吉継の肌が総毛立った。小早川金吾中納言に、裏切りの危険があるとの懸念は、すでに味方の平塚為広から知らされている。

三成の本陣にも伝令の母衣武者を駆けさせ、その旨は伝えておいた。

吉継は、ゆっくりと細い呼吸をくり返し、さらに原の気配を全身で受け止めた。

激突している宇喜多隊と福島隊のむこうにすさまじい数の軍団がいる。燃え立つばかりの情念を、天に向かって発散している。

その数、およそ三、四万か。

家康の本隊とそのまわりの諸将であろう。

こちらに向かってじわりと進んでくる気配である。

その向こうの南宮山《なんぐうさん》には、毛利秀元一万五千、吉川広家《きっかわひろいえ》三千、長宗我部盛親《ちょうそかべもりちか》六千六百、安国寺恵瓊千八百、長束正家《なつかまさいえ》千五百がいるはずだが、遠過ぎて気配は感じられない。

山のこちらの斜面に向いているのならともかく、一里（約四キロメートル）以上向こうで、反対の大垣方面を睨《にら》んでいるなら、まったく戦闘とは無縁でいられる。いや、無縁でいるつもりなのだろう。
吉継は、さらに魂を研ぎ澄まして、戦場の気を感じ取った。
──勝つ道はあるか。
戦場に満ちた気の流れから、なによりもそれを読み取りたい。
小早川や毛利の背反は、すでに織り込み済みだ。
裏切りを差し引いた戦力差を考えれば、こちらは圧倒的に不利である。
しかし、勝たねばならん。
勝つ方途がないものか。
見えない目を閉じ、感じない体で、戦場に入り乱れるすべての気を吸収した。
どんなに細い糸かもしれぬが、かならずや勝利への道はあるはずだ。
──ある。
見えてきた。
桃配山にある家康本陣の背後が空いている。
家康の本隊は、東山道に広がっている。
人数が多すぎて、まとまりがつかない。数を恃んでいるから、情念の気色《けしき》が悪い。
燃え立ってはいるが、色にすれば、強い赤ではなく淡い紫色だ。見かけの勢いはあ

って も、じつは戦う気が乏しい。

——山から家康本陣を突くべし。

精兵百人に、原の南を迂回《うかい》させ、ただ家康の命だけを狙わせるのがよい。人数が多くては、すぐに見咎《みとが》められ、敵に警戒させるばかりだ。少数の精兵を、矢のごとく放って、鏃《やじり》のごとく突き込ませるのがよい。

一縷《いちる》の望みはそこにしかあるまい。

——それに如《し》くは無し。

決断して、二度うなずいた。

話がある、との合図である。湯浅五助が耳を吉継のそばに寄せた。

「諸角《もろずみ》に精兵百をあたえよ」

諸角余市《よいち》は、勇敢な武者だ。難しい仕事を万に一つでもやり遂げてくれるとしたら、あの男しかおるまい。

そのままに命じた。

「かしこまった。すぐに行かせます」

短く返事をすると、具足《ぐそく》を鳴らし湯浅が走り去った。

吉継のもとに、あらたな母衣武者が駆け戻ってきた。

「京極隊三千、藤堂隊二千五百、福島隊の南側面から前に出てまいりました」

なるほど。つぎは、この陣の采配を決めねばならぬ。

吉継は、いまいちど全身で戦場の気を感じた。自軍はどこに向かうべきか。どこを守るべきか。

——要だ。扇の要だ。

それはつまりここである。

いずれ、松尾山から小早川の軍勢が駆け下りて来よう。脇坂や朽木もこちらに向かって来るやもしれぬ。

さすれば、扇の半分は破れ、崩れるが、それでもここが要であることには間違いない。

しっかりとここを守るべきだ。

二度うなずくと、三浦喜太夫《みうらきだゆう》が耳をそばに寄せた。見えなくとも、誰かは気配で分かる。

「京極、藤堂に討ち掛かれ」

まわらない口で命じた。

「承知ッ」

一礼した三浦が立ち上がると、大音声を発した。
「京極、藤堂に討ち掛かれッ」
大声が響き渡り、突撃の法螺《ほら》が吹き鳴らされた。攻め太鼓が激しく打ち鳴らされる。
前備えの平塚隊が、吶喊の声を上げて突き進んでいく。
麾下の全軍が前に進んだ。
吉継は、あらためて戦場の気を感じ取った。
――五分と五分だ。
いまのところ、大谷家の家紋対《むか》い蝶《ちょう》のごとく、東軍と西軍が五分で対峙《たいじ》している。
前線だけなら、むしろこちらの押す力のほうが強い。
松尾山から小早川の軍勢が駆け下りて来たら――。
むろん、戦線は大きく崩れる。
とてものこと持ちこたえられまい。
吉継は、見えない目を松尾山に向けた。
不気味な静けさに、身の毛がよだつほどのおぞましさを感じた。

土肥市太郎

笹尾山の陣を出るとき、

——殺せ。

と、石田三成に命じられた。

小早川秀秋の裏切りがはっきりしたら、である。

——裏切りがまことだとしたら、なんとしても許しがたい。

毅然《きぜん》と断じた三成の目の厳しさに、土肥市太郎《どひいちたろう》は身震いした。

——将はかくあるべきだ。

三成に仕えてよかったと、あらためて感じた。

戦場でありがたいのは命令である。

命令がなければ、どのように動いてよいか迷うことがしばしば起こる。どの敵に向かえばよいのか——。どこに踏みとどまればよいのか——。一瞬の判断にとまどうことが、往々にしてある。

つねに一手《いって》の大将として戦っている市太郎は、広い戦場のなかで、全体を見極め、自分の隊の位置から戦術的に攻め立てるべき敵を見極めることが、いたって難しいことを知っていた。いくつもの戦場で感じた実感である。

自分の下知《げち》がほんのわずかに遅れただけでも、大勢の家来たちが血を流して斃《たお》れることになる。戦場でのためらいや逡巡《しゅんじゅん》は、そのまま死につながる。それをいやというほど思い知らされてきた。

はっきりと断固たる命令があれば、迷わずに行動できる。

侍大将である自分にしてそうなのだ。

将に従う足軽たちなら、迷いはいかほどか。

大将たる者が、つねに果断に命令を下さなければ、軍勢は右往左往するばかりであるとつねづね感じていた。

今日の三成は、いつにも増して毅然としている。これなら安心だと思った。

笹尾山の陣を出て麓に立つと、すでに五十騎の武者が集まり始めていた。三成が選んだ武者たちだ。

「お供しますぞ」

聞き覚えのある声は、国友藤二郎《くにともとうじろう》だった。

「おう。そなたが来てくれるのなら心強い」

近江の国友村は、市太郎のいる醒井《さめがい》からほんの三里（約一二キロメートル）北にある。かつて秀吉公が、一大名として在城していた長浜城のすこし北だ。

鉄炮鍛冶《てっぽうかじ》の多い村で、このたびの合戦でも、たくさんの鉄炮を鍛えている。

鍛冶たちは、徳川方にも鉄炮を売ったらしいが、藤二郎は鍛冶ではなく、三成に仕えている。館が近いこともあって、市太郎とはかねて昵懇《じっこん》の仲である。なによりも鉄炮が上手で、五十間（約九〇メートル）先の敵でも過《あやま》たずに倒すのが頼もしい。

「わしも寄騎《よりき》するぞ」

馬上の声は、藤林三右衛門《ふじばやしさんえもん》だった。北の浅井《あざい》郡に領地を持つ男で、かねて三成に重用されている。体の大きな豪の者で、弓が巧《うま》い。三人の手練《てだれ》の武者を連れている。

「ありがたし」

市太郎は素直に頭を下げた。

そのほかの顔ぶれも、みな顔見知りだった。東近江、北近江に生まれた地侍たちが多い。百石、二百石という領地をもった侍たちのなかでも勇猛な者ばかりが、それぞれ何人かの家来を連れて集まって来ている。ふだんは三成の馬廻衆に加わっている者も多い。

――まさに選《え》りすぐりだ。

市太郎は舌を巻いた。この組に賭ける三成の意気込みを感じて、身が引き締まった。

これから小早川の陣に行くとなればなにが起こるかまるで分からない。気心の知れた仲間こそ、なによりの手助けとなる。彼らならば、みな関ヶ原の地理に精通している。それも大きな安心である。

「行くぞ」

一同に向かって声をかけると、市太郎は馬の尻に笞《むち》をくれ、ようやく白みはじめたばかりの関ヶ原を南へ駆け出した。

五十騎の武者があとに続いた。

天満山《てんまやま》の東の麓をまわる道を進んだ。

刈り取られて間もない田は、霧に閉ざされているが、このあたりの地形なら、すべて頭に入っている。木立と足元の道さえ見えていれば、どこにいるかすぐに分かる。

山麓に布陣している島津隊、小西隊、宇喜多隊の前を通った。

霧のなかに、旗が立ち、おびただしい指物《さしもの》の群れが見えている。

左手の霧のすぐむこうには、徳川の軍勢がいるはずだ。銃声も鬨《とき》の声も聞こえないが、静けさのなかにも、押し寄せてくるような沈黙の気魄《きはく》が感じられる。さすがに緊張感が高まっている。

東山道に出て右に曲がり、西に向かった。

道には足軽たちが大勢いる。馬の足をゆるめて進んだ。五十騎もの騎馬武者の列が進んで行くので、なにごとかと、みな怪訝《けげん》な顔つきで見ている。

大谷隊本陣の脇を通り過ぎると、足軽はいなくなった。山間《やまあい》の道をほんの何町か駆けると、すこし谷が広がり、小さな村がある。

そこから左に分かれた道をとれば、牧田川の支流に沿って、松尾山の南麓に行ける。馬で駆ければ、あっという間の近さである。

松尾山の南麓には、まばらに家がある。合戦があることはむろん知っているだろうが、このあたりの百姓たちは、逃げたのか、それとも家のなかでじっと息を殺して隠れているのか、人の気配がまるでない。朝餉《あさげ》の煙も立っていない。

山への登り道に、小早川の兵はいなかった。

こちらの道は坂がゆるやかに尾根を巻いているので、市太郎が先頭になって、そのまま馬で登った。

夜が明けたばかりの山は静かで、山のむこうの関ヶ原で、これから天下を二分する合戦が始まるとはとても思えない。森では小鳥がさえずっている。

ふだんは薪採《たきぎと》りにしか使わぬ狭い坂道である。馬は駆けられない。手綱《たづな》を絞りながら、馬が足を滑らせぬように注意して登った。

具足《ぐそく》を着けているので、馬にしてみれば、さぞや重かろう。ときに、馬が首を大きく下げ、前にのめり込むように体勢を崩して転倒しそうになることがある。すかさず手綱を絞って顔を上げさせ、前脚をしっかりと立たせて歩かせる。

後ろを振り返った。

五十騎の武者が一列になって続いている。

みな騎乗に慣れた者ばかりで、動きにくい具足を着けていても、落馬するような間抜けは一人もいない。

尾根の上に出てなおしばらく行くと、根本から伐《き》った立ち木を、そのまま何本も寝かせた逆茂木《さかもぎ》が見えた。

枝の先がこちらに向かって広がり、道を塞いでいる。

馬はもとより、歩いても通過できない。

突破するには地面を這《は》って行くしかない。敵がそうやって侵入しようとしたら、弓、鉄炮や長柄《ながえ》の槍《やり》で攻撃して、確実に仕留めるためのしかけである。

逆茂木のむこうの山肌に、百人余りの足軽がいて、こちらを睨《にら》んでいる。弓隊は弓に矢をつがえ、鉄炮隊は筒先をこちらに向けている。どの鉄炮も、火挟《ひばさ》みにかけた火縄に火が点《つ》いている。足軽たちは、銃床を頬につけて狙いを定めている。火蓋さえ開けば、いつでも射撃できる態勢だ。

馬上から、市太郎は大声を張り上げた。

「石田治部少輔《じぶしょう》三成が臣、土肥市太郎、遣いの用向きがあって参った。小早川金吾中納言殿に目通りいたす」

目通り願いたい——とは敢《あ》えて言わなかった。頼むのではなく、総指揮官である三成からの命令伝達だ。

「怪しきこと千万《せんばん》。まことに使者ならば、なぜ、正面から来ず、この搦手《からめて》から来たか」

桃形《ももなり》の兜《かぶと》をかぶった物頭《ものがしら》が、槍を脇に立てたまま声を上げた。胸をそらせた仁王立ちの姿で、容易には通さぬという気概に溢《あふ》れている。

土肥市太郎と五十騎の男たちは、みな、三成の大一大万大吉の指物を背負っている。

大は天下のことである。一人が天下のために、天下が一人のために尽くせば、みながが幸せになるとの願いを込めた紋である。

これを背負っていて怪しいと言われては困る。

「正面は軍勢が多く、道が塞がれていよう。登るのに時間がかかる。こちらがよほど早いわい」

騎馬のまま逆茂木に近寄り、大声で叫んだ。

「なんの用件か？」

「用件は小早川殿にお話しする。逆茂木をひとつどけよ」

威圧的な命令口調で怒鳴った。

「逆茂木がどけられるものか。そこに穴がある、そこをくぐれ」

物頭が指さしたあたりに、たしかに、人一人が通れるだけの隙間があった。ただし、這って進まなければならない。

「これだけの人数が、そんなところを通れるものか」

「使番《つかいばん》なら、一人通ればよかろう」

たしかに理屈はその通りだ。ただの伝令の母衣武者《ほろむしや》ならば、一騎か二騎で駆ける。

「いや、全員で本陣に通る」

「さような必要はなかろう。なぜさように大人数で来た」

人数が多いということは、とりも直さず、べつの意味があると考えるのが自然である。

むろん、こちらもそのつもりで大人数で来ている。

「一人だけ通らぬなら帰れ」

物頭の声が殺気立って来た。これはむこうの言い分が正しい。五十人もの使者を本陣に通す理由はない。

「帰れるものか、小早川殿に伝えるべき用件がある」

「ここで聞こうッ」

物頭が叫んだ。

市太郎は、腹が立った。陣の外で守備兵に用件を話す使者など聞いたことがない。

「小早川殿に、直々《じきじき》にお伝えせねばならん」

「ここで話せッ。わしが伝える」

市太郎は、具足のなかで体が硬く強張《こわば》るのを感じた。つい鼻息が荒くなる。

――どうするか。

問答していても始まらぬ。市太郎に与えられた命令は、とにもかくにも小早川秀秋に会い、裏切りを許さぬこと。

そして、裏切りが阻止できぬときは、秀秋その人を殺すことにある。

そのために、精兵ばかり五十騎を率いて来た。

ただ、ここで無理に通ろうとすれば、戦いになってしまう。しかも、目の前に立ち塞がる逆茂木は容易なことではくぐれない。通ろうとしているあいだに、鉄炮と弓矢の餌食になるだろう。

それでは、命令が実行できない。

いますぐに決断が必要だった。

――まずは、小早川秀秋本人に会うことこそ肝心。

そう決めた。

「では、わしが一人で通る」

言いながら、馬から下りた。

国友藤二郎、藤林三右衛門をはじめ一同を眺め回して、目で頷《うなず》いて見せた。

――あとは頼む。

との意思表示である。

一同には、陣を出る前に、このたびの命令の内容を伝えておいた。みなひとかどの武士たちだ。全員が命令の意味を正確に理解し、たとえ市太郎が欠けても、果敢に実行してくれると信じている。

藤二郎、三右衛門をはじめ、馬上の一同が頷き返した。

――任せておけ。

という頼もしい返事であった。

馬の手綱を藤二郎に預けて、背中の指物を抜いた。そのままでは引っ掛かって通れまい。

地面に這いつくばり、頭形《ずなり》の兜を低くして、逆茂木の隙間をくぐった。兜のなかには、小さな阿修羅の守り仏が縫いつけてある。必ずや自分を助けてくれるように祈りながら這い進んだ。

逆茂木を通り抜け、陣の内側に立ってもまだ、足軽たちの弓や鉄炮がこちらを狙っている。

「これはどういう出迎えだ」

大声で抗議した。

「大勢の人数、とても伝令には思えぬわい」

物頭が傲然と言ったが、問答している暇はなかった。

「本陣に案内《あない》せよ」

命じて歩き出したが、物頭が道を塞いだ。

「お屋形《やかた》様はお目にかからぬ。わしが用件を聞いて伝える」

――しまった。

市太郎は、計略にはめられたことを悟った。

この物頭は、もともと小早川秀秋に取り次ぐつもりなどなかったに違いない。

しかし、五十騎の武者とここで戦闘が始まっても面倒だ。

そこで一人だけ内側に入れて人質とするつもりだったのだ。

手に持っていた指物を腰の縄に挟むと、市太郎は、具足の胴から書状を包んだ油紙を取り出して示した。

「石田治部少輔殿からの書状である。これを直接、金吾中納言殿にお渡しせねばならん。人になど預けられるものか」

猛々《たけだけ》しく言い放った。

三成から書状を預かったときは、そんなもの屁《へ》のつっぱりにもなるまいと考えていたが、こういう状況になってみれば、役に立つ。三成はそこまで考えていたに違いない。

「ならば、わしが取り次いで渡して進ぜる」

物頭が手を差し出した。書状を受け取るつもりだ。

「とんでもない」

市太郎は、書状を具足の胴に戻した。

「お主《ぬし》が遣いなら、主人の書状をほかの者に託すか？」

強い目で睨みつけながら、一歩踏み出して訊《たず》ねた。

物頭が返答に困っている。そんなことをしては使者としての務めを投げ出したも同然である。

「……わかった」

言いながら、物頭が、市太郎を頭の先から爪先まで眺めた。なにか怪しいところがないか探しているらしい。

武器として身につけているのは、腰の縄に差した刀と脇差《わきざし》だけである。着けている桶側胴《おけがわどう》や籠手《こて》や臑当《すねあ》ては、いたって質素なものだ。それがすこし気後れのもとになった。

――ちっ。

質実剛健こそ、武士の本分だと思っていたが、ときには威圧も必要だ。見くびられないために、威のある具足を着けていればよかったと後悔した。

その気後れを取り戻すように、敢えて居丈高に怒鳴りつけた。

「早く案内せんか」

自分は、石田治部少輔の遣いなのである。こんなところでもたもたしているわけにはいかない、との威を、わざと横柄な態度を取って見せつけた。

「よろしかろう」

物頭の話しぶりが、すこし丁寧になった。

山の尾根道を、頂きに向かった。

進むに連れて、兵の姿が増えたが、それでもやはりこちらは裏の搦手である。さしたる人数は配置されていない。本隊は、関ヶ原に面した北側に布陣しているはずだ。

森が開けて、陣幕が見えた。

空がずいぶん明るくなっている。この場所から関ヶ原は見えない。

陣幕のまわりでは、足軽たちがあちこちに固まって守備についている。

「ここで待たれよ」

陣幕から少し離れた手前で物頭に言われた。

物頭は足早に陣幕に行き、内に入った。幕の背後から来たので、内側は見えない。

幕の内から言い争う声が聞こえてきた。

聞き取りにくいがなにやら喧嘩《けんか》の勢いである。

突然、具足がぶつかり合う音――。取っ組み合いが始まったらしい。

陣幕のまわりの将兵たちが、しきりと内側を気にしている。

激突する具足の数が増えて乱れた。罵り合う声。人が止めに入ったらしい。しばらくして、音はしなくなった。

「情けない。貴殿らはそれでも武士かッ。いや、人かッ」

誰かが吼《ほ》えている。

「命あっての武家じゃ……」

「天に恥じよ。地に恥じよ。おのれに恥じよ」

さきほどの声がふたたび咆哮《ほうこう》した。

その声に、陣幕の内が沈黙した。

裏切りのことを話しているのに違いなかった。

重臣たちに声はない。

みな、恥じつつも、裏切りに踏み込むつもりでいる――。そんな空気をひりひりと感じた。

沈黙する陣幕のさらにむこうから、銃声や雄叫《おたけ》び、吶喊《とっかん》の声が聞こえてきた。

原で合戦が始まったのだ。

また陣幕の内で、なにか言い争う声が聞こえた。

なにを言い合っているのかは、よく聞こえない。

「いまからでも遅うない……」

「ならん。ならん……」

「よくぞのうのうと……」

「……貴殿こそわが敵」

そんな言葉が途切れ途切れに聞こえたかと思うと、また具足のぶつかり合う音が響いた。

叫び声がする。どうやら、太刀《たち》でも抜いたほどに空気が震えている。

外にいた馬廻衆たちが、槍を手に陣幕に駆け込んだ。ただならぬ気配である。

「わしは天に恥じることがない。裏切って生きるより、裏切らずに殺されるほうを選ぶわい」

そんな声が聞こえる。また、さきほどの男だ。裏切りを思い止《とど》まらせようとしているに違いない。

——松野主馬《しゅめ》重元だな。

その名を、三成から聞いている。なんとしても、小早川の裏切りを思い止まらせようとしている男だ。夜明け前に笹尾山の三成の陣に、自ら報《しら》せに来た。市太郎とすれ違い、会釈を交わした男である。

しばらく、重い声のやり取りがあった。

なにを言い合っているのかは聞き取れないが、沈痛な空気が流れている。

しばらくのやり取りのあとで、具足を高らかに鳴らして、誰かが出て行く音がした。

立ったまま陣幕の内のようすをうかがっていた市太郎に、思わずため息が漏れた。

——これは至難だ。

小早川の陣のなかで、裏切りに反対しているのは、どうやら松野主馬ただ一人らしい。小早川秀秋本人をはじめ、重臣たちは、すでに裏切りを決めているらしい。

——まずは、明確にさせるべし。

市太郎は、腹をくくった。

小早川金吾中納言に、帰趨《きすう》を明言させ、いますぐに徳川勢を攻めよと、目の前で下知させる――。まずは、それが第一義。

それをせぬとならば、飛びかかって刺し殺す――。

刺せるか、刺せぬかは、その場の状況しだいだ。なにしろこちらは一人である。

その場で殺せぬなら、策を変え、なんとしても殺すべし――。そう決めた。

陣幕の内から、さきほどの物頭があらわれ、市太郎の前まで来た。

「どうぞ、通られよ」

物頭が、会釈して先に立った。

陣幕の内に入って、ぎょっとした。

武者が十人ばかり、左右から槍の穂先をこちらに向けている。市太郎になにか怪しいそぶりでもあれば、すぐに突き刺すつもりだ。

そのむこうの正面の床几《しょうぎ》に坐《すわ》っている若者が、金吾中納言であろう。美々しい甲冑《かっちゅう》が、かえってひ弱さを際立たせている。

むっつりした白い顔で、横を向いている。市太郎のことなど見てはいない。

市太郎は、片膝をついて頭を下げた。

「石田治部少輔よりの書状でござる」

具足の胴から書状を取り出し、油紙を外した。そのまま前に進もうとすると、槍の穂先に阻まれた。

前に進み出た初老の武者が手を差し出す。書状を渡した。

初老の武者が、書状を金吾中納言に捧《ささ》げ渡した。

物憂げな顔をした金吾中納言が、折り畳んで上の端をひねった手紙を開いた。最後まで繰り開いて、眉間に皺《しわ》を寄せた。不機嫌そうに顔が歪《ゆが》んでいる。

二つ折りにしてあった美濃紙《みのがみ》を開いて、こちらに見せた。

宛て名の金吾中納言殿という名と、石田治部少輔参との差し出し人の名が書いてあるばかりで、あとはすべて真っ白だ。なにも書いてない。

市太郎も驚いた。

書状のなかみについては聞いていなかった。

しかし、考えてみれば、空白の意味ははっきりしている。ここで言葉を尽くすことに意味はない。

ただ、こころの内をはっきりさせよ、との催促である。

「おこころの内、いかがでござりましょうや。しかと承って参れとの治部少輔の命《めい》にて参上いたした」

金吾中納言の顔が、よりいっそうの苦渋に染まり、眉間の皺がさらに深まった。いまにも癇癪《かんしやく》玉《だま》を破裂させそうな顔つきである。

「こころの内とはなにか？」

「裏切りのことでござる」

睨みつけて答えながら市太郎が膝を前に進めると、槍の穂先が、いっせいに前に突き出された。

鈍く光る穂先の下から、まっすぐに見上げると、金吾中納言の口元が大きく歪み、手が震えはじめた。

「裏切りじゃと……。いったい誰が誰を裏切るのか」

手にしていた書状をくしゃりと握りつぶした。

「おそれながら、中納言殿にござる。恩義ある豊臣家を裏切り、徳川方に加担するとの風評紛々」

ゆっくり、はっきりと口にした。居並んでいる重臣たちが、殺気立つのを感じた。腰の太刀に手をかけた者もいる。

金吾中納言が口元を引き締めた。手で口元を拭ってから、言葉を発した。

「……豊家《ほうけ》を裏切ることはない」

言い方が、苦しげである。甲冑のうちで脂汗を流していそうだ。

「ならば、いま、ここにてはっきりと、徳川に打ち掛かれ、と下知していただきたい。さっそくに采《さい》を振るわれ、攻《せ》め鉦《がね》を叩《たた》かせられましょう」

膝をずらして進めながら、さらに強く睨みつけた。

ゆっくり首を振った金吾中納言が、関ヶ原を眺めやった。

「采は戦機を見て振るう。いまはまだ好機にあらず」

市太郎は、ひとつ頷いて立ち上がると、振り返って関ヶ原を見やった。

霧がずいぶん晴れて、原の全体が見て取れる。

初めてここからの戦場を眺めた。市太郎の全身に鳥肌が立った。

——これほど凄《すさ》まじい合戦か。

おびただしい数の兵馬が、原を一面に埋め尽くしている。

人、人、人、人。とてつもない数の人間が犇《ひしめ》いている。そこに立つ色とりどりの旗、旗、旗、旗。

人はみな、具足を着け、得物《えもの》を手にした兵である。それが群がり、前へ前へと進んで行く。進ませているのは、敵を斃《たお》せとの命令に他ならない。命令を受けた兵が、わが命を顧みず、敵を斃すべく進んで行く。

その熱気たるや、市太郎でも震えがくるほどだ。軍勢と軍勢がぶつかっているところでは、いままさに白兵戦が演じられている。槍が敵を突き、刀が咽喉《のど》を切っている。膝が震えそうになるのを、下腹に力を込めてこらえた。

右手の徳川方の先鋒《せんぽう》が、天満山前の宇喜多秀家の陣に向かって突進し、激突している。

そこを指さした。

「いまこそまさに好機到来。徳川の先鋒は、福島隊にござろう。その横をお突きなさいませ。さすれば、たちまち総崩れとなり申す」

ふん、と、金吾中納言が鼻を鳴らした。

「そのほうの指図は受けぬ。大将はわしである」

それを言われれば、返す言葉がない。

「失礼とは存ずる。しかし、いまをはずして好機はなし。それが、石田治部少輔殿のおこころにござる」

金吾中納言に向き直って一歩前に出ると、またも槍の穂先が目の前に迫った。

——無理か。

ここではどうしても、刺し違えることなどかないそうにない。

あらためて機をうかがうことにした。

「掛かれの下知のこと、なんとしてもお願いしたい」

「承知した、と治部少輔殿に伝えよ」

なんと答えるべきか、考えた。

――これ以上は……。

ここにいても無駄である、と判断した。いったん引き下がるべきだろう。

「かしこまった。一刻も早く、徳川を討てと下知くださいますように」

「念にはおよばぬ」

一礼すると、市太郎は引き下がって陣幕を出た。

もとの尾根道を駆けて、さきほどの逆茂木のところに出た。

物頭がついて来た。

「そのほうらも、裏切りの主《あるじ》をもって気の毒だな」

逆茂木をくぐる前に声をかけると、物頭がなんとも言いがたい困惑の顔を見せた。

こちらにまで知られているのだ。裏切りのことは、すでに陣中に広がっているであろう。彼らもこころ穏やかなはずがない。

「ご武運を」

頭を下げた物頭が、低声《こごえ》で言った。

市太郎はひとつ頷いて、逆茂木の隙間に身をねじ込んだ。

外に出ると、五十騎の武者が待っていた。

馬を休めるために、あたりに散らばっていたが、すぐに馬に跨《また》がって集まって来た。

腰に差していた大一大万大吉の指物を国友藤二郎に渡して、背中に差してもらった。

馬に乗ると、無言のまま采を振り、進む道を示した。

小早川の陣に声が聞こえない峰の陰まで進んでから、一同に向かって告げた。

「小早川の裏切りは明々白々。無念ながらわし一人ではとても刺し違えることはかなわなんだ」

市太郎の言葉に、一同が大きく頷いた。

「されば、山を回って北側に出て、先鋒松野主馬殿の陣に合流する。あの御仁《ごじん》だけが裏切りに反対しておる。ほかの者は、みな金吾中納言に同心じゃ」

市太郎の言葉に、武者たちが大きく頷いた。

「なんとしても裏切りを止めねばならん。みな、よろしく頼みたい」

馬上、一同を眺め渡した。

返ってきた一同の目の力の強さが、市太郎に大きな力を与えてくれた。

馬の手綱をさばいて、松尾山の斜面を進んだ。

杉の森のなかに、道らしい道があるわけではない。

さして険しい山ではないが、踏み跡さえはっきりしない山中を馬でたどるのは難儀である。しかも、雨上がりなので、蹄《ひづめ》に馬草鞋《うまわらじ》はつけていても、滑りやすい。へたをすると馬が転倒してしまう。

土肥市太郎の率いる五十騎の武者は、それでも駒の足を早め、山の中腹をすこしずつ下りながら巻いて進み、尾根を三つ越えて、山の北側に出た。

木々が、かなり切り倒してあるので、見晴らしがいい。

山頂から山の中腹にかけて、小早川の軍勢が陣を張っているのが見えた。

眼下の関ヶ原では、すでに戦闘が始まっている。

小早川軍の各部隊の足軽たちが群がって身を乗り出し、原での戦闘を見つめている。

——あのあたりだな。

松野主馬重元は、小早川軍先鋒の一番備えだと聞いている。

松尾山の麓には、脇坂安治、朽木《くつき》元綱《もとつな》、小川祐忠、赤座直保の四将が陣を布《し》いているのが見える。

その手前、松尾山の中腹のいちばん下に軍勢がいる。

そこが先鋒の一番備えであろう。

松野主馬の陣であるはずだ。

大将小早川秀秋を諫《いさ》めることができなかった以上、市太郎としては、先鋒の松野主馬の力を借りて、小早川軍の裏切りを阻止するのが次善の策となる。

森のなかからあらわれた市太郎の一行を、小早川の手勢たちが注視している。

背中に立てた大一大万大吉の指物を、ことさら見せつけるようにしながら馬を進め、斜面を下った。

もうそこから下には陣がないところまでたどり着いた。

いきなり山中からあらわれた騎馬武者に、兵たちが驚いている。弓をかまえ、槍を突き出す者もいる。

「松野主馬殿を訪ねたい。陣はこちらか」

馬上、大音声《だいおんじょう》を張り上げると、足軽たちがうなずいた。

「さようでございます」

組頭が、ていねいに頭を下げた。

「取り次いでくれ。石田治部少輔殿の遣い、土肥市太郎である」

「承知いたしました」

あたりを眺め回して、馬から下りた。

足軽たちは、市太郎が率いてきた五十騎に警戒を緩めていない。

――敵か味方か。

目を光らせて、見極めようとしているかに見える。

この戦場では、いまだ敵と味方が定まっていない。あちらとこちらを天秤《てんびん》にかけて、勝ち馬に乗ろうとしている大将が幾人もいる。

――許しがたい。

と思う反面、それが人だとも思う。

人だとは思うが、男として、将として敬意は払えない。

――自分は……。

けっして裏切るまい。

と、腹をくっている。裏切らず、寝返らず、ただ一筋に道を貫いて生きたい。

そんな者とだけ友になりたい。

「こちらへおいでくだされ」

戻ってきた組頭に案内されて、見晴らしのよい尾根に出た。

栄螺《さざえ》の兜をかぶった侍大将が、床几にすわって原の合戦を見守っている。

夜明け前に、笹尾山から下りてくるのを見かけた男である。

手にしている采が、小刻みに震えている。そうとう苛立《いらだ》っているらしい。

「石田治部少輔より、小早川金吾中納言殿に遣わされた土肥市太郎と申す」

主馬が立ち上がった。ただの使番として扱うのではなく、対等の武士として遇してくれている。

「聞いておる。松野主馬にござる」

顔を寄せると、市太郎は低声でささやいた。

「治部少輔よりは、なんとしても金吾中納言殿の謀反を止めよとの下命《かめい》。さきほど、山頂にて金吾中納言殿に会《お》うてきた」

主馬がうなずいた。

なにも訊ねないのは、聞かずとも首尾は知れているということだろう。

市太郎が山頂の本陣に着いたとき、陣幕の内で金吾中納言と言い争っていたのは、この主馬だろう。

北側の坂道をまっすぐ下って、主馬はすぐにここに戻って来たはずだ。

それからの時間、主馬は、眼下で始まった合戦を見つめながら、いったいなにを思っていたのか――。

わが主の裏切りを思えば、心中、穏やかなはずがない。

主馬が手で合図をすると、小姓《こしょう》が床几を用意した。

市太郎は、松野主馬と向き合ってすわった。

膝を寄せて、声をひそめた。

「金吾中納言殿は、翻意のこと、すでに胸中にてはっきり定めているやに見受けました。いかがご覧になりますか」

栄螺の兜の下の松野主馬の顔が、苦々しげに歪んだ。

しばらく奥歯を嚙《か》みしめたのち、ようやく口を開いた。

「まさにその通り。拙者もそう見ておる」

「諫めることは……」

「もはやかなわぬと諦めた」

市太郎は黙した。

小早川金吾中納言の裏切りがはっきりしたら、

——殺せ。

と、三成から命じられて来たことを、告げるべきかどうか、しばし迷った。

告げずにおくことにした。

裏切り者とはいえ、金吾中納言は、松野主馬にとっては主である。

主が裏切りと決めたなら、それに従うのが武士《もののふ》の道——という考えも成り立つ。

この、松野主馬重元という男は、いったいどうするつもりか、市太郎はそれを見極めねばならない。

単刀直入に訊《き》くことにした。

それが一番たしかだ。

「いかがなさるおつもりか？」

まっすぐに目を見つめて、ゆっくりと言葉にした。

松野主馬は、目を泳がさなかった。

強い視線で、見つめ返してきた。

「そのこと、訊いてどうする？」

意外な答えが返ってきた。

市太郎は答えず、くちびるを噛みしめた。

「もしも、それがしが主に従って、西軍を討つとなったら、まず血祭りに上げねばならぬのは貴殿である。その御覚悟をもってのお訊ねか」

市太郎は息を止めて主馬を見すえた。

しばし考えたすえ、うなずいた。

夜明け前に、わざわざ笹尾山を訪ねて来たことと、さきほどの陣幕の内でのやり取りを考え合わせれば、この男が、武士の道を踏み外して裏切るはずがない。そう確信した。

「貴殿に殺されるなら、それが拙者の天命である。人を見る目がなかったのだ。致し方あるまい」

視線がぶつかり合った。

目をそらしたのは、主馬であった。さきほどの言葉は、市太郎を試したらしい。

天を仰いで、掌《てのひら》で顔を撫《な》でている。

「体を鎖で縛られて、あっちとこっちから百頭の牛に牽《ひ》かれているようだ。わが身より血が迸《ほとばし》っておらぬのが不思議でならぬわい」

苦渋に満ちた主馬の口調である。

「主に従えば、大義を裏切らねばならぬ。大義を守ろうとすれば、主を裏切らねばならぬ。どちらに動いても血が噴き出す。腸《はらわた》が引きちぎられる」

「されば、どうなさる」

市太郎はしずかに訊ねた。

視線をもどした主馬が、また顔を掌で撫でた。

「それがしは、天地神明に恥じぬ生き方を選ぶ。とことんまで、それを貫く所存」

言葉がいかにも力強かった。嘘《うそ》はあるまい。

「しかと承った」

深々とうなずいた市太郎は、くちびるを舐《な》めた。

「よくぞのお言葉。されば、かさねてお訊ねいたす。主馬殿は、いかに動かれるか?」

天地神明に恥じぬ生き方を選んだうえで、いかに動くかを知りたい。その道はひとつではないはずだ。

「主に背いて徳川に切り込むか、あるいは裏切りを思い止まらせるために主の前に立ちはだかるか……」

どちらも天地神明に恥じぬ生き方であるはずだ。

松野主馬の顔つきがさらに苦みを帯びた。

天を仰いだ。

「わしは、もうこの身など捨ててしまいたい。肉を捨てて、魂魄《こんぱく》となって徳川に切り込みたい」

それが本心なのであろう。いまの状況は、松野主馬に苦痛しかもたらさない。身を一寸刻みにされるほうがよほど楽であろう。

「ここにて、金吾中納言殿を阻止なさるか」

市太郎が詰め寄った。

「それは……」

松野主馬が地を見つめた。

裏切りのために山を駆け下る小早川の軍勢を阻止するには、ここで後ろを向いて立ちはだからねばならない。

それはとりもなおさず、主に鉾《ほこ》を向けることになる。

「拙者は、あくまで徳川を敵とみなす。いま言えるのはそれだけだ」

市太郎はうなずいた。

それが、松野主馬の偽るところのない決意だろう。

「それがしは、なんとしても、金吾中納言殿の裏切りを止めねばならぬ。それはご承知いただきたい」

主馬が、じっと市太郎の目を見すえてからうなずいた。

「それが、治部少輔殿の命令であろう。あの御仁なら、殺せとでも言うたのではあるまいか」

市太郎は、こくりとうなずいた。

この期《ご》におよんで、松野主馬には隠したくなかった。

「わしとて、なろうことなら、あの若大将の首を絞めてやりたいわい……」

若造と呼び捨てにせず、若大将と敬意を込めたところに、主馬の苦悶《くもん》の根源がありそうだった。

言ってから主馬が首をふった。

「……いや、わが主金吾中納言殿は、もはや二進《につ》ち三進《さつ》ちもいかぬところに追い込まれてしまった。どのみちろくな死に方はするまい」

市太郎にも苦いものが込み上げてきた。

「まったく……」

人として正しく生きる道を貫くことの難しさを感じないわけにはいかない。

命などいくら捨ててもかまわないが、捨ててさえ取り返しのつかない苦境が、世の中にはあるのだと思い知った。

仮に、小早川金吾中納言の裏切りによって徳川が勝ったにしても、小早川の振舞いは、けっして讃《たた》えられることはない。一時の褒賞は受けるにせよ、生涯、裏切り者の烙印《らくいん》を押されたまま生きねばならないのである。

——死んだ方がましだ。

市太郎は、正直にそう思う。

——どうせ生きるなら、気持ちよく生きたい。

それが、市太郎の数少ない信条のひとつである。

男として生まれたからには、おのれの道を貫くべきだ。

——貫かずして、男といえるか。

そう開き直りたい。

眼下の関ヶ原から、ひときわ大きな喚声が響いた。

西軍が前に押して進み、押された東軍が後退している。

「西に勢いがある……」

思わず呟《つぶや》いていた。

「この勢いがつづくなら、金吾中納言殿も思い止まるかもしれぬ……」

それが一縷《いちる》の望みであるように、松野主馬が身を乗り出して関ヶ原を眺めた。

兵と兵とが入り乱れて戦う最前線は、西に力がある。

天満山の宇喜多秀家隊、小西行長隊が、東軍先鋒の福島正則隊、井伊直政隊を圧倒して押している。

いまこそ小早川軍が飛び出して行けば、西軍の勝利は決定的となる。

しかし、松尾山の頂きにある陣所からは、なんの音沙汰もなければ、動き出す気配もない。

じりじりと時間だけが流れていく。

原から聞こえる喚声や雄叫びが、市太郎の心の臓を締めつける。胃の腑《ふ》が痛む。

「まだ日和見《ひよりみ》を決め込むつもりか」

市太郎は、また呟いた。

時間というものの重さを、これほど感じたことはなかった。

裏切るならさっさと裏切ればよいものを、金吾中納言は、いまだ踏ん切りがつかず、勝敗の大勢がどちらかに決してから動くつもりなのだ。

だとすれば、武士として、いや、男としてまことに許しがたい性根である。

「動かぬとあれば、どちらからも許されまい。げんに、そなたがこうして命を狙いに来ている」

主馬の低声に、市太郎はうなずいた。

裏切りをすでに約しているなら、徳川内府《ないふ》が日和見を許すはずがない。すでに、のっぴきならぬ狭間《はざま》に、小早川金吾中納言は追い込まれているのである。

霧の晴れた関ヶ原を見れば、壮絶な死闘を繰り広げているのは、宇喜多隊と福島隊ばかりではない。

笹尾山の麓の島左近と蒲生郷舎《がもうさといえ》の部隊も前面の敵と激突している。あのあたりは、黒田長政、竹中重門《しげかど》が布陣しているはずである。

――市次郎はどうしたか。

弟の市次郎は、黒田、竹中の軍勢にぶつからぬよう山中を迂回《うかい》して、南宮山《なんぐうさん》の毛利の陣を目指すように命じられた。

こちらと違って、はるかに距離が長く、しかも関ヶ原を横断せねばならない。たどりつくには大いなる困難が予想される。

――無事に着けよ。

市太郎は、天を仰いで、強く祈った。

土肥市次郎

森のなかを、一列になって五十騎が進んだ。

山の裾の道を通れば行きやすいに決まっているが、それではどうしても敵と遭遇してしまう。

ことに、関ヶ原の北に、小さな島のように突き出した丸山がくせものだ。

その一帯には黒田長政と竹中重門《しげかど》が陣取っていると物見《ものみ》が知らせている。

竹中重門は、名高い軍師半兵衛重治のせがれである。

もとは美濃斎藤家の被官だったが、祖父の代から、関ヶ原を東に抜けたところにある菩提山《ぼだいさん》という要害に城を築き、麓に立派な陣屋をかまえている。

徳川方のなかでは、もっとも関ヶ原の地理に精通した男にちがいあるまい。

——おれが家康なら……。

竹中重門を北側の山沿いに配置する。

そのうえで、側面から笹尾山を突かせるのがなにより有効な手である。

市次郎は、そう睨《にら》んでいる。

——あの男がいるはずだ。

そう思えば、できるだけ山の奥深くに迂回《うかい》せざるを得ない。

竹中を倒せ——と命じられているわけではない。

目指すのは、はるかに遠い南宮山《なんぐうさん》である。

わずかに白み始めた山のなかを、五十騎が進んで行く。

それぞれの馬には枚《ばい》を銜《ふく》ませ、嘶《いなな》かぬようにしてある。

じっとりと薄暗い森のなかを、しずしずと、それでいて足早になるよう、手綱《たづな》をさばいて進んでいく。

木々のあいだから見える関ヶ原は、まだ霧に閉ざされている。

不気味な静けさが、原に満ちている。まもなく戦闘が始まるだろう。二十万に近い将兵が、じっと息を潜めているのだと思えば、全身の肌に粟《あわ》が立つ。

——尾根道に出るか。

山の中腹を行くかぎり、いくつもの谷をぐるりと迂回して進まなければならない。

そのつもりで途中までやって来たが、斜面が進みづらく、思いのほか時間がかかりそうだ。

いっそのこと、いっきに北に向かって登ってしまえば、高々と聳《そび》える伊吹山《いぶきやま》から菩提山につながる尾根に出て、そのまま竹中の陣屋のある菩提の在所方面に下りられる。

山の中腹を行く道は、どうにも踏み跡がはっきりせず進みにくい。尾根ならば、もっとはっきりした杣道《そまみち》がある。

距離は長いが、むしろそちらのほうがよほど馬が早く進む。結果的には早く行けるだろう。

そんなことを思って馬の首をまわし、山の上を見上げたとき、背後の山裾のほうで、人の気配がした。

手綱を引いて馬を止め、耳を澄まして目を凝らした。

後に続いている五十騎も、馬を止めた。

森のあわい、一町（約一〇九メートル）ばかり下に大勢の人影が見える。

——軍勢だ。

百人ばかりの部隊が、山のなかを進んでいる。

陣笠《じんがさ》を被《かぶ》って手槍《てやり》を持った者が目につく。足軽の部隊である。

東から来て、西へ行こうとしている。

指物《さしもの》はぼやけて見わけられないが、徳川方、おそらくは竹中重門の差配する軍勢に違いない。

——あの男。

竹中重門とは、なんども会ったことがある。朝鮮の役《えき》でも、肥前の名護屋城《なごやじょう》で顔を合わせた。

軍師として名高い父親のことを知っているせいか、重門もまた軍略に長《た》けているふうに見えた。頭の回転がよく、臨機応変にことをはこべる男に違いない。

じつは、いささか遺恨がある。

この戦場で鉢合わせしたら、みごと決着をつけてくれるつもりである。

——どうするか？

それが問題である。

はるか遠くの南宮山まで行くことを考えたら、ここで竹中の部隊と戦闘するわけにはいかない。

いくら遺恨があるからといって、それは私憤である。戦いは回避するべきだ。

しかし、このまま見過ごしてしまえば、彼らは、まんまと笹尾山の側面を突くことができる。

正面に島左近と蒲生郷舎《がもうさといえ》を配置し、万全の備えをしているつもりの三成にとっては、不意打ちを食らうことになる。

瞬時に考えを決めた。

――銃撃すべし。

幸いなことに、騎乗の武者たちには、太い侍筒《さむらいづつ》、短めの馬上筒合わせて三十挺《ちょう》の用意がある。筒を持たぬ武士たちはみな弓の上手だ。五十騎全員に飛び道具の仕度がある。

森のなかのことで射撃はしにくいが、とにかく射掛けるだけ射掛け、それ以上の戦闘はおこなわず、馬首を転じて、尾根道を目指すべしと決めた。

ここで盛大に筒音を響かせれば、笹尾山の本陣で気づくだろう。

すぐさま、山に向けての備えを固めるはずだ。

不意打ちさえ食わなければ、百や二百の小部隊など、いくらでも対処のしようがある。

無言のまま山の裾を指さすと、麾下《きか》の者たちがうなずいた。

馬の首に結わえてあった筒入れから、侍筒を抜いた。火薬と玉は装填してある。

玉は小さな布で包んで詰めたから落ちる心配はない。馬に乗ったまま火蓋を開いて、火皿に口薬《こうやく》を入れた。

腰に下げた火縄入れから火縄を抜いて、火挟《ひばさ》みにつがえた。

見れば、みな射撃準備を終えている。

火蓋を開くと、無造作に狙いをつけて、引《ひ》き鉄《がね》をひいた。この距離ではなかなか当たらない。威嚇《いかく》して、笹尾山の陣所に敵の存在を知らせればそれでよい。

凄《すさ》まじい炸裂音《さくれつおん》が轟《とどろ》き渡り、続いてすぐに三十発の銃声が鳴り響いた。

「尾根を目指せ。東に駆けて、菩提に下りるぞ」

まだ笹尾山からいくらも来ていない。こんなところに長居は無用である。

馬の腹を蹴って手綱を絞り、斜面を登らせた。

下の足軽隊が鉄炮《てつぽう》を射掛けてきた。

あちこちで木の幹が爆《は》ぜたが、こちらの五十騎に倒れた者はいない。

「尾根に急げ」

声を張り上げ、さらに馬の腹を蹴って斜面を駆け登らせた。

二段目の攻撃はなかった。

むこうもこんな山のなかで小競り合いするより、早く笹尾山を攻撃したいと考えたようだ。

しばらく夢中で登ってから振り返ると、もう敵は見えなかった。追って来る気配はない。

――やはりいたか。

自分の予想が的中したことに、底知れぬ不気味さを感じた。

――山を行けば……。

なんとかなると考えていたが、山のなかとはいえ、これではどんな敵が待ち構えているか分からない。

なにしろ、凄まじい数の軍勢が原にいるのだ。双方ともに、多数の迂回部隊を、山中に繰り出していると覚悟しておいたほうがよい。

――治部少輔《じぶしょう》殿も、ほかに部隊を出したであろうな。

最初に命じられたのは、兄の市太郎と自分である。それぞれに精鋭の五十騎を預かった。

しかし、客観的に戦況を俯瞰《ふかん》して考えると、不安定な材料が多すぎる。

いくつもの手を重ねて打つのが順当なところだ。

それにしても、このたびの合戦の奇妙さときたら、市次郎などにはとても理解できない。

松尾山の小早川にしても、これから向かう南宮山の毛利秀元にしても、いったいどんなつもりなのか。

——裏切る。

という行為が、そもそも市次郎には考えられない。

報奨として、国をいくつも提示されたと聞いた。

——国か……。

そんなものを手にしたところで、裏切ったことの悔いは死ぬまで脳裏から離れまい。

毎朝、寝覚めが悪い思いをするに決まっている。

味方を裏切るくらいなら、負ける側としてとことん戦って死んだほうが、ずっと気持ちがよい。

そんなことを思いながら、慎重に坂を登り先頭を切って尾根に上がった。

尾根の上が見晴らせた刹那、全身が凍りついた。

すぐ目の前に軍勢がいた。百人ばかりの足軽が、こちらに向かって歩いてくるところだった。

「山が山」

兵たちの先頭にいた物頭《ものがしら》が叫んだ。

合い言葉らしいが、そんなものは聞いていない。背中に立てた指物を見れば、笹《ささ》の葉をならべて描いた九枚笹《くまいざさ》である。

――竹中だ。

さっきのが竹中の兵だと思っていたが、違っていた。こちらにいたのだ。

いかにも具合が悪かった。鉄炮はさっき放ったばかりで玉を込めていない。

向こうは、銃声を聞いて仕度をしていたらしい。

合い言葉に返事がないので、物頭が采《さい》を振り上げた。

銃の筒先がいっせいにこちらを向いた。

「ちっ」

もはや、馬の首を返している暇はない。

市次郎は、上半身に弾みを付けて、わざと馬から転がり落ちた。斜面を転がって、とにかく鉄炮から身を隠した。

つぎの瞬間、凄まじい銃声が轟いた。

全身に玉を浴びた馬が、頭上から転がり落ちてきた。

下敷きにならぬように横に転がって逃げた。

馬の首の筒から鉄炮を抜いた。急いで玉を込めて手に持った。

市次郎のあとに続いていた武者たちも、玉を込めている。

「そこにいるのは市次郎であろう。こっちに来るならおまえだと見当をつけておったわい」

大きなだみ声が聞こえた。

忘れもしない竹中重門の声だ。

肥前名護屋城にいたとき、秀吉公の御前で相撲《すもう》がおこなわれた。

市次郎は、重門と当たった。

四つに組んで互角に戦ったが、わずかに力で勝った市次郎がじりじりと土俵から押し出そうとすると、いきなり廻《まわ》しから右手を離し、掌《てのひら》を市次郎の目に押しつけた。

手の内に、土俵の砂がついていたので、市次郎は目潰しにあったも同然だった。

うろたえたところをうっちゃられて、市次郎は土俵の外に出ていた。

卑怯《ひきょう》だとは思ったが、それだけならまだしも遺恨には思わなかった。

土俵から下りてきたときの、重門の言いぐさが許せなかった。

「油断だな。精進しろよ」

「ふん。卑怯の道など精進するものか。わしは腕っぷしを鍛えるわい」

「力では頭に勝てぬぞ」

「卑怯な策で勝とうとは思わぬ」

「軍略だ。まずは勝つのが大事」

「あんなものを軍略と教わったか。さてはおまえの親父《おやじ》も卑怯な策ばかり弄して出世したな」

「なんだとッ」

土俵の下で取っ組み合いを始めたので、みなが止めた。

「遺恨を残さぬよう、いま一番、土俵にて取り組め」

秀吉公のことばで、もう一番相撲を取った。

悔しいことにまたしても同じ目潰しにやられて負けてしまった。

二度はするまいと思っていたのが油断だった。

「愚か者」

蔑《さげす》んだ目で言われたときは、殺してやろうと思った。

それ以来、会うこともなかったので、遺恨の種はずっと抱えたままであった。

このたびの合戦で、竹中は、最初、西方に同心して尾張犬山 城《いぬやまじょう》に入っていた。ところが、いつの間にか寝返って、徳川方についている。

機を見るに敏、などとは言いたくない。

——変節漢は蔑むべきだ。

市次郎としては、そんな奴《やつ》にのさばられているだけで不愉快である。やはり許しがたい。

ここはとにかく、連中を打ち破らねば先に進めない。

——馬では無理だ。

尾根の上は、狭い一本道である。

馬で一頭ずつ駆けて行けば、たちまち鉄炮の餌食になるだけだ。

手で合図して、みなを馬から下りさせた。馬は、とりあえずあたりの木に繋《つな》いでおく。

そのうえで、五十人の武者たちを、尾根の左右から囲むように配置した。

「行くぞ」

声をかけると、男たちが力強くうなずいた。

竹中重門

竹中重門《しげかど》は、三百の兵を率いて、山中を進んだ。

――笹尾山の側面から、三成の本陣を突く。

その一点の攻撃目標に向かって、靄《もや》のかかった森のなかを進んで行く。

丸山から笹尾山までは、関ヶ原をまっすぐに行けば十町（約一・一キロメートル）ほどの近さである。

むろん、それでは側面を奇襲することができない。

そのため、敵の物見《ものみ》に見つからぬよう、山中深く迂回《うかい》している。

――敵にも必ず迂回部隊がいる。

その確信を重門はもっている。

こちらとて、出ているのは重門の部隊だけではなかろう。使番《つかいばん》から報《しら》せがあったわけではないが、内府《ないふ》公は、かならず奇襲のための別動隊を、ひそかに山中から進撃させているはずだ。

もしも、靄の向こうに部隊を発見したとしても、いきなり攻撃をしかけるわけにはいかない。

相討ちにならぬよう、「山が山」「麾《さい》が麾」の合い言葉が、昨夜のうちに東軍の全部隊に伝えられた。

斜面を登り切って、小さな尾根に出た。

ここを駆け下れば、笹尾山の三成本陣の正面に出る。

あと二つばかり谷を越えれば、ちょうど笹尾山の北面に下る尾根に出る。

そちらから行けば、背後を突ける。

――やはり側面より背後が有利だ。

そんなことを考えながら歩いていると、先に立って、尾根の下を見ていた組頭《くみがしら》が駆け戻ってきた。

「尾根の下に騎馬武者がおります。ざっと五十騎」

ついさっき、山の下のほうで鉄炮《てっぽう》の音がしていた。その部隊だろう。

「敵か味方か」

「分かりません」

「合い言葉を唱えよ」

「承知」

組頭が口を開く前に、騎馬武者が一騎、馬をたくみに操りながら尾根にすがたを見せた。

大きく息を吸い込んだ組頭が叫んだ。

「山が山」

返事がなかった。

重門は、靄のむこうに目を凝らした。

大一大万大吉の指物《さしもの》だ。三成の手の者である。

頭形《ずなり》の兜《かぶと》に、大柄な体つきだ。

あれだけの大兵《だいひょう》はめずらしい。そうざらにいる武者ではない。

――土肥市次郎《どひいちじろう》だ。

そうに違いない。

あの男には遺恨がある。

――矢を浴びせてやろう。

弓隊に向かって采《さい》を振るった。

矢が放たれ、同時に鉄炮が轟音《ごうおん》を響かせた。

「ちっ」

重門は、舌打ちした。

鉄炮を放たせるつもりではなかった。

山中で筒音がすれば、三成の陣が警戒する。

しかし、遅かった。ずいぶん盛大な音がした。

矢と玉を浴びて、敵の馬が血しぶきを噴いた。

その一瞬前、馬上の武者は馬の胴に隠れるようにして、むこう側に転がり落ちた。

したたかな武者だ。

市次郎とは、朝鮮の陣に出かける前、肥前名護屋城《なごやじよう》で相撲《すもう》を取った。

あまりの大兵ゆえに目潰しをくらわせた。

大兵の者を倒すには、許される手である。

市次郎は、重門を卑怯《ひきよう》だと詰《なじ》った。

それだけならまだ許したが、あの男は負けたことを恨みに思って、父竹中半兵衛をあしざまに罵った。

——許さぬ。

と心に刻んでいる。

重門は、尾根の下に向かって、大声を張り上げた。

「そこにいるのは市次郎であろう。こっちに来るならおまえだと見当をつけておったわい」

返事はない。

――ならば、戦うのみ。

敵は五十騎の騎馬武者だという。

こんな山中では、騎馬のほうがかえって動きが取りにくい。

やつらは、この尾根を登り、上の尾根伝いに迂回するつもりだったのだ。

このまま同じ高さで山腹を東に行くには、小さな谷をいくつも横切らなければならない。

敵がそうやって逃げるなら、足軽でもすぐに追いつける。

あるいは、こちらに向かって尾根を登ってくるかもしれない。

むこうがどちらに動いても、有利な位置を取りたい。

――意表を突いて、背後に下るべし。

それに如《し》かずと即決し、采を振って、引き連れている全員に、尾根の西側に下るように命じた。

素早く駆け下ると、むこうから十人ばかりの武者がやって来た。

——馬鹿なやつらだ。

馬を下りて分散し、尾根を囲むつもりなのだろう。靄がかかっているため、こちらの人数を少なく見誤っているのかもしれない。

その懸念は、こちらとて同じだが、人数からして、判断を誤ったのは市次郎のほうだ。

敵も気づいた。

「矢だ。矢を放て」

大声で叫ぶと、弓衆がすぐさま矢を放った。

同時にむこうも射撃してくる。

銃声が山に轟《とどろ》く。

敵が倒れた。伏せた者もいるかもしれない。

こちらも、二、三人がやられた。

「まわり込んで襲え」

そのまま尾根の下にまわり込むと、数十頭の馬が立ち木に繋《つな》がれていた。

人影は見えない。
——どこに消えた。
もう尾根に上がったのか。
それとも、鉄炮の音を聞いて、谷に隠れてしまったのか。
森のなかは昨夜来の雨で濡《ぬ》れそぼっている。
斜面を登ったのなら、足をすべらせた跡がありそうなものだ。
四方のどちらを見回しても、足跡は見当たらない。
尾根の上を見てくるよう、采を振って、組頭に命じた。
べつの組頭に、東側の谷を見てくるように命じた。
山の下と西側にも行かせた。
それぞれが、十人ばかりの足軽を連れて、探索に行った。
待つ時間が苦しい。
——いきなり、どこからか撃たれるかもしれない。
そんな不安が身をよじらせる。
——落ち着け。
父なら、かならず冷静沈着に敵のうごきを読み取ったはずだ。

手柄を自慢するような父ではなかった。むしろ、功名を誇ることを嫌っていた。

それでも、折りに触れて、戦《いくさ》について語ってくれたことがある。

——見せかけにとらわれるな。

というのが、父半兵衛のもっとも大切な教えであった。

敵に隙がある——。

こちらに利がある——。

と見えても、それは見せかけだけの罠《わな》かもしれない。

あえて油断を見せて、誘いかけているということが、合戦には往々にしてある。

敵の本当の狙いはなにかを、よく考えなければ、こちらが滅ぼされる。家来が殺され、自分も死ぬ。

そうならないためには、表面的な見せかけにとらわれてはいけない。

——敵の本当の狙いを見抜くべし。

そんな教えを思い出した刹那、尾根の上で鉄炮の音が轟いた。

「上だッ」

こちらが下りたのと入れ違いに、市次郎たちは尾根の上に登ったらしい。それも巧妙に足跡を消して、である。

重門は、市次郎の周到さに舌を巻いた。

組頭と足軽たちが、血まみれで転がり落ちてきた。

こちらの弓衆、鉄炮衆が、上に向かって、弓と鉄炮をかまえた。

敵はすがたをあらわさない。

転がったままの組頭に駆け寄ると、二の腕を撃たれていた。

「何人いた？」

鉄炮の音は十挺《ちよう》ばかりだったが、はたして敵の全員が上にいたのか。

そちらを囮《おとり》にして、ここに繋いである馬を取りに戻ってくるのではないのか。

「木の陰に潜んでいましたゆえ、分かりませなんだ」

なんと疎漏《そろう》なことか。

仕方がない。とにかく、こちらの半数を尾根に上げることにした。半数はここに残し、四囲を警戒させる。

重門は先に立って山の斜面を登った。

斜面を登りきって、尾根の上に顔を突き出して眺めたが、敵のすがたは見えない。

「どこに消えた……」

敵は少人数だ。おそらくまばらに散って、木の陰に隠れているのであろう。

「油断するな」

立って歩けば、狙い撃ちされる。ぬかるんだ地面をほとんど腹這《はらば》うようにして進んだ。

百五十人の足軽が、尾根道のむこうまで到達したが、敵はいないようだ。

「おりません」

――逃げたか。

山の三方から、同じ報告の声がかかった。

ここで足止めを喰《く》らってもたもたするより、馬を捨てて東に向かうのを選んだか。

「下にはおりません」

尾根の下からも声がかかった。

「逃げたようだな」

「そのようです」

「繋いである馬を放せ」

尾根の上から命じると、下にいた者たちが、馬の手綱《たづな》をほどいて尻を叩いた。

嘶《いな》いた馬の群れが山中を駆け下って行った。

「笹尾山に行くぞ」

こちらにはこちらの攻撃目標がある。いつまでもこんな山の中でもたもたしているわけにはいかない。

足軽たちを先に歩かせたが、重門はどうにも市次郎のことが気がかりでならない。

――ただ逃げたか。

素直にそうとは思えない。

――どこかで待ち伏せしているのではないか。

その危険は充分にある。

三百人の部隊が順に狭い山道を行ったあと、最後に数人の家来と残り、重門は山中の気配に耳を澄ませた。

――あの男ならどうするか。

それを懸命に考えた。

おれのことを遺恨に思っているはずだ。いつか恨みを晴らそうと考えているはずだ。

いまは、またとない好機のはずであった。

しかし、あやつにはあやつの攻撃目標があるはずだ。

ならば、どうするか。

——おれなら、どうするか。

頭をしぼって考えた。

いったん逃げて隠れ、また戻って来て、背後から鉄炮を射かける。

それが一番有効な方法に思えた。

ぞっとする気持ちで、尾根の上を眺めると、鉄炮の筒先が見えた。

——いかん。

転がって木の幹に隠れた刹那、鉄炮の音が響いた。木の皮が、玉で爆《は》ぜた。

「運のよい奴《やつ》。いまはここまでだ」

はるか頭上から、市次郎の雄叫《おたけ》びが聞こえた。

家来たちが鉄炮で射かけたが当たらず、市次郎は山に消えた。

家来たちが追おうとしたので、采で制した。「もうよい。かまうな」

重門は、肩で息をしていた。

——あの野郎。

悔しくはあったが、いささか見直しもした。

——合戦は執念だ。

執念深く戦った者が、最後の勝ちを得る。あらためてそう確信した。

重門と家来は足を早めて部隊に追いついた。

小さな谷をいくつか越えているうちに、眼下の関ヶ原で雄叫びが聞こえた。

「始まったぞ」

いい潮だ。

三成の軍陣は、正面の原での合戦に気をとられている。

その隙に、背後から本陣を突けば大いに攪乱《かくらん》できるだろう。

笹尾山につらなる尾根に登った。

狭い尾根で、雑木に覆われている。

道は細く、一列でしか進めない。

重門は先頭に立った。

笹尾山を見下ろすところまで来ると、三成本陣の陣幕の後ろに、大勢の足軽がいるのが見えた。

――多いな。

予想していた以上に、後ろに備えている人数が多い。五百人はいるだろう。

落ち着いて、よく眺めた。

それほどの人数が、こちらを警戒しているわけではない。
どうやら後詰《ごづ》めとして、正面への出番を待っている組のようだ。
正面での合戦が激しくなれば、前に繰り出していくに違いない。
こちらから鉄炮を射かけても、届く距離ではない。
これ以上近づけば見つかる。
ここの雑木林で待っているのがよかろう。
——左右に兵を展開させよ。あいつらが前に出てから攻撃をしかける。
そう組頭に命じた。
その策ならば、直接本陣に攻撃をしかけられる。
五百の兵が前に出てくれなければ、この策は成功しない。
——激戦になれば、かならず出る。
そう確信して待つことにした。
背中の指物が見つかるとまずい。腰を曲げているより、地面に伏せたほうが楽だ。
「地面に伏せて待て」
低声《こごえ》で命じた。
命令は口から口に伝わっていく。後ろの者が前の者の真似《まね》をして地に伏せた。

敵の背後を眺めながら、重門はくちびるを舐めた。

全身が露で濡れそぼっているのに、喉が渇く。

腰に手をのばし、竹筒をさぐったがなかった。転がったときに落としたらしい。

口をすぼめ、唾を集めて呑《の》み込んだ。

待つ時間がじりじりと苛立《いらだ》たしい。

この場所からは、正面の原がよく見えない。

大一大万大吉の紋を染め抜いた陣幕とその後ろにいる五百人の後詰めが見えるだけである。

——動かぬか。

聞こえてくる雄叫びや叫喚が、さらに苛立ちをつのらせる。

ここが堪《こら》えどころだと、自分に言い聞かせた。

雑木の林に伏してじっと待つ。

ただ、ひたすら待つ。

動きたい。

突撃してしまったほうが気持ちは楽だ。

——くそ。早く前に出ろ。

呪うようにそう思ったが、自分を叱りつけた。
――父半兵衛ならどうするか。
呼吸をととのえて、気持ちを冷静にたもった。
――ゆるりと待つべし。
父なら、そう呟《つぶや》いて、平然とした顔をしていただろう。
自分もそうあるべきだ。そうしていることにした。
半眼《はんがん》に目を細めて、遠くの山の出来事のように敵兵を眺めやった。
敵に動きのないまま、しばらくの時間が過ぎた。
――山は動かず。
そう自分に言い聞かせたとき、敵兵にすこし動きがあった。
号令がかかったらしく、すわっていた者たちが、立ち上がった。
――間もなく出て行く。
さすれば、本陣の背後ががら空きとなり、そのまま本陣に突入できる。
――好機まで、あとすこしだ。
そのとき、背後で大きな叫び声が聞こえた。
「なんだ？」

振り返ると、林に白い指物が見えた。
味方の兵である。
待っている重圧に耐えかねて立ち上がり、叫び声を上げたらしい。
前に向き直ると、後詰めの組がこちらを見ている。
敵が鉄炮をかまえた。
——いかん。
このままでは狙い撃ちにされる。
「谷に下りろ」
左手に深い谷がある。
そちらに出れば、笹尾山の側面だ。
「谷から攻めるぞ」
重門の命令を、組頭たちが後ろに伝えた。
三成の陣から鉄炮を射かけてくる。
——だいじょうぶだ。この距離なら届かない。
道のない斜面を転がるように駆け下った。
突然、轟音が鳴り響いた。

玉が風を切る音がして、目の前の木がなぎ倒された。

鉄炮ではない。大筒《おおづつ》だ。

凄《すさ》まじい破壊力に腰を抜かしそうになった。

それでも、なんとか谷底まで駆け下りた。

すこしは平地がある。

下りてくる足軽たちを待って、陣形を取らせた。

「突っ込め」

三成の陣の最左翼には、鬼左近と呼ばれる島左近がいる。

「敵に不足なしッ」

大声を張り上げると、重門は先頭を切って駆けだした。

島左近

島左近は、夜半に笹尾山の麓に陣を布《し》いた。一千の足軽を率いている。

南隣にいる蒲生郷舎が、やはり兵力一千。

さらにその西は、秀頼公直属の黄母衣衆《きほろしゅう》二千。

北国街道をはさんで南には、島津、小西、宇喜多の陣がつらなっている。

夜が明け、霧が晴れると、野に徳川の兵馬が満ちているのが見えた。

人から鬼と恐れられるほどの勇猛さを誇りとしている左近でさえ、ぞっとするほどの大軍であった。

——ここに至れば、粛々と戦うのみ。

それしかない。

もはや、人としてなすべきことは、し尽くした。

あとは目の前の敵と果敢に戦い、天命に従うばかりである。

そんな爽やかな心境に至ることができて満足である。

左近が立っている陣所には、「鬼子母善神《きしもぜんしん》 十羅刹女《じゆうらせつによ》」と大きく書き、その下に家紋の三つ柏《みつがしわ》を染めた旗が掲げてある。

鬼子母神は、人の子を殺して喰《く》らった女だが、釈迦《しやか》にわが子を隠されて改心し、法華経《ほけきよう》の守護者となった。

十羅刹も、鬼神の女であるが、やはり法華経の守護者である。

法華経は、釈迦の教えを説く仏典の最高峰であると信じて、左近は日々奉じている。

旗には、鬼子母善神十羅刹女の右にならべて「鎮宅《ちんたく》霊符神」と書いてある。これは、家内の安全を守ってくれる神だ。

左には「八幡大菩薩」をならべた。むろん弓箭《きゆうせん》の軍神として崇敬している。

その三柱《みはしら》の神と仏がいればこの世の諸事万端は、円満に治まるはずだと信じて、かねてから旗にもちいている。

——ここが死に場所であろうな。

との覚悟はしている。

昨日の午《ひる》、内府《ないふ》徳川家康が、軍勢とともに美濃赤坂に入った。

赤坂は、大垣城から東山道を一里(約四キロメートル)、北西に行った宿《しゆく》である。

東からやってきた内府家康は、大垣城を迂回《うかい》して、さらに西に進んだのであった。

赤坂の宿のそばに岡山《おかやま》という小さな丘があって、黒田長政や藤堂高虎たちが陣を布いていた。

そこに入ったのだ。

大垣城に籠もる石田治部《じぶ》少輔《しよう》三成をはじめ、島津義弘、宇喜多秀家、小西行長らは、内府が西進して来れば、大垣城を囲むであろうという読みをしていた。

内府は城を囲まずに素通りした。

肩すかしをくらった気分である。

――岡山を討つべし。

との声が、大垣城内で上がった。

「まずは、小当たりいたそう」

夕刻になって、左近と蒲生郷舎が、五百人の兵を引き連れて出撃した。

大垣と赤坂のあいだに杭瀬川《くいせがわ》という細い川がある。

そのほかは水田である。

杭瀬川を渡り、徳川の軍勢を挑発した。

鉄炮《てっぽう》を射かけ、岡山陣のすぐ前で、まだ刈り取りの終わっていなかった田を刈っていると、徳川方から何百人かの兵が出てきた。

左近はわざと退却して杭瀬川を渡って逃げた。

徳川勢が、川を渡ってこちらに来たとき、伏兵として隠れていた明石全登《あかしてるずみ》と本多但馬《たじま》の手勢八百人が、襲いかかった。

不意を突かれた徳川方は、三十人以上が討ち死にした。

緒戦としては、幸先《さいさき》のよい勝利だった。

この戦いを、岡山の陣所から眺めていた家康は昼飯を食べていたのだが、無様な自軍の負けっぷりを見て、飯粒をこぼすほど狼狽《ろうばい》したという。

昨日の大垣城内の軍議で、島津義弘と宇喜多秀家が、岡山への夜襲を提案した。

左近もそれに賛成した。

「徳川の軍勢は、長駆の陣で疲れております。今宵、奇襲をかければ、かならずや勝機がつかめましょう」

徳川についた軍勢は、七月の末に下野《しもつけ》の小山《おやま》を発《た》ち、一月余り旅の空にある。ずいぶん草臥《くたび》れているはずだ。

しかし、三成が首を縦に振らなかった。

さらに軍議をつづけていると、戻って来た物見《ものみ》が、岡山の敵陣に異変があることを告げた。

「出陣の準備をしているように見えまする」

「こちらへか」

「いえ、陣内の足軽たちの話では、このまま西に進撃して、近江佐和山《さわやま》城《じょう》を下し、大坂まで駆け込む策とか」

「まさか……」

左近は首をひねった。

「それは陽動であろう」

どうにも怪しい。慎重な内府がこのまま大坂城の秀頼を攻めるとは思えない。

そうなれば、いまは内府に従っている福島正則や加藤嘉明《よしあき》ら、豊家《ほうけ》恩顧の大名たちが、黙ってはいまい。

彼等《ら》は大坂の城に立て籠もって、内府と戦うだろう。

しかも、関ヶ原を通過して、かつての不破関《ふわのせき》跡を通ろうとすれば、すでに十日以上前からそこに着陣している大谷刑部《ぎようぶ》吉継《よしつぐ》や戸田重政らが待ち構えている。

彼らは足軽たちを使って関ヶ原の西の端に土塁を築き、万全な構えをしている。

それを知らぬ内府ではあるまい。

それとも、せいぜい一万に足りない寡勢だから、無理押しして通ろうというのか――。

東山道は、関ヶ原の西の端から狭い谷筋に入る。

大谷刑部たちは、そこで待ち構えているのだ。

山で待ち構えている軍勢に、正面から突っ込むほどの愚策はない。

左近は、重ねて意見を述べた。

「それは陽動でござろう。こちらをこの大垣城からおびき出すための策」

「たしかにそのようだ」

島津義弘と宇喜多秀家は同意し、今夜のうちの夜襲がいかに有利かを説いた。

夜襲に強く反対したのは、主《あるじ》の治部少輔三成であった。

「これは、天下が豊家のものか、徳川のものかを決する天下分け目の戦いである。夜襲で決するわけにはいかん」

そう言われれば、反論はしにくかった。

三成は、夜のうちに全軍が大垣城を出て、関ヶ原に陣を布き、正面から内府家康を迎え撃つべし、と宣言した。

それこそが、豊臣家と徳川家の決戦にふさわしい戦いぶりだと力説した。

島津と宇喜多は、それでも治部少輔を説き伏せようとしたが、左近はもうなにも言わなかった。

思えば、大和《やまと》の国に生を享《う》けて、はや六十歳をすぎた。

はじめは、筒井順慶《じゅんけい》に仕えた。

順慶が三十六歳で若死にし、養子の定次が筒井家を継いだので、左近は筒井家を去り、浪々の身となった。酒色に耽《ふけ》る定次は、仕えるに値する主君ではなかった。

左近は、一家を連れて伊勢で蒲生氏郷《うじさと》に仕えた。

やがて氏郷は会津に移封《いほう》になった。

そのとき、左近が従わなかったのは、妻が蒲柳《ほりゅう》の質《たち》で、とてものこと会津までの旅ができそうになかったからだ。

わが旗に「鎮宅霊符神」と添えるようになったのは、そのころからだ。妻女が息災でいてくれるようにとの願いからだ。

そのころ、三成と出会った。

秀吉に仕える三成は、近江水口《みなくち》四万石の城主であった。

三顧の礼を尽くされた上、四万石の半分の二万石を禄《ろく》にくれるという。

そこまで厚遇されれば、断る理由はなかった。近江なら気候もよく、妻の体にも良さそうだった。

それからのことは、もう夢のようだ。

三成は水口から、近江佐和山城十九万四千石の城主になった。

「そのほうの禄を増やさねばならんな」

そう言ってくれたのはありがたかったが、高禄など不要であった。佐和山城に屋敷があり、そこで妻は日々健勝にすごしている。それ以上望むことはなかった。
「それがしに不足はござらぬ。ほかの人々に賜りなさるのがよろしかろう」
そうするべきだと思った。
三成について朝鮮へも行った。
まったく目まぐるしい一生であった。
還暦を過ぎ、また大きな合戦の場に立っている。
ありがたいことに、妻は寝込むこともなく元気でいる。
せがれはすこやかに育ち、いまは大谷刑部殿の軍奉行《いくさぶぎょう》として励んでいる。
娘たちはそれぞれしっかりした夫を持った。もはや、おのれに望むことはなにもない。
だから、わが主の言うことに、そのまま従おうと決めた。
陣を関ヶ原に移して、はたして勝機があるのかどうか――。
それは、もはや人事ではなく、天が決めることだ。
天が徳川の世を望めば、徳川が勝つであろう。
そう思って、また関ヶ原を睨《にら》んだ。
原はさきほどまで靄《もや》に閉ざされていたが、しだいに晴れてきた。

晴れて視界が広がったところに、おびただしい徳川の軍勢が見えている。

敵の軍勢を目の当《ま》たりにして、左近の腹の底から、熱く猛々《たけだけ》しい気魄《きはく》が噴き出した。

その熱い気が全身を駆けめぐって、左近は勇み立った。具足《ぐそく》を鳴らして、ぶるりと武者震いした。

今日の左近は、三尺（約九一センチメートル）はある朱の天衝《てんつき》を堂々と立てた兜《かぶと》をかぶり、溜塗《ためぬ》りの桶側胴《おけがわどう》を着けている。木綿の陣羽織は浅黄色が鮮やかだ。

――鬼左近。

と呼ばれ、戦場では鬼神のごとく恐れられている左近だが、自分では勇猛だなどと思ったことはない。そんな気負いもない。

ただ、常人より並外れて堂々たる体軀《たいく》と腕っぷしにめぐまれて生まれたとは思っている。

物心ついたころから、相撲《すもう》では負け知らずだった。走るのも速かった。

武芸は大いに得意であった。槍《やり》や刀を手に戦っても、馬、弓、鉄炮のいずれで競っても、引けを取ったことはない。

――三成に過ぎたるものの二つあり、島の左近と佐和山の城。

佐和山城下の町人たちが、そんな歌で囃《はや》してくれるのは面はゆいが、懸命に生きてきた自分が歌になるなら、いささか誇らしくもある。

――今日も、また……。

遮二無二《しやにむに》戦う。

戦うときは、あまり深く考えぬようにしている。体が反射するように直感的に動く。一人で戦うときも、侍大将として一手を率いるときも、それは同じことだ。わが体が欲するように動き、戦えば、いつの間にか敵に勝っている。

――勝てなければ……。

死ぬばかりだ。死はいつも覚悟している。淡々と受け入れるつもりだ。できることなら、見苦しい死に方はしたくない。

――死ぬときは、潔く。

そう思い定めている。

それは見栄かもしれない。見栄なら見栄でよかろう。他人の目を気にして見栄を張ろうとするからこそ、すこしはましな生き方ができる。

――今日の合戦は……。

負けるかもしれないと、じつは直感が働いている。

主の治部少輔三成は、夜襲をかけず、関ヶ原での大会戦で徳川と豊家の雌雄を決する、と正論を説いた。

三成は、つねに正論を説く。

――あやうい。

と思わざるを得ない。

三成の正論は、どこかで空回りしている印象がある。

うまく言葉では説明できない。

説明しようとすれば、三成の人格そのものに踏み込むことになる。

三成は、杓子定規《しやくしじようぎ》なところがある。

そのため、付き合いの浅い人間からは警戒されがちだ。

――人望が薄い。

と言わざるを得ない。

人徳がないわけではない。人に慕われるだけの器量はそなえている。

それが表にあらわれにくい。人望が篤《あつ》いとは言えない。

頭が良すぎるせいで、どうにも他人の愚かさが目についてしまうらしい。むろん見下すような態度はとらないが、ちょっとした顔つきにそれがあらわれることがある。馬鹿にされたと感じる者がいるだろう。

そのことは、二人だけのときに、なんどか三成本人に話した。

――人を見下しているように見られては、損でござる。

そう説けば、三成もわかってくれる。まわりの人間には、できるだけ腰を低くして慇懃《いんぎん》に接するようになった。

しかし、人望は一朝一夕では集まらない。

対する内府徳川家康に人徳があるとは思えないが、それでも人望はある。

常に、いやらしいほど先まわりして他人のこころを読み、味方につけることを考えている。それだけを考えて生きていると言ってもよい男である。

そのため、このたびの合戦でも、徳川方に参じる者が多かった。

いまさらそのことを嘆いても仕方がない。

合戦に臨むにあたっては、些細《ささい》なことに頭を悩ませたくない。

深く考えず、全身で戦いにのめり込んで行く。それでよい。

床几《しょうぎ》から立ち上がると、左近は槍を手にして、大きく振り回した。

さきほどから、散発的に銃声が聞こえている。そろそろ合戦が始まる。体をほぐしておくつもりだ。

「敵が前に出て参りました」

関ヶ原を睨んでいた馬廻衆《うままわりしゅう》が声を上げた。

見れば、赤備《あかぞな》えの一団が、馬を駆けさせて、突進してくる。すこし右手の小西隊あたりにぶつかるつもりらしい。

「井伊だな。抜け駆けするつもりか」

「そのようです」

井伊隊は二番備えの位置にいたのだ。先鋒《せんぽう》は福島隊だと、さっき物見から報告を受けていた。

背後の笹尾山で、法螺貝《ほらがい》が鳴り響いた。合戦をはじめよとの合図である。

左近は、自分たちの正面を睨んだ。足軽たちが黒に中白の指物《さしもの》を背負っている。

旗印は、紺地に藤巴《ふじどもえ》である。

「敵は、黒田だな」

「よき敵かと存じます」

頷《うなず》いた左近は大きく息を吸い込むと、腹の底から雄叫《おたけ》びを放った。

「みなの者、存分に働け」

左近の大声に、麾下《きか》一千の兵が鬨《とき》の声を上げて応えた。

敵陣からも雄叫びの声が上がった。

攻め鉦《せがね》が響いている。

敵の足軽たちが、こちらに突進してくる。

「鉄炮、かまえよ」

命じると、前で腰を下ろしていた百人の鉄炮衆が、筒先を並べて構えた。

敵も前を駆けて来るのは鉄炮衆だ。

十町（約一・一キロメートル）ばかり前まで駆けて来た敵の鉄炮衆が、地面に片膝をついてすばやく鉄炮を構えた。火縄をつがえ、火蓋を切る。

「一の組、放てッ」

左近が采《さい》を振って号令をかけると、五十挺《ちよう》の鉄炮が火を噴いた。

敵の足軽たちが倒れた。

「二の組、放てッ」

追い打ちをかけて五十挺が火を噴いた。敵の鉄炮衆が、むこうの射程距離に踏み込んで来る前に先んじて弾幕を張る。そのために、玉薬を強めに入れさせて、射程をのばしてある。二組にわけて射撃させれば、敵に立ち直る隙を与えない。

こういう皮膚感覚が、左近はなによりも得意である。一歩先んじることで、こちらはずいぶん動きやすくなる。

敵の鉄炮衆が撃ちかけて来たが、出端《ではな》をくじかれているので、勢いがない。

「弓衆ッ」

采を振ると、弓衆が立ち上がった。

「駆けろッ」

号令とともに、前に駆ける。左近もともに駆けた。射程まで踏み込んだところでさらに大声を張り上げた。

「放てッ」

二百本の矢がいっせいに放たれ、敵が倒れた。

敵からも矢が飛んでくる。

こちらも倒れる弓衆がいる。仲間が助けて、弓衆は左右に開いた。

「槍ッ」

後ろから、長柄槍《ながえやり》の穂先をそろえた槍衆が前に出た。

「進めッ」

二百人の槍衆が、槍衾《やりぶすま》をつくって前進する。

敵の槍衆も向かってくる。

近づいたところで、玉を込め直して駆けて来たこちらの鉄炮衆が、左右から敵の槍衆に撃ちかけた。

続いて弓衆が、矢を放った。

前列の槍が崩れたのを見て、左近は大声を発した。

「掛かれッ」

駆けた槍衆が、それぞれに狙いをつけて、穂先を敵の胴や肩に突き刺した。

槍衆たちは、槍を引き抜かず突いたままにして、刀を抜いて組み掛かる。三間(約五・五メートル)もある長柄槍は、緒戦こそ威力を発揮するが、乱戦になってはとてものこと扱いきれない。

兵と兵が入り乱れて戦っている。

左近も手槍で戦った。

襲ってくる敵兵の動きが、左近にはよく見える。

むこうから左近を狙って駆け寄って来た甲胄《かっちゅう》武者が、肩を狙って長巻《ながまき》で斬りかかってきた。

背をかがめて踏み込み、太股《ふともも》を槍で払った。佩盾《はいだて》を縅《おど》した綖《いと》がざっくり切れて穂先が肉に食い込み、武者が前のめりに転倒した。

止《とど》めは刺さない。怪我人《けがにん》が多いほうが、敵は難渋する。

敵の長柄槍の部隊が、一団となって進んでくる。人数が減って、三十人ばかりか。

「脇から掛かれ」

あたりにいた足軽たちをまとめて、左右から襲い掛からせた。

長柄槍は、長く重く、とても扱いづらいので、小回りがきかない。脇に足軽たちがついて守っているが、やはり手薄だ。

こちらの足軽たちが刀を手に掛かろうとすると、槍衾の横手から、数十本の矢が放たれ、たちまち何人かの味方が倒れた。

横から襲われることを計算して、槍隊のなかに弓衆を潜ませていたのだ。

よほど頭の働く頭《かしら》がいるに違いない。

「掛かれ、掛かれ」

二の矢が飛んで来る前に、足軽たちを掛からせた。乱戦になった。

敵の槍隊のなかに、大きな黒母衣《くろほろ》を背負った武者がいた。朱色の具足で全身を固めている。

「さてこそっ。後藤又兵衛《ごとうまたべえ》殿かッ」

左近が大音声《だいおんじょう》を発すると、黒母衣の武者が左近を睨みつけた。

黒田家のなかで、もっとも勇壮で智恵《ちえ》のある侍大将は、後藤又兵衛基次《もとつぐ》だと知れ渡っている。左近は、朝鮮出兵のとき、顔を合わせたことがあった。

「おう。島の左近よな。この広き野原で、よくぞめぐり会《お》うた。いざ勝負いたさん」

「望むところ」

左近が手槍を構えると、又兵衛も槍を構えた。黒塗りの豪壮な槍である。

向き合ってすぐに槍を繰り出して突きかけた。大きく踏み込みながら、二度、三度、突きかけると、かわした又兵衛が、こちらに駆け寄りざま、槍の石突きを地面に突きたて、それを支えにして、両足で蹴りかかってきた。

かわしたが、肩を蹴られ、のけぞって倒れた。馬乗りになってきた又兵衛の顔面を拳で殴りつけると、こんどはむこうが後ろにのけぞった。

すぐさま体を起こして、逆に馬乗りになり、脇差《わきざし》を抜いて胴の下を突こうとすると、両手で手首をつかまれ、捻《ね》じられた。

あまりの痛さに体をひねって転がると、起き上がった又兵衛が、槍をかまえて突きかかってきた。

かわして、地面に転がっていた槍を拾い、起き上がった。

向き合ったときは、さすがにどちらも息が切れていた。

笹尾山の背後で大きな音が轟《とどろ》いた。

大筒《おおづつ》を放ったらしい。

雄叫びも聞こえる。

――本陣がやられている。

すこし前に出すぎたようだ。

見れば、となりの蒲生郷舎の隊も前に出ていて、笹尾山が手薄になっている。

その脇から、一団が駆けてくるのが見えた。やはり黒田の指物を背負っている。

――敵だ。

敵の別動隊が、笹尾山の横手から攻め寄せて来た。

――いかん。

このまま横を突かれては、本陣が大混乱となる。

「勝負はのちほどッ」

左近が大声で叫ぶと、又兵衛が笹尾山に顔を向けた。別動隊が来たのに気づいたようだ。

「おうっ。こっちはこのまま掛からせてもらうぞ」

「勝手にされぃッ」

言い捨てると、左近は左手に槍を、右手に采を握って、あたりの足軽たちをとりまとめた。

「あっちだ。山から敵が来るぞ。むこうを抑えよ」

足軽たちに声をかけて走りながら、左近は、今朝、笹尾山で会った土肥市太郎、市次郎兄弟を思った。二人の兄弟も山を駆けているはずだ。

——あの二人……。

無事に山中を突破できるかどうか。

敵も山中にいくつもの部隊を放っているだろう。そんな敵と遭遇すれば、先に進むのははなはだしく困難だ。

——南無《なむ》鬼子母善神、八幡大菩薩……。

左近は、槍を手に駆けながら、二人の兄弟の武運を強く念じた。

笹尾山から、また轟音《ごうおん》が響きわたった。

五門据えた大筒を盛大に放ち、三成は全軍を鼓舞している。

——わが軍勢は……。

と、味方を見れば、中央の宇喜多隊が、大きく突出し、敵勢を押し戻している。

先頭に、花クルスの旗が見えた。

──明石だな。

明石掃部全登は、たいそうに剽悍《ひょうかん》な武者である。キリシタンなので、クルスを旗印にしている。

その軍勢の勢いがことのほか強い。

──頼もしや。

左近は、勇猛な武者たちとともに戦えることが、なにより嬉《うれ》しかった。

明石全登

「ひょーッ」

明石掃部全登《あかしかもんてるずみ》は、馬を駆けさせながら大声を張り上げた。

「掛かれ、掛かれぇッ。進めば、パライソじゃぁ」

むこうから赤備《あかぞな》えの部隊が駆けてくる。

すでに鉄炮《てつぽう》と矢の応酬は終わった。

こうなったら、あとは乱戦のなかに駆け込み、押して押して押しまくるばかりだ。

足軽たちが束になって押せば、おもしろいように敵が崩れた。

「弱気な敵じゃ。駆けよ、駆けよ」

赤備えの軍団は、意外にもろかった。

先頭に居たのは、大将の井伊直政本人と葵《あおい》の紋をかかげた若武者、どうやら家康の子らしかった。

命を惜しんだのだろう。最初に小当たりしただけで、すぐさま馬を返してしまった。

それが、後をひいている。

先頭の大将が戻って来たのだ。

足軽たちがひるまないはずがない。

弱腰になった敵に、鉄炮をさんざん撃ちかけ、矢を浴びせた。

そこへの突撃である。

「掛かれ、掛かれ」

馬上、槍《やり》を大きく振り回せば、群がって逃げる足軽どもを、三、四人いっぺんになぎ倒すことができた。

このまま家康本陣に駆け込めるのではないかと思うほどに、敵の先鋒《せんぽう》は弱かった。

昨日の午《ひる》、大垣城から島左近と蒲生郷舎《がもうさといえ》が打って出たとき、後ろに備えていた明石全登は勝機を見逃さず、敵に襲いかかった。

それがよい潮になって、敵を大いに攪乱《かくらん》することができた。

——一念だ。

と、全登は思っている。

なにごとも一念を貫けば、天に通じる。

それを信じていなければ、男は生きていけない。

キリシタンになったのは、山陽路を旅していた伴天連《バテレン》たちと話し、彼らの思いの強さに感じ入ったからだ。

天竺《てんじく》のはるかむこうにあるポルトガル国から、二年の歳月をかけ、波濤《はとう》を越えてやってきた彼らは、日《ひ》の本《もと》の僧には見たことのないほど堅固な信心を抱いていた。

頑《かたく》なに自分たちの神《デウス》を信じるがゆえに、命を惜しまず、はるばると旅をすることができるのだと思えた。

男として、その生き方の強さに、顫《ふる》えがくるほど感じ入った。

京に行ったとき、四条坊門姥柳《しじょうぼうもんうばやなぎ》にある南蛮寺《なんばんじ》を訪ねて、さらにまた伴天連たちと話し、その思いはますます強くなった。

彼らは、神の教えを伝えるために人生のすべてを捧《ささ》げ、それを大きなよろこびとして感じている。

――執着《しゅうじゃく》を捨てる。

ということが、禅僧の口で語られるとまるで嘘《うそ》に聞こえるが、彼らが身を神に捧げるというとき、その言葉はいかにも真実に聞こえた。

武者の世もおもしろいが、変転が多すぎる。

備前磐梨《いわなし》郡熊野《くまの》保木《ほぎ》城《じょう》を本拠とする明石一族は、全登の父の代から宇喜多家に仕えるようになった。

それまで仕えていた浦上《うらがみ》家より、その家臣の宇喜多直家《なおいえ》の勢力のほうが、強大になったからである。

変転が多ければ、思いが貫けない。

――義を貫く。

といえば聞こえはよいが、やはり、前の主《あるじ》を見限った後ろめたさはどうしようもなく残る。

神に仕えるなら、俗世の面倒さはない。ただただ死ぬまで一途《いちず》に神への祈りを貫けばよいのだ。それで、おのれの人生が全《まっと》うできる。なんとすばらしいことか。

南蛮寺で洗礼を受け、ジョアンの名を授かった。

それからは、旗印に花模様でつくったクルスを使っている。

全登の父は、秀吉の備中高松城攻めで功名を立て、三万三千石の知行《ちぎょう》を与えられていた。全登はそれをそのまま受け継いだ。

——一念を貫き、五十年の人生を真《ま》っ直《す》ぐに駆け抜けたい。

全登は、そう念じて、朝に夕に、神に祈りを捧げている。

「なにゆえ、キリシタンになった」

去年、宇喜多秀家から問われたことがあった。

「男でござるゆえ」

全登はそう答えた。

「わからん。わしも男だ」

秀家に言われて、全登は首をかしげた。

——男がちがう。

そう思った。

「女にもキリシタンがおる」

そうも言われた。人のことは知らず。全登にはおのれを貫いているとの自負がある。

前田家から嫁にきた秀家の妻女の豪姫は、キリシタンである。

妻の信心ぶりを見ていても、秀家にはキリシタンのことがよく理解できぬらしい。

全登は、思った通りを口にすることにした。

「殿は、なさねばならぬことが多すぎますゆえ」

備中半国と備前、美作《みまさか》合わせて五十七万石を領する当主にして、豊臣家の五大老の身としては、おのれの身ひとつ、自由にすることができまい。

なによりも豊家《ほうけ》の存続に目を配り、領国を豊かにせねばならない。

文禄の朝鮮出兵から帰って以降、秀家は領国の経営に熱を入れてとりくんだ。

まずは、岡山城を手直しして望楼のある天守を建てた。

城下町を整えたうえで山陽路をつけかえて、こちらを通るようにした。もちろん、商売をさかんにさせるためである。

海に堤防を築いて児島湾を干拓させ、新田を広げた。

そんな俗事にかかずらっていれば、おのれの一念を貫くことは難しかろう。どうしたって、しがらみに縛られることになる。

宇喜多の家には、じつは問題が山積していた。家臣同士が対立し、なにかをなそうとすれば、必ず騒動が起こった。

全登は、三万石の侍大将で、千人を指揮すればよい立場。しかも、譜代《ふだい》ではないから宇喜多家の内政にはほとんど関わっていなかった。

「自由に天地を謳歌《おうか》して、おのれを貫き通したいと存ずる」

いつだったか、望みを問われたとき、思ったままにそう話した。

「そのほうに、政《まつりごと》を託そう」

秀家に言われて、全登は顔をしかめた。

——しまった。

内心、後悔したが、遅かった。

「わしとて、政などめんどうでかなわぬ。しかしそれをせねば、家はたちゆかぬ。領国は発展せぬ。まことやっかいなことだ」

そんなやり取りがあって、去年から全登は家老の役を果たしている。

宇喜多家の内情を見て、全登は愕然《がくぜん》とした。

大きな家だけに派閥がいくつにも分かれ、激しく対立していた。

明石家などは、そこに巻き込まれずいままでよくぞ無事でいられたと思うほどに、派閥同士の憎悪が深かった。噂《うわさ》には聞いていたが、そこまでひどいとはじつは知らなかった。

騒動は根が深かったので、外部にまで漏れた。

五大老筆頭の徳川家康が調停にあたって収めたが、謀反側と目されていた譜代の老臣たちに温情の措置がとられた。

毒殺や暗殺未遂事件が起きていただけに、もっと厳格な処分があってもよかったのだが、譜代たちが宇喜多家を去っただけで処分は終わった。

家康としては、宇喜多家の敵をそのままに残しておきたかったのであろう。

そんな事件のあと、家中《かちゅう》をとりまとめる役に抜擢《ばってき》されたのが、全登なのであった。

「おのれを貫いて、存分に働け」

宇喜多秀家からは、そう言ってもらった。

家中にはすでに対立の根が消えて、とりまとめるのはたやすかった。

しかし、宇喜多家を去った老臣たちは東軍に陣借りしていると聞こえている。

その段取りをしていた家康の周到さに驚かざるを得ない。

そのことを聞いた全登は、利害を超えておのれを貫くことの大切さと難しさを、改めて感じないわけにはいかなかった。

戦場に馬を駆けさせ、全登は足軽をつぎつぎと突き伏せた。

五町（約五四五メートル）ばかりも進んだだろうか。

おびただしい数の足軽たちが、激突してもみ合っている。

井伊の赤備えは崩れたが、その後ろにいた部隊が、なんとか持ちこたえていた。

白地に青の三本線が、稲妻のように走っている。山道と呼ぶ模様だ。そこに桐《きり》の紋。福島正則の隊である。

「さがるな。敵には後詰《ごづ》めがおらん。さがるな。返せッ」

大声で叫んでいるのは、福島正則その人らしい。

「見参《げんざん》、見参ッ」

全登は、大音声《だいおんじよう》で呼ばわったが、なにしろ足軽たちがひしめいて雄叫《おたけ》びをあげながらぶつかりあっている。

とてものこと、声は届かない。

「ちっ」

ならば、一人ずつ突き崩して近づくしかない。

全登は、槍をふるって足軽を突き伏せた。大将首を狙って馬に群がり寄って来る足軽たちがいる。たいていの足軽は、まずは馬の脚を切りつけようと狙ってくるから、馬上から突き伏せるのはいともたやすい。

むこうでは、福島正則がまわりの足軽どもを叱咤《しった》し、長柄《ながえ》の槍衆を取りまとめている。散らばっていた槍衆が、ひとまとまりの集団になって、穂先をそろえた。

「突け、突け、突き進め」

福島正則の胴間声《どうまごえ》が響いた。

これだけ騒然とした戦場で、右往左往する足軽たちをとりまとめるのは、なみたいていの度量ではない。

——なかなかな男。

声を聞けば、男の太さが分かる。命の強さが感じられる。

福島正則は、大地を震わせるほどの声を出している。その声だけで、五十万石くらいの値打ちがありそうだ。

敵の槍衆が穂先をならべて突き進んで来たので、こちらの足軽たちが何人か突き伏せられた。

攻める一方だった味方の勢いが、すこしひるんだ。

敵の槍衆は、そのままさらに宇喜多の本陣に向かって突っ込んで行った。

「槍衆ッ。槍をかまえよッ」

全登は振り返って叫んだ。

味方の槍衆たちは、槍を置いて刀で取っ組み合いを演じている。

――ここはいまいちど隊列を組ませるのが最善。

そう判断した。

長柄の槍は半町ばかり後ろの地面にならべて置いてある。

「長柄槍をかまえよッ」

叫びながら、長柄槍の置いてあるところまで全登が馬を戻すと、三十人ばかりが集まって来た。

それだけいれば、槍衾《やりぶすま》ができる。

「かまえよッ」

足軽たちは、いささか疲れている。一同が隊列を組んで長柄槍をかまえたものの、いかんせん穂先がふらついて定まらない。

「ええい、もっと腰を入れよッ」

怒鳴ってみても定まらぬものは定まらぬ。

なんどもくり返して調練を積んだので、陣形を崩すまで、長柄槍衆は、いたって敏捷《びんしょう》に動いた。

しかし、いったん崩れてしまえば、いま一度立て直すのが、それほどまでに難しいものか——。

見れば、がたがたと体を震わせている足軽が多い。

馬を下りた全登は、足軽たちの頬を順に引っぱたいて、気合を入れた。

「しっかりせんかッ」

足軽たちは、返事さえおぼつかない。目が虚《うつ》ろで、怯《おび》えている。乱戦のなかで恐怖心にとらわれてしまったのかもしれない。

「あそこにいるのが、福島正則だッ」

全登は、大音声を発した。

「あの男を突け。突いた者には、黄金十枚の褒美をやるぞ」

聞いて、足軽たちが、すこし目を輝かした。

「黄金十枚とは、まことで？」

「嘘を言ってどうする。福島正則なら、黄金十枚の値打ちがある。家康を突き伏せたら、黄金千枚だッ」

「千枚ッ」

足軽たちが、沸き立った。

家康を突き伏せるまでには、ずいぶん敵を倒さねばならない。

しかし、遠くとも、はっきりと目指すものがあれば、兵は奮い立つ。

「よぉしっ。槍をかまえろ」

三十人が、長柄槍をかまえて穂先をならべた。

すこしは腰がすわったようだ。

「福島正則に向かって、突き進め」

「おうっ」

槍衆が雄叫びを上げて、前に進んだ。

足どりはしっかりしている。

むこうからも、また槍衆がやって来た。

「ひるむな。進めッ」

馬上で声を上げているのは、福島正則だ。そばに葉竹を背負った男がいる。笹《ささ》の才蔵と異名をとる可児《かに》才蔵だ。

どちらの槍衆も足が早くなった。そのまま突き進む。どちらも避けない。

突き出した槍が、足軽たちの肩、喉、胸を突く。
どちらの槍衆も血しぶきを噴いて倒れた。
——くそっ。
相討ちだ。残った槍衆たちは、また刀を手にして組み打ちしている。
「押せ、押せッ」
大声で叫びながら、全登は原の南にそびえる松尾山を見上げた。
——いまこのときこそ。
小早川の軍勢が山を駆け下りて、東軍の脇腹を突けば。
勝利は、確実に西軍のものになる。
しかし、松尾山にひるがえっている旗や指物は、まるで動く気配がなかった。

可児才蔵

笹竹《ささたけ》を背負った才蔵は、乱戦のなかで槍《やり》を振るいながら首をかしげた。

——おかしい。

どうにも今日の合戦は、勝手がちがう。なにかしっくりこない。

才蔵は、福島正則の軍勢の先鋒《せんぽう》をまかされている。

正面の敵は宇喜多秀家の大軍団だ。

槍を合わせて戦っているのは花クルスの指物《さしもの》を背負った先鋒。キリシタンにして、猛将の名も高い明石全登《あかしてるずみ》の手勢である。

すでに白兵戦で、足軽どもの群れと群れが手槍や刀で斬り結び合っている。宇喜多隊の兒《ちご》の指物と福島の桐紋《きりもん》の指物が入り乱れて押し合っている。

敵は強い。とんでもなく勢いがある。

敵との揉《も》み合いのなかで、才蔵は槍を振るって五人を突き殺した。脇差《わきざし》で首を切り落とし、背中の笹の葉をちぎって斬り口の喉の穴に差し込んでいる。

才蔵が取った首だという印である。

才蔵一人は勇猛果敢に槍を振るって敵を倒しているが、全軍としては、どうにも押され気味だ。

いや、気味などという曖昧なものではない。ぐいぐい押されている。一町（約一〇九メートル）か二町、押し返されただろう。

才蔵の前には、味方の足軽が一人もいない。敵の押してくる力が強すぎて、ずっと後ろに下がってしまったのだ。

「掛かれ、掛かれ」

声をかぎりに叫んで足軽たちをまとめ、敵に突っ込む。

こちらがすこし突っ込めば、むこうが嵩《かさ》にかかって突き返してくる。叩《たた》けば、激しく叩き返される。押せば押すほど、どんどん手ごわく押し返される。

——負けるのか……。

負け戦《いくさ》は、肌で感じる。

敵の勢いがまるで違う。

こんなに強い敵では逃げるしかない。

四十七のこの歳《とし》まで、さんざんに戦場を駆けまわって来たが、今日の宇喜多ほどの敵には出会ったことがない。

あれは、十五、六年も前か、尾張の長久手《ながくて》で徳川と戦ったとき、才蔵は羽柴秀次《ひでつぐ》に従っていた。

あのときの徳川勢も手ごわかった。

馬に乗って采《さい》を振り、足軽たちを掛からせたが、掛かるたびに敵が強くなる。簡単にはね返された。

三度掛かって諦めた。

「槍の効く相手ではない。お馬を返されそうらえ」

と、最前線から駆けもどって大声をはりあげたが、大将の秀次は聞かなかった。

「返せ、返せ」

とくり返したが、秀次は聞かない。

「知らず。糞喰《くそく》らえ」

と、大将を罵倒して自分は一目散に逃げた。秀次はそのまま徳川勢に突っ込んで、大勢が討ち死に。結局、秀次は敗走した。

――負け戦なら、逃げるにかぎる。

長久手の合戦で逃げた才蔵を、あとで秀吉が咎《とが》めた。才蔵は羽柴家を去った。

拾ってくれたのが、福島正則であった。

しかも、七百石の高禄《こうろく》である。

一騎駆けの武者としては、最高の禄だといってよい。

才蔵は兵の差配が得意ではない。

なにより槍を振るっての戦いが得意だ。

〝槍の才蔵〟と呼ばれるだけの勇猛果敢な働きをした。

生まれは美濃可児《かに》郡。

斎藤龍興《たつおき》、森可成《もりよしなり》、柴田勝家、明智光秀、前田利家、佐々成政《さっさなりまさ》……と、主人をつぎつぎと替えて仕えたのは、運の悪さもあろうが、どうにも一本気で主人とぶつかることが多かったせいであろう。

なにしろ、才蔵は強い。強さが半端ではない。

中背ながらも鍛え上げた筋骨がたくましく、膂力《りょりょく》があり、なによりも、勘のよさと俊敏さをそなえている。

宝蔵院流槍術《ほうぞういんりゅうそうじゅつ》の祖である奈良興福寺《こうふくじ》宝蔵院の僧胤栄《いんえい》に槍を学んだ。

槍を持たせたら、この関ヶ原に集まった二十万に近い武者、足軽たちの誰と闘っても遅れは取るまい。まずは、第一等の腕である。

しかし、この男、どうにも変わっている。

奇矯《ききょう》さの点でも、関ヶ原に集まった男たちのなかで、一番だと断じてまちがいない。

森可成に仕えていたときの一戦で首を十六取ったが、持ち運べないので、三つだけ持ち帰った。あとの首には、目印となるよう斬り口に笹の葉を突っ込んでおいた。

それ以来、笹の才蔵と呼ばれている。

小田原の陣では、福島勢の先鋒として伊豆《いず》の韮山城《にらやまじょう》を攻めた。

敵兵が城内に逃げ込み、いまにも城門が閉じる寸前に、才蔵が槍を投げたので、門がぴったり閉まらなくなった。

そのまま突進し、大声を張り上げて肩で押した。

「ええいッ、ええいッ、ええいッ」

城をゆるがすほどの大音声《だいおんじよう》が、腹の底から湧いて出た。

味方の猛者《もさ》が四人手助けして門を押した。むろん、中からは数十人が必死で押さえている。

城壁から見ていた城将北条氏規《ほうじようじのり》が、才蔵のあまりの勇猛さに驚いて、弓、鉄炮《てつぽう》を射掛けるのを止めさせたというほどの命知らずである。

といって、捨て鉢なところはない。

さきほどの開戦に先立って、福島正則のそばに仕える若侍とともに、敵本陣笹尾山の正面に陣取っている加藤嘉明《よしあき》のところに歩いて遣いに出た。

加藤の陣に行くなら、布陣している東軍各部隊の裏を通って行くのが安全である。

「竹束の前を行きましょう」

若侍が、命知らずなところを、みなに見せようとしてそんなことを言った。各部隊は、矢玉除《よ》けに竹束を立てている。

すでに鉄炮の音がしている。晴れかけた霧のむこうの敵陣から、矢玉が飛んでくる。

「いや、おれは行かない。内側を行く」

若侍だけを行かせて、自分は竹束の内を通った。

加藤嘉明の陣所に行って、正則のことばを伝えた。

「石田には手ごわい島左近の軍団が先鋒におる。かなわぬとあれば、合図の法螺貝《ほらがい》を吹け。いつなりとも助けに駆けつけてやる、と殿からの伝言にございます」

小姓《こしょう》時代からの仲間の戯《ざ》れ言《ごと》を、加藤嘉明は鼻の先で笑い飛ばした。

「ありがたき老婆心《ろうばしん》かな。宇喜多が手ごわければ、いつとて助太刀《すけだち》に駆けつけよう。合図の法螺貝を吹くがよいと伝えてくれ」

「承知つかまつった」

遣いを終えての帰り、若侍はこんどは竹束の内側を通るという。

「才蔵殿はさきほどよき分別をなさった。竹束の外は矢玉が激しく、ようやく命拾いをしたのでござったよ」

すさまじいほどの恐怖を感じたらしい。

「いや、来るときは、戯れ言とはいえ大切な遣いの用向きがあった。無闇と命を捨てては軍法にも背く咎となるゆえ、貴公に同道せず竹束の内側を通った。もう主命を果たしたので、心置きなく外を通ろう」

若侍が怯《おび》えて内側を帰るのを見ながら、才蔵は矢玉に身をさらし、鼻唄まじりで帰った。

そんな男である。

のちに関ヶ原の合戦が終わって、平穏な世となったころ、才蔵に槍の試合を望んだ侍がいた。

申し出を受けた才蔵は、甲冑《かっちゅう》を着込んで笹竹を背に立て、左右に十人の若党を引き連れて出向いた。若党たちに、火縄をつがえた鉄炮で相手を狙わせ、槍の穂先を突き出させて侍と立ち合った。

相手の侍は、顔が真っ青であった。

「いや、このような試合ではない。一対一の槍の試合を所望してござる……」

「なんの、われらが試合はいつもこのとおりなり」

才蔵は、呵々大笑《かかたいしよう》した。どこまでもとことん本気で生きている男である。

やはり平穏な世になってから、広島城の黒金門《くろがねもん》で、夜の詰め番をしていたときの話がある。すでに老齢となっていたので、夜半の休憩のときに横になっていると、正則の遣いの小姓がやってきた。

手に鶉《うずら》を持っている。

「殿様が鷹《たか》でお捕り召された鶉にござる」

寝ている才蔵にそう言って渡そうとしたが、才蔵は受け取らなかった。

かたわらに畳んであった袴《はかま》を着け、本丸に向き直って正座してから、うやうやしく受け取った。

「お礼の儀は、ただいま参上して申し上げよう。しかし、おまえは大うつけである」

凄《すさ》まじい勢いで小姓を叱りつけた。

「殿の御意《ぎょい》があるならば、なぜまずそれを言わぬか。わしが身支度を調《ととの》えてから伝えるべきところを、よくも、殿の御意を、寝たまま聞かせたな。侍なら仕置き折檻《せっかん》するところだが、まだ小僧ゆえに許してやるわ」

そんな律儀な男である。

老境にさしかかってからは、さらに厳しい話もある。

若いころ、才蔵はいつも長刀を腰に帯びていた。槍も得意であったが、剣も得意であった。

老いてからは腰に差さず、従者に持たせていた。

福島家の縁戚の者が、それを見て訊《たず》ねた。

「お若いころは、たいそうな武名を誇られたが、いまは老いられて長刀を差すこともかなわず、従者に持たせるようになられた。お手技、一目見たいことでござった」

「老いては……との仰せのむき、ごもっともなれど、武芸にかぎりてはよそ目にてのご批判は当たらぬもの。この刀、見参《げんざん》に入れもうさん」

腰を押さえて立ち上がりぎわ、横に置いてあった刀を手に取った。

「長刀の技、これなり」

鞘《さや》から抜き払うと、そのままその侍の首を刎《は》ね落とした。

いつなんどきでも、とことん真剣なのであった。

さらに奇矯なのは、死に際である。

才蔵は、幼いころから、愛宕権現《あたごごんげん》を崇敬していた。

愛宕権現は、勝軍《しょうぐん》地蔵がこの世に姿をあらわした軍神である。鎧《よろい》を着けて馬にまたがった愛宕権現の姿はことのほか力強く勇ましい。

愛宕権現の絵姿を描いた指先ほどの小さな軸を、いつも兜《かぶと》のなかに入れていた。

「おれは、愛宕権現様の結縁《けちえん》に死ぬ」

つねづねそう言っていたが、六十の歳の六月二十四日のご縁日の朝、いつになくこざっぱりと身を清め、真新しい下着をつけた。具足《ぐそく》をまとい、長刀を持ち、床几《しょうぎ》に腰かけたまま大往生をとげたのであった。

まことにもって変わった男である。

才蔵は、かねて自分に仕えている竹内久右衛門《たけうちひさえもん》に、福島家からもらっている禄の半分三百五十石を与えた。石田三成の島左近に対する厚遇と同じである。ただし、竹内久右衛門という侍の名が世に知られていないのだから、才蔵のばあいは、無欲からくるものと言っていいかもしれない。

そんな才蔵が、関ヶ原の開戦にさいして大いに怯《ひる》んだ。

――これは負け戦だ。

長久手の合戦のときと同じく、逃げ出そうと思うほどに、敵先鋒の明石全登の攻めたて方が激しかった。

もとより武人として死の覚悟はできている。しかし、あきらかな負け戦に突っ込んで行くのは犬死にだ。才蔵は、負け戦をたくさん知っているだけに、迷わず生き残る方を選ぶ。

——逃げるか……。

才蔵は迷った。

おりしも、右手前方の三成本陣から轟音《ごうおん》がひびいた。大筒《おおづつ》を放っているのだ。飛んで来た玉が、味方の騎馬武者を直撃した。馬から飛ばされた武者が、胸を潰して血で真っ赤に染まった。

味方がひるんだ。

敵にさらに勢いがついた。

突っ込んで来た槍衆が、こちらの槍衆を串刺しにしている。

——返せ……。

と、喉元まで出かかったとき、才蔵の視界の端に松尾山が目に入った。

——ふん。あの山の小僧がやっかい者か。

小早川秀秋が裏切る——という噂《うわさ》は、すでに足軽でも知っていよう。

ほんとうに裏切るのか、裏切らないのか、それが気がかりで、こちらの軍に押す勢いがない。

福島隊の足軽たちは士気盛んだが、なおまだ様子を見たがって押し切らぬ節がある。

――それで勢いがないのだ。

そうとしか考えられない。

――しゃらくさい。

今日は、天下分け目の合戦だ。

立ち止まると、才蔵は槍を地面に立てて、両足を開き、四股足《しこあし》にかまえ、踏ん張って、大きく息を吸い込んだ。

「えええいッ、えええいッ、えええいッ」

戦場中に響きわたるほどの雄叫《おたけ》びを上げた。

突き掛かろうとした武者が、あまりの大声に驚いて、逃げ出した。

いま一度、足を踏ん張って大きく息を吸った。足が地面にもぐりこみ、大地に根が張った気がした。

「うおおおッ、うおおおッ、うおおおッ」

さらに雄叫びの声が大きくなった。

そばにいた竹内久右衛門も、声を合わせた。ふたりして、大声を張り上げた。

敵の武者や足軽たちが、遠巻きにして呆《あき》れ顔で見ている。

「掛かれ、掛かれ。敵はなにほどのこともないぞ」

才蔵は腹から叫んであたりを見まわしたが、味方がまるでいない。

花クルスの指物を背負った敵ばかりである。敵中に取り残されてしまったようだ。

「笹の才蔵、見参ッ」

見れば、黒馬にまたがり、真っ白な胴を着けた武者がいた。胴は白いのに草摺《くさずり》や桃形兜《ももなりかぶと》の錣《しころ》が赤い洒落者《しゃれもの》である。

「明石全登か」

「いかにも。さすが名高い才蔵の大音声かな。腰が砕けそうになったわい」

明石が笑っている。

「拙者、声よりも槍が自慢にて候《そうろう》」

馬の脚を狙って槍の穂先で軽く突くと、馬が棹立《さおだ》ちになった。

明石は落ちもせず、巧みに手綱《たづな》をさばいて馬を落ち着かせると、鞍《くら》から飛び下りて槍をかまえた。

「いざ手合わせせん。皆の者、手出しするな」

まわりの者たちに声をかけて制すると、ぐるりと人の輪ができた。

「お相手つかまつらん」

才蔵は槍をしごいて突き出した。

宝蔵院流は、十文字槍をつかう。

突けば槍、薙《な》げば薙刀《なぎなた》、引けば鎌と言われるように、変幻自在な使い勝手が小気味よい。

ふつうの直槍《すぐやり》ならば、しごいて突き、また叩き打ち、斬り、払う動作が中心となるが、十文字槍ならば、さらに敵の槍や刀を巻き落とし、腕や首にひっかけて斬り落とすなどのわざが繰り出せる。

明石全登が、直槍を青眼《せいがん》にかまえた。

才蔵は、両腕を頭上にあげて突きおろす姿勢でかまえた。

そのまま突いてもよし、柄《え》をまわして敵の槍を払ってもよい。

明石が、青眼にかまえたまま、じわりと右に足を踏み出した。

右にまわった。

向き合ったまま、才蔵も右に動いた。

じりじりと五、六歩まわったところで、明石が才蔵の右目に向かって突きを入れてきた。

九尺柄の槍の穂先が風を切って伸び、すぐ眼前に迫った。

右にかわしながら、十文字槍を突き下ろし、鎌で明石の槍の柄を巻き落とそうとからめた。

うまくはずされたが、明石の槍は横に逃げた。

「おおりゃあああッ」

才蔵は大音声を発し、素早く突きをくり返した。しごいては突き、引いてはしごいてまた突く。すばやい動作の連続に、明石の腰が引けている。

逃げたままの明石の槍を鎌で巻き落とし、地面に落ちた螻蛄首《けらくび》を踏みつけた。

そのまま十文字槍を横に薙いで、明石の太股《ふともも》を狙ったが、明石がしゃがんだので、鎌の先が胴に食い込んだ。

――腹までは達していまい。

食い込んでいるのは、ほんの先だけだ。浅傷《あさで》である。せいぜい、脇腹の皮を破ったくらいだろう。

十文字槍の柄をつかんだ明石が、胴から鎌の先をはずし、柄を右脇に抱え込んだ。

しばらく捻《ね》じり合い、引き合っていた。

力はまちがいなく才蔵が強い。

「はッ」

才蔵は気合を発して槍の柄を放すと、腰の長刀を抜いて、明石の左の肩口に斬りかかった。

明石が、槍の柄をしっかり摑《つか》んで回転させ、石突きで才蔵の腕を払った。

——つッ。

腕がじんじん痺《しび》れた。

明石は十文字槍の柄を返し、鎌を才蔵の腕にかけようとしてくる。得物《えもの》を取られてしまった。

「なんの」

間合いを見切って、長刀を正面にかまえ、踏み込んで明石の喉に突きかかった。

体をそらして逃げられたが、そのまま体当たりして押し倒し、馬乗りになって組み伏せた。

才蔵が長刀を捨てて脇差を抜き、明石の胴の下に突き入れようとしたとき、背後から脳天に激しい衝撃を受けた。

「ご助勢つかまつる」

背中で声が聞こえた。

どうやら、刀で兜に斬りつけられたらしい。

兜は割れず、強い衝撃だけがあった。頭の芯が痺れ、昏倒《こんとう》しそうだ。

それでも、ぶるっとひとつ身震いして立ち上がると、才蔵は落ちている十文字槍を手に取った。

うしろに立っていたのは、まだほんの若い足軽だ。

「手出しをするなと言うたであろう。なに者だ」

叱ったのは、起き上がった明石である。

「作州《さくしゆう》宮本《みやもと》村武蔵《むさし》……」

若い足軽は、褒められると思っていたらしく、顔がすぐに曇った。

「たわけ。せっかくの勝負がだいなしじゃ」

明石が苦々しい顔でいった。

「申し訳ありません」

「才蔵殿、許されよ。いますこし間があれば、そなたをはね返してねじ伏せ、組み敷いて首を斬っていたところ」

勝っていたのは才蔵だが、負けん気の強い明石の言い種《ぐさ》は不快ではなかった。

「ああ、調子が狂うた。手合わせは、いずれのちほど」

明石が手で合図をすると、輪になっていた足軽たちが道を開いた。

そこから飛び出して、味方を探した。

まわりは、青地に兒の文字を染め抜いた旗、指物の宇喜多勢ばかりで、味方は二町も三町も先まで引き下がったらしい。

――なさけなや。

赤備《あかぞな》えの井伊の軍勢も、はるか後方にいるようだ。

――やむをえなし。

かくなる上は、いったん本隊に合流して巻き返しをはかるべきだろう。

才蔵は、腹の底から雄叫びを発すると、あたりにいた足軽を二人薙ぎ倒してから、福島正則の芭蕉葉《ばしようは》の馬標《うまじるし》めざして駆けだした。

織田有楽斎

織田有楽斎長益《うらくさいながます》は、馬の背から、はるか前方を見やって不安にかられた。

最前線にいる福島正則の芭蕉葉の馬標が大きく揺れて、こちらに向かって退いてくるように見えたのだ。

赤備えの井伊の軍勢は、とっくに崩されて退いて来ている。

宇喜多の青地に児《ちご》の旗と指物《さしもの》ばかりが、こちらに迫ってくる気がしてならない。

右手前方の笹尾山からは、しきりと大筒《おおづつ》の砲声が轟《とどろ》き、東軍の兵が逃げまどっている。

——負け戦《いくさ》かのう。

側近に訊《たず》ねたいが、さすがに口にするのは不吉ではばかられる。

四百五十人の足軽を与えられ、家来どもを引き連れていれば、大将らしく威厳のある顔もしていなければなるまい。

となりに陣を布《し》いている古田重勝は千人ほどを引き連れているが、このあたりにいるのはせいぜい数十人を引き連れて馳《は》せ参じた小身《しょうしん》の輩《ともがら》ばかりである。

そんななかで、すこしくらいましな顔をしていたいと思うだけの矜持《きょうじ》はのこっている。

有楽斎は三番備えで、敵とのあいだには、黒田、細川、加藤、井伊、福島といった頼りになる武将たちが陣をかまえている——はずであった。

ところが、実際に戦がはじまってみれば、存外こちらが弱い。昨日の夜、雨のなかを進軍して来たので、兵が疲れているにちがいない。

むろん、前に出て行くつもりなど、さらさらない。

——逃げるか。

しかし、そういうわけにもいかない。

すぐ後ろの桃配山《ももくばりやま》には、徳川内府《ないふ》家康殿の本陣がある。

慌てて逃げ出し、醜態をさらすなら、やはり覚えはめでたくなかろう。やっと手にしたわずか二千石の領地さえ剝奪されないともかぎらない。

また、前線の旗が動いた。

どう見ても、押されてこちらに戻ってくる。

——痒《かゆ》い。

有楽斎は昨夜から腹のまわりが痒くてたまらない。

夜のうちに胴丸をはずして見れば、腹から胸にかけて、肌が赤く腫れ、ひどいところは水膨れになっている。痒さがつのると、痛みさえ感じるようになった。

——どうしてわしが戦場に出ねばならぬ。

できれば、戦場になど出たくないに決まっている。

――おだやかに、おだやかに。

好きな茶の湯で遊んでいられれば、それでよいのだ。ほかの望みなどはまるでない。

本能寺に兄信長が斃《たお》れてすでに二十年近くが経《た》つ。

秀吉に臣従するのは苦痛だったが、世の趨勢《すうせい》がそうなっているのなら、文句は言えない。摂津に二千石をもらい、従四位下《じゅしいげ》、侍従に任じられた。織田家の重さを考えれば、もっと知行《ちぎょう》をくれてもよさそうなものだが、それは致し方あるまい。

秀吉の御伽衆《おとぎしゅう》として、茶の湯に興じているうちはよかった。朝鮮の陣でも、有楽斎は肥前名護屋城《なごやじょう》までしか行っていない。肥前にいれば、矢玉が飛んでくる心配はまるでなかった。

秀吉が死んで、世の中が軋《きし》み始めた。

しばらくは、じっと傍観していた。

もはや、世に出てなにかをしようなどという望みは、有楽斎にはまるでない。

数寄《すき》な茶道具を購《あがな》うにはすこし知行が足りないが、かといって数万石を望むために戦働きをするつもりもない。

――いまのままでよいのだ。

と思うのである。しかし、それを許してくれないのが世の中である。

内府家康から請われて、有楽斎は下野《しもつけ》の小山《おやま》に行った。

行かねば、どうにも世の趨勢から取り残されそうだった。

——石田三成は負ける。

あのときの小山の会議で、有楽斎はそう確信した。

それだけ徳川内府に勢いがあった。

いや、つい昨日まで徳川が勝つと確信していた。

なにしろ、内府家康は驚くほど周到な男だ。どんないやらしい手をつかってでも味方を増やし、勝利を確実にしてからでなければ合戦に臨まない。

かたや三成は、豊家《ほうけ》への義を唱えているようだが、いかんせん若くて横柄で人望がない。なによりも、福島正則や加藤嘉明《よしあき》ら豊臣恩顧の大名から嫌われているのが痛い。

——勝ちは徳川。

そう読んで、小山で喜んで徳川方に加担した。

しかし、世の中一寸先は闇だ。

あの徳川とて、この合戦で負ければ、すべてが水の泡となって消える。

そうなれば、勝った三成は、手厳しく徳川に加担した者を処断するだろう。

——斬首。

まさか。そこまではするまい。

——遠島。

いや、ひょっとして……。

殺されたとて、文句はいえない。それ以前に、この濡《ぬ》れそぼった惨めったらしい原で槍《やり》に倒れるかもしれないではないか。

なによりも、東山道をまわった徳川家の嫡子秀忠が来着《らいちやく》していないのが不可解だ。

周到な内府が手を尽くしはしたが、あちこちで齟齬《そご》やほころびが生じている。

小早川の小僧が寝返るという話だったが、その気配がまるでない。松尾山の旗は、そよりともせぬではないか。

背後の南宮山《なんぐうさん》にいる毛利勢は動かぬとの約束だというが、それを反故《ほご》にしないともかぎらない。

やはり大坂に加担すると決して山を駆け下りて来るかもしれない。

毛利の軍団が徳川軍の背後を突けば大混乱となる。

徳川の負けは必至だ。

——逃げ道は、伊勢街道。

それだけは、しっかり見定めている。そちらがいちばん手薄で、敵の追捕《ついぶ》の手が届きにくい。

徳川本隊の三万がその方面に逃げれば大混乱になるだろうが、毛利と宇喜多に挟まれたら、そちらしか逃げ道はない。一目散に駆けるばかりだ。

伊勢街道を突っ走って、桑名《くわな》まで八里（約三二キロメートル）。馬で駆ければ、午《ひる》過ぎには着ける。金銀は腹にたくさん巻いている。家来とはぐれても心配ない。船を雇って尾張に逃げよう。尾張なら知己が多い。どこかの寺に逃げ込んで、知らぬ顔を決め込もう。それが生き延びる手だ。

そこまで考えて、有楽斎はまた耐えがたい痒みに身悶《みもだ》えした。

——痒い。

腹も背中も胸も喉も、あちこちが痛痒くてたまらない。

手にしている采《さい》の柄《え》を胴のなかに突っ込んで掻《か》こうと思ったが、うまく入らない。

腰に帯びている刀の笄《こうがい》を抜き、首もとから突っ込んで掻いたが、冷たい鉄の先で皮が破れ、さらに痛みが増した。

痒み、痛みが、有楽斎を苛立たせた。

最前線で押されている気配が、後方のこちらにまで伝わってくる。

――負けるのか。

――怖い。

有楽斎は身震いした。

馬から下りて、小便をしようとしたが、自分の魔羅《まら》が見つからない。縮み上がって小さくなってしまったのだ。

縮みきった魔羅をつかんで引き伸ばし、草むらに小便をした。小便の勢いの弱いのがまた情けない。

――家康は、どうしているのか。

ふと思った。

家康のそばにいるのが、いちばん安全ではないのか。

負け戦となっても、家康には三万の軍勢がある。馬廻衆《うままわりしゅう》たちは精鋭だ。この原でいちばん安全なのは、やはり家康の本陣ではないのか。

――茶を献じる。

というのは、どうであろうか。道具の用意はある。家康の本陣なら湯くらい沸かしているであろう。

茶を献じるという口実で、家康のそばにいようか。

そうすれば、敗軍となっても、無事に逃げきれるのではなかろうか。

いや、逆に、西軍は執拗《しつよう》に家康を追い、なんとしても命を絶とうとするか。

毛利と宇喜多に挟まれることを考えたら、家康とはべつに逃げるのが賢明かもしれない――。

そんなことを考えつつ、後方の徳川本隊を見やると、葵《あおい》の紋の指物を背負った三万の軍勢が、じわりとこちらに押し出してくるのが見えた。

徳川家康

――敵に押されている。

握りしめた采《さい》の金紙《きんし》の房を、家康はわれしらず手で毟《むし》り、食いちぎっていた。

小高い桃配山《ももくばりやま》の本陣から、ようやく霧の晴れた関ヶ原が眺めわたせる。

あたりの木は、すべて伐り払わせたので、いたって見通しはよい。

正面と左右に山の迫る狭い原で、夜明け前からじっと対峙《たいじ》していたおびただしい軍勢が、さきほど互いに吶喊《とつかん》し、激突をはじめた。

鉄炮《てっぽう》と大筒《おおづつ》の音が鳴り響き、雄叫《おたけ》びや攻め鉦《せがね》が天地に満ちるなか、旗と指物《さしもの》がこちらに向かって揺れ動いて来る。じわじわと押してくる。

原に布陣している軍勢は、圧倒的にこちらが多いのに、どう見てもわが軍勢が押され気味に見えてならない。

関ヶ原は、平坦《へいたん》な原ではない。

石田三成らが陣を布《し》く西から、東のこちらへとけっこうな勾配があって、こちらのほうがずいぶん低い。

そのため、敵の軍勢が関ヶ原の斜面にひろがって押し寄せてくるように見える。

桃配山は原からせいぜい二、三丈（約六～九メートル）の高さしかない丘にすぎないので、頂きにいてさえ、西から威圧されている気がする。

そのことは霧が晴れて、ついさきほど気づいた。

これまでに何度かこの関ヶ原を通ったことはあったが、頭のなかでは平坦な細長い原が山に囲まれている印象があった。

ところが実際には、原は勾配で、正面の西のほうがずいぶん高い。

三成の本陣がある笹尾山は、右手から突き出した山のかげになっていて見えないが、ここよりかなり高そうだ。

半里（約二キロメートル）むこうの天満山《てんまやま》の裾に、青い旗や指物が煙のように見えているのは、宇喜多秀家の隊であろう。

じわじわとこちらに寄せて来ている。そのまま坂を駆け下って押し寄せてきそうな威圧感がある。

しかも、周囲の山々には、敵方の旗がいかにも目立つ。

東の低いところにいると、豊臣の軍勢に囲まれて死地に追い込まれそうな気がしてならない。

――ここで毛利に攻められたら困る……。

家康は、背後にも不安を抱えている。

南宮山にいる毛利秀元、吉川広家《きっかわひろいえ》、長宗我部盛親《ちょうそかべもりちか》、安国寺恵瓊《えけい》、長束正家《なつかまさいえ》の二万八千の大軍が、この本陣の背後に攻め寄せて来たら、東軍は袋の鼠《ねずみ》である。とんでもない大混乱になる。

こちらに味方するとの約束は、吉川広家からとりつけてあるが、安国寺恵瓊は、かねて石田三成と親しい。

——徳川を攻めるべし。滅ぼすべし。

と、あくまで言い張るだろう。

毛利秀元は、まだ二十を過ぎたばかりの若造だ。

ひとまずは、吉川広家に説得されて西軍からの裏切りを決めたという話だが、けっして予断は許さない。

毛利から人質として差し出してきたのは、二人の老臣の嫡子と弟だけだ。いつなんどきまた西軍に味方すると言い出してもおかしくない。その危険は充分にある。

押さえとして、南宮山のふもとに浅野幸長《よしなが》、池田輝政の一万余りを配してあるが、はたしてそれだけで三万近い軍勢をくい止められるかどうか。

いや、その前に、浅野、池田がむこうに寝返らないともかぎらない。

どちらも豊臣恩顧の臣である。とりあえず三成憎しで味方についているが、心変わりせぬとはかぎらぬ。

毛利が山を駆け下り、浅野、池田とともにここに攻めて来たら——。

そうなったら、関ヶ原が徳川家の壮大な墓場となる。

——万が一にも、そうなったときは……。

家康は、腹の底から震えが湧き上がってきた。床几《しょうぎ》から立ち上がると、けたたましく具足《ぐそく》を鳴らして、全身を大きく身震いさせた。

——かならず逃げおおす。

三成などに殺されてたまるものか。あの男は愚物《ぐぶつ》だ。義があれば、世の中がまわっていくと勘違いしている。

人は、義ではなく、利でうごく。

あからさまに利をひけらかすのではなく、義で飾ればこそ、人は動く。

——五十九歳のこの歳《とし》になるまで、わしはさんざん人の世の裏側を見てきた。

家康は、むしろそのことを誇りとしている。

辛酸をなめてきたがゆえに、人のこころのなんたるかを誰よりもよく知っている。

ただまっすぐに人を糾弾することしか知らぬ三成ごときは、指の先でひねりつぶしてやりたい。

裏の裏を読み、利をもって解き明かそうとしても、なお見極めきれぬのが人のこころである。いつ裏切られるか、寝返られるかはわからない。

そのときでも、生きてかならずや逃げ延びてみせる。

算段はしてある。手抜かりはない。もしも毛利が攻めてきたときは、南の伊勢街道に逃げるしかない。家康は、どんなに有利に進められそうな合戦でも、かならず逃走経路を決めておく。

本能寺の変のあと、堺から伊賀の山中を越えて、本多平八郎忠勝《へいはちろうただかつ》とともに、命からがら伊勢に逃げのびた。あのときの辛《つら》さ、苦しさが身に染み込んでいる。どんな有利な戦いでも、最悪の場合の逃げ道を考えずにおくなどということがあってはならない。

大きな合戦では、つねに考えもしなかったことが起こる。ああなるか、こうなるかと周到に思いめぐらせていても、かならずや、それ以外の想定しなかったことが勃発する。

そんなときでも狼狽《ろうばい》せぬよう、あらかじめ手を打っておく。

影武者は、ぬかりなく用意してある。

いざとなったら、影武者を残して自分は先に逃げる。

三万の旗本は裏切るまい。いや、負け戦《いくさ》となれば、大将のことなどかまわずわれさきに逃げ出すかもしれない。

最後まで信用できるのは、本多平八郎と精鋭の馬廻衆《うままわりしゅう》三千騎である。

兜《かぶと》を替え、葵《あおい》の旗も馬標《うまじるし》もかかげず、馬廻衆三千騎に守らせ、駆けに駆ければ、まずは逃げきれるだろう。

二万七千の旗本を残し、敵をくい止めさせる。金扇の馬標と大黒頭形《だいこくずなり》の兜をかぶった影武者がいれば、敵はそこに群がるだろう。

——万が一のときは、ゆるりと退却せよ。

影武者の付き人に任じた本多平八郎に、そう厳命してある。

負けたとしても、とにもかくにも生き延びるのが第一だ。

伊勢に逃げ、そこから船で三河に渡り、駿府城《すんぷじょう》に入ろう。

そこで軍を立て直し、次の策を講じればよい。

不安材料は、毛利、吉川ばかりではない。

小早川の小倅《こせがれ》がほんとうに寝返るのかどうか——。

いま、左手に見える松尾山の旗は、そよりとも動いていない。

——なにをしておるのか。

見ているだけで、苛立《いらだ》ちがつのった。

そもそもが、あの小倅は、なにを考えておるのか、さっぱり分からぬ。

恫喝《どうかつ》と猫なで声を交互にくり返し、上方《かみがた》での二国を与える約束をしたうえ、陣に人をやって目付けさせてあるが、いかにも心配だ。

小早川秀秋に会ったのは、三年ほど前のことか。のっぺり顔の若者は、いかにもひ弱そうで、とても大名として人の上に立つ器ではなかった。

それでも、秀吉の甥《おい》に生まれためぐり合わせで大名になった。

大名であり、大将となった以上は人を束ねられなければならない。

家臣のなかには、寝返りに反対する者もおるであろう。

それをねじ伏せてこその大将である。

あの若造に、その力があるかどうか。なければ、さらに恫喝せねばなるまい。

考えれば考えるほど、この関ヶ原にはいくらでも気懸かりがある。

豊臣恩顧の大名たちのなかでも、秀吉子飼いの福島正則や加藤嘉明《よしあき》は、ただ三成憎しのゆえに動いている。

三成を倒し、福島や加藤が、槍《やり》の矛先を反転させてこちらに向かって来ないとはかぎらない。見張りに使番《つかいばん》を走らせたが、だいじょうぶかどうか——。

そんなことまで考えをめぐらせていると、こころが沸騰し、まるで落ち着かない。

幔幕《まんまく》の内で落ち着いてすわっているのは、僧形《そうぎよう》の天海僧正《そうじよう》だけである。医師や陰陽師《おんみようじ》たちは、顔をこわばらせて関ヶ原を見守っている。

兜の脇に立てた鹿角も勇ましい本多平八郎は、さきほどから手にした槍を振り回して奇声を発している。おのれに活力を与えているつもりかもしれない。

近習《きんじゅ》の戸田氏鉄《うじかね》は、まだ二十五の若さだけに、落ち着かずに歩き回っている。

甲冑《かっちゅう》を着け頭巾《ずきん》をかぶった御伽衆《おとぎしゅう》の板部岡江雪《いたべおかこうせつ》は、老人の余裕か、あるいは合戦の様を見たくないのか、腕を組み、瞑目《めいもく》して黙想に耽《ふけ》っている。

家康は、両足を大きく開いて四股《しこ》を踏んだ。

「貝を吹け、攻め鉦を鳴らせ」

大声で命じると、すぐに法螺貝《ほらがい》の音が響きわたり、鉦が激しい調子で打ち鳴らされた。

「旗本に鬨《とき》の声をあげさせよ」

命じると、背中に「伍《ご》」の指物を立てた使番が急いで桃配山を下り、馬に乗って駆け出した。

関ヶ原を見やれば、またしても、関ヶ原に林立する旗と指物の群れがこちらに押されている。

気のせいではない。

明らかに、押されている。

「先鋒《せんぽう》はなにをしておるのかッ」

大声を張り上げた。

そのとき、使番が陣幕のうちに駆け込んできた。

「申し上げます」

片膝をつくのももどかしく声を上げた。

「福島隊、井伊隊ともに、敵の宇喜多隊に押され、三町（約三二七メートル）ほど後退しております」

報告した使番の肩を、家康は蹴飛ばした。

「たわけ。そんなことをいちいち報《しら》せにもどるな」

仰《あお》のけに転がった使番は、頭を下げて引き下がった。

──進むか。

しかし、なんといっても気懸かりな問題は、背後に陣取る毛利である。

「平八郎っ」

家康は床几にすわると、槍を手にしたまま関ヶ原を眺めている本多平八郎を呼び寄せた。

手で招いて、そばまで寄らせ、耳元でささやいた。

「毛利はこちらに動くと思うか」

たずねると、本多平八郎が顔を上げて、南宮山《なんぐうさん》を見やった。

大きな山は見えているが、毛利が陣取っているのは、はるかに東の斜面で軍勢は見えない。尾根に立てた旗が何本か見えているばかりだ。昨夜の雨で濡《ぬ》れているせいか、旗はそよりとも動かない。

平八郎が、家康に顔を向けた。

いかつい顔立ちだが、いくつもの戦場をともに駆けてきた老臣だけに、見ているだけで気持ちが落ち着く。

「動きますまい」

「……ふむ」

うなずいたが、家康は納得はしていない。

「動くつもりなら、すでに山を下りておりましょう」

毛利軍は、八日前に、南宮山のかなり高いところに布陣したまま、寸毫《すんごう》も動いていない。

むろん、見張りに一隊を差し向けてある。毛利でも、安国寺でも、すこしでも動きがあれば、たちまち使番がこの本陣まで駆け戻ってくるはずだ。

「……たしかにそうかもしれん」

しかし、予断は許されない。

家康の本隊が前に進むのを待って背後を突くつもりかもしれない。家康が南宮山にいて、ここを攻めるつもりならそうする。そのほうが、与える打撃が大きい。

「浅野、池田がそなえておりますゆえ、大事はありますまい」

「そうだな……」

浅野と池田合わせて一万余の軍勢があれば、二万八千といえども、かなりの時間くい止めることができよう。いざとなれば、三万の旗本の半分をそちらに向かわせることもできる。

どのみち手筋のすべてを読み切ることはできない。どこかで見切りを付けて、踏み出さなければ、戦機を逸する。

家康は、大きく息を吸い込むと、落ち着いた気持ちで、いまいちど大きな眼《まなこ》を開いて前方の戦場を睨《にら》みつけた。

最前線はすでに、両軍が入り乱れ、混戦となっている。銃声に混じって雄叫《おたけ》びや叫喚がここまで届いてくる。

たしかにこちらが押されぎみではあるが、押されきっているわけではない。

すぐ眼下にいる三万の徳川家旗本が、声をそろえて鬨を上げた。

関ヶ原のすべてがどよめくほどの大きな鬨の声であった。

法螺貝が高らかに鳴り響き、けたたましく鉦が打ち鳴らされた。

それに力を得たように、福島隊、井伊隊が持ち直し、青い宇喜多の旗の群れを押し返した。

「やるではないか……」

家康がつぶやくと、本多平八郎が大きくうなずいた。

「天下分け目でござる。負ければ、こちらにも後はござらぬ」

そうであった。たしかにそのとおりであった。不安材料をならべ、数え上げて怖《お》じけづいているときではない。

関ヶ原の右手では、黒田長政、細川忠興《ただおき》、加藤嘉明の隊が奮戦しているようだ。

その方面では、押されている気配はない。狼煙《のろし》の上がっている小高い山に隠れて見えないが、正面は石田三成の本陣のはずだ。そこに向かってぐいぐい押しているように見える。あれなら、三成はさぞや苦戦しているであろう。

「よし」

立ち上がると、家康はじぶんの顔を平手で叩《たた》いて気持ちを引き締めた。

「陣を、進める」

はっきりと区切って声にした。

「承知つかまつった。それでこそ大殿」

うなずいた本多平八郎が立ち上がり、両足を踏ん張ると、眼下の旗本の陣列に向かって腹の底から大声を絞り出した。

「陣を進めよッ」

惚《ほ》れ惚《ぼ》れとするほどの大声であった。三万の旗本みなに届いたであろう。

「さすが、平八郎。よくぞの下知《げち》じゃ」

「大殿のように老いてはおりませんでな」

平八郎とて、五十をいくつも過ぎている。家康より六つ年下なだけだ。

「ほざいたな」

言われて家康は、苦笑した。むしろ元気が湧いてきた。長年ともに戦ってきた老臣が戦場ではありがたい。

「よぉしっ。さてこそ一戦つかまつろう」

手にしていた采を高くかかげると、腕を大きく振り、腹の底から声を絞った。

「進めぇッ。敵を蹴散らせぇッ」

旗本たちから怒濤《どとう》のごとき喚声があがった。

「拙者、前に出てまいりましょう」

本多平八郎は桃配山を下って馬にまたがると、すぐに笞《むち》をくれて駆けだした。五百の手勢があとにつづいて駆け出した。

家康が、山を下りて馬にまたがろうとしたとき、後ろから駆け出て来た武者が、家康のすぐそばをかすめて通りすぎた。

見れば、野々村四郎右衛門《ののむらしろうえもん》という近習であった。

「無礼者ッ」

腰に佩《は》いている太刀《たち》を抜いて斬りかかろうとしたが、野々村は「御免」と頭を下げるとさっと行ってしまった。戦場ゆえ、礼が欠けるのはいたしかたない。

太刀を手にした家康は、腹立ちまぎれに、そばにいた小姓の背に立つ葵の指物の竹竿《たけざお》を切り落とした。落ち着いているつもりだったが、こころのなかは沸き立っている。

馬にまたがって、あたりを睥睨《へいげい》した。

家康の前を、三万の旗本がざくざくと足音を立てて西へと進んで行く。

この徳川本隊にいるのは、数百石からせいぜい数千石程度の小身《しょうしん》の旗本たちだが、三河以来、家康の父祖の代から従っている者が多く、なによりも信頼できるのが心強い。

家中《かちゆう》ごとに鉄炮隊、弓隊、槍隊が、まとまってつぎつぎに繰り出して行く。法螺の音、攻め鉦の音が、進軍を励ましている。

後ろからこの本隊が押して支えれば、前の者は崩れようにも崩れられない。

「五町前まで出《いで》よ」

近習の戸田氏鉄に告げた。

「承知ッ」

と叫んで、戸田が馬を駆けさせた。

一気に進めるより、五町ばかりじわりと押すのがちょうどよい。

後ろで支えてやれば、福島正則や藤堂高虎、井伊直政らが奮戦してくれる。徳川本隊が戦うのは、万が一のときだけだ。

桃配山から平地に下りたので、関ヶ原の見晴らしは悪くなった。

その代わり、前線の混戦ぶりが肌で伝わってくる。

東山道ぞいに関ヶ原を西に進むと、原の左右の視界が大きく開けた。

――これは凄《すさ》まじい。

家康も、これほど大規模な合戦は初めてだ。

野に兵が満ち、汗馬《かんば》が南北に馳《は》せ違っている。

騎馬武者と兵がぶつかり合い、血が流れ、断末魔の叫びを上げているのが、そのまま伝わってくる。

ひたひたとそれを感じながら、ゆるりと進み、馬を下りた。

近習たちが、急いで陣幕を張り、床几をすえた。金扇の馬標と厭離穢土欣求浄土《おんりえどごんぐじょうど》の旗が立てば、すぐにそこが本陣となる。

気持ちが落ち着かぬが、床几にすわった。

無理にでも落ち着けねばならぬ。

騎馬武者が、本陣の前まで駆けて来た。

兼松又四郎《かねまつまたしろう》という武者で、かつては信長に仕え秀吉に仕えていた男だ。たしか織田有楽斎《うらくさい》のそばにいたはずだ。

腰に首を三つ括《くく》り付けたまま馬から飛び下りた。

「ご覧あれ、さっそくに兜首《かぶとくび》を討ち取って参った」

三つの首を腰からはずして、前にならべた。たしかに面相がよい。どれも兜首らしい。

「いずれも宇喜多の先鋒の侍大将。名乗り合って、槍でしとめ申した。名は……」

兼松が名を告げると、書役《かきやく》がそれを首級帖《しるしちょう》に書き記した。勝ち戦となったら、あとで正式に首実検をするが、とりあえずの書き付けである。

「あっぱれな働き。なによりだ」

褒めてやると、兼松が皺《しわ》の多い顔で笑った。歳は取っているが、身のこなしが軽そうだ。でなければ、三つも兜首は取れまい。

「そなた、いくつになる」

考えてみれば、兼松は信長に仕えていたというのだから、けっこうな歳のはずである。

「それがし、来年は還暦。大殿と同じ壬《みずのえ》の寅《とら》でござるよ」

兼松に言われて、家康は太った自分の腹を醜く思った。戦場での槍働きだけに命を懸けられれば、いかに気が楽なことか。

「どうだ、前のほうは」

「ふん。若造が多くてやかましゅうてならん」

たしかに、戦場は若造ばかりだ。

いや、自分が歳を取ったということか。もしも、戦場で槍合わせとなったら、自分はそんな若造に勝てぬであろう。

「さて、もうひと働きして参ろう」

会釈をして、兼松が馬に乗って戦線に戻って行った。

つぎつぎと武者がやって来ては、首を届ける。

何人もの使番が戦況を報せに駆け込んでくる。あっちで押し、こっちで押されて

前線では激しい揉《も》み合いが続いている。

しかし、肝心な報告がない。

――小早川の小倅はどうしたか。

なによりもそれが気懸かりだ。

松尾山の旗は、そよりとも動かない。

「山上《やまがみ》っ」

大声で呼ぶと、すぐに山上郷右衛門《さとえもん》が、家康の前に片膝をついた。そばに招き寄せて耳元に告げた。この用事ばかりは、若い使番に任せられない。山上郷右衛門は、北条の旧臣で一城の主《あるじ》を務めたほどの男である。

「黒田の陣に行き、小早川のこと、念押ししてまいれ。ほんとうに寝返るのかどうか、となと」

「承知ッ」

山上が急いで馬にまたがり、すぐに駆けて行く。五、六騎があとにつづいた。

その背中が戦場に消えていくのを見届けて、家康は瞑目した。

天地に雄叫びや銃声が満ち満ちている。

――この天地を……。

わが掌中に収めたい。

それが偽りのない望みである。

三河の武家に生まれ、これまでずっと人の風下に立ってきた。

むかしのことが、走馬灯のように思い浮かんで流れていく。

今川《いまがわ》のことは、思いだしたくもない。

織田信長は一代の風雲児であった。

あの男が生きているなら、家康は天下を望む気にはならなかったはずだ。東海と関東でいくつか国が治められれば、それがわが分際と満足しただろう。

ところが、信長は本能寺に斃《たお》れた。

あのとき、人の運命など一寸先は分からぬものだといささか投げやりな気持ちになった。

しかし、よく考えてみれば、あれは信長自身が招いた結末である。あのように風雲を望んで、傍若無人《の》に人を押し退けて突き進んでいれば、いつか人に押し退けられることになる。

あとを受け継いだ秀吉は、はなはだ人心に通じた男だった。人のこころに通じることでは、秀吉は文句なしに天下一だ。

そして、天下一卑劣な男だった。

その卑劣さにこそ、秀吉の身上《しんじょう》があった。

家康とて、卑劣になって天下が手に入るものなら、いくらでも卑劣になってやろうと思わぬでもなかった。

しかし、どうしたって、秀吉には勝てなかった。

秀吉は卑劣であると同時に厚顔無恥だ。

小牧《こまき》・長久手《ながくて》の合戦では、あきらかにこちらが勝っていたのに、平気で和議を申し入れてきた。

しかも、ちょうど正室のいなかった家康に対して、秀吉は人質として親族の女を送ってよこした。

親族の少ない秀吉にとって、実の血続きの異父妹を送ってくることは、大いなる決断だっただろう。あろうことか、人の嫁だったのを無理に離縁させての嫁入りであった。元の夫は、秀吉が申し出た五万石を断り、のちに自害したと伝え聞いている。まったくもって卑劣なことを考えつく。

驚いたのは、自分の母の大政所《おおまんどころ》を人質として三河に下向《げこう》させた大胆さである。それと引き換えに、家康は上洛《じょうらく》した。

たしかにあのとき、大政所を送って寄越さなければ、家康は上洛しなかった。となれば、秀吉の天下も定まらなかった。

——あのとき、わしは秀吉に完敗した。

つくづくそう思う。

秀吉は、姑息《こそく》で、卑劣で、厚顔無恥で、そして大胆で思い切りがよい。あれぐらいの器がなければ天下は掌握できぬ。

そのことを、家康は秀吉から、すっかり学びとった。

秀吉が亡くなり、大坂城西の丸に入ってからの家康は、秀吉のように振る舞ったつもりである。相手が狭量な石田治部少輔《じぶしょう》であるから、掌《てのひら》に転がすようにやりやすかった。

五奉行、五大老にはからず勝手なことをすれば、治部少輔が怒り出すことは分かりきっていた。あの男が怒るように、怒るようにとすべてを運べばよかった。

そのとおりにことが進み、治部少輔は、家康を糾弾し、挙兵した。

そして、今日の合戦だ。

――天下分け目。

と、誰もが口にする。

たしかに、この決戦で、天下のことが定まるであろう。

かっと目を見開き、つぎつぎと運ばれてくる首や、使番の報告を聞きながらも、家康はそんなことを思っていた。

「帰着ッ」

山上郷右衛門が馬を下りて、家康の前に駆けもどってきた。

「黒田長政殿の仰せを申し上げます」

「おう」

家康は勢い込んで返事をした。

「青二才の心中など存じ知らず。もしも誓紙《せいし》を違《たが》えるようなことがあれば、三成めを討ち果たしたのちに、松尾山に攻め上らん、との仰せでござった」

人の出入りで騒然とする陣幕のうちで、山上がそう怒鳴った。

「ごくろう」

勢いをつけてねぎらったが、大きな不安が、家康の脳裏に広がった。

暗雲である。

小早川の小わっぱが、西軍を裏切らず、こちらに向かって攻めて来たら——。

この戦いはそこで終わる。

いまの戦況で、こちらの脇腹を突かれたら、はっきりと負けである。

すべてが瞬時にして頓挫する。

——ここだ。いまだ。

家康は、右手の親指の爪を噛《か》みながら考えた。

人の一生には、のるかそるかの大博奕《おおばくち》を打たねばならぬときがある。

「布施《ふせ》を呼べ」

使番が駆けて、旗本陣列の最前列から鉄炮頭《がしら》の布施孫兵衛《まごべえ》を連れてきた。

長身の布施は、骨格がしっかりしている。

——鉄炮は骨で撃ち申す。

というのが布施の口癖だ。射撃に膂力《りょりょく》は必要ないが、骨格が正しくなければ当たらないというのである。

「松尾山に向けて鉄炮を放て」

家康が命ずると、布施がたずね返した。

「山頂の本陣に届かせるのでござるか」

松尾山は高い。鉄炮の射程はせいぜい五十間（約九一メートル）。山頂の本陣に撃ち込むつもりならば、相当登らねばならぬ。

「ふもとから百挺《ちょう》ばかり撃ち掛ければよい。寝返らねば、こちらが攻めるぞと、小わっぱめを威嚇《いかく》せよ」

「承知つかまつった」

布施はすぐに陣列に駆け戻り、鉄炮足軽を引き連れて、松尾山に向かった。

さらに、使番を福島正則の陣に駆けさせ、福島の鉄炮隊にも、松尾山に向けて威嚇射撃をするように命じた。

――ここが勝負どころだ。

家康は、爪を嚙むのをやめると、腹に力を込めて立ち上がった。

馬にまたがり、采をふるって大声を張り上げた。

「進めッ。陣を前に出せ」

その声を聞いて、三万の旗本がずしりと関ヶ原を踏み鳴らして前に進んだ。

土肥市太郎

大軍団が、じわりと前に進み出た。

眼下にひろがる関ヶ原の右手にいた三万の徳川本隊である。

松尾山の中腹から見ていると、三万の将兵の群れは、巨大な生き物が野を這《は》って蠢《うごめ》いているようだ。

本隊を構成しているのは徳川家直属の旗本たちである。それぞれの家の色とりどりの旗、指物《さしもの》の群れがおぞましい。

「動きましたな」

国友藤二郎のつぶやきに、土肥市太郎《どひいちたろう》は口元をゆがめた。悔しさに、噛《か》みしめた奥歯がぎしぎし鳴った。

「なんとしてくれるか……」

思いは千々《ちぢ》に乱れる。

ここから山を駆け下り、手勢の五十騎とともに徳川に突っ込むのもひとつの道である。

もとより、石田三成からの命令は、金吾中納言小早川秀秋の裏切りを思い止《とど》まらせることである。小早川秀秋に、東軍の脇腹を突かせることである。

わずか五十騎でも先頭を切って駆けて行く者がいれば、小早川の軍勢があとに続いてくれるのではないか――。

そんな一縷《いちる》の望みを抱いた。

しかし、冷静に考えて、さきほどの金吾中納言の本陣のようすでは、とてものことそれは望めまい。

とすれば、小早川の軍勢に東軍の腹を突かせるとの命令は果たせない。五十騎はただの犬死にとなる。

――松野主馬《しゅめ》はどうか。

松野主馬重元の手勢の千人が先陣を切って山を駆け下れば、小早川も気持ちが動くやもしれぬ。あとに続くやもしれぬ。

となりの床几《しょうぎ》にすわっている主馬は、采《さい》を手にしたまま、じっと眼下の両軍の動きを見守っている。

息が、荒い。

具足《ぐそく》の肩が大きく動いている。

手が小刻みに震えている。

できることならすぐに馬に乗り、東軍に向かって駆け出し、槍《やり》を振るいたいのであろう。

それができずに苛立《いらだ》っているのが、ひしひしと伝わってくる。

松野主馬は、あくまでも小早川家の家臣である。亡き秀吉から、秀秋の面倒を見るように頼まれた。その立場を忘れず貫くつもりなのだ。

主《あるじ》が裏切りを決意すれば、従うのが家臣の道か——。

主が命じれば、家臣は、黒いからすを、白いと言わねばならぬのか——。

松野主馬のこころは、いま沸騰している。栄螺《さざえ》の兜《かぶと》から湯気が立ち上りそうな気配である。痛いほどそれが伝わってくる。

「西軍の勢いが落ちた……」

松野主馬が口をひらいた。

眼下の関ヶ原を見れば、たしかにその通りだ。

「なるほど、押されている」

さきほどまで押されぎみだった東軍は、徳川本隊が前進したのをきっかけに、すこし押し戻した。

乱戦となっている最前線での、雄叫《おたけ》びの声がひときわ高くなった。

そこでは、誰もが血を流さずにはすまない壮絶な戦いがまちがいなく繰り広げられている。

崩れかけていた東軍の先鋒《せんぽう》福島隊、黒田隊、井伊隊も、背後から押されれば、いまいちど敵に向かって突進するしかない。

先鋒の足軽たちは、逃げれば、後ろに控えている味方に、容赦なく斬り捨てられる。突き殺される。

敵前で、戦闘を捨てて逃亡することは、いちばん重大な軍律違反である。

その場で死罪となる。

後ろに控えていた本隊が前に押し出すということは、先鋒の軍が、前に進むしかなくなるということである。

家康は、本気で決戦に乗り出したのだ。

徳川本隊は、巨大な生き物のようにじわりじわりと前進している。

西軍に勢いがあれば、金吾中納言は、異心を改め、寝返りを思い止まるかもしれぬ。

しかし、東軍に勢いがあれば、そちらに加担するだろう。

いかんともしがたい。

「内府《ないふ》の本陣が動きましたな……」

立ったまま関ヶ原を見つめていた藤林三右衛門が言った。

近江浅井郡《おうみあざいぐん》に所領をもつ三右衛門は、

――もしも、この関ヶ原で決着がつかねば、西軍は近江に退《ひ》いて陣を構え直したところで、態勢を立て直すことはできまい。

と言っている。

市太郎もそう思っている。

ここで西軍が崩れれば、敗軍は近江に潰走《かいそう》するしかない。三成の本城である佐和山城《さわやまじょう》にはさほどの人数は収容できないので、立て籠もってもとてものこと持ちこたえられまい。

徳川についた大津城《おおつじょう》の京極高次《たかつぐ》は、昨日、包囲している立花宗茂《たちばなむねしげ》に降伏したというが、まだ籠城できる状態ではなかろう。

結局は、伏見か大坂城まで走るしかない。

そのときの再起の策は、三成が胸に秘めているはずだ。

いまはとにかく、徳川を突くことを考えるだけだ。

「いよいよ出てきおった」

主馬がつぶやいた。

見れば、前に押し出して行く三万の本隊に続いて、どうやら家康の馬廻衆《うままわりしゅう》らしい一隊が西に向かって行く。遠くてはっきりしないが、雲間からあらわれた日輪に、家康の馬標《うまじるし》の金扇が輝いているようだ。

見ていると、徳川本隊のなかから百人ばかりの足軽たちが、こちらの松尾山に向かって駆けてくる。

「なんだ……?」

山麓に一列にならんだかと思うと、こちらに向かって閃光《せんこう》が走った。端から順につるべ撃ちに撃ちかけてくる。

火縄銃の音がとどろいた。

「鉄炮《てっぽう》を放ちおった」

市太郎は立ち上がった。

「内府が業を煮やしたのだ」

主馬が声を上げた。

鉄炮隊の列は、この中腹からでさえ三町（約三二七メートル）以上は離れている。とても玉の届く距離ではないが、裏切らぬなら、小早川を討ち果たすとの脅しに相違ない。

金吾中納言は、あの射撃を見て、腰を浮かせているだろう。

正面の福島隊からも百人ばかりが駆けて来て、やはり、山麓から山を狙って鉄炮を放った。

早く下りてこいとの威圧である。

この鉄炮で、金吾中納言はこころを決めるのではないか――。

市太郎は意を決した。

ことここに至っては、体と命を張って小早川勢を止めるしかない。山上にいる一万五千余りの軍勢に、わずか五十騎でなにができるわけではないが、とにもかくにもできることをやるばかりだ。

「いま一度、金吾中納言に会ってくる」

松野主馬に向かって叫んだ。

ふり返った主馬が大きくうなずいた。

「頼む。わしはここを動かぬ。けっして動かぬ……」

主馬の顔が苦渋に歪《ゆが》んだ。

「そなたの隊だけでも、徳川に突っ込まぬか」

先鋒の千人だけでも、福島隊の側面を突けば、戦況は一転するかもしれない。

「………」

主馬が大きく目を剝《む》いた。

血走った目が悲痛の色を浮かべている。

そうしたいのは山々だと、目の色から読み取れた。

どうしても主人の命《めい》に従うしかないのが武辺者《ぶへんもの》の道である。

「すまぬ。やはり、主人にはそむけぬ……」

「承知つかまつった。それぞれの武に生きるまで」

会釈すると、市太郎は馬に乗った。

松野主馬が深々と頭を下げて、見送ってくれた。

五十騎の武者ともども、市太郎は再び松尾山を登った。

はるか下方の関ヶ原からは、あいかわらず激突の雄叫びが聞こえてくる。

山頂への道は細く、一列になってやっと通れるだけしかない。

尾根や谷の広くなったところに、部隊が陣を張っている。

そこで誰何《すいか》されるたびに、市太郎は大音声《だいおんじよう》を張り上げた。

「豊臣家御奉行石田治部少輔《じぶしようう》名代《みようだい》土肥市太郎、まかり通るッ」

その声の凄《すさ》まじさにたじろいで、どこの陣でも突き出した槍を納めた。

道は、山頂に近づくと斜面のなかばについている。馬が足を滑らせれば、そのまま谷底に真っ逆様に転落してしまう。

——そうか。ここで待ち構えて防げば、小早川本隊は山を下りられぬ。

馬を進めながら、そう考えた。

——妙案ではないか。

一万五千の小早川の軍勢は、松尾山のそこここに部隊を展開しているが、五千以上の本隊は山頂にいる。

関ヶ原に向かって下るには、まずここを通る。

本隊が下るのを阻止すれば、形勢はずいぶん違ってくるだろう。

馬の手綱《たづな》をあやつりながら、違い鎌の旗が林立する山頂を見上げると、法螺《ほら》の音が高らかに響きわたった。

「いよいよ、出陣と決めおったな」

前を行く国友藤二郎が声を上げた。

――どちらを攻めるつもりか。

ひょっとして、徳川を攻めてくれるのではないか。

そうも考えたが、やはり首を振らざるを得ない。

さっきの本陣のようすでは、どう見ても裏切りに決している。

「天を恐れぬ法螺の音だわい」

後ろから藤林三右衛門の声がした。

魔性を追い払い清めるという法螺貝の音に、おぞましい邪気がこもっているように思えてならない。

「まこと。日《ひ》の本《もと》の合戦であまた鳴り響いたなかでも、いちばん罪業の深い法螺の音であるわい」

馬の腹を蹴ってさらに足を早めようとしたとき、前方から五騎の母衣武者《ほろむしゃ》が勢いをつけて駆け下って来た。

「どけどけッ。道をあけよ」

駆けながら、苛立った声を上げた。

こちらの五十騎が一列になって道を塞いでいるので、母衣武者が手綱を引いて馬を止めた。

「なにをしておる。道をあけんか」

――そうだ。

ここで道を塞いでいれば、出陣を告げる母衣武者が各部隊にたどり着けない。

――うまくすれば出陣をくい止めることができる。

「道をあけるのはそっちじゃ」

ここぞとばかり、市太郎は大声を張り上げた。なんども大声でくり返しながら、前にならぶ馬の列の脇をすり抜けて、いちばん前に出た。

「こちらは金吾中納言殿に火急の伝令。そちらこそ道をあけよ」

睨《にら》みつけると、母衣武者が気色《けしき》ばんだ。

「なにをぬかす。出陣の触れじゃ。猶予はならん」

「こちらとて、猶予はならんわい」

「小早川の陣所にて、出陣を伝えるわれらより火急の用件などあるものか」

母衣武者の声が荒く響いた。かなり苛立っている。

――いいぞ。

このまま通さねば、寝返りはできない。

「あるわい」

「ほざくなッ。どけッ」

「金吾中納言殿はどこを攻めるおつもりか。それを聞かねば、ここをどかぬ。けっして通さぬ」

「なんだとっ」

「小早川の軍が、徳川を攻めるならよし。及ばずながら、われらが矢玉の楯《たて》となって露払いしよう。攻めるのは、どこだ」

さらに強い目で、母衣武者を睨みつけた。

「攻めるは、西の大谷の陣じゃ。それを触れに回るのじゃ。邪魔だてするな」

「やはり裏切りと決したか」

「裏切りもくそもあるか。敵は大谷。それだけのこと」

「そんな伝令はここを通せぬ」

「ならば、押し通るまで」

「通さぬ」

「ええいッ、問答無用」

母衣武者は馬の首を山側に向けて笞《むち》をくれ、斜面を駆け登った。

四騎の武者があとに続いた。

無理にでも斜面を登ってこちらの脇を通過するつもりであろう。下の斜面は急で、とてものこと馬は通れず、立ち木もないので転げ落ちるしかない。上の斜面なら、木立をすり抜けてなんとか馬で通れる。

「通すなッ」

市太郎が叫ぶと、すぐさま、国友藤二郎と十騎ばかりが斜面を登って行く手を阻んだ。

「どけッ」

叫んだ母衣武者が刀を抜いて、突破しようとした。

「かまわん。やれッ」

市太郎が大声を上げると、国友藤二郎が馬の背から、母衣武者に飛びかかった。

そのまま二人で転げ落ち、坂を転がってくる。

ほかの母衣武者も、こちらの武者に飛びつかれ、あるいは足を引っ張られて、馬から落ちた。坂を転がってくる。

——いいぞ。

ここで伝令の母衣武者を止めてしまえば、なんとかならぬでもない。

「殺すか」

母衣武者を組み敷いた国友藤二郎がたずねた。

「足の腱《けん》を切れ」

殺すのは不憫《ふびん》だ。伝令に行かなければそれでいい。

裏切ったのは大将だ。

――なんとかくい止めてやる。

わずか五十騎でも、ここの地形を利用すれば、足を止めさせることができるかもしれない。

関ヶ原を見下ろせば、両軍が激突する最前線はますます乱戦の様相を深めている。西と東の軍勢が真正面からぶつかり合い、混じり合って戦っている。宇喜多と福島の軍などは、すでにまとまった軍列にはならず、武者一騎ずつ、足軽一人ずつがばらばらになって戦っているようだ。

笹尾山から狼煙《のろし》が三筋上がっている。

ここ松尾山の小早川金吾中納言に、出陣せよと催促しているのだ。

――裏切るなら殺せ。

と、三成は断じた。

裏切り者は殺すしかない。

その思いをいま一度腹に定めたとき、山頂の旗の群れが動いた。

山のむこうから、軍勢があらわれた。

数十騎の騎馬武者が駆け下りてくる。

それに続いて、百人、二百人の足軽がぞくぞく駆け下りてくる。鉄炮隊、弓隊、槍隊……。五百人が千人になり、二千人になってこちらに向かってくる。

「来るぞ」

藤林三右衛門が叫んだ。

「止めるッ」

叫ぶと、市太郎は馬から飛び下りた。

駆けてくる武者の馬に斬りつけて、谷に落とすつもりである。

坂道ゆえに、むこうは勢いがついている。

おいそれとは止まれない。

「どけぇッ。なにをしておるッ」

先頭の武者が大声を張り上げた。

馬はますます勢いをつけて駆け下りてくる。止まるつもりはないらしい。そのまま、こちらを蹴散らして通るつもりだ。

「南無《なむ》阿修羅神」

市太郎は、右手を兜にあてると、声に出してつぶやいた。頭形《ずなり》の兜の鉄を通して、内に縫いつけた阿修羅像が発している加護の力を感じた。

手に唾を吐くと、腰の刀を抜いて山側に足を踏ん張って構えた。

先頭の武者がどんどん大きくなった。

そのまま突進して来る。

「どけぇ、どけぇッ」

後ろに数十騎つづいているので、手綱を引くわけにいかないのだ。

すぐさま突っ込んで来たので、市太郎は刀を水平に構えて馬の首を切った。

そのまま市太郎の馬とぶつかって、ともに谷を転がり落ちた。

次の武者が、こちらの武者と激突した。

むこうの武者が、谷に転げ落ちた。

次の武者の馬が転んだ。

起き上がれずにいるところに、つぎつぎと武者が駆け込み、大混乱になった。

なにしろ、狭い山の道である。

むこうもこちらも、谷を落ちた武者が多い。

その場で折り重なっている馬と武者が道を塞いで通れなくなっている。

「敵ぞッ」

こちらの大一大万大吉の指物を見た武者が叫んだ。

槍を手にした足軽たちが突っ込んで来た。

一人ずつしか駆けられない。

三間（約五・四メートル）もある長柄《ながえ》の槍だ。重くて山道ではとてものこと振り回せない。

穂先をかわしてしまうと、蹴飛ばして谷に落とした。

それでもなにしろ数が多い。

槍を捨て、刀で斬りかかってきた足軽は、組み敷いて喉笛を切った。

乱戦になった。

あたりを見まわすと、近くには十騎ばかりしか残っていない。

転がっていた馬が起き上がって、無人のまま山を駆け下って行く。

怪我《けが》をして起きられない馬は、足軽が谷に落として道をあけた。

——これまでか。

もはや、ここにいても小早川の軍勢を止めることはできない。

斜面の下に馬がいる。人は乗っていないが、鞍《くら》はついたままだ。

「朽木《くつき》の陣に知らせに駆けるぞ」

刀を抜いて武者と戦っている国友藤二郎と藤林三右衛門にむかって叫んだ。

「おうっ」

「承知だっ」

二人の返事を聞いて、市太郎は斜面を駆け下り、馬に跨《また》がった。

松尾山の麓には、伊予《いよ》の小川祐忠、淡路《あわじ》の脇坂安治、近江高島《たかしま》の朽木元綱、越前の赤座直保の四将《し》が陣を布いている。

兵数は、それぞれ、二千、一千、六百、六百と、合わせて四千余り。

それだけの人数がいれば、一万五千の兵もいくらかはくい止めることができる。

馬に跨がった市太郎は、あらためて山の下を見ていささかたじろいだ。

とてつもなく急な斜面である。とてものこと駆け下りられるとは思えない。

——ええい。ままよ。

源義経は、崖にも等しい鵯越《ひよどりごえ》から逆落《さかお》としをかけて奇襲に成功した。

——義経にできたことなら。

おれにだってできぬはずはない。

そのまま、馬の腹を蹴って急な山肌を駆け下った。

谷筋をたどって、松尾山の麓に出た。

あたりは杉の森が深い。

振り返ると、国友藤二郎と藤林三右衛門ほか二十騎以上があとに続いていた。

思っていたより、生き残った者が多い。

——さすが手練《てだれ》ぞろい。

安堵《あんど》して、馬を駆けさせ森から抜けた。馬もよくぞ脚を怪我せずに下りきったものだ。

前方に、旗が立ち並んでいる。

整然と居並んだ軍勢の群れがいくつか見えた。

——おかしい。

市太郎は、いやな気配を感じた。

将兵の群れは、こちらに背中を向け、関ヶ原を向いているが、攻めている気配がまったくない。

前方では、合戦の雄叫びが大波のように押し寄せて喧《かまびす》しい。鉄炮の筒音がひっきりなしに聞こえている。

それを平然と見守っているのだから、戦う意志がないと考えるべきか。

赤地に白く輪違いを染め抜いた旗を見つけた。

脇坂安治の陣だ。

いまは淡路洲本《すもと》に三万石を領する大名だが、若い日には賤ヶ岳《しずがたけ》七本槍《しちほんやり》として知られた男である。

秀吉のもとで数々の戦陣に功があって、ここまでの大身《たいしん》に取り立てられた。

脇坂家は、土肥市太郎の枝折《しおり》城《じょう》にちかい浅井郡の出身なので、安治とはすくなからず面識がある。

いま四十代半ばの血気盛んな男だ。勇猛果敢にして、じつに頼もしい。

「脇坂殿に、注進じゃあッ」

叫びながら、赤い幔幕《まんまく》のそばまで馬で駆け寄った。

足軽たちが槍を突き出している。

「脇坂殿ッ」

声をかぎりに叫んだ。

「こちらを向かれよ。小早川めが謀反した。まずは小早川をくい止められたい」

市太郎が言い終わらないうちに、幔幕が取り払われた。

脇坂安治がいた。

赤い具足をつけて采配を手に、両足を踏ん張って立っている。

市太郎を見ていない。

山の上を睨んでいる。

「いよいよ、動いたか」

市太郎もふり返った。

山上にあった違い鎌の旗が、続々と麓に下りてくる。こちらに向かってくる。

「敵はむこうぞ。ここにてくい止められたい」

声をかけたが、脇坂安治は市太郎には顔を向けない。山を睨んだままだ。

「小川殿、朽木殿、赤座殿にも知らせる。まずは、軍勢を山に向かせられましょう」

不動の姿勢のまま、脇坂安治がゆっくりと首を振った。

「いよいよ潮時のようじゃな」

「潮時……」

「潮が退いておる。小早川が寝返れば、もはや三成に勝ちの目はない」

「しかし、ここでくい止めれば、持ちこたえられる。南宮山《なんぐうさん》の毛利が徳川の背後を突けば……」

脇坂安治が、またしても首を振った。

「戦《いくさ》には、潮の目がある。もう潮が変わったのだ。上げ潮にのらぬ者は滅びるばかり」

「徳川が上げ潮だと言うのか」

「市太郎、早く行け。そこにいれば、わが手で殺さねばならぬ」

「…………」

市太郎は、二の句がつげなかった。

「では、小川、朽木、赤座に、脇坂を攻めよと伝えねばならん」

脇坂安治が、くり返し首を振った。

「大谷刑部《ぎょうぶ》に知らせてやれ。逃げてくれれば、深追いはせぬ。あんな病人を討ち取れるものか。不憫過ぎるわい」

「なんと……」

松尾山の麓に陣を布いていた四将は、みな徳川に調略《ちょうりゃく》されていたのか。

市太郎は、奥歯が砕けるほどに噛みしめた。兜の内の阿修羅の守りが、不実を怒って熱を発しているように感じた。

「許せん」

「許す、許さぬは、生き残ってからにしろ。まずは走れ。走って逃げよ」

「逃げてたまるか」

「しからば、敵として討ち取るまで」

槍をかまえた足軽たちが一歩前に踏み出し、市太郎が刀を抜いたとき、背後から大声が響いた。

「もう来るぞ。暇《いとま》がない。大谷殿につ、早く大谷殿に知らせましょうぞ」

国友藤二郎であった。

「ふんッ」

たしかに、ここでもたもたしている暇はなかった。

一刻も早く大谷刑部に知らせて、こちらに向けて陣を構えさせねばならぬ。

ここで大谷の陣が崩れれば、西軍の全体が危ない。

馬に跨がると、市太郎はすぐさま笞をくれて、腹を蹴った。

脇坂、朽木、小川、赤座陣の背後を駆け抜けた。

あたりの野には、ときおり斥候《せっこう》部隊がいるが、敵か味方か分からない。驚いてこちらを見ているばかりだ。

駆けた、駆けた、駆けた。

むこうに、紺地に白餅三つの旗が見えた。

大谷の陣である。

「小早川謀反でござる。脇坂らも攻めてくる。用心せよ。小早川が謀反じゃ。山を下りて、こちらに来るぞっ」

喉が裂けるほど、叫びに叫んだ。

くり返し叫びながら、市太郎は一番奥の大谷刑部の本陣まで駆け込んだ。

松野重元

松野主馬《しゅめ》重元は、山の上を睨《にら》んでいた。

——旗が動いている。

山を下りてくる。

――どちらに向かうのか。

問いかけている自分が、愚か者に思えた。

金吾中納言の胸中は、とっくに決していたであろう。

戦《いくさ》の潮目を読んでいたに過ぎない。

まだいくらか残っていた逡巡《しゅんじゅん》が、さきほどの鉄炮《てつぽう》の脅しで吹っ切れたはずだ。

家康は、本隊を前進させて、おのれの陣所まで前に進めた。

その賭けが、戦に潮目をつけた。

それが、流れになった。

馬に跨《また》がった武者が、松尾山を駆け下りて来るのが見えた。

勢いがついているので馬が止まらず、松野の陣にいた者たちを蹴散らすように駆け込んでようやく止まった。

転げながら馬から下りた武者が、松野主馬の前に片膝をついて、苦しげなかすれ声を張り上げた。よほど息が切れているらしい。

「金吾…、中納言殿から…、先鋒《せんぽう》…、松野主馬殿に…、下知《げち》でござる」

「聞こうッ」

主馬は、大声で答えた。

「中納言殿…、には、大谷の、陣を…、突け、との、仰せに、ござる」

「なんだとッ」

主馬は、武者を睨みつけた。

「大谷の…、陣を、お突き…、くだされ」

武者が張り上げたかすれ声に向かって、松野主馬が大声を張り上げて返した。

「わしは、行かぬ」

「なにを、仰せか」

「敵が違うッ」

「敵は、大谷…。それが、金吾中納言殿の、命令で、ござる」

「あやまった主命に従えるか」

「打って、出られませい。出られませねば、軍律違反、にて、咎《とが》めを、受けられ、ましょう」

「咎めよッ」

仁王立ちになった松野主馬は、山も揺れよとばかりに大声を張り上げた。

「裏切り者がわしを咎めたとて、天は裏切り者を咎めるわい」

主馬は天に向かって吼《ほ》えた。

「………」

武者が絶句している。

「されば、先鋒のわが隊を蹴散らして行くがよい。そう伝えよ」

傲然と言い放った主馬が采《さい》を振ると、近侍《きんじ》の武者たちが武者を取り囲んだ。

「なっ、なにをするッ」

「しかと金吾中納言殿に伝えよ」

「………」

「天は、許さぬ。裏切れば、必ずや後悔する、とな」

主馬が強い目で睨みつけると、武者がたじろいだ。

「しょ、承知、つかまつった」

「行け」

ふたたび主馬が采を振ると、武者たちが囲みを解いた。

武者は、怯《おび》えきった顔つきで馬に乗って山上へと戻って行った。

「わしは動かぬッ。みなの者に、なにがあっても動くなと伝えよ」

主馬が大声を張り上げると、近侍の武者たちが、配下の組頭たちに告げるべく四方に走った。

槍《やり》を手にした主馬は、両足を踏ん張って立つと、再び松尾山の頂きを睨んだ。
――山が揺れている。
地響きが、足もとから伝わってくる。
一万を大きく超える兵が動けば山が揺れる。天下さえどう転ぶか分からない。
――止める。
なんとしても、止める。
それが男としての、いや、人としての意地である。
――この世に生を享《う》けたのは、なんのためか。
強い者におもねり、尻尾《しっぽ》を振って生きるためではない。断じてない。
――義を貫く。
人として節《せつ》を曲げぬ。
それが生きる値打ちだと信じている。義を貫いてこそ、生きる価値がある。
変節すれば、天が許さぬ。
その前に誰よりも、おれが許さぬ。おれが認めぬ。
――曲げぬ。
おれは志を曲げない。

死んでも曲げない。絶対に曲げない。

その決意をいま一度しっかりと腹に収めて、槍を握りしめた。

松尾山の尾根から谷筋にかけて、旗、指物《さしもの》の群れが駆け下りてくる。

山頂の陣からの道は、いったん松野主馬の部隊がいる高台に下りたのち、谷筋の道を関ヶ原へと下る。

――ここでおれが踏みとどまれば……。

小早川の軍勢は山を下りられない。ほかの尾根や谷の道を選べば、時間がかかる。大軍勢だけに難渋するだろう。

――槍を向けるか。

槍を向け、弓、鉄炮を撃ちかければ、しばらくはくい止めることができる。

主馬は迷った。

――主人と味方に槍を向けるのか……。

向けてでも止めたい。一戦を交えてでも止めたい。なんとしても止めねば、小早川の家が天を裏切ることになる。誤った道に踏み込むことになる。

「槍の頭《かしら》ッ！」

「はっ」

控えていた槍衆の頭が、片膝を突き、大きな目を見開いて主馬を見上げた。

「山に向けて、槍を折り敷け」

先鋒を受け持つ松野隊には、三百人の長柄槍衆《ながえやりしゅう》がいる。

「山に向けて、でございますな」

頭が念を押した。

「そうだ。山を駆け下りてくるわが味方に向けてだ」

「はっ」

「突くのではないぞ。突撃するのではないぞ、ただ、槍をならべて槍衾《やりぶすま》をつくれ」

「しかと承知ッ」

大声で返事をした頭が、立ち上がって采を振った。槍衆が駆け足で動き、山から下りてくる道を塞いで槍の穂先をならべた。

「弓は、いかがいたしましょうや」

弓衆の頭がたずねた。

——弓か……。

主馬は、心の臓に錐《きり》をもみ込まれた気分だった。

「鉄炮を撃ちかけますか」

鉄炮衆の頭がたずねた。

——鉄炮……。

弓衆と鉄炮衆の頭が、膝を突いて主馬を見上げている。

主馬は、唇をなめた。

口の中が渇ききっている。喉がひりついて声が出ない。喉が張り裂けて、血が吹き出しそうだ。

頭たちが、主馬の命令を待っている。

「小早川の軍勢を通したくない。裏切らせたくない」

二人の頭がうなずいた。

「しかし、味方だ。戦いとうはない。戦うわけにはいかん」

頭たちの目が、主馬の心を探ろうとしている。

迷っているおのれを、主馬は恥じた。

切羽詰まったいまは、迷いや逡巡は、裏切りと同じ罪となる。

必要なのは、具体的な行動の指示だ。

この際、主馬の苦悶《くもん》や苦渋など、なんの意味もない。

「わが隊は、ここに踏みとどまる。わしが金吾中納言殿をお通し申さぬ」

「鉄炮は……？」

「矢は……？」

問われて、主馬は首を振った。

「主人だ。味方だ。撃ちかけてはならぬ。射かけてはならぬ」

「されど、すでに槍を向けております。謀反と言われてもしかたありません」

突かせるつもりはない。突撃させるつもりもない。そう命じた。ただ、味方を通さぬための槍衾だ。

「断じて謀反ではない……」

しかし、そんな言い訳は通用しまい。

いかなる状況にせよ、主人と味方に槍を向けるならば、まぎれもなく謀反である。

「ええいッ。くそったれ」

主馬は地団駄を踏んだ。折れるほどに奥歯を嚙《か》みしめた。

「槍の衆ッ。槍を置け。槍を置き、腕を組んで人垣を作れ」

「承知ッ」

槍衆頭の大声が響いた。

構えていた長柄の槍を道の脇に積み重ねると、槍衆が腕と腕を組んで、人の垣根を作った。

「鉄炮衆、弓衆も人垣を作れ」

主馬は大声を張り上げた。

「はッ」

「承知ッ」

鉄炮衆と弓衆の頭が、部下たちに号令をかけた。

鉄炮と弓を木立に立てかけ、槍衆のうしろに腕を組んで立ちならんだ。

何列にもわたって、びっしりと人垣ができた。

松野主馬は、槍の石突きを地面に突き立てると、素手となって、人垣の前に出た。

「義を貫くため、体を張ってお止め申す。味方ゆえ、弓箭《きゆうせん》、刃《やいば》は用いぬ。しかと心得よ」

一同に向かって、あらん限りの大声を張り上げた。

「おうっ」

配下一千人の男たちが、大声で答えた。

主馬は、道の真ん中に立ち、大きく目を見開いて前を睨みつけた。

むこうから数十騎の騎馬武者が近づいてくる。

主馬は、両手を大きく広げて前に歩み出た。

駆け下りてきた騎馬武者が、大慌てで手綱《たづな》を引いて馬を止めた。

馬の鼻先が主馬に激突する寸前に止まった。

「なにをしておる。早く山を下りろ。大谷刑部《ぎょうぶ》を攻めよッ」

騎馬武者が大音声《だいおんじょう》を上げた。

つぎつぎと武者が駆け下りてくるので、あたりが大混雑している。馬がいななき、武者が叫んでいる。

「松野主馬は動かぬ。おのれら、西軍を攻めたければ、われらを踏み越えて行けッ」

「この期《ご》におよんでそんな言いざまは不忠。金吾中納言殿への裏切りであるぞ」

「裏切りはせぬ。ただ、義を貫くまで」

正面の武者と睨み合っていると、後ろで大声が響いた。

「面倒だ。踏み潰してゆけッ」

「進め、進めっ」

「承知ッ」

先頭の騎馬武者が、馬に笞《むち》をくれて、人垣に突っ込んだ。

前脚で蹴飛ばされた足軽が、のけ反って倒れそうになったところを、両側の男たちが支えた。
まわりの武者たちが続いた。
支え合う足軽たちを踏みつけにして馬が突っ込み、蹴散らして行く。
馬の数が多い。
数十騎に踏みつけにされて、人垣が崩れた。
人垣が崩れぬところへ駆け込み、槍を振るった騎馬武者がいる。
血飛沫《ちしぶき》があたりを染め、叫び声が上がった。残っていた人垣が崩れた。
足軽が刀を抜いた。騎馬武者に斬りかかろうとしている。
「抜くな。斬るな」
主馬は、大声で叫んだ。
「味方だ。刃を向けてはならん」
叫んだところに、馬の列が突っ込んできた。
足軽たちを蹴散らして、駆け過ぎて行く。
騎馬武者につづいて、足軽たちが駆け下りて来た。
こちらの足軽と揉《も》み合いになった。
「通せ」

「通さぬ」

人が群れとなって揉み合いとなった。

「こっちだ」

「谷を下りろ」

あとから来た足軽の群れが、こちらの混乱にかまわず、谷筋へ滑るように駆け下りた。

そのまま関ヶ原に下りられる谷である。道はないが、もう踏み跡ができている。騎馬武者も、その谷筋を下りて行く。後続の連中にしてみれば、前を駆ける者に付いていくばかりだ。

「なにをしておる。なぜ攻めぬ。金吾中納言殿の下知に従わぬは、謀反であるぞ」

こちらに来て、馬を止めた武者がいる。

人垣は崩れたが、なお足軽たちが立ちはだかっている。

山から駆け下りてくる軍団は、つぎつぎと谷筋になだれこんでいく。

もはや、止めようがない。

近づいてきた馬上の武者を見れば、重臣の平岡頼勝だ。

一万五千の軍団に、裏切りの道を踏み出させた男である。

「きさまっ。よくも小早川の家に泥を浴びせたな」

主馬が叫ぶと、馬上の平岡がせせら笑った。

「寝言よのう」

「なんだと」

「唐人の寝言より訳が分からぬ。徳川に味方せねば、小早川の家が滅びるわい」

「義をないがしろにすれば、家の礎《いしずえ》が崩れる。いずれ滅びるわ」

平岡の眉間に深い皺《しわ》が寄った。さすがに気が咎めているらしい。

「たわごとだ」

「なんだとッ」

「義で家がもつものか。長いものに巻かれねば生きられぬのが人の世だ」

言いざまが、許しがたい。

主馬は、平岡頼勝の馬に飛びかかった。

鞍《くら》にしがみついてよじ登り、平岡の顔を殴りつけた。勇猛そうな髭《ひげ》のついた烈勢《れっせい》面《めん》が、顎に食い込んだ。

「血迷うたか」

脇差《わきざし》を抜こうとした手を押さえると、二人して馬から転がり落ちた。

組み合ったまま、地面を転がった。

「味方じゃ。殺しはせぬ。義を教えてつかわす」

「ほざくな」

体は平岡のほうがすこし大きい。膂力《りょりょく》も平岡のほうがあるだろう。

主馬には強い憤りがある。

憤りが滾《たぎ》りとなり、力となった。

平岡を組み敷き、力ずくで烈勢面をはぎ取ると、拳で思い切り殴りつけた。

何発も殴った。

歯が折れたか、平岡の口から血が噴き出した。

「謀反じゃ」

誰かが叫び、武者たちが群がってきた。

「謀反にあらず。正義の鉄拳なり」

叫んだ主馬は、背中から武者たちにはがい締めにされた。力ずくで平岡から引き離された。

「斬るな」

刀を抜いて、主馬に斬りかかろうとした武者がいた。

大声を上げたのは、平岡だった。

「その男にかまわず、山を下りろ。下りて大谷の陣を突け」

立ち上がった平岡が、まわりにいた将兵に命じた。

「恨むな。これも生き残る道ぞ」

平岡は主馬の目を見ずに言い捨てると、馬に跨がった。

「天が許さんッ。けっして許さぬぞ」

主馬が大声を張り上げると、平岡の馬が止まった。背中を向けたまま一礼すると、馬に笞をくれて谷筋を駆け下りた。

山の上から、具足《ぐそく》のきらびやかな足軽たちが駆け下りて来た。

小早川金吾中納言秀秋の馬廻衆《うままわりしゅう》である。

その一団が谷筋を下りると、金吾中納言本人が、馬に乗ってやって来た。

癇《かん》の強そうな顔つきで、こちらに一瞥《いちべつ》を投げた。

「義なくして、家なしッ」

松野主馬は小早川秀秋に向かって叫んだ。

行軍の喧騒《けんそう》で声が届かなかったのか、金吾中納言は主馬に気づかず、馬の手綱を引き締めてそのまま谷を下って行った。

大勢の将兵が、あとに続いて行くのを、主馬は茫然《ぼうぜん》と見送った。

やがて、つき従っている武者たちも、みな谷を下って行った。

山は静かになった。

風が吹きわたり、梢《こずえ》が揺れている。

眼下の原で響く鉄炮の音と武者たちの雄叫《おたけ》びが、主馬の胸をはげしく締めつけた。

「義こそ天下の礎ぞっ」

主馬が天に向かって咆哮《ほうこう》すると、ひときわ強い風が松尾山の峰に吹きわたった。

吉川広家

「義か……。また義と仰せか」

吉川広家《きっかわひろいえ》は、大汗をかき、肩で息をしながらすわっている安国寺恵瓊《えけい》にたずねた。

南宮山《なんぐうさん》の毛利秀元の陣所である。

山の見晴らしのよいところに、一文字《いちもじ》三つ星の紋を染めた幔幕《まんまく》がめぐらされている。

立ちならんでいる旗は、赤地に丸い白餅。一文字三つ星ではなく、秀元はこの旗をつかっている。

幔幕の内に、十人ばかりの重鎮が居並んでいる。

夜が明けたころから、安国寺恵瓊と長束正家《なつかまさいえ》の使者が、何度となくこの陣所にやって来た。

——出陣はまだか。

——なぜ、出陣せぬのか。

早く山を下りて徳川を攻めよ、と、しきりに催促してきた。

この地での毛利一門の大将秀元は、出陣の下知《げち》をくだしていない。

そのことに業を煮やして、いましがた恵瓊本人がこの陣所までやって来た。

来るなり、恵瓊は、なによりも豊家《ほうけ》への義によって戦うべし、と一同に向かって説いた。

「そうよ。義と言うた。毛利は亡き太閤《たいこう》殿下に大きな恩義がある。それゆえ戦わねばならぬわい」

恵瓊は、僧形《そうぎょう》ながらも胴丸を着けている。六十を超えた身にしてみれば、この陣まで登ってくるだけで大仕事らしい。

息が切れて苦しそうだが、それでも恵瓊は言葉をつづけた。

「こたびの合戦は、豊家恩顧の大名たちが、傍若無人なる徳川内府《ないふ》を仕置きするのが大義である。徳川には、一分の義もないわ」

「くだらぬッ」

吉川広家が大声を張り上げると、恵瓊が大きな目を剝《む》いた。

「くだらぬとはなにごとッ。義なくして、天下は保てぬぞ。義なくして世は成り立たぬぞ。義なくして……」

興奮した恵瓊を手で制止、口を開いたのは秀元だった。

「……くだらぬじゃと」

毛利秀元は、まだ二十二歳の若さながら、豪胆な武者である。元服してすぐに朝鮮に出陣し、宇喜多秀家、小早川隆景《たかかげ》らとともに毛利の部隊を指揮して武功をあげている。

「御意《ぎょい》。埒《らち》もないたわごとにござる。さきほどから、恵瓊殿は、義じゃ義じゃとくり返しておられるが、義で毛利の家が生き残れるものかどうか、ようよう考えて言うていただきたい」

広家がことのほか語気強く言ったので、恵瓊と秀元が眉間に深い皺を寄せて黙り込んだ。

毛利家の存続を考えれば、徳川に味方するしかないことは、恵瓊や秀元とて百も承知しているはずだ。

徳川内府家康が、どれほど周到な策を巡らして、内通者を増やしているかも、二人はよく知っている。

それ以上、詰《なじ》るのを止《や》めて、広家はあたりを見まわした。

ここの陣所は、関ヶ原の東南にそびえる南宮山の中腹で、北東を向いた尾根の高台にある。南宮山は大きな山で、関ヶ原からの高さが三町（約三二七メートル）あまりもある。裾野が広がっていて谷が深い。

ここから麓にかけて、毛利秀元一万五千、吉川広家三千、安国寺恵瓊千八百、長束正家千五百、長宗我部《ちようそかべ》盛親《もりちか》六千六百が陣を布《し》いている。

総勢三万に近い大軍である。

朝から合戦が始まったというのに、それだけの大軍勢がまだ動かずにいる。

陣所から東を見やれば、美濃の平野が広がっている。

雨が上がり霧が晴れて、大垣の城まで見渡せる。

当初は、そちらが戦場になる予定だったが、いまは兵がいない。濡《ぬ》れた田畑がとりとめもなく広がっているばかりだ。

広家は、山の北側の麓に目を落とした。

東山道に、有馬豊氏《ありまとようじ》九百、山内一豊《やまのうちかずとよ》二千、浅野幸長《よしなが》六千五百、池田輝政四千五百の兵が、陣を布いている。

一万四千にちかいその兵は、内府家康の陣の後詰《ごづ》めで、ここにいる毛利の軍団を警戒しているのだ。

伊勢の安濃津城《あのつじよう》や長島《ながしま》城を攻めていた毛利秀元と諸将が、ここ南宮山に到着したのは九月七日のことである。それからすでに八日もこの場所にいる。

大将には粗末ながらも屋根のついた小屋があるが、兵は野に伏している。昨夜の雨では、濡れるしかなかった。さぞや倦《う》んでいることだろう。

ここは、そもそも東からやってくるはずの徳川軍を迎え撃つための陣であった。ところが、昨夜のうちに石田三成本隊も徳川軍も、西の関ヶ原に陣を移してしまった。陣替えのことは、夜半に三成の母衣武者《ほろむしゃ》が伝えに来た。

夜が明けて、霧が晴れたころから、関ヶ原で戦闘が始まったのは、物見《ものみ》たちの報告で知っている。

さきほどは、三成の陣地から狼煙が上がっているとの報告を受けた。開戦の合図だが、広家は、けっして動かぬように、毛利秀元に説きつづけている。

ときおりは、風に乗って、銃声や法螺《ほら》の音、雄叫《おたけ》びや鬨《とき》の声も聞こえてくる。

それでも、ここにいれば、合戦はまるで別天地の出来事だ。

「大坂方に勝ち目がないことは、じつは、恵瓊殿がいちばんよくご存じではござらぬか」

ゆっくりした口調で広家が説くと、安国寺恵瓊がくちびるを嚙《か》みしめた。

「勝つ、勝たぬのことではない。それでは……」

「義が立たぬとの仰せですな」

無言のまま恵瓊がうなずいた。

「義は立ちまする」

広家が言った。

「裏切っても義が立つか」

毛利秀元が問うた。

「裏切るのではありませぬ。われらは、動かない。戦わない。ただそればかりのことでござる」

詭弁《きべん》なのは、広家も承知している。しかし、ここで動くわけにはいかない。なんとしても動いてはならぬ。

それが、毛利を生かす道だ。

聞いていた毛利秀元が腿《もも》につけた佩楯《はいだて》を握り拳で叩《たた》いた。かなり苛立《いらだ》っているようだ。

そもそも、吉川広家は最初から、毛利一門が石田治部少輔《じぶしょう》に味方するのに反対していた。

たしかに毛利一門は、かつて太閤秀吉に恩義があった。

毛利の棟梁《とうりよう》輝元が、中国の地に百万石を超える領国が保てたのは、秀吉に臣従したからであろう。

安国寺恵瓊が、そのことを口にしそうなので、吉川広家は機先を制した。

「太閤殿下には恩義がござった。しかし、逆にいえば、毛利の働きがあればこそ、殿下は九州が平定でき申した。ご恩と奉公は、五分と五分。けっしてご恩だけ受けたわけではありませんぞ」

毛利秀元と恵瓊が口元を強く結び、押し黙った。

——それでいい。

広家は、心のなかでうなずいた。

黙って動かなければ、それが一番いいのだ。

風にのって、遠くの雄叫びが聞こえた。

こころにさざ波が立つ。

陣幕の内にいる一同が、西に顔を向けた。

山の尾根に遮られて、戦場は見えない。

毛利秀元が、大きな溜《た》め息をついた。口元を結んだまま、拳で佩盾を叩き続けている。

「父君輝元殿の、豊家へのお気持ちは、痛いほどよく分かり申す。しかし、ここは我慢のしどころでござる」

毛利輝元は安国寺恵瓊の弁舌に口説き落とされて、西軍の総大将になってしまった。いまは、五万の軍勢とともに大坂城にいる。

ほんとうは、輝元の気持ちなど、広家は分かりたくない。

しかし、せがれ秀元の前でそれを言っても詮方《せんかた》ない。

——けっして、治部少輔への恨みから徳川につくべしと申し上げているのではありませんぞ。

広家は、口を酸っぱくして、輝元、秀元親子にそう説いてきた。

時代の趨勢《すうせい》を読み、毛利が生き残る道を考えれば、この選択しかないとの論理で説いてきた。

「時が移り申した。そのことを認めねばなりますまい」

広家は独り言のようにつぶやいた。

豊臣家には、広家とて恩義を感じている。

吉川家の三男に生まれた広家は、病死した兄の遺言で吉川家を継いだ。

吉川家と小早川家は、毛利の両川《りようせん》と呼ばれている。

毛利に庇護《ひご》され、また守《も》り立てることで、お互いに大きくなった。

いまの棟梁輝元は、中国の覇者毛利元就《もとなり》の孫にあたる。

元就の子の隆元《たかもと》が早くに亡くなったため、吉川家、小早川家に養子として入った二人の叔父《おじ》、広家の父元春《もとはる》と秀秋の父小早川隆景とが毛利を支えてきた。それゆえの〝両川〟である。

秀吉の命《めい》によって、吉川家は、毛利領のうち、伯耆《ほうき》、出雲《いずも》、隠岐《おき》、安芸《あき》に十四万石を得た。

そののち、朝鮮の陣で、広家は、福島正則、黒田長政、加藤清正らと親しみ、石田三成を憎む気持ちが芽生えた。

「それがしとて、むろん太閤殿下への恩顧は忘れたことがございません。されど、もはや豊家には力がござらぬ」

力がない家は、天下を支えきれない。

いま、力があるのは徳川である。

「力がないから見限るというのでは、義に反するではないか」

秀元が言った。

「天下は義でまわっているのではない。力でまわっており申す」

すでに、何度もくり返した議論だ。

秀元はいちだんと強く腿の佩盾を叩いたが、なにも言わなかった。

広家は、そもそも七月に、家康の触れに従って東国に下向《げこう》するつもりであった。

ところが、根城としている出雲富田城《とだじょう》を出て播州明石《ばんしゅうあかし》まで行ったとき、安国寺恵瓊の使者に会い、とんでもない話を聞かされた。

——内府家康討伐の旗を揚げた。大将は毛利輝元殿。

恵瓊の使者からそう聞かされた広家は、腰を抜かすほどに驚いた。

あわてて使者を安芸の輝元に遣わして、大将になるのを止めようと手を打った。

翌日、大坂城に入ってすぐさま、石田三成に会った。

「すでに策は決した。輝元殿に総大将になっていただき、内府を討つ」

石田三成は意気軒昂《いきけんこう》だった。

「それは承服しかねる」

言を尽くして止めたが、まるで聞く耳をもたない。

安国寺恵瓊とは、城内の一室で膝を突き合わせ、激しくやり合った。

「そもそも内府が上杉討伐に向かったことが不法である。上杉景勝《かげかつ》殿には落ち度などない。さような非道がまかり通ってはならぬ。成敗するべし」

というのが、恵瓊の主張である。

「日本を二つに分けての合戦などなすべきではない。そもそも勝ち目がないではないか」

内府の強さ、周到さをならべて説得したが、恵瓊は頑として譲らなかった。あれこれと、大名たちを結集する策を語るばかりだ。

広家はさらに安芸に使者を遣わして、輝元の大坂入城を止めようとしたが、無駄に終わった。

二日後の七月十七日に大坂城にやって来た輝元は、三奉行の前田玄以《げんい》、増田長盛《ましたながもり》、長束正家とともに、西の丸にいた徳川家の留守居役を追い出して、そこに入った。

それは、とりもなおさず豊臣家の家臣を束ねる総大将の立場に立ったということだ。

輝元は広家に会うと、ばつの悪そうな顔を見せた。

「なぜ、大将などお引き受けになられましたか」

広家が問い詰めたが、はっきりとは答えない。

「秀吉殿への恩義忘《ぼう》じがたく、かくなる仕儀となった」

歯切れの悪い口調でつぶやいた。どうにも、恵瓊の弁舌に乗せられたとしか思えない。

太守の家に生まれた輝元は、いたって鷹揚《おうよう》な質《たち》である。穏和過ぎて、家臣からでも強く言われると反論できない。

「内府家康は周到な方。すでにほとんどの大名たちに書状を送り、味方を増やしておいでてござる。小早川金吾中納言殿も、内応しておられるごようす」

そう説いて自重を求めたが、その日のうちに、「内府ちかひ（違い）の条々」という文書が、三奉行の名で、各地の大名に向けて発せられてしまった。

家康が、ほかの大老や奉行たちと誓紙《せいし》を交わしてからまだ間もないのに、いくつもの違約をしているなどの罪状をならべた糾弾状である。太閤殿下のご恩を忘れておらぬなら、秀頼に忠節を尽くすべし——との檄文《げきぶん》も添えてある。

この文書が出てしまったので、抜き差しならないことになった。

西国を中心とした大名たちが、兵を率いて大坂城に集まって来たのである。

宇喜多、小早川、島津、立花、小西、鍋島《なべしま》、秋月《あきづき》ら、その数ざっと九万五千。

ここまで来て、毛利輝元を総大将としての、徳川との合戦が避けられない情勢になった。

もっとも、水面下ではべつの動きがあった。

毛利家でも、重鎮たちは最初から盟主になることを反対していた。

——わが主《あるじ》輝元は、事情を知らずに大坂城に入ったまで。

との書状を、重臣連名で家康の家臣に送っている。

吉川広家も、家康の側近榊原康政《さかきばらやすまさ》に書状を書き、輝元に反徳川の存念がないことを伝えようとした。

家臣を伊勢の御師《おんし》に変装させ、脚絆《きやはん》の紐《ひも》に密書を縫い込めさせて、黒田長政に会いに行かせた。

——輝元は治部少輔のはかりごととは無縁なり。

くり返し、そう釈明する内容であった。

黒田長政からは、吉川広家宛てに密書の返事が来ている。御師に変装した家来が持ち帰った。

――このたびの挙は、毛利輝元殿の関知するところではなく、ただ安国寺恵瓊一人の才覚であると、内府殿もご承知である。されば、輝元殿によくよく申し入れられ、内府殿と昵懇《じっこん》になさることこそ肝要。こちらのことは拙者がととのえる。弓箭《きゅうせん》のことが徳川の勝利となってからでは遅きに失する。早めに油断なく分別されたい。

家康にも広家の手紙を見せて説明し、了承を得ているとも書いてある。

それが八月中旬のことだ。

西軍諸将の手前、広家はすぐには行動が取れなかった。内通が露見しないように、とりあえずは歩調を合わせておかなければならない。

広家は毛利秀元にしたがって伊勢に出陣し、安濃津城を攻めた。内通を怪しまれないよういささかむきになって果敢に攻めたてたので、友軍から大いに称賛された。

その後、三成の命令にしたがって北上し、この南宮山に布陣したのである。

そこに、黒田長政から新たな書状が届いた。広家にとっては、頭の痛い内容であった。

伊勢安濃津の城攻めに、毛利勢が参加したことで、ほんとうに徳川に加担するつもりがあるのか、長政は疑っているらしい。

——毛利家が存続するよう分別なされよ。

その文言に、広家は腹をくくった。白黒をはっきりさせるときがきた。

広家は、山麓の自分の陣から山頂の毛利秀元の陣に赴き、徳川に味方するよう説得した。

「西軍に勝ち目はござらぬ」

負けるほうにつけば、毛利は滅びるしかないのだと強く言った。

秀元は首を横に振った。

「父輝元の下知もなく、豊家を見放すなど、できるものか」

言い張った。

居合わせた毛利の老臣たちも広家に賛成した。

「これは内通ではござらぬ。徳川との和議《あつかい》にござる。そもそも、勝手に陣替えした治部少輔がよくない」

当初、三成は全軍を南宮山に結集させると言っていたのだ。それなのに、昨夜、はるか西に移動してしまった。

「孤立させられた我らには、戦うすべがござらん」

くり返し説得した。理屈などはどうでもよかった。とにかく西軍についてはならない。

重臣一同で強く説いたので、秀元がゆらいだ。

「いたしかたないのか……」

腕を組んで考え込んでいる。

さらに執拗《しつよう》に説き続けて、ついに承知させた。

人質を差し出すことにした。

毛利家老臣粟屋彦右衛門《あわやひこえもん》の嫡男とやはり老臣福原広俊《ふくはらひろとし》の弟を、赤坂に着陣している黒田長政に向かわせた。

毛利は戦わない——との誓紙を使者に持たせた。

それが昨日十四日午後のことだ。

使者は、井伊直政、本多忠勝にも面談し、井伊と本多が連署して血判を押した起《き》請《しょう》文《もん》を持ち帰った。

吉川広家と福原に宛てた起請文であった。こう書いてある。

一、輝元に対し、いささか以《もっ》て内府御如在《ごじょさい》あるまじきこと。
一、御両人別して内府に対せられ、御抽節（忠節）の上は、以来、内府も如在存ぜられまじきこと。
一、御忠節相究め候わば、内府直《ただち》に墨附《すみつき》、輝元へ取り候て、進《しんず》るべきこと。
附《つけたり》、御分国のことは申すにおよばず、只今《ただいま》のごとく相違あるまじきこと。


内府徳川家康は、毛利輝元に対して粗略にはあつかわない。忠節をつくすなら、証文をすぐにわたすであろう、という内容だ。

最後に付け足してある一行が、ことに重要である。

言うまでもなく、領国はいまのままに残すと書いてある。戦いに参加さえしなければ、領国は保てるのである。

「これは裏切りではござらぬ。戦わぬだけだ」

広家はそう秀元を説いた。

起請文を読んで、秀元も大いに不戦に傾いた。

しかし、なおまだ揺れている。

ことに、さきほど安国寺恵瓊が本陣にやって来てから、議論がまた振り出しに戻ってしまった。義だの恩だのとやかましいことしきりである。

「豊臣家に力がない以上、天下は徳川家が統《す》べる。いま一度申すが、天下は義で回っているのではござらぬぞ。力で回っておるのだ。これ以上青臭いことを申すなら……」

「なんじゃと言うのだ。そなた、この坊主を斬るつもりか。斬るなら斬れ。七生《しちしよう》祟《たた》ってくれようぞ」

広家と恵瓊が睨《にら》み合っていると、母衣武者が駆け込んできた。

長束正家からの使者である。跪《ひざまず》いて申し立てた。

「すでに開戦しております。即刻、出撃を下知していただきたいと、わが殿からの強い仰せにござる。なぜに、出撃なさいませぬのか」

毛利秀元は、床几《しようぎ》にすわったまま、眉を曇らせた。答えに困っているらしい。

「いま、兵に飯を食わせておる。しばし待たれよと伝えるがよい」

吉川広家が代わりに答えた。母衣武者が不審げな顔であたりを見まわした。なにかを食べている将兵など、一人もいない。

「さような虚言《そらごと》など、伝えられませぬ」

挑む目付きで、母衣武者が広家を睨みつけた。

「それが答えだ。ありのままに伝えるがよい」

長束正家の軍は千五百しかいない。安国寺恵瓊の軍と合わせても、三千とすこししかいない。とてものこと二隊だけで徳川に向かって行く無茶はすまい。

「情けなや」

蔑《さげす》むような目で一礼した母衣武者が、馬に乗って山を下って行った。

風に乗って、尾根のむこうの関ヶ原から雄叫びが聞こえてくる。

「まったく情けないかぎりだ。人はそこまで恥知らずになれるか」

恵瓊の眉間に皺が深い。

「生きてこその恥だ。負けてみよ、恥もかけぬぞ」

広家が言うと、恵瓊は立ち上がった。

「もうよい。吉川殿とは話さぬ。宰相《さいしょう》殿、なにとぞ出陣のご下知をお願いいたします。われらが先駆けとなって、麓に待ち構える池田、浅野を蹴散らしましょうぞ」

毛利秀元は、参議に任官しているので、宰相と呼ばれる。

広家は、恵瓊を手で制すると、ぼそりとした声でたずねた。

「腹が減らぬか」

「腹がどうした」

「減らぬかと訊《き》いたまで。わしは腹が減った」

「この期《ご》におよんで、腹が減ったとぬかすか」

「生きていれば腹が減る。殿も腹ごしらえなされませ。恵瓊殿も食べるがよい。みなの分の湯漬《ゆづけ》を持て」

小姓《こしょう》に命じると、恵瓊が顔を朱に染めた。

「湯漬など食ろうておる場合か。出陣ぞ、出陣をご下知なされませ」

「ともあれ、湯漬を食うてからまた勘考すべし」

「なにを悠長な」

恵瓊と問答していると、小姓が椀《わん》に湯漬を運んできた。陣幕の内にいる十人ばかりに椀と箸がゆきわたった。

椀を口元に運ぶと、湯気が顔に温かい。この山に長陣していただけに、飯と湯の仕度のあるのがありがたい。

椀に入っているのは、冷や飯にかけた湯と漬け物だけだが、口をつけて湯をすすると、雨で冷えた体に熱が染みわたった。

恵瓊は食べぬかと思ったが、椀を手に箸をつかっている。顔をしかめながらも食べている。

食べ終わり二椀目を所望しようかどうか迷っていたとき、母衣武者が陣幕の内に駆け込んで来た。

息を切らしながら報告した。

「さきほど、小早川秀秋殿が山を下り、西軍に攻め込まれました」

「なんじゃと」

いちばん驚いたのは、恵瓊であった。

毛利秀元も目を剝いてぎょっとした顔つきだ。

「ここまでだ。これにて東軍の勝ちが決した」

「なんたることか。あってはならん。さようなことがあってなるものか」

恵瓊の顔が真っ赤に染まっている。

「しかし、あったことなら、認めねばならん。誰しも生き残りたいのだ」

毛利秀元が空になった椀を手にしたまま、箸をにぎった右手でまた腿の佩楯を叩き始めた。

「もはや治部少輔はどうすることもできぬのか。なにか起死回生の策はないものか」

苛立ちと諦めが、陣幕のうちに渦を巻いている。

吉川広家は、二椀目を所望して、さらさらと平らげた。

「策がないでも、ござらぬな」

箸を置いてから、広家はつぶやいた。

「なんだ、どうするというのだ」

恵瓊が勢い込んで訊《たず》ねた。

広家は、瞑目《めいもく》してくちびるを舐《な》めた。

「わしが石田治部少輔なら、打つ手がいくつかある」

つぶやいてから、詮ないことを口にしている自分に、広家は驚いた。

土肥市次郎

土肥市次郎《どひいちじろう》は五十人の武者を引き連れて山中を歩いた。竹中重門《しげかど》に遭遇して馬を捨てたのはやむを得ない。そのまま、関ヶ原の北の山を東に向かって進んだ。

山の中には予想していた以上に、徳川方の部隊がいた。

市次郎が石田治部少輔《じぶしょう》から受けた下知《げち》は、南宮山《なんぐうさん》に行って毛利秀元を出陣させることだ。山中で戦っていては、南宮山まで辿《たど》り着けない。敵の部隊との遭遇を避けて尾根に登り、あるいはじっと谷に身を潜めた。そんなことに手間取り、時間をくった。

関ヶ原を大きく迂回《うかい》し、東山道をはさんで南宮山のほぼ北まで出てきたときは、曇天におぼろな日輪が高く昇っていた。

雄叫《おたけ》びが聞こえる。

見晴らしのよい尾根から眺めると、両軍が激突しているのは、関ヶ原の西のほうである。治部少輔が本陣とした笹尾山のすぐ下のあたりだ。

「押されておりますな」

土肥家の家来番場《ばんば》直三郎《なおさぶろう》がつぶやいた。

市次郎も、戦闘はもうすこし東、関ヶ原の真ん中で行われているものと思っていた。

どうにも東軍の前衛をつとめる福島正則、加藤嘉明《よしあき》、黒田長政らの軍に勢いがあるようだ。

まずは南宮山を、目を凝らして見つめた。

山頂から左手に下りた中腹の尾根に、旗がずらりと立ち並んでいる。大勢の足軽たちが群がっているのが見える。

「毛利は、動いておらぬのか」

それがいちばん肝心だ。

「一山いずこも動いておりませぬ。気配もござらぬ」

番場のことばに、市次郎はくちびるを嚙《か》みしめた。

南宮山の中腹から麓にかけて、吉川広家《きっかわひろいえ》、安国寺恵瓊《えけい》、長束正家《なつかまさいえ》、長宗我部盛親《ちょうそかべもりちか》が陣を布《し》いている。旗が立ち、将兵の群がっているのが分かる。

たしかに前進しているようすはない。山は静まりかえっている。

となれば、とにもかくにも、南宮山に登り、毛利秀元に会わねばならん。首に縄をつけてでも山から引きずり下ろし、内府《ないふ》家康の背後を突かせねばならぬ。

南宮山の麓にある小高い桃配山《ももくばりやま》に、徳川家康が陣取っているはずだ。

目を凝らして見やったが、こちらは旗がない。陣幕もめぐらされているようすがない。

——逃げたか。

一瞬、そう思った。

「あそこに、旗が見えます。光っているのは金扇かと存ずる」

番場が指さしたのは、桃配山からはるか西の関ヶ原の真ん中である。

おびただしい軍勢が、整然とならんでいる。三万と称する内府家康の旗本たちだ。

その後ろで、ちょうど雲の切れ間から射した陽光に金色に光っているものがある。

家康の馬標《うまじるし》の金扇だろう。

家康の本隊は、桃配山からずんと前に進み出て、前衛を支えているのだ。

三万の旗本は動かないが、その前にいる福島、加藤、黒田らを無言のうちに押している。

ここに来る途中、木々のあいだから見えたときは、宇喜多隊が前に出て、福島、加藤隊を押していたが、どうやら家康が乾坤一擲《けんこんいってき》、このときとばかりに前進して、押し戻したらしい。

まさに力と力の鬩《せめ》ぎ合いだ。一人の力ではどうにもならぬ。力を束ねられた男が勝つ。

家康の前進にしたがって、南宮山の麓にいた後詰《ごづ》めの部隊も前に進んでいる。

となれば、市次郎の使命はただひとつ。南宮山の毛利秀元をなんとしても参戦させる。背後から徳川を突かせる。それができなければ、西軍は負ける。

——負けてなるものか。

負けたくない。

市次郎には、幼い男の子が二人いる。家にいるときは、よく棒切れをもたせて剣術の稽古をさせる。打ち込んで来たのを軽く打ち返すと、口惜しそうに懸命に挑んでくる。可愛《かわい》くてならない。西軍が負ければ、生き残ったとしても、枝折城《しおりじょう》の麓の醒井《さめがい》の屋敷には帰れまい。妻と子らに、また会えるかどうかも分からない。勝ちたい。あの暮らしを失いたくない。なんとしても治部少輔殿を勝たせたい。そう念じている。

家康本隊の後詰めが前進したので、南宮山の麓には敵がいない。そのまま、関ヶ原の東のはずれを駆け抜けられる。

「行くぞ」

手で五十人の男たちに合図をして、市次郎が先頭を駆け出したとき、むこうの山でひときわ高く法螺貝《ほらがい》が鳴り響いた。

「松尾山です」

うしろで番場が叫んだ。

「なんだと」

斜面を駆け下りながら松尾山を見やった。

山頂に立っている旗が山を下っている。大勢の人間の群れが、山の斜面を下り関ヶ原に下りていく。

「おおっ、よかった」

市次郎は安堵《あんど》した。松尾山にいる小早川は、裏切るのではないかと言われていた。あくまでも豊家《ほうけ》に味方せよと、説得しに兄の市太郎が向かっている。兄の説得が功を奏したのだろう。小早川金吾中納言は、まだ若いと聞いている。思いが定まらなかったが、ようやく山を下って戦う気になったのだ。

「いかんッ」

番場直三郎が首をふった。声が昂《たかぶ》っている。

「なんだ」

「ご覧あれ。麓だ。麓でござる」

足を止めて、松尾山の麓を見つめた。

山麓には、たしか近江《おうみ》の朽木《くつき》や脇坂ら何人かが陣取っているはずだ。その旗と人の群れが、西に向かっている。東山道の一番西に陣取っている大谷刑部《ぎょうぶ》の陣へと突き進んでいる。

「…………」

市次郎は、絶句して指で両目をこすった。

朽木、脇坂らは、むろん治部少輔殿の味方である。徳川に向けて陣を張っていた。ところが矛先を変えた。大谷刑部の陣に向けて駆けている。裏切ったのだ。ならば、小早川も同様であろう。

「ええいっ、どいつもこいつも。欲惚《よくぼ》けのたわけが」

市次郎は、大声で怒鳴った。松尾山まで届くはずもないが、罵倒せずにはいられない。

「男はおらんのかッ」

この戦場では、誰もが欲に惚けて、生き残ることばかりを考えている。徳川内府は、それを読み切っていた。男たちの欲を読み切って餌を用意していた。おろかな男たちが餌に飛びついた。

「われらが立派な男になりましょうぞ」

番場のことばに、市次郎は身震いした。

「そうだな。そうならねばならん」

人に期待しても詮ないことだ。わが振舞いを、われが律する。男になる道はそれしかない。

男として生きるなら、なにも恐れることはない。ただひたすらまっすぐな王道を突き進む。なにを失っても怖くない。死さえ恐るるに足らぬ。

「よぉしッ。駆けるぞ。毛利の陣まで突っ走れ」

大声を上げると、市次郎は真っ先に山を駆け下った。


山を下り、関ヶ原の東のはずれを駆けた。

あたりには稲刈りの終わった田がひろがっている。人はいない。

浅い相川《あいかわ》を駆け渡り、東山道を越えると、南宮山山麓の陣が見えた。

正面の谷に陣取っているのは吉川広家だ。

その左にいるのが、安国寺恵瓊と長束正家、さらにその向こうに長宗我部盛親の陣がある。

市次郎は、南宮山には何度か登ったことがある。

美濃国一宮《いちのみや》である仲山金山彦神社《なかやまかなやましこ》（南宮大社《なんぐうたいしゃ》）から登る道がしっかりしているが、ずいぶん遠回りになる。ここからなら、まっすぐ谷を詰めて尾根に登るのがよい。谷を詰めたところの尾根が、毛利の本陣になっている。

そのまま駆けて、谷の入口にある吉川広家の陣に達した。

陣の前で、武者たちが集まって、なにやら揉《も》めている。恵瓊、長束、長宗我部の陣からやって来た武者たちが、吉川の陣の者と押し問答しているらしい。

「なぜ、攻め鉦《せがね》を鳴らさぬのか。わしらがいま徳川の背を突けば、やつらは挟み打ちで総崩れになるぞ」

「それよ。時をはずせば、勝ちを逸することになる。いますぐ下知なさるよう、申し上げてほしい。なんならわしが行く」

武者たちは、伝令の母衣武者《ほろむしゃ》ではない。いても立ってもいられずに、吉川の陣に押し寄せて来たらしい。

吉川の侍大将は、床几《しょうぎ》にすわって、身じろぎもせずに、一同を睨《にら》みつけている。まわりに槍《やり》を手にした侍や足軽たちが並んでいる。追い払っても追い払っても、近くの陣の侍たちがやって来るようだ。

「宰相《さいしょう》殿の下知がないかぎり、いかんともしがたい。しばし待たれよ」

「待つこと、すなわち負けだ。それがなぜ宰相殿には分からぬのか。よもや、徳川に内通しておるとの風聞はまことではあるまいの」

「なんだと。まことなら許せぬ話だ」

「知らなんだ。まことか」

集まっている武者たちが騒ぎ出した。

問い詰められた侍大将の顔が、苦虫を嚙みつぶしたようだ。

「うるさい。内通などなさるはずがない。下知を待て」

内通しているのかしていないのか、一介の侍大将に分かろうはずがない。

下知がなければなんの行動も取れない。苛立《いらだ》っているのは、侍大将とて同じらしい。

「石田治部少輔の使者、土肥市次郎と一党。宰相殿にお目にかかりたい」

市次郎が前に進み出て大声を張り上げると、侍大将がこちらを見た。五十人の武者を従えていることに驚いている。

「さように大勢で、なんの使者か」

「用件は、直《じか》にお伝え申す」

使者の証拠に、懐から書状を引き出した。巻いた紙の裏に、石田治部少輔の名と花押がある。

見せると、侍大将が頷《うなず》いた。

「承知した。二人だけ登られよ」

ここで押し問答している暇《いとま》はない。番場直三郎に目配せした。

「通るッ」

大声をかけて、番場と二人で南宮山への道を駆け登った。

吉川の陣所では、侍や足軽たちが、くたびれた顔で横になっている。ここに布陣して、もう七日も八日も経《た》つはずだ。野に伏して雨に濡《ぬ》れていれば戦意も喪失するだろう。

必死で山を登った。大軍勢が通ったので、道は踏み固められているが、夜半の雨でぬかるんで歩きにくい。

山道を駆けに駆けた。具足《ぐそく》が軋《きし》んで肩や腰に食い込むが、そんなことにかまってはいられない。

息を切らしながら谷を登りきり、尾根道に出た。

尾根の上は、広い平地になっている。

大勢の将兵がうずくまっている。

合戦の筒音や雄叫びは、遠くから聞こえているが、関ヶ原そのものは見えない。将兵は、悄然《しょうぜん》とすわっているばかりである。

「石田治部少輔の遣い、土肥市次郎。毛利宰相殿にお目通り願いたい」

声を張り上げながら陣幕に駆け込んだ。槍を構えて警戒していた足軽たちが、勢いに驚いて穂先を引っ込めた。

陣幕のなかに、十人ばかりの武者や僧形《そうぎょう》の者がいる。

正面の床几にすわっている若い大将が、毛利秀元だろう。まだ二十二歳の若さと聞いている。細面の整った顔だが、目のあたりがけわしい。苦悶《くもん》が浮かんでいるのは、内通、裏切りのせいだろうか。

陣幕のうちの武者たちが、市次郎に顔を向けた。

一同の顔に、険悪なものを感じた。なにをしに来たという顔である。

「こちらだ。さあ、前へ」

僧形の男が立ち上がって導いてくれた。安国寺恵瓊か。戸惑っていた顔に、光が射したようだ。

正面の若い大将に跪《ひざまず》いて、礼を取った。

「毛利宰相殿にございまするな」

「いかにも」

「石田治部少輔より書状を預かって参りました」

書状を差し出すと、受け取った秀元は捻《ね》じり封を開いて読み始めた。

読みながらなんどか頷いて、やがてくちびるを噛みしめた。

顔に苦みが滲《にじ》んでいる。

書状のなかみは、あくまでご信頼申し上げているので、狼煙《のろし》を合図に疾《と》く出撃なされたい、そんなところだろう。当たり前の文面を読んで苦悶を浮かべている。

この陣内の気配では、毛利の軍が動くとは思えない。

――いかんともしがたい。

口元を引き締め、言葉こそ発しなかったが、秀元の顔にそう書いてある。

「治部少輔からは、ゆめゆめ遅参めさるな、との強いお申し越し。いままさに、ご出陣なさるところでございますな。それがし、お供いたしますので、早く出陣の法螺をお命じくださいませ」

市次郎が言うと、毛利秀元の瞳が宙を見て泳いだ。目が赤く血走っている。よほど苦悶しているのか。

顔を上げて、居並んだうちの一人の武者をすがるように見た。

「なんと返事をする。のう、広家、なんと返事をすればよいのだ」

広家とは、毛利の腹心吉川広家であろう。呼ばれた武者が、しずかに首を横にふった。

「ご返事はご無用。それが返事となりましょう」

「それはいかなる御意《ぎょい》か。はっきりお聞かせねがいたい」

吉川のほうは向かず、市次郎は真《ま》っ直《す》ぐに毛利秀元を見すえた。

秀元が、目をそらした。また瞳が宙を泳いで定まらない。

「いかなる御意か。しかとご返答くださりませ」

片膝をついたまま、前にじわりと進み出た。

床几にすわっている秀元が、怖《お》じけて背をそらした。

市次郎は、さらに何寸か膝で地面をすって前に進み出た。襲いかかるつもりなどない。真意を問い糺《ただ》したいだけだ。

大きく背をそらした秀元が、後ろに仰《の》け反《ぞ》って倒れた。

「なにをする」

立ち上がった吉川広家が、秀元を助け起こした。

「なにもしておりませぬ。ただ宰相殿のご了見がうかがいたいばかり。お聞かせくださいませ」

立っている秀元の目を見据えたが、なにも答えない。

「ただちに、出陣して徳川を突くとのお下知を、この耳にお聞かせくださいませ」

重ねて市次郎が言うと、わきで立ち上がった男がいる。安国寺恵瓊だ。

「それよ。わしも聞きたい。さっそくに貝を吹かせよう。いまなら好機ぞ。徳川内府めの背後を突いて、素っ首《そくび》を取ってくれよう。さすれば豊家の勝利じゃ」

安国寺恵瓊が、貝役、鉦役を呼んだ。

「さあ、法螺を高らかに吹き鳴らせ。鉦を打ち鳴らせ、全軍に総攻撃を告げよッ」

恵瓊の大声に、一同が顔をしかめた。

「そうはまいらぬ。時、すでに遅い。小早川が裏切ったのだ。治部少輔の陣営はもうもたぬ。まもなく、総崩れとなる」

広家の言葉に市次郎は、膝の上の拳を強く握りしめた。

この連中は、それを知りながら、動かずにいたのだ。腸《はらわた》が煮えくり返った。全身が怒りで火照《ほて》ってならない。

「いまなら間に合う。いまだ、いますぐに出撃なされよ」

秀元が天を睨んだ。口元は引き結んだまま動かない。

吉川広家が、秀元をかばうように立っている。

市次郎は立ち上がって、毛利秀元の顔をまっすぐに指さした。

「宰相のなんのとはもう呼ばぬ。男として下賤《げせん》な奴《やつ》だ。恥を知れ。百代の末まで後悔するぞ」

秀元に摑《つか》みかかろうとすると、まわりの武者や足軽によってたかってはがい締めにされた。

「ええい。面倒な奴だ。縛っておけ」

吉川広家の命令で、たちまち市次郎と番場直三郎は後ろ手に縛り上げられてしまった。

「なにをする。石田治部少輔殿の名代《みようだい》ぞ。解《ほど》け。ほどかぬか」

喚《わめ》いたが、相手にされない。

「うるさい。黙らせよ」

吉川広家が命じると、侍が駆けてきて、市次郎と番場直三郎の口に布をつっ込んだ。

――命を惜しむな。名を惜しめ。毛利の宰相は裏切り者と末代まで笑われるぞ。

言いたかったが、声にならない。たとえ声になったとしても、胸には響かないだろうと思えた。

「なにをするかっ」

声を荒らげて立ち上がったのは、安国寺恵瓊である。

小走りに市次郎のそばに来た恵瓊が、自分の脇差《わきざし》を抜いて縄を切ってくれた。

「仮にもこの決戦の総大将石田治部少輔殿からの遣いである。かような扱いがあるものか」

口に押し込まれた布を取ると、市次郎は、ありがたし、と礼を言って立ち上がった。腰の刀を抜いて、隣にすわっている番場直三郎の縄を切った。

吉川広家は、苦虫を噛みつぶした顔でこちらを睨みつけている。

市次郎は、手にしていた刀を鞘《さや》に戻さず、強い目で吉川を見据えると、下腹に気合を込めて無言のまま突進した。

両手で刀の柄《つか》を強く握り、吉川の喉を狙った。喉は半頬《はんぼお》の垂れで隠れているが、その下から突いて殺す。

顔を引きつらせた吉川が後退《あとずさ》って転んだ。馬乗りになって喉を突こうとしたところで、誰かに横から胴を蹴られた。またしても武者たちに押さえつけられ、刀を奪われた。手助けしようとした番場直三郎も同じ目に遭っている。

「血迷うな」

立ち上がった吉川が、息を切らしながら言った。

「血迷わせたのは、そっちじゃ。命ほしさに味方を裏切るとは、許しがたい外道《げどう》の沙汰。天に代わって血祭りに上げてくれる。地獄に落ちるがよい」

もがいたが、数人に押さえつけられていてまるで動けない。熱くたぎった血が、市次郎の全身を駆けめぐっている。身動きが取れず、刀を奪われているのだから、血祭りに上げられるはずがないのだが、なんとしてもそうせねば気がすまない。

「裏切ったのではない。このたびの不戦は、毛利一族の存続を願《ねご》うての苦渋の決断ぞ」

眉間に深い皺《しわ》を寄せた吉川が言った。

「ふん。戦わねば、本領を安堵すると、家康めから誓紙《せいし》でも受け取ったか」

おそらくは、裏切りの代償として、そんな約束でもされたに違いない。裏切りには代償がつきものだ。それくらいの推測はつく。

半頬から出ている吉川の顔が醜くゆがんだ。図星なのだろう。

「おまえの知ったことか」

「騙《だま》されるな。狡猾《こうかつ》な家康めが、約束をそのままに守るものか。なにか口実を設けて、毛利もいずれ取り潰されるに決まっている」

大声で叫ぶと、吉川の顔色が変わった。いかにもそれは起こりそうなことだと思い当たったらしい。

「命を惜しみおって。見下げた奴め。義を通さねば、死ぬるより強く後悔するぞ。必ず後悔するぞ」

なんとか翻意させようと、市次郎は畳みかけた。吉川が首をゆっくり振った。

「わが命など惜しゅうない。地獄にでもどこにでも落ちてやろう。しかし、家中《かちゅう》には万余の侍がおる。領国に数十万の民草《たみくさ》がおる。その者たちを守ってやらねばならぬ」

「まやかしを言うな。百姓は殿様が替わっても困るものか。自分たちが生き延びたいばかりではないか」

苦みに満ちていた吉川の顔が、さらに苦りきった。

市次郎は、数人の武者に押さえられたまま顔を毛利秀元に向けた。

「お願い申し上げます。いますぐ、突撃のお下知をお願いいたしまする。ぜひにも山を下りて、池田、浅野を蹴散らし、徳川めの背後をお突きくださいませ。なにとぞ、なにとぞお願いいたしまする」

喉が裂けるほど大声を張り上げて懇願した。そうしなければ、西軍は負ける。生きてはいられまい。土肥の一族はすべてを失ってしまう。懇願するうちに涙が溢《あふ》れた。

床几にすわった秀元は困惑しきった顔つきだ。目が虚《うつ》ろである。すでに判断力を失《な》くしているのか。

秀元が目を伏せたとき、天と地が揺らぐほどの轟《とどろ》きがあった。陣幕の内外にいた侍たちが、あたりを見まわした。

えいえいッ、おう。

えいえいッ、おう。

えいえいッ、おう。

三度の雄叫びが、間をおいてくり返された。

天変地異かと思うほど大きな轟きだが、まぎれもなく人の声である。数万の人間がいっせいに鬨《とき》の声を上げたのだ。

声は、南宮山のむこうの関ヶ原から、山の峰を揺すって轟いている。

「まさか……」

勝利の宣言か。いや、まださすがにそれはあるまい。とすれば——。

「……いよいよ、徳川が突撃するわ」

口にしたのは、吉川広家であった。

「まことか……」

毛利秀元が、関ヶ原の空を仰いだ。

「あれだけの鬨の声を、そろえて上げられるのは、内府殿麾下《きか》三万の旗本でございまする。いま全軍が、治部少輔めを成敗すべく突撃したのに間違いござらぬ」

重鎮一同が顔を見合わせて、ささやき合っているところに、山頂の見張り台から武者が転がるように駆け下りてきた。

「と、徳川旗本全軍が鬨をつくり、前に進んでおります。山を下りた小早川の軍勢が、大谷刑部の陣に掛かったのを見届けての鬨でござる」

「東西両軍の勢いはどうだ」

「鬨の声にて、東軍の先鋒《せんぽう》諸隊が一段と勢いを増してござる。石田治部少輔本陣の笹尾山から宇喜多秀家の天満山《てんまやま》周辺にかけては、すでに諸隊が激戦を繰り広げておりますれば、徳川旗本は、大谷刑部の陣に掛かるもよう。あの勢いでは、西軍の戦線が崩れるのも時間の問題でござりましょう」

「ごくろう。さらに物見《ものみ》を続けよ」

吉川が、勢いのよい大声で武者をねぎらった。頭を下げた武者がまた山頂に駆け戻って行く。

「なんということじゃ……。さようなことがあってよいものか」

安国寺恵瓊が、げっそりした顔で肩を落とした。大きな溜《た》め息をなんどもついては、剃《そ》った頭を撫《な》でている。

「もう流れは決まった。三万の徳川旗本が突撃したとあれば、東軍の勝ちは決まりだ」

吉川が晴々とした顔で言った。

小早川が裏切り、毛利が動かぬことで、関ヶ原で実際に戦っている人数が大きく変わってしまった。

裏切りがなければ、東西両軍とも七万から八万余りで、ほぼ互角であった。いささか西軍のほうが勝《まさ》っていた。そのうえ、狭隘《きょうあい》な地形を利用して鶴翼《かくよく》に開いているので、西軍に大いに勝ち目があった。

それが、大逆転したのである。

いま、実際に戦っている西軍は、石田三成、宇喜多秀家、小西行長、大谷刑部の三万余りに過ぎない。

東軍は小早川をくわえ、十万に近い軍勢が勢いを得て戦っている。

東が西を圧している。たしかに、大きな流れができた。

――しかし、合戦にはいくつもの潮目がある。

いまからでも、楔《くさび》を打ち込めば、逆転の目がないわけではない。いまならまだ間に合う。遅すぎはしない。

「いまでござる。まさにいま、われらが徳川の背後を突けば、大いに攪乱《かくらん》でき申す」

市次郎が言うと、恵瓊が同調した。

「それだ。まこといまこそ、最後の潮ぞ。ここをはずして勝機はない」

恵瓊が、毛利秀元にすがるような目を向けた。

「もはや遅い。すでに機を逸しておる。遅すぎるわ」

吉川広家が首を振った。

「しかし、徳川の背後に大軍が攻めかかれば、敵は驚いて算を乱すではないか」

「その前に、池田、浅野、山内《やまのうち》、有馬が、こちらに備えておるぞ。合わせて一万四千だ。なかなかに手ごわいと思うがなんとする」

「いまならば、連中の目も関ヶ原に向いて油断しておる。そこを突けば……」

「ならば、安国寺殿が長束殿、長宗我部殿とともに突撃なされよ。われらはしばらくようすを見たのち陣を払うゆえにな」

「陣を払うだと……」

恵瓊の顔が引きつった。

「当たり前ではないか。すでに勝敗の決した戦場にいつまでも留《とど》まっている意味はない。殿、そのおつもりでおいでくだされ。できるだけ早いうちに、徳川内府殿に拝謁いたさねばなりません」

吉川が毛利秀元に言うと、秀元がちいさく頷いた。

「なんということじゃ。太閤《たいこう》殿下のご恩があればこそ、毛利は百十万石の太守となれたというに。恩も義も地に落ち果てたか」

恵瓊の言い種《ぐさ》に、吉川が憫笑《びんしょう》を浮かべた。

「ふん。太閤殿下がおらねば、毛利が天下の覇者であったわい……」

それから諭す口調になった。

「これは老婆心《ろうばしん》にて申し上げるが、恵瓊殿も陣を引き払う算段をなさったほうがよろしかろう」

「わしにまで陣を払えというか。大きな御世話じゃ」

「われらは黒田長政殿に人質と誓紙を届けて、いささかも如在《じよさい》なしとの起請文《きしようもん》をいただいておる。されど徳川内府殿は、貴僧こそが三成とともに毛利家を総大将に祭り上げた張本人と考えておられるようす。いつまでもここにおっては、捕縛され首を刎《は》ねられてしまいますぞ」

意趣を返す口調ではない。淡々と状況を述べている顔だった。

恵瓊の顔が蒼白《そうはく》になった。たしかに戦況が一転した以上、南宮山を睨んでいた池田や浅野が、ここを先途《せんど》と、山麓の安国寺勢、長束勢に攻め掛かってくるだろう。内通していた毛利、吉川勢と違い、安国寺と長束、長宗我部は、まごうことなき徳川の敵なのだ。

「毛利家からさような仕打ちを受けようとは、夢にも思わなんだ。残念至極」

恵瓊はそれだけ言い捨てると、頭も下げずに山を下って行った。数人の供が後を追いかけている。

「かような仕儀じゃ。もはや、その方も陣に帰れ」

吉川広家があごをしゃくると、侍たちが押さえていた手を放した。番場も放された。取り上げられていた刀が地面に突き立ててある。

刀を手にすると、市次郎は吉川を睨みつけた。

吉川が、またあごをしゃくると、鉄炮衆《てっぽうしゅう》が筒先を市次郎と番場に向けた。火縄に火がついて煙が上がっている。

――もはや、これまでか。

毛利を出撃させよ、との三成の下命《かめい》を遂行することはかなわなかった。

吉川広家に飛びかかって果てるのもひとつの道だが、死ぬほどの甲斐《かい》がある道には思えなかった。

一同を舐《な》めるように見すえると、市次郎は刀を鞘に納めた。

「おまえらの顔は忘れぬ。地獄で遇《あ》ったら覚悟しておけ」

言い捨てて駆け出し、山を下った。番場直三郎が後についてくる。

谷筋を駆け下り、谷の入口にいる吉川隊のあいだを抜けて平地に出ると、待たせていた四十九人の男たちが、いっせいに駆け寄ってきた。

市次郎を取り囲み、じっと見すえている。

下知を待っているのだ。

市次郎は、山を駆け下るあいだに思案した。すでに毛利を動かすことができぬ次第となった。しかし、手を打たねばならぬ。せっかくこの場に五十人の精鋭がいる利を活かさぬ手はない。

谷を駆け下りながら、ここにいる地の利を最大限に活かす策を思いついていた。

そこからずっと離れた森陰に男たちを集めると、市次郎は考えていた策を説明した。

「むこうに池田輝政の隊が見えるであろう」

市次郎は、南宮山の北側を通る東山道を指さした。

そのあたりには、揚羽蝶《あげはちょう》を白く染め抜いた池田輝政の旗が林立している。

「その手前の、あのあたり……」

声をひそめて、すこしこちら側を指さした。

「斥候《せっこう》の武者どもが何人か、藪《やぶ》に身を潜めているのが山から見えた。使番《つかいばん》もおった。まだそのあたりにおるであろう。そやつを捕まえて揚羽蝶の使番指物《さしもの》を奪い、わしが背負う。池田の使番になりすます」

使番が背負う指物は、ふつうの武者や足軽が背負う細長い指物と見分けがつきやすくするため、大きく四角いのが普通である。

「それでいかになさる」

番場直三郎がたずねた。

「ただ一騎、伝令、伝令と叫んで、徳川の本陣に駆け込むのよ。毛利が動いた、山を下りて攻めて来ると言うてな」

聞いている一同が息を吞《の》んだ。

それを信じさせることができれば、大いに敵を混乱させられる。

「妙案じゃ」

「むろん手前で止められるであろう。しかし、池田輝政から言伝《ことづ》てがあると申し立て、家康めの前に出る。そのまま脇差で突きかかる」

「さような大胆なことができますか」

「できる、できぬは知らぬこと。万にひとつうまくいくやもしれぬ。わしはそれに賭ける」

「面白い」

「やってみるべし」

男たちが頷いた。みな、徳川旗本の鬨の声を聞いて、戦況の潮目を感じている。成功の可能性は低くとも、なにか手を打つなら、いましかない。

「手を二つに分ける」

男たちに向かって言った。

「弓を持っている十人はわしに付いてこい。池田の使番指物を奪う」

「承知ッ」

「あとの者は番場直三郎に従え。毛利か吉川の旗を奪って擬兵《ぎへい》となれ。気づかれぬようにやれよ。その場を離れたら、できるだけ大声で喚き立てて、徳川の背後を突くように見せかけるのだ。法螺貝を奪って吹き鳴らせ。鉦があれば鉦を打ち鳴らせ。うまくすれば、安国寺や長束が駆け出してくれるやもしれぬ」

「おう。承知。やっと合戦らしゅうなってきおった。これくらい楽しゅうのうては合戦とはいえぬわ」

番場直三郎が愉快そうに笑った。一同も笑った。

「使番指物を奪ったら、わしに付いて来た者も擬兵になれ」

「かしこまった」

「では、まいる」

番場直三郎たちが駆け出した。

市次郎は、十人の男たちと細い小川の窪《くぼ》みに身を潜めながら進んだ。

山を下るときに見えたあたりから、斥候たちはすこし手前まで来ていた。

むこうの藪の陰に五人ばかりの斥候がいて、南宮山の陣を見張っている。目立たないようにみな背中の指物をはずし、使番も大きな使番指物をはずしている。

「囮《おとり》になってくれ」

七人の男たちをさらに先に進めさせた。半町（約五四・五メートル）ばかり向こうから、斥候たちに矢を射掛けて、攻めかかり、挟み打ちにする段取りである。

待つほどに、むこうで小川から仲間たちが立ち上がり、矢を射掛けた。何本かがみごとに命中した。立ち上がった斥候は二人しかいない。

二人の斥候が、あわてて逃げてくるところを、こちらからも矢を射掛けた。倒れたので、取り囲んで、刀で止《とど》めを刺した。造作はなかった。

大きな使番指物が、藪の陰にあった。市次郎はそれを背中に立てた。

「馬をどうなさる？」

たしかに馬がなければ、とても徳川の本陣まで駆け込むことはできまい。

市次郎は、池田輝政の陣を見やった。四千余りの将兵がほぼひとかたまりとなっている。とても少人数で近寄って馬を奪うことはできまい。

その左手にいる浅野幸長《よしなが》の陣も同様である。

――こちらは無理だ。

ならば吉川か。振り返って、南宮山の麓の吉川の陣所を見た。馬は、陣所のはずれにつないであった。気づかれぬように忍び寄って、一頭奪ってくるか。

そう思案していると、むこうから五騎の武者と徒《かち》の者たちが駆けて来た。

――ぬっ。

どこの連中だ。みな、指物をしていない。

「番場殿にござる」

遠目の利く者が教えた。近づいて来たのを見れば、たしかに番場たちだ。

「もう奪ったのか」

「吉川の陣は、戦捷《せんしょう》を信じてすでに浮かれておる。油断のきわみ。旗は二棹《ふたさお》しか奪えなかったが、とりあえず間に合いましょう」

見れば、吉川の白段々三引両《しろだんだんさんびきりょう》の旗を二棹横にして持って来ている。白と黒を交互に段々にした旗である。立てれば一丈（約三メートル）あまりの高さがある。さぞや、目立ってくれるだろう。

「よくやってくれた」

旗が二棹あるなら上出来だ。

「これもあるぞ。貝役には気の毒をしたがな」

馬上の番場が、法螺貝を投げて寄越した。貝を入れた網に血がついている。

貝は、吹ける男にわたした。

「馬が五頭おるゆえ、わしらも供をさせてもらいたい」

池田の斥候たちの指物がちょうどその数だけある。やはり、華麗な揚羽蝶が染め抜いてある。

「よし。途中まで同道してくれ」

家康の前には、どう言い繕っても使番一人しか行けまい。それでも、途中、なにがあるかわからない。わずかでも人数がいれば、勢いをつけて駆け抜けられそうだ。

具足の胴の背中には、指物を付けるための合当理《がったり》や、端をささえるための待受《まちうけ》という金具がついている。たがいに背中に指物を立て合った。

市次郎の背中には、使番の大きな指物が立っている。

「行くぞ」

声をかけて、馬に跨《また》がった。

「あとはせいぜい賑《にぎ》やかに頼む」

言い残して、馬に笞《むち》をくれた。

できるだけ南宮山の麓ちかくを駆けて池田の軍勢を避けた。

野原を突っ切って東山道に出ると、馬の腹を蹴り、尻に強く笞をくれ、西へまっしぐらに駆けながら、大声を張り上げた。

「伝令ッ。池田の伝令にござるッ」

浅野幸長の手勢が、東山道を守っている。槍の穂先がこちらを向いている。

「徳川内府殿への伝令でござる。お通しくだされッ」

大声で叫ぶと、こちらを向いていた数十本の槍の穂先が道を開けて天を向いた。使番の指物の威力は絶大である。

「毛利が山を下り、攻めてくるぞぉッ。備えられよ。お気をつけめされよ」

浅野の陣中を駆けながら、くり返し叫んだ。

こちらを見ている将兵たちに、さざなみのようにざわめきが広がった。

ふり返らなかったが、すでに山麓では旗を振り始めているのかもしれない。浅野の兵たちが、南宮山を指さしてなにかを言っている。

「毛利が攻めてくるぞ。毛利と吉川が山を下りて攻めてくるぞ」

土肥市次郎と四騎の武者は、声をかぎりに叫んで東山道を西に向かって駆け続けた。

山内の陣を抜け、有馬の陣を突っ切って、徳川本隊の背後に迫った。

石田三成

鬨《とき》の声が轟《とどろ》いた。

徳川家三万の旗本が、鬨の声を上げたのである。

関ヶ原の天地を揺るがすほどの鬨の声に接して、床几《しょうぎ》から立ち上がった石田三成の総身に鳥肌が立った。

その声は、昨夜の雨に濡《ぬ》れそぼった大地を揺るがし、そこで死闘を繰り広げる者たちを大きく揺すぶったはずだ。

そして、そこから東と西へ弓なりに延びた日《ひ》の本《もと》の隅々にまで届くかと思われた。

徳川方についた東軍の将兵は、鬨の声を聞いて勇を奮い立たせたであろう。

三成に味方している西軍の将兵は、おぞましさに震え上がっているだろう。

三成がいる笹尾山の陣所からは、関ヶ原の全域がよく見渡せる。戦闘の状態が手に取るように分かる。鉄炮《てっぽう》の音、吶喊《とっかん》の声、阿鼻叫喚《あびきょうかん》がひしひしと迫ってくる。

鬨の声が轟いたあと、戦場が一瞬の静寂に包まれた気さえした。

戦っていた敵味方の誰もが、手を止めて、鬨の声を聞いたに違いない。

鬨の声のあと、徳川旗本が前に押し出してきた。

笹尾山のすぐ麓では、島左近、蒲生郷舎《がもうさといえ》が開戦からずっと激戦を繰り広げている。

ここの本陣めがけて迫ってくるのは、黒田長政、加藤嘉明《よしあき》らの大軍勢だ。それを支えて、島も、蒲生もよくぞ戦ってくれている。

右手の天満山《てんまやま》の麓では、小西隊、宇喜多隊が奮戦している。

朝は、敵の福島勢、藤堂勢を数町も押し戻すほどの奮闘であった。いまはいささか押され気味だが、それでも勢いは衰えていなかった。まだ底力があった。

大谷刑部《ぎようぶ》は、鶴翼《かくよく》の布陣の要《かなめ》となる東山道の端をなんとか支えてくれている。

なにかのきっかけがあれば、まだしも押し返すことができるはずだった。

そこに、あの鬨の声だ。

——やられた。

と思わざるを得ない。

さきほど、松尾山から小早川の旗が駆け下りてくるのを見たとき、三成はさして驚かなかった。

——やはりな。

小早川秀秋に謀反の懸念があることは、むろん前から察していた。今朝の夜明け前、小早川勢の先手頭《さきてがしら》松野主馬《しゆめ》が身を挺《てい》して知らせてくれてもいた。すでに織り込み済みの事態であった。

「裏切りじゃあ」

「小早川が謀反じゃあ」

戦場のあちこちでそんな声が上がったが、小西や宇喜多はさかんに将兵を鼓舞した。

「退《ひ》くな。退いてはならん」

「下がるな。下がるな」

そんな声が、ここまで届いてくる。

なんとかまだ戦線は保たれていたのだ。

ところが、いまの鬨の声には圧倒された。

悔しいが、家康は戦《いくさ》をよく知っている。戦いの潮目を読むのがじつに巧みである。いまの鬨の声は、徳川に勢いがあることを、戦場にいる全員に分かるかたちではっきり示した。潮がそちらに流れていることを、声にしてあらわしたのだ。

家康は、やはり奸佞《かんねい》な古狸《ふるだぬき》だ。古狸の智恵を認めないわけにはいかない。

三成は、天を仰いだ。

雲が多いが、ところどころに晴れ間があって、青空が見えている。

この戦いは、豊家《ほうけ》の義を貫く戦いだ。

邪《よこしま》な内府《ないふ》家康に敗れてたまるものか。

そのために、こちらもいくつもの手を打っている。

土肥市太郎《どひいちたろう》に精鋭五十を与えて松尾山に行かせ、寝返りを思い止まらせる算段もそのひとつだった。

だが、成果はなかった。

いや、午《ひる》になるまで小早川が裏切らなかったのは、市太郎が粘り強く説得し続けた成果なのかもしれない。

市太郎の弟の市次郎《いちじろう》は、南宮山《なんぐうさん》の毛利の本陣に派遣した。そちらも裏切りを阻止させるのが目的である。いまのところ、毛利が山を下って徳川を攻めたという物見《ものみ》の報告は来ていない。甲斐《かい》はなかったか。

ほかにも手は打ってある。

土肥の兄弟とは別に、鉄炮の上手ばかりを三人から五人ずつ集めて数人の足軽をつけ、十の組を送り出した。

家康めが桃配山《ももくばりやま》から関ヶ原に下りてからのことだ。山から原に下りてきたので、徳川本陣の背後が手薄になった。東山道の東寄りには、池田、浅野、山内《やまのうち》、有馬の軍団がいるが、その部隊は毛利に対する備えである。その場所を動くわけにはいかない。

となれば、なんといっても、家康の背後が手薄なのだ。そこを突かせない手はない。

十の組の鉄炮撃ちが狙うは家康の命。

その一点を狙えと下知《げち》した。

十の組を時間差をつけて送り出したのは、戦況の変化に合わせて臨機応変に行動させるためである。

鉄炮は、十匁《もんめ》（約三七・五グラム）筒を持たせた。

ふつうの鉄炮足軽が使う六匁の筒では、口径がせいぜい五分《ぶ》ばかりだ。射程も一町（約一〇九メートル）に届かず貫通力が弱い。

十匁の筒なら口径が六分ある。

射程距離がぐっと長くなり、貫通力が大きく高まる。

むろん、遠ければ標的に当たりにくい。

それでも、上手が放てば、一町以上離れていても、南蛮胴の鉄板を貫いて確実に殺傷することができる。十匁の鉄炮には、それだけの威力がある。

家康一人を殺しさえすれば、東軍は瓦解する。

それを念じているが、いまのところまだ吉報は届かない。徳川本陣が、総大将の被弾に乱れたようすもうかがえない。

松尾山を駆け下った小早川勢に、あろうことか、麓にいた脇坂、朽木《くつき》、小川、赤座の諸隊までもが合流して、大谷の部隊に攻め掛かっている。

奴《やつ》らを唾棄してもしかたない。それだけ家康が周到だったということだ。

福島正則の軍勢が、雄叫《おたけ》びとともに、前に攻め出した。攻め鉦《せがね》がしきりと鳴っている。こちらの宇喜多隊がずいぶん押された。

むこうでは、藤堂高虎の軍勢が東山道の奥へと進んでいる。

大谷刑部は持ちこたえられるだろうか。

――退くなら、早いほうがよい。

そのことは、ずいぶん考えている。

この関ヶ原で小早川が寝返ったならば、ひとまず西へ退いて、再決戦するつもりである。

いったんは、佐和山城《さわやまじょう》に入り、陣を立て直す。

しかし、まだその機ではない。

徳川旗本が前に進めば進むほど、背後ががら空きになる。

そこに狙撃兵たちが入り込む間隙《かんげき》ができる。

――南無《なむ》八幡大菩薩。

ふだん信心深い三成ではないが、つい仏にすがる気になった。

撤退するときのことなどは、大垣城での軍議はもちろんのこと、誰に対しても口にしていなかった。

この関ヶ原で、乾坤一擲《けんこんいってき》なんとしても徳川を叩《たた》き潰す。西軍十万の命に代えて内府の息の根を絶つ――。

そんな不退転の覚悟をもって臨まなければ、合戦はできない。最初から、よもや負けたときの陣の立て直し方を考えておくなど、言語道断、あってよいことではない。勝ち戦の神が逃げていく。

しかし、一軍の大将として、形勢が悪くなったときの大局的なつぎの一手、つぎの戦略的展開を考えておくのは必要なことである。

敗色が濃くなってくれば、どこかでその手を打たねばならない。

小早川の裏切りによって西軍が大きく押され、負け戦に傾いたことは、認めないわけにいかない。

——負ける。

その気配が濃厚になってきた。

眼前の戦場は火にかけた鼎《かなえ》のごとく沸き立っている。殺そうとする意志と生きようとする意志が錯綜《さくそう》し、煮えくり返っている。

霧が晴れた辰《たつ》の刻（午前八時ごろ）の開戦から、押しては戻され、戻されてはまた押し戻し、揉《も》み合いをくり返していた戦場が、小早川の裏切りと徳川旗本たちの鬨の声をきっかけとしてさらに沸き立った。

ただし、沸き立ったのは東軍だけである。徳川に味方する軍勢にとてつもない勢いがついた。

流れが大きく変わった。

——怒濤《どとう》……か。

戦場に突出していた宇喜多、小西隊が、押されつつも懸命に支えているが、このままでは、間もなく総崩れとなるだろう。

それほどに東軍の勢いが強くなった。

笹尾山の麓では、島左近と蒲生郷舎の手勢が、黒田長政、細川忠興《ただおき》、加藤嘉明の隊と揉み合っている。

さきほど、北の山中を迂回《うかい》してきた竹中重門《しげかど》の兵が、突然むこうの谷からあらわれて、島左近隊の側面を突いた。

島はなんとか迎撃して持ちこたえた。あっぱれな勇将である。

開戦時から、前線で戦っている兵数は圧倒的に東軍が多かった。

ただ、いくら多くても、前に出て戦える数は限られている。島と蒲生はそれを見極め、突くべき弱点を果敢に攻めたて、ここまでしのいできた。

しかし、それも、そろそろ限界か。

東から押して来る敵兵に怒濤の勢いがある。さらに勢いが増している。

――兵を出そう。

三成は、そう決めた。

この本陣には、まだ二千の兵が残してある。最後の一手として、敵の正面に錐《きり》のごとく突っ込み、家康本陣に切り込む部隊として温存しておいた。

島と蒲生が危うくなったときも、二千の兵は出さなかった。

――いまこそ出すべきだ。

胸中でそう決めたとき、笹尾山に向かって数頭の馬が駆けてくるのが見えた。

馬上の武者は、兜《かぶと》が厳《いか》めしい。三尺（約九一センチメートル）ある朱の天衝《てんつき》を立てた兜は島左近、大きな月輪《がちりん》の脇立《わきだて》を立てた兜は蒲生郷舎である。

柵で馬を下り、島と蒲生が山道を上がってきた。

二人がもどってくるのなら、彼らも三成と同じことを考えたということだ。

蒲生の茶色い具足《ぐそく》は、泥と血にまみれている。後について来た島は、太股《ふともも》の佩盾《はいだて》に真っ赤に染まった布を巻いている。鉄炮にでもやられたらしい。槍《やり》を手に歩いてきた。

蒲生が口を開いた。肩で息をしているが、思慮は落ち着いていそうだ。

「小早川の小倅《こせがれ》は、よい死に方をしますまい」

おだやかな顔でそう言った。

「まこと、七生《しちしょう》呪われて狂い死にするであろう」

あんな大きな裏切りをして、まともに生きて、おだやかに死ねるとはとても思えない。

「南宮山の毛利は出ませぬのか」

島左近がたずねた。

「臆病ゆえに、わが身が可愛《かわい》くなりおったらしい。すでに小早川が裏切ったいま、いかんともしがたい」

「ならば、お退《ひ》きなさいませ」

期せずして、蒲生と島が同時に同じことを口にした。

「ここはいったん退いて、再起を期されませ。大坂に諸将を結集なさいませ」

「いかにも、そうしよう」

それは、三成も考えていたことだ。

「ここで負けたくらいで諦めてはなりませぬ」

島左近の太股から血が滴りはじめた。苦痛が激しいであろうに、顔には微塵《みじん》も見せない。

「さよう。殿は生き延びねばなりませぬ。それこそが大義の道」

蒲生郷舎が、左の二の腕を押さえた。見れば、折れた矢幹《やがら》の先が、籠手《こて》の鎖から突き出している。鏃《やじり》が抜けずにいるのだ。その傷では左腕が満足には使えまい。痛むはずだが、やはり毫《ごう》も顔に出さない。

三成はまだ無傷である。なんの傷も受けずに戦場から撤退するのは、やはり気が引ける。

敗軍の将は、死ぬのが定めだ。殺されるか、自刃《じじん》するか、いずれにしても命を長らえることはあり得ない。

しかし、三成は死ぬわけにはいかない。

小早川勢が松尾山の西側へ駆け下り、大谷の陣に討ち掛かるのを、この陣地から見届けたとき、三成ははっきりと決めた。

――生き抜く。

なんとしても生き抜かねばならない。

名を惜しんで、この戦場で腹を切るのは簡単である。側近に首を掻《か》き切れと命じれば、ただちに実行して、首を持ち去って隠すだろう。

しかし、それでは豊臣家はどうなるのか。自分が死ねば、内府家康の専横を止める者が、世にいなくなってしまう。慇懃《いんぎん》なふりをしてはいるが、じつは奸佞で横柄なあの男が天下を掌握するなどということがあってはならない。

今日の合戦は、そもそもが豊臣家のために起こした戦いである。

――家康の狙いはただひとつ、豊臣をこの世から消し去ること。それを止めるのは、自分しかいない。

その自負があればこそ、兵を挙げ、戦いを起こした。その目的を達成せぬうちに、死ぬわけにはいかない。なお生き延びねばならない。

死ぬことより、生きて志を貫くことのほうが、はるかに難しい。

加藤清正、福島正則らの七将に、三成が命を狙われたとき、家康はそのまま殺させようとしたらしい。

生かすように進言したのは、本多正信《まさのぶ》だったとの風説を耳にしている。

三成を生かしておけば、かならずや家康に対して叛旗《はんき》を翻し、兵を挙げるだろう。

そのときこそ、反徳川の勢力を一掃する好機、天下を掌中に収めるまたとない潮だ、と家康に言ったらしい。

あえて本多の読みのとおりに三成は動いた。

——本多が想定している以上の兵を動かせばよい。

その確信をもって、毛利輝元に総帥となってくれるように頼み、各地の大名に檄《げき》を飛ばした。

小早川金吾中納言の裏切りのせいで、この関ヶ原の戦いでの形勢は悪くなったが、まだ豊家存続の戦いが負けとなったわけではない。

勝負はこれからだ。

いったん佐和山城に引き上げて態勢を立て直し、大坂城に陣を移す。

そうすれば、豊臣恩顧の加藤、福島らの諸将は、戦いのほんとうの敵が誰であるのか気づくだろう。戦うべき相手を知るだろう。

――そのときまでは死ねない。なんとしても生き抜く。

そう腹を決めている。

「それでは、今生《こんじょう》のお別れにて」

「今日をかぎりに」

島と蒲生が頭を下げた。

「ああ、二人にはまこと助けられた。礼を言うぞ」

「もったいない。治部少輔殿のご恩あっての我らでござった」

「千人ずつ兵を連れて行け」

二千の遊軍を本陣に置いていることは、言ってある。最後の吶喊のための精鋭の二千人である。揉み合いで烏合《うごう》の衆となった敵足軽の隙間を鏃のように突き、錐のようにもみ込めば、家康の本陣を突けるかもしれぬ。

「修羅となって戦い、内府めに後悔させてやれ」

「承知つかまつった」

島と蒲生が笑って頭を下げた。三成は二人を見すえた。

「わしは、すぐにはまだ退かぬぞ。そのほうらの戦いぶりを見極め、最後のきわまで踏みとどまる。前から突けば、背後の狙撃隊も動きやすくなろう」

狙撃隊を放ったことを、二人に話さなかった。成功率の低い作戦に、大きな期待はできないにせよ、打てる手はすべて打たねばならない。

「なるほど、それはよい策。前から突けば、背中は空きます。後ろに気がかりができれば、前にわずかでも隙が生じます。そこに精鋭の二千人が鏃となり、本陣まで踏み込んで内府の首を取りましょう」

蒲生がうなずいた。

「頼んだぞ。最後の最後まで諦めぬ」

「御意《ぎょい》」

二人の武将は、馬に跨《また》がると采《さい》を振り、千人ずつの新手の兵を率いて、沸き立つ戦場に駆け込んで行った。

「貝を吹き鳴らせ。攻め鉦を打て」

三成が命じると、法螺貝《ほらがい》が高らかに鳴り響き、鉦がけたたましく打ち鳴らされた。

二千の兵が、雄叫びを上げて吶喊した。もとよりの島、蒲生麾下《きか》の兵はずいぶん減っているが、それでもまだ千人以上は戦っている。合わせて三千人。充分な兵力だ。

新手の出現に、敵が驚きたじろいでいるのが見て取れた。

とてつもない勢いのあった怒濤に、とまどいとためらいが生まれ、潮の綻《ほころ》びができた。

島と蒲生が、三千を巧みに動かし、敵を一町ばかりも押し戻した。

黒田勢と細川勢のあいだに、隙間ができた。島と蒲生は、一本の矢となってその間隙を突き進んで行く。

「行けッ、進めッ」

三成は、声を上げて天に念じた。

家康の旗本は、いま安堵《あんど》しきっている。

いきなり敵の精鋭があらわれれば、虚を突かれ、うろたえるであろう。

そこに一分《いちぶ》なりとも、勝ちが見える。家康の首が見える。

土肥市次郎よ、早く南宮山の毛利を動かせ。

狙撃兵よ、ただ一発の十匁玉を家康の腹に馳走《ちそう》してやれ。

どちらも成功の見込みはいたって低い。それはよく分かっている。

しかし、いましばらく戦況を見極めないことには、三成は笹尾山を離れることはとてもできない。

蒲生郷舎

——人の世は不思議だ。

馬の腹を蹴ってまっしぐらに駆けながら、蒲生郷舎《がもうさといえ》は思った。

——おれは、なぜここで戦っているのか。

そんな疑問がふっと湧いた。

いま、郷舎は死ぬために馬を駆けさせている。徳川の本陣めがけて突っ込むことは、とりも直さず、死を意味している。

——ただでは死なぬ。必ずや家康めの首を。

と念じてはいる。

その一念だけで、兵を率いて突撃している。群がり寄ってくる足軽を手槍《てやり》で突き、足で蹴飛ばしている。

いま、郷舎は人ではない気がしている。

肉体は消え去り、阿修羅のごとき念だけで馬を駆けさせ戦っている。夢のなかの戦場を駆けているようだ。

腕に鏃《やじり》が突き刺さったままで痛みを感じないのはそのせいだろう。肉体はもはやなにものでもない。

開戦直後の朝のうちは、床几《しょうぎ》に腰を下ろして采《さい》を振っていた。

「一番組、右の弓隊にかかれ」

「五番組、一団となって左の百人に吶喊《とっかん》せよ」

自分が戦わずに、すこし高台の床几にすわって眺めていると、戦場のことがじつに冷静によく見通せる。

——徳川の勢いがよいのは、前線だけだ。

それが、郷舎の実感であった。

前線で、笹尾山の三成勢と対峙《たいじ》している黒田、細川、加藤らの軍勢は、じつに士気が高い。

右手で宇喜多、小西隊と戦っている福島正則、藤堂高虎の手勢もいかにも士気が高い。

しかし、その後ろ、徳川旗本隊とのあいだには、大きな空隙がある。

膠着状態《こうちゃくじょうたい》の戦線に業を煮やした家康は、桃配山《ももくばりやま》から下りたらしい。旗本が前に進んで来た。

さきほどの小早川の裏切りで、旗本たちは大きな鬨《とき》の声を上げて、さらに前に進み出て来た。

それでも、まだ後詰《ごづ》めの気持ちでいる。戦うのは先鋒《せんぽう》の外様《とざま》たちで、自分たちは無傷のまま勝ちを得ようとしている。

なんとか前線の隙間を突っ切ってしまえば、島左近とうまく兵を左右に分けて、有象無象の旗持ちたちを蹴散らし、家康の本陣が突ける。

左近とは阿吽《あうん》の呼吸がある。

どちらかに敵兵の気を引きつければ、三万の旗本といえども、守りの弱い綻《ほころ》びができる。攻撃の隙間が見えてくる。そこに残りの兵で突っ込めば、家康の本陣に討ちかかれる——かもしれない。

もちろん、それが、かも——という淡い可能性に過ぎないことを郷舎はよく知っている。そんなことは万に一つの僥倖《ぎょうこう》だ。

しかし、それを念じて突き進むしかない。

人の世は不思議だ。

一念があれば、通じることがある。念が強ければ、うまく僥倖が引き寄せられ、手に握れることがある。

郷舎のこれまでの生涯も考えてみれば不思議であった。

生まれたのは、北近江《きたおうみ》である。もとの姓は横山《よこやま》だから、長浜の西にある横山城が本貫《ほんがん》であろう。かつては近江源氏佐々木の被官であったと聞いている。若いころの郷舎は横山喜内《きない》と名乗っていた。

ものごころついたころ、父は主《あるじ》をもたぬ牢人《ろうにん》の身であった。その後、蒲生氏郷《うじさと》に仕官したので、兄と喜内も蒲生家に仕えた。

近江日野《ひの》城主だった蒲生氏郷は、信長横死のあと秀吉に従い、伊勢、小牧・長久手、紀州、九州で戦って伊勢松坂《まつざか》城主となった。

そのすべての戦いに、兄と郷舎の兄弟は父について出陣した。

我ながら、よく生き残れたと思う。

戦場で槍を振るっていると、郷舎は不思議な力に包まれているのを感じる。

初陣《ういじん》のときは、ただ恐ろしいだけだった。

それでも死にもの狂いで戦っていると、肉体から魂が離れるような、不思議な感覚に襲われた。

目の前の戦場が、夢のなかのできごとのように感じられ、恐怖が消える。矢玉に当たり、槍で突かれれば怪我《けが》をし、死ぬだろうが、そのことになんの恐怖も感じない。またいずこかの世に転生して、生まれ変わるような気がしてくる。そうなれば、恐怖が消え、冷静に敵を見すえられる。敵の隙が見えて、あやまたずに攻撃をくわえられる。

そんな不思議なこころのありようのせいか、郷舎はよく武功を上げた。父と兄も忠勤に励んでいたので、一家で蒲生の姓をたまわり、それぞれ〝郷〟の一字をもらって名乗った。

小田原征伐でも勲功を立てたので、主人蒲生氏郷は、秀吉から、陸奥《むつ》、出羽《でわ》に九十二万石をあてがわれる大身《たいしん》となった。

郷舎の父は白石《しろいし》城主となり、三万八千六百石を領する大身となった。郷舎は六千石の高禄《こうろく》をもらう身分になった。

あのころは、すべてが順風満帆だった。よい嫁を取り、子ができて、わが生涯に足りぬものはない気がした。

それはそれで、どこか夢の続きのような絵空事のような儚《はかな》さを感じていた。

幸いも不幸も、紙一重。いつかまた争いが起きて、極楽浄土がたちまち無間《むげん》地獄に変じる。そのほんの束の間《つかま》、ほっと息をついているに過ぎないのだと思っていた。

それは、そこはかとない諦観であったのかもしれない。

この世の中でおのれの意志で動かせることは、存外少ないものだ。人はおのれの意志で生きて動いている気がしても、しょせんは世の大きな趨勢《すうせい》に流されて生きている泡沫《ほうまつ》に過ぎまい。

案の定、またしても騒乱が起き、境涯が大きく変わった。五年前のことだ。

文禄四（一五九五）年、蒲生氏郷が四十歳の若さで亡くなった。氏郷の嫡男秀行《ひでゆき》がまだ十三歳だったので、重臣たちのあいだで殺し合う大きな騒ぎになってしまった。

力を失った蒲生家は下野《しもつけ》十二万石に減封《げんぽう》され、宇都宮《うつのみや》城主となった。

父と兄は蒲生家に残ったが、郷舎は嫌気がさして、妻子を連れて飛び出した。

仕えるなら、こんども氏郷と同じく、才覚と気骨のある主人がよいと思っていた。故郷の近江の佐和山《さわやま》に城を持つ石田三成の聡明《そうめい》さを耳にしていたので、妻子を連れて湖国のようすを見ながら歩いた。

鳰《にお》の海《うみ》の浜で、湖水の美しさに見とれていると、騎乗した侍が数人の供を連れてやってきた。

馬から下りた大柄な侍が、ていねいな口調で訊《たず》ねた。

「いずこから参られた」

物腰はやわらかだが、こちらが家族連れでも警戒を怠っていない。ちょっとでもそぶりがおかしければ、すぐに斬りかかってくる殺気があった。

「蒲生家にお仕えして、各地を転戦しておりましたが、もとはといえばこの近江横山が本貫にござる」

「されば……」

「もとは横山喜内と名乗っておりました。いまは蒲生郷舎と申す」

名を聞いて、侍が深々と頭を下げた。

「お名前は存じております。それがし島左近と申す」

島左近の名は、むろん知っていた。「三成に過ぎたるもの……」と俗謡に歌われるほどの男だ。

なにがどう、と説明はできない。あたりまえの初対面の挨拶だが、郷舎は夢のなかの出来事のように感じていた。運命の糸にたぐられていたのだろう。

そのまま佐和山城に行って、石田三成に目通りした。

聞いていたとおり、聡明で気骨のある男に見えた。しばらくあちこちの合戦の話をしたのち、三成が言った。

「一万五千石で抱えたい。わしに命をくれるか」

「過分な報奨。お仕えさせていただきます」

二十万石にすこし足りぬ佐和山城主・三成にしてみれば、とんでもない厚遇である。涙がでるほどありがたいが、それもまた夢のような話であった。

そして、この関ヶ原であった。

郷舎は、息子の大膳《たいぜん》と出陣している。大膳にとっては初陣だ。

郷舎の父と兄は、蒲生秀行の家臣として徳川につき、宇都宮城を守っているはずだ。

一家が敵と味方に分かれてしまった。

親と子、兄弟が敵味方に分かれるなど、情としてとても受け入れられぬ。やはり悪夢のなかのできごとだ。

走馬灯のように半生の思い出が、頭のなかを駆けめぐっているが、左手はしっかり手綱《たづな》を握り、右手は槍を振るって群がり寄せる敵を正確に突いている。

ふっと見れば、むこうで島左近が、黒母衣《くろほろ》を背負い朱色の具足《ぐそく》を着けた武者と、たがいに馬上で槍を合わせている。黒田勢のなかでももっとも剽悍《ひようかん》な後藤又兵衛基次である。

後藤とは、さきほども戦っていたのがちらっと見えた。よくこそ縁のある宿敵なのであろう。

前を見ると、すでに黒田勢と細川勢が両側から迫り、挟み討ちに遭っている。このまま突き抜けるのは容易ではない。

どうしても、左近の采配がなければならない。ここに残して行くわけにはいかぬ。見ていて、左近の戦いぶりはいかにも危なっかしい。

左近は太股《ふともも》を鉄炮《てっぽう》で撃たれて大きな傷を負っている。鞍《くら》に跨《また》がっていても、脚で馬の腹が締められず、どうにも安定が悪い。

加勢に行こうと馬の腹を蹴ったが、黒田勢の足軽が群がり寄って来て、にわかには進めない。

左近と後藤は、しばらくのあいだ、激しく槍を交えていたが、馬が寄ったとき、後藤又兵衛が槍を捨てて、左近に飛びかかった。そのままもつれ合って二人は馬から落ちて地面を転がった。

後藤が左近を組み敷いて胴に跨がった。脇差《わきざし》を抜いている。首でも刺すつもりだろう。

とっさに郷舎は、手にしていた槍を投げた。

まだ二十間（約三六メートル）ばかり離れていたが、槍の穂先はあやまたず後藤の背中の黒母衣に突き刺さった。刺さったが、穂先が逸《そ》れたか、母衣をくし刺しにしたまま脇の地面に突き刺さった。

母衣を地面に縫いつけられた後藤は動きが取れない。

左近が起き上がり、腰の刀を抜いて後藤に突きかかった。

しかし、左近はよろけた。太股の傷で体を支えきれないのだ。

母衣を肩からはずした後藤が立ち上がり、左近を蹴とばして転がし、胴を足で踏みつけにした。

黒田勢の足軽が群がって、その後は見えなくなった。

——南無三宝《なむさんぼう》。

もはや、助かるまい。

かくなるうえは、左近の兵も率いて進むばかりだ。

あたりを見回すと、徒《かち》で駆けて来た足軽たちがようやく追いついてきた。新手が多いだけにとてつもなく力がある。駆けているだけなのに、黒田勢、細川勢をはね飛ばして寄せつけない。

すぐそばで、伜《せがれ》の大膳が馬から下りていた。

手槍で討ち取った侍の首を、脇差で掻《か》き切ろうとしているので、声をかけた。

「首は取らずともよい。ま……」

負け戦《いくさ》だ——と続けようと思ったが、やめた。まだ決まったわけではない。

こちらを向いて、いかにも口惜しそうにくちびるを噛《か》んだ。父の言いたいことを察したらしい。初陣が負け戦では、たしかに悔しかろう。

「ここから、徳川の本陣に駆ける。よい敵と見れば、討ち死にせよ」

「承知ッ」

大膳が馬に跨がって大声で答えた。

「めぐり合わせのよき世に転生して、こんどは勝て」

そう叫ぶと、せがれが莞爾《かんじ》と微笑《ほほえ》んだ。

追いついてきた足軽たちの一団に向かって、蒲生郷舎は、大声を張り上げた。

「狙うは徳川内府《ないふ》の命。わき目をふらずに、ただ一筋、駆けに駆けよ」

「おうッ」

兵たちの声が、大きく響いた。頼もしいかぎりの力強さだ。郎党が来たので、郷舎は新しい手槍を受け取った。

「かかれぇッ」

槍を脇に掻い込むと、郷舎は大声で叫び、馬の腹を蹴った。

突き進む。鏃となって、まっしぐらに突き進む。三千の兵が突き進む。

黒田と細川の兵が、幾重にも折り重なり、群がり寄って来る。

「鉄炮放てッ」

さきほどまでは、前にも味方がいたので、鉄炮衆にはまだ撃たせていなかった。

ここからむこうに味方はいない。敵ばかりだ。

駆けて来た鉄炮衆が、すぐそばに迫った敵に向かって撃ちかけた。敵がばたばたと倒れる。

「矢を放てッ」

弓衆が、弦を引き絞り、矢を放った。雨となった矢が敵に降りそそぐ。

「槍衆、かかれッ」

槍の穂先がそろって突き進んだ。逃げまどう敵の胴、首、腿《もも》に突き刺さる。

「鉄炮ッ」

左右に開いていた鉄炮衆がつぎの玉を込めて立ち並んでいる。槍の衆がその場でいっせいに伏せた。

つぎの刹那、一斉に鉄炮が放たれた。火薬の白い煙があたりに立ち込めた。

「かかれッ」

郷舎が、声をかぎりに叫んだ。

前にいた黒田、細川の兵が、驚いて脇に逃げた。

だれもいない野原のむこうに徳川の旗本の群れが見える。

わずか二町（約二一八メートル）ばかり先だ。

旗、指物《さしもの》がおびただしい。

黒や茶の具足の群れに、赤や紺や雑多な色が混じっている。得体の知れない巨大な魔物にも見える。

その真ん中に、大きな金扇の馬標《うまじるし》が光っている。幾万もの兵に守られているが、たしかにそこにいる。

「あれぞ、内府家康ッ。かかれぇッ」

郷舎は、馬上、ひときわ大声を張り上げた。

「かかれぇッ、かかれぇッ」

腹の底から声が出た。あとに従う足軽たちの足音が、一段と力を増した。

夢のなかのできごとではない。たしかな手応えがある。生きている実感がひしひしとあった。

前方の旗本たちがこちらを睨《にら》んでいる。

鉄炮の筒が、最前列でこちらに向いている。

避ける暇《いとま》はない。こうなったら突進するだけだ。

一町ほどに迫ったところで、横一列に並んだむこうの鉄炮が火を噴いた。

郷舎は背をかがめ、馬の首にしがみついた。

二列目の鉄炮が火を噴いた。

「南無八幡。玉は我を避けよッ」

叫んで突進した。

弓衆が、矢を放った。

矢が飛んでくる。

敵は、もうそこだ。

「かかれぇッ」

足軽たちは、鉄炮と矢にずいぶん倒れたようだ。

それでも、まだ大勢が付いて来ている。ふり返らずとも後ろが見えねば、侍大将はつとまらない。

槍が穂先をならべている。

そこをかわして、斜めに駆けた。

横に開いた鉄炮衆の群れに突っ込んだ。

手槍で、一人、二人、三人突いた。

刀を抜いた鉄炮衆が、郷舎の馬に斬りかかって来る。

すかさず槍で肩か腿を狙って突く。抜きざまに隣の足軽を薙《な》ぎ倒す。

乗っている馬が嘶《いなな》いた。尻でも斬られたのか棹立《さおだ》ちになった。

手綱《たづな》をしっかり握り、膝を締めて馬の胴を強く挟んだ。振り落とされずにすんだ。

さらに、二人、三人と群がってくる足軽を突いた。手槍を持った侍が何人も徒《かち》で寄って来た。

右からきた侍を突いているあいだに、左からきた侍の槍が馬の腹を貫いた。

その場で、馬が膝を折って倒れ込んだ。

馬を捨てて立つと、侍が刀でこちらの首を狙って来た。喉輪《のどわ》で止まったが、兜《かぶと》の緒が切れた。兜が脱げて落ちた。

かまわずに、槍を振るった。

三人、四人と突いた。

槍が侍の小札胴《こざねどう》に突き刺さったまま折れたので、腰の太刀を抜いた。何人かと斬り結ぶうちに、額の鉢巻きを切られた。髪がほどけて大童《おおわらわ》になった。金扇の馬標を探した。もはや、どこにあるのか分からない。すぐむこうに、織田木瓜《もっこう》の旗が見えた。馬上に将がいる。織田有楽斎《うらくさい》であろう。

——よき敵かな。

郷舎は駆け出した。

太刀をかざして声をかけた。有楽斎とは、蒲生家に仕えていたとき会ったことがある。

「ややあ、有楽斎殿。それがしは、蒲生氏郷の旧臣にて、横山喜内と申したる者。いまは治部少輔《じぶしょう》殿にお仕えしておる」

「その名、覚えがあるぞ」

馬上の有楽斎がこちらを向いた。厳《いか》めしい烈勢面《れっせいめん》をつけているが、目のあたりが強張《こわば》っている。よほど戦場が嫌いで怖いらしい。

「ここで出遇《であ》ったがなによりの幸い。いざ、相手にならせたまえ」

「おお、わしに出遇ったこそ幸いじゃ。助けるべし」

なにを聞き間違えたのか、命乞いをしたと思ったらしい。

「いいや。お命、いただきとう存ずる」

叫んで、郷舎は有楽斎の脚に突きかかった。うまく腿の内に太刀が通った。

驚いた有楽斎が馬から落ちて、地面に転がった。

「さてこそッ」

飛びかかったところに、有楽斎の家来が槍で突いてきた。

「ちょこざいな」

槍の柄《え》を脇に抱え込み、体を大きく捻《ね》じった。家来が槍を離すまいとしがみついていたので、槍の柄が折れた。家来の膝に斬りつけた。

「死ねやッ」

叫んで、転がったままの有楽斎の喉に太刀を突き立てようとしたとき、べつの槍が郷舎の腿を突いた。

地に倒れると、群がり寄ってきた侍たちが、郷舎の脚といわず、腕といわず、さんざんに槍で突いてきた。

転がったまま、空を仰いだ。

関ヶ原の空は、曇っている。

大きく振り上げられた太刀が、郷舎の喉に向かって真《ま》っ直《す》ぐに下りてくるのが見えた。

——やはり、夢のなかのこと。

そう念じて、目を閉じた。

明石全登

——いかん。

これは、まずいことになった、と明石全登《あかしてるずみ》は奥歯を嚙《か》みしめた。

小早川の軍勢が松尾山を駆け下り、徳川の旗本が鬨《とき》の声を上げてから、敵にとんでもない勢いがついた。

「退《ひ》くな。退いてはならん。掛かれ、掛かれぇッ」

声をかぎりに叫んでいるが、足軽たちはじりじりと後ろに下がっている。明石のまわりにいる兵はまだしも退かずに踏ん張っているが、白兵戦を演じているのはなんといっても敵が多い。一人の味方に、三人、四人の敵が討ち掛かり、たちまちやられている。人数が減ってしまってはどうにも勢いがない。

「もはや、これまでか」

敵の勢いがあまりに強すぎる。

馬の背から、冷静に左右の戦線を見回した。

青に兒《ちご》の宇喜多の指物《さしもの》はまばらである。山道に桐紋《きりもん》の福島勢の指物が圧倒的に多い。

このままでは、敵軍に囲まれて取り残されて孤立してしまう。討ち死には必定だ。

死ぬのはかまわない。されど、ここで死にたくはない。

「死んでたまるか」

明石は、腹から声を絞り出して叫んだ。

「退き鉦《のがね》を鳴らせ」

鉦役に命じたが、すでにそばにいない。

全登はさらに腹に力を込めて大声を張り上げた。

「退くぞっ、退けぇ。退いて、まっしぐらに大坂城まで駆けよ」

どれほどの兵に伝わったか分からない。もはや、まわりにいるのは敵兵ばかりか。

「ちっ」

手綱《たづな》を引いて馬の首を返そうとしたとき、背中から声がかかった。

「やあやあ、明石掃部《かもん》は恥知らずよ。さきほどは体《てい》よく逃げたと思いきや、またしても逃げ去るか」

振り返ると、馬上、笹《ささ》を背負った武者が十文字槍《じゅうもんじやり》を掻《か》い込み、勢いよく迫ってくる。

可児才蔵《かにさいぞう》だ。

「ふん。貴様こそ、怖《お》じけてどこに隠れておった。探し回ったわい」

「ほざくな。尋常に勝負せよ」

「望むところッ」

馬の首を可児才蔵に向け、右手に握った九尺（約二七三センチメートル）柄《え》の槍をしっかりと脇に抱え直すと、明石は馬の腹を蹴った。

「退《さ》がれ、退がれッ」

むこうで可児才蔵が叫んだ。福島勢が両脇に避けた。

可児才蔵は、十文字槍をこちらに向けて突き出している。激突の刹那に喉を掻き切るつもりだ。十文字槍の横に張り出した鎌が、不気味である。

「ちっ」

十文字槍で喉を狙われたら始末が悪い。ちょっと横に引っ掛けられて、頸《くび》の血の道を切られたら、それで命取りだ。明石のかまえている素槍《すやり》はどうしても分《ぶ》が悪い。

真《ま》っ直《す》ぐ突き出していた素槍の穂《ほ》先を斜めに上げると、明石は目の前に迫ってきた十文字槍を力いっぱいはね除けた。

搔い込んでいた槍を力ずくではねられて、体勢を崩した才蔵が馬から落ちた。

――さてこそ。

手綱を思いきり引いて馬を止めた明石は、鞍《くら》から飛び下り、地面に転がっている才蔵の喉を狙って槍の穂先で突いた。

才蔵が転がって避ける。

突く。転がる。突く。転がる。こんどは転がりそうな先を狙った。

転がらずに体を止めた才蔵の目が、にやりと笑っている。地面に突き立っている明石の槍の柄を摑《つか》んだ。

「どりゃあッ」

掛け声とともに体を起こし、摑んでいた柄に力を込めて折ってしまった。

明石は、腰の脇差《わきざし》を抜いて、才蔵に飛びかかった。

その刹那、才蔵が左手で摑んでいた土を、明石の顔面に投げた。土が目に入った。

──ちくしょうッ。

そのまま突っかかって脇の下を狙ったが、胴に切先《きつさき》が当たって脇差が逸《そ》れた。

足を引っ掛けられて転んだところを馬乗りにされた。

目が見えない。脇差を握った右手は、才蔵の膝で踏みつけにされている。

「さあ、目をよっく開けて御覧《ごろう》じろ」

馬乗りになった才蔵の声だ。

目を瞬《しばた》かせると、おぼろに才蔵の顔が見えた。

背中の笹を一枚ちぎって、明石の口に入れようとしている。

「生きたまま笹をくわえさせるのは、さすがに初めてだわい」

笹を持った手が口に近づいた。

まさに口に入れようとしたとき、明石は才蔵の指に嚙みついた。嚙み切るほど強く嚙んでやった。

才蔵は反射的に飛び上がったが、指は嚙んだままだ。さらに強く嚙んだ。才蔵に喉を絞められたが口は開けなかった。膝で鼻を思いっきり押さえつけられ、どうにもならずに口を開けてしまった。指を食い千切れなかったのが残念でならぬ。

「こやつめっ」

苦悶《くもん》に顔をゆがめた才蔵が脇差を抜いて、転がったままの明石の喉を突きにかかった。

明石は、才蔵の足を払った。

才蔵が転んだ。

明石は、脇差を握り直して起き上がった。目はかすんでいるがそれでも見える。

才蔵の腿を斬ろうとしたが、こちらの足をはらわれた。よろけて転んだ。

転んだ明石に、才蔵が馬乗りになってきた。二人で組み合ったまま、二度、三度、転がった。どちらも脇差を放さない。利き腕を押さえ転がっている。

転がりながら明石は、才蔵の籠手《こて》の内側の肉に嚙みついた。籠手についている細かい鎖が千切れ、直接、肉を嚙んでいる感触があった。

才蔵が脇差を落とした。

上になったとき、明石は思い切り強く足を踏ん張って転がるのを止めた。

そのまま馬乗りになった。

明石は、脇差の切先を才蔵の喉輪《のどわ》の隙間に突き立てた。

喉の皮が切れて、血が流れた。

突き刺す寸前に止めた。

「殺さぬ」

「なぜだ」

「おまえの家来に囲まれている」

取っ組み合いをしながら、明石は冷静に周囲を見ていた。

まわりにいる足軽たちは、みな、福島の指物を背負っている。青い兒の指物は見当たらない。

可児才蔵を殺しても、まちがいなく明石は殺される。

「おう。たわけではなさそうだ」

才蔵が笑っている。

「貴様を殺しても、おれは殺される。それではつまらん」

「死ね死ね。死ねばよかろう」

「いやだ、おれは生きる」

「命が惜しいか」

「ああ惜しい。貴様の命を助ける。ひとつ貸しだ。おれを生かして逃がせ」

「ふん」

眉根に深い皺《しわ》を寄せた才蔵が、呵々《かか》大笑《たいしよう》した。

「おれも命が惜しいわい」

「ならば……」

よかろう、と頷《うなず》いた才蔵が、大声を張り上げて、足軽たちに下知《げち》した。

「道を空けろ。わしの命を助けた恩人じゃあ」

「かたじけない」

足軽たちが、左右に分かれて道を開いた。馬を連れて来てくれた者がいる。

「ありがたし」

礼を言って馬に駆け寄ると、明石は鐙《あぶみ》に足をのせて鞍に跨《また》がった。

「ほかの隊の者までは知らんぞ」

「承知のうえだ」

すぐに腹を蹴って駆け出した。

可児才蔵と取っ組み合いをしているうちに、このあたりに、味方はまるでいなくなってしまった。

目に入るのは、福島、黒田、井伊などの指物を背負った兵ばかりだ。みな、こちらに背を向け、西へ西へと駆けている。

そっちへ駆ける明石には好都合だ。

「どけどけぇッ」

敵の足軽たちのあいだを縫って馬を駆けさせた。

敵勢を追い抜き、まっしぐらに南天満山《みなみてんまやま》の麓の宇喜多の本陣に向かって駆けた。

本陣では、将兵が必死の防戦をしている。

「道を空けよッ」

叫んで本陣まで馬のまま駆け込んだ。

幔幕《まんまく》の内に、床几《しょうぎ》が転がっている。

ちょうど、宇喜多秀家が馬に乗ろうとしているところだった。

「明石にござるッ」

「おう。無事であったか」

明石全登の顔を見て、秀家が大きくうなずいた。

馬に跨がり、家来から槍を受け取った。

数騎の馬廻衆《うままわりしゅう》が供をして駆けだす準備をして待っている。

「よきかな。さっそくにお逃げなされませ」

「逃げるだとぉ」

明石の言葉に、宇喜多秀家が顔を大きくゆがめた。

そのつもりではなかったのか。明石は馬を寄せて、秀家の馬の首を押さえた。

「では、どちらへ」

「小早川の小倅《こせがれ》め。裏切るとはなんとしても許しがたい。刺し違えてでも殺さねば、腸《はらわた》が煮えくり返って死んでも死にきれん。とてものこと気がすまん」

秀家の顔が朱に染まっている。激昂《げっこう》している。

明石は、馬の首を押さえたまま、大きく首を左右に振って見せた。

「お止《や》めなさいませッ」

「なんだと」

「小早川の小倅など打ち捨てて、お逃げなさいませ」

「さようなことができるか。太閤《たいこう》殿下が、草葉の陰でお泣きになるぞ」

「いいえ、お喜びになられます」

「小早川の小倅を刺し殺すことこそ、秀吉公の恩義に報いる道であろう」

明石は、また大きく首を振った。

「それでは、ご恩に報いることにはなりません」

「なぜだ」

宇喜多秀家が、大きな目を剝《む》いて、明石を睨《にら》みつけた。

「ここで死んでなんとなさる。奸佞《かんねい》なる徳川の謀略より豊家を守り、秀頼公を守り立てることこそ、秀吉公のご恩に報いる道」

大きな声ではっきり言うと、秀家が考え込んだ。大兵《だいひょう》である。考えるより、行動が似合う男だ。

「しかし……」

「このまま徳川の天下になれば、豊臣家はいずれ追い詰められ、消されてしまいますぞ。そうさせてはならじ」

「それは、そうだが……」

「豊臣家を安泰にすることこそ、秀吉公のご恩に報いる道なり」

重ねて説得した。

肩の力を落とした秀家がうなずいた。

「たしかにな。豊家第一に考えるか……」

「そうなさいませ。小早川の小伜など、どうせ長生きはいたしません。天罰を受けて死にましょう」

言うと、秀家が大きくうなずいた。

「おうっ」

快活な返事が、秀家にはよく似合う。

秀家が、馬の首を南の東山道に向けた。

「東山道は、すでに敵軍であふれ返っております」

明石は、また首を振った。

「おおっ、あそこでは、大谷殿が懸命に支えておいでだ。なんとか助けに行きたいもの。お助けできぬか」

そのことは、明石も考えた。しかし、さきほど駆けながら見たところ、あの方面は、どうにも敵が多すぎる。

もはや、無理だ。

しずかに首を振ると、秀家がうなずいた。分かってくれたので安堵した。

「北の伊吹山《いぶきやま》にお逃げなさいませ。拙者もお供いたします。なんとしても、生き延びて豊臣家を守り抜きましょうぞ」

「そのことよ。まさにそのこと」

うなずいた秀家が馬を駆けさせた。数騎の供廻りの武者たちが、それについていっせいに駆け出した。

明石全登は、その最後尾で、後ろを警戒しながら馬を駆けさせた。

大谷吉継

地響きがしている。

目がかすんでほとんど見えない大谷刑部《ぎようぶ》吉継《よしつぐ》は、駕籠《かご》にすわったまま全身で関ヶ原から伝わってくる地響きを感じている。

辰《たつ》の刻（午前八時ごろ）の開戦から、ずっと全身で戦場の気を感じ取っていた。押しつ押されつだった合戦の気の流れが、さきほど強い地響きに変わった。敵がこちらに攻め寄せてくる地響きだ。

——これまでだ。

松尾山を駆け下る軍団の地響きで、小早川秀秋の裏切りが分かった。

裏切りの軍勢が駆け下るのに先立って、味方の武者が吉継の本陣に駆け込んできた。

「謀反でござる。小早川金吾中納言、謀反でござる」

そう叫ぶ声が、いかにも悲壮であった。

「よくぞ報《しら》せた」

開きにくい口をようやく開いて言葉を発すると、そばにいる湯浅五助がそのまま大声でくり返した。

小早川がこちらに駆けてきただけでは、旗色ははっきりしない。裏切りだと教えられれば、すぐさま迎撃できる。

「油断なく迎え撃て」

小さく口を開いて告げると、また湯浅五助が大声でくり返した。母衣《ほろ》武者《むしや》たちが前線に向けて馬を走らせた。

大谷隊の先鋒《せんぽう》には、せがれ大谷吉勝《よしかつ》の二千五百、甥《おい》・木下頼継の一千、戸田重政と平塚為広の七百がいる。

正面から攻めて来る敵は、京極高知《たかとも》の三千、藤堂高虎の二千五百。

朝から、京極、藤堂の両軍と戦ってきたが、いまは敵の勢いをくい止めるのに精一杯で、とてものこと側面を支える余裕はない。

しかも、松尾山の麓に陣取っていた脇坂、朽木《くつき》、小川、赤座の四将までもが裏切ったらしい。

こちらの側面を突かれることになる。

油断なく迎え撃て、とは言わせたものの、正直なところもはや、支えるのは無理であろう。

小早川の裏切りで、潮目が大きく変わってしまったのだ。それまでは、押しつ押されつ、ややこちらが押し気味だったが、流れがまったく逆になった。

いまは、怒濤《どとう》のごとくに敵が押し寄せてくる。

――もはや、ここまで。

との諦観に吉継は到《いた》った。

この本陣には、まだ敵が駆け込んで来ていない。

東西に長い関ヶ原は、西の端が天満山《てんまやま》で塞がれている。

東山道は、その山の南を抜ける。

大谷吉継のこの本陣はその奥にある。

谷は狭く、敵がいくら押し寄せても、いっぺんには攻め込めない。じわりじわりと押されているが、まだ味方が谷の入口でなんとか踏みとどまっている。

――最後の手を打つなら、いましかない。

そう思い定めた。

「なんという名か」

松尾山から駆け下り、小早川の裏切りを教えてくれた武者の名を、湯浅五助にたずねさせた。

「土肥市太郎《どひいちたろう》と申す。石田治部少輔《じぶしょう》の家来にて候《そうろう》」

治部少輔から、松尾山の金吾中納言の裏切りを阻止するように送られたのだと、市太郎はつけくわえた。

「無念にござる。五十騎の武者をあずかりながら、なにもできませなんだ」

五十騎の武者たちは、東山道で敵と戦っている。懸命に切り防いでいる。

「いたしかたあるまい」

吉継も、勇敢な家来の諸角余市《もろずみよいち》に精兵百人をつけて、家康の本陣を狙わせたが、どうにも甲斐《かい》はなかったらしい。

さきほどの鬨《とき》の声と、前進の地響きが、諸角の失敗をはっきり物語っている。家康が倒れていれば、あんな鬨は上げられまい。

諸角が、仮にまだ敵陣深く侵入しているにせよ、いまの敵の勢いでは、万に一つの僥倖《ぎょうこう》も望みがたかろう。

もう負けは決まった。

しかし、最後にせねばならぬことがある。

「貴公に頼みがある」

そばにいる湯浅が、いちいち大きな声で言い直しては、伝えている。

「はっ。なんなりと」

声に素直さが溢《あふ》れている。土肥市太郎というのは、よい若者に違いない。

「福島の陣に行ってくれ。正則に会ってほしい」

「…………」

土肥が息を呑《の》む気配があった。敵方の陣に行けというのだ。無理もなかろう。

「これを渡してくれ」

吉継は、いつも腰に着けている瓢箪《ひょうたん》の紐《ひも》をはずした。

小さな瓢箪で、金箔《きんぱく》がきれいに押してある。長年、お守りのように腰に着けているが、細工がよいので少しも金が剝げていない。

小姓《こしょう》として秀吉に仕えていたときに、褒美としてもらったものだ。福島正則も同じ瓢箪を持っているはずだ。見れば、すぐになにか気づく。

「そして、これを」

顔を覆っている頭巾《ずきん》を脱ぐと、吉継は小刀を抜いて髷《まげ》の髻《もとどり》を切った。

懐紙に包んで、瓢箪とともに差し出した。

「なんと言うてお渡しいたしましょうや」

「そのこと……」

話そうとしたとき、本陣に駆け込んでくる武者があった。

首をいくつも提げているのが、おぼろながらも分かった。

「平塚為広が使番《つかいばん》にござる」

「おう。いかがした」

平塚は大谷隊の前衛だ。そちらのほうが火急である。

「殿自ら討ち取った首をお持ちしました。いずれも兜首《かぶとくび》ばかり。冥土の土産《みやげ》に、刑部殿のお目にかけよとの仰せにて候。御実検のほどをお願い申し上げます」

「おお、平塚が、か。これに持て」

武者が、駕籠のそばに首をならべた気配があった。

駕籠から降りてしゃがんだ吉継は、湯浅に手を導かれ、首をひとつずつ撫《な》でた。

「たしかによき首。よき冥土の土産よ。あっぱれ、天下に誉れの功名なり、と伝えよ」

「はっ……」

武者がむせび泣いた。嗚咽《おえつ》がこみ上げてくるらしく、なにか言おうとしているが言葉にならない。

「……殿の、殿の……、辞世を持ってまいりました」

料紙を差し出している。

「読んでくれ」

武者は嗚咽してとても読めそうにない。湯浅五助が受け取って読み上げた。

名のために棄《す》つる命は惜しからじ終《つい》に留《と》まらぬ浮世と思えば

だみ声だが、二度聞くと、こころが震えた。歌の巧拙などはもとより問題ではない。平塚為広の心情をおもえば、一語一句に血の迸《ほとばし》りを感じる。

「……感じ入った。わしも詠もう」

しばし考えて、歌が浮かんだ。平塚とは、ともに死ぬ約束をしている。

「祐玄《ゆうげん》はおるか」

吉継のそばには、まだ何人かが近侍《きんじ》しているはずだ。

「ここにおりまする」

僧の祐玄は吉継の甥で字がうまい。祐玄に書きとめさせた。

契りあらば六《むつ》の衢《ちまた》に待てしばし後《おく》れ先立つことはありとも

「拙者もすぐに行くと伝えてくれ。後先はあるかもしれんが、六道《りくどう》の岐《わか》れ道《みち》のどこかで会えるであろう」

「承知いたしました」

平塚為広の使番が、大声で返事をして駆け出した。

敗軍のなかでは、人は欲を失《な》くし、ただ美しく死のうと考えるものらしい。

幼少のころから、敗戦や落城の悲話をいくつも聞いたが、いま、そのなかに身を置いてみれば、やはり、おのれも、死に際を美しくしたいと思う。

もはや、人であるより、仏に近い心根になっているのかもしれない。

ただ、人として、やっておかなければならないことがある。

「土肥市太郎は、おるか」

たずねると、大きな返事があった。

「ここに」

まだすぐそばに控えていた。

「この瓢箪と髻を、福島正則に渡してくれ」

差し出すと、大きな手でしっかり受け取った。

「承知つかまつった。お言伝《ことづ》てはございましょうや」

吉継は考えた。

考えた末に料紙を取り出し、大きな文字でただ一行だけ書きつけた。多くは語らぬ。これだけでよい。折り畳んで土肥に渡した。

「ああ、これで分かってくれよう」

福島なら察してくれよう。

「承知いたしました」

「湯浅……、山の裾にまわって、土肥を陣から送り出してやれ」

陣の前は敵と味方であふれ返っているであろう。南天満山の裾なら、まだしも隙がありそうだ。

「承知ッ」

土肥市太郎の背中に指物《さしもの》が立っているのがおぼろに見えた。吉継のかすんだ目にも大一大万大吉の文字がくっきり見えた。もはや、この文字も見納めであろう。

「背中の指物は取って行くがよいぞ。それなら、なんとか福島のそばまで駆け寄れよう」

「かしこまった」

言われて、土肥が、背中の指物を抜いた。

「御免ッ」

片膝を突き、頭を下げて駆け出した。

あたりが静かになった。

むろん、静かなのはここだけで、すぐ向こうでは、阿《あ》鼻《び》叫《きよう》喚《かん》が天地に響き渡っている。

それでも、天地の気は揺るがない。

——不思議なものだ。

吉継は感慨に耽《ふけ》った。

人間がいくら天地を動かしたつもりでいても、じつは、そんなものは揺るぎもしない。

天地は悠久である。

人と人が何十万人集まって合戦をしたところで、天も地も動じない。なにごともなかったように日が沈み、月が昇り、夜が来て、朝になる。

しばらく、この関ヶ原は血腥《ちなまぐさ》い臭いが消えぬだろうが、それでも、冬になり、春がくれば、野には草花が芽吹く。百姓たちはまた田を耕し、来年の秋には稲穂が実る。

人と人が殺し合ったところで、天地星辰《せいしん》の営みには、なんの変化もないのだ。

吉継は、そんなことを思って溜《た》め息をついた。

戦いの雄叫《おたけ》びが、じわじわと間近まで迫って来ている。

さて、そろそろ腹を切らねばなるまい。

「胴をはずしてくれ」

手で合図すると、祐玄が桶側胴《おけがわどう》の脇の紐をほどいて脱がせた。

小袖《こそで》の腹をくつろげて、皺腹《しわばら》を撫でた。

この世に未練がないといえば嘘《うそ》になる。

しかし、いかに執着《しゆうじやく》しても、詮ないことだ。

人が駆け込んできた。足音からして湯浅五助であろう。

「土肥市太郎殿、天満山の麓より、無事に送り出して参りました」

「ごくろうだった」

「ついでに敵の兜首を取って参りました」

「なによりの手土産だ」

首を撫でて褒めると、湯浅五助が嗚咽を漏らした。

「平塚殿、すでに討ち死になさってございます。わが軍、崩壊。もはやこれ以上はもちませぬ。最後に二百五十人残っております。みなで斬り込むばかりでござる」

「そうか。頼むぞ」

吉継はうなずいた。

「腹を切る」

「…………」

無言ながら、承知したと聴こえた。

「わが首を刎《は》ねよ。徳川の手に渡れば、京の辻《つじ》にでも晒《さら》されよう。そこらの田に埋めてくれ」

「かしこまった」

吉継は、腰の脇差《わきざし》を抜いて、頭巾を刃に巻きつけた。

頭を下げた。

四十二年の生涯を、愉《たの》しく生かしてくれた天地に礼を取ったつもりである。

脇差の刃を右に向け、左脇腹に切先《きつさき》を当てた。
柄《つか》を握った右手に力を込めて、腹を突いた。
痛みが、脳天に走った。
そのまま押した。握っている右手の拳で止まった。
脇差を右に動かした。右手で引き、左手で押した。
右の腹まできたところで、作法通り、右上に切り上げた。
——天地よ……。
生かしてくれたことを感謝した。
がくりと前に倒れかけたとき、湯浅五助の刀が、首に触れたのを感じた。
その刹那、吉継は暗い天地に溶け込んだ。

土肥市太郎

市太郎《いちたろう》は、南天満山《みなみてんまやま》の森を走った。

いま市太郎に従っている武者は藤林三右衛門と国友藤二郎の二人だけだ。

三人で森のなかを走り抜けてきた。馬で駆けているのではない。みな自分の足で走っている。

笹尾山の本陣で石田治部少輔《じぶしょう》から預かったのは、五十騎の騎馬武者であった。

五十騎で松尾山の小早川金吾中納言の裏切りを押し止《とど》めに行った。

失敗した。

止めることはできなかった。

悔いても、恥じても仕方がない。

精一杯できることを為した。

大谷刑部《ぎょうぶ》に注進すべく松尾山を駆け下るとき、五十騎はちりぢりになった。

小早川の軍勢を押し止めようとして殺された者がいる。馬で谷に転がり、死んだ者がいる。大谷側に加勢して討ち死にした者がいる。

市太郎は、大谷刑部から預かった髻《もとどり》と瓢簞《ひょうたん》、そして書状を木綿の布袋に入れ、具足《ぐそく》の胴に突っ込んでいる。

これを福島正則に届けるのだ。

人数はいらない。三人いれば充分だ。

来たがる者は多かったが、他の者は逃がした。

三人が馬を捨てて徒《かち》で来たのは、騎馬では目立ち過ぎて、とてものこと戦場を横切れまいと判断してのことだ。

この戦場で、なんとしても福島正則を見つけ出し、届けねばならない。とすれば、敵にまぎれて近づくしかあるまい。

秀吉公からもらった瓢箪を見れば、やはり秀吉子飼いの福島正則は、大きく心を揺さぶられるだろう。

書状には、なにが書いてあるのか。

したためていたようすからすれば、大谷刑部は、翳《かす》む目で、ただ一行だけ、ようやく書いたようだった。豊家《ほうけ》の後事を頼んだのだろうか。

森の中の見晴らしのよいところに出た。細長い関ヶ原を、西の端から東に向けて眺める場所だ。

空には雲が厚い。いつまた雨が降り出してもおかしくない。

山にはさまれた関ヶ原は、兵馬の群れで沸き立っている。

兵と馬の群れは、ほとんどが原の手前、西に群がっている。

それだけ徳川勢がむこうから押し出し、こちらが押された。

怒号、雄叫《おたけ》び、阿鼻叫喚《あびきょうかん》は、さきほどよりまばらになっている。

兵は多いが、両軍が激突しているようすは見えない。鉄炮《てっぽう》の音も散発的だ。潮が満ちるように、ひたひたとこちらに押し寄せている。

「原に見えるのは、ほとんど敵ばかりです」

市太郎に従って駆けてきた藤林三右衛門が、低声《こごえ》でいった。

「そのようだ」

北と南、ふたつの天満山の前に陣を布《し》いていた小西行長、宇喜多秀家の隊は、すでに潰走《かいそう》したらしい。取り囲まれてわずかに残った人数が戦っている。討ち果たされるのは、時間の問題だろう。

いま市太郎がいる南天満山の中腹から、七、八町（約七六三〜八七二メートル）の向こうに、整然と列をつくってならぶ大きな部隊がある。曇天のもと、その軍列がいかにも不気味に見える。

「あれが、徳川内府《ないふ》の本陣であろう。ずいぶん前に出てきおったわい」

市太郎のことばに、国友藤二郎がうなずいた。

「この近さなら、五百匁《もんめ》（約一・八七五キログラム）の筒があれば、あの金扇の馬《うま》標《じるし》、間違いなくぶっ飛ばしてやるのだがな」

藤二郎が指さしたところを、目を凝らして見れば、たしかに林立した旗の真ん中に、大きな金扇の馬標が見える。あそこに徳川内府がいることは間違いなかろう。

大言壮語ではない。国友藤二郎は、町撃《ちょうう》ちの名人で、一貫目の筒なら、三十町先の納屋に命中させられる。七、八町の距離の馬標ならまず、外すまい。

残念なことに、いまは十匁の筒しか持っていない。大筒《おおづつ》は重すぎて、とてものこと持って駆けられない。

しかも、この距離では徳川内府の識別がつかない。金扇に命中させても、形勢は逆転しない。

さきほどの小早川金吾中納言の裏切りによって、もはや、西軍が東軍を押し返すことは難しかろう。

徳川内府の首をたしかに取るほどに形勢をひっくり返さないかぎり、もはや、この流れは変えられまい。

しかし、ひょっとすると福島正則に届ける大谷刑部の瓢箪と書状が、その大逆転をもたらすかもしれない。

なんとしても、届けねばならぬ。

——福島隊はどこか。

目を凝らした。白地に青の山道に桐紋《きりもん》を染めた福島の旗印はあるか。

福島本陣の旗は、黒地に白の山道。旗棹《はたざお》の先に赤い招きが一筋なびいている。赤い招きには、横に白い筋が一本通っている。

それを探さねばならぬ。

原に群がる旗を凝視した。

ここの山の麓に群がっているのは、紺地に白、白地に朱、はたまた黒地に白の丸い餅を三つ染め抜いた藤堂高虎の旗だ。はっきりした旗印でこれは見分けがつきやすい。驚くほどの数が林立している。

黒地に白の四角い一つ目、あるいは白地に黒の四角い一つ目を染めたのは、京極高知《たかとも》の旗だ。これも多い。

向こうからいままさに駆けてくる一団は、白地に葵《あおい》の紋を三つならべている。徳川内府の旗本本隊のうちの一部隊がこちらに向かってくる。

藤堂、京極隊とともに、東山道に向かって駆けていく。

これだけ近くの山から戦場を見ていると、足軽たちがいかに旗を頼りにしているかが手に取るように分かる。乱戦のなかにいる兵は、どちらに駆けてよいのか分からない。どこかに味方の旗印が見えれば、それに向かって駆けていけばよい。それがおのが命を救う道である。

じっと眺めまわしたが、識別できる距離に福島隊の旗は見えない。

「見当たらんな」

いちばん目の良い国友藤二郎がつぶやいた。藤二郎に見えないのなら、原に出て探すしかない。

原をうねる兵の波は、いま、二つの流れに分かれている。

市太郎たち三人のいる南天満山は、ちょうどその真ん中にあり、いまのところ、まだ兵が登って来てはいない。

山中を追捕《ついぶ》するとなれば、部隊が散ってしまう。そこまでの命令は、出ていないに違いない。

さきほどから、ときおり、足軽が森の中を駆けてくるが、市太郎たちを見ると避けて遠くを駆けていく。

背中に指物を立てていない者が多い。おそらくは、逃げ出した西軍の足軽だろう。

山中には、青地に児《ちご》の指物が捨ててあるのをあちこちで見かけた。宇喜多隊の足軽が、捨てて逃げたのだ。

東軍のひとつの大きな流れは、関ヶ原北西の笹尾山方面に向かっている。

笹尾山はどうなったか。

北天満山にかくれて治部少輔の本陣は見えない。

それでも手前の野は見えている。

山麓から野にかけて、おびただしい将兵が蟻《あり》のごとくに群がっている。旗、指物の色や模様が混在している。東軍の各軍団が入り乱れている。遠くて旗印は見分けがつかない。

笹尾山の本陣から放っていた大筒の音は、もはや聞こえない。低い山だ。山麓にあれだけの兵が群がっていることを考えれば、すでに本陣にまで踏み込まれているかもしれない。

笹尾山の西は、谷が袋のようになっている。そこに北国《ほっこく》街道が通っている。美濃の人間は北国脇往還《わきおうかん》とも呼ぶ。東山道に対する脇ということか。

西軍の将兵が逃げるとすれば、そちらの方面だ。そこから伊吹山《いぶきやま》の山中深くに踏み入ってしまえば、敵方が探し出すのは簡単ではない。

それを追って、東軍の群れが街道を進んでいるはずだ。

もうひとつの東軍の大きな兵の流れは、この山の南西方向、東山道の谷に向かっている。

大谷刑部の陣があるところだ。市太郎は、そこから山中を抜けて駆けてきた。すでに刑部は腹を切ったか。

この山の山麓にいる藤堂隊、京極隊は、その方面に向かって流れている。松尾山から駆け下りた小早川金吾中納言、さらに、麓にいた脇坂、朽木《くつき》、小川、赤座の軍勢もそちらに流れて群がっている。

——さて、福島正則はどちらに行ったか。

今朝、霧が晴れたときの布陣では、福島隊はちょうどこの南天満山の正面にいた。宇喜多隊と激突して、緒戦はかなり押されていた。

「笹尾山に、治部少輔殿を討ち取りに行ったか」

藤林がいった。

「そうかもしれん」

福島正則は、なによりも、石田治部少輔が憎いがために徳川に加担した。治部少輔の首を取りたいに違いない。

大谷刑部とは、若いころから秀吉のもとで同じ釜の飯を食っていた。遺恨はなかろう。戦いたくはないはずだ。

ただ、笹尾山方面には、黒田長政や細川忠興ら、最初からそちらに布陣していた軍勢が押し寄せているであろう。

福島がその軍団を突き抜けて笹尾山まで行くのは難しかろう。

「……ならば、島津か」

市太郎はつぶやいた。

島津義弘と甥《おい》の豊久の部隊は、笹尾山と小西隊のあいだにいた。合わせてわずか千五百人ほどである。

ゆうべの大垣城の軍議で、義弘は、赤坂に着陣したばかりの徳川内府を奇襲すべし、との策を述べたと聞いている。

市太郎の主《あるじ》の石田治部少輔が、その策を却下したそうだ。

老将の義弘は臍《へそ》を曲げて、戦闘が始まっても陣から前に攻めだしていなかった。

そのようすは、松尾山から見てとれた。

「たしかに、福島隊の場所から戦うなら、まずは島津でしょう」

国友藤二郎が同意した。

「よし。あちらに向かう。福島の指物があれば、手に入れる」

福島正則のそばまで近づくためには、福島隊の指物が必要だ。敵だとわかれば、たちまち殺されてしまう。

山中には、捨てられた指物が多いし、指物を立てたまま倒れている足軽もいるが、やはり宇喜多隊の者がほとんどだ。

もうすこし山腹を歩いて、関ヶ原のようすを窺《うかが》い、人のいないところに出るつもりだ。福島隊ではなくても、とにかく東軍の指物を背中に立てるのがまずなすべきことだ。

そうでなければ、もはや生きて関ヶ原を歩けない。

山の腹を北に向かって歩き、木々に隠れながらようすを窺った。

麓には、なんといっても敵軍が多い。すでに戦闘態勢ではない。敵の軍勢が数十人ぐらいの集まりで群がって休んでいる。

児の文字を染めた幔幕《まんまく》が、地面で泥にまみれている。宇喜多秀家が本陣とした場所である。

秀家は、ここからずいぶん前に攻め出していた。はたして、生きているかどうか。

そこを占拠するように命じられた部隊であろう。

屍《しかばね》が累々と重なり合って倒れている。背負っているのは、みな青地に児の指物だ。遠くで銃声や喚声が聞こえるが、ここは戦況が落ち着いている。

肩を叩《たた》かれた。

振り向くと、国友藤二郎が山麓を指さしている。

むこうの山裾に、足軽が三人、地面に腰を下ろしている。三人とも白地に朱の丸餅をならべた指物を背負っている。藤堂高虎の足軽だ。

あの三人を倒して指物を奪えば、とにかく関ヶ原に出られる。

問題は、すぐむこうに五十人ほどの組がいることだ。

気づかれずに、あの三人だけを倒したい。あるいは、倒さずとも、指物だけ奪いたい。

策を考えた。

――むずかしい。

三人だけなら、なんとでも倒せるが、どうしたところで、そのむこうの数十人の男たちに気づかれてしまう。

市太郎は首をふった。

もうすこし歩いてべつの指物を探せばよい。

東軍兵の屍くらい、どこかに倒れているだろう。とにかく指物をまずは一本手に入れれば、あとはなんとでもなる。

歩きだそうとしたとき、山麓で声がした。

「敵がおるぞ」

「どこだ」

「ほれ、あそこだ」

三人の足軽がこちらに気づいた。

「敵だぁッ」

足軽が仲間に向かって大声を張り上げた。

すぐに鉄炮の音が何発も重なった。

木の幹や地面に玉が当たる。

走った。必死に走って逃げた。

鉄炮の音がさらに重なった。

市太郎の頭形《ずなり》の兜《かぶと》に衝撃があった。玉が当たった。目が眩《くら》んだが、痛みはない。

当たった角度が浅くて弾《はじ》いた。怪我《けが》はない。

――南無《なむ》……。

ありがたい。祈った。もっと守ってくれ。われを助けよ。

三人で、死に物狂いで山を駆けた。

敵は追っては来なかった。

助かった。

南天満山と北天満山のあいだの谷を見下ろすところに出た。

眼下の谷には、小西隊の屍が多い。

首を切られ、腕を落とされ、腸《はらわた》を抉《えぐ》りだされている。まだ息のある者が苦しげに呻《うめ》いている。

まだ、喚《わめ》き声や銃声がしきりと聞こえる。戦っている者がいるのだ。

しばらく近くで銃声が続いたかと思うと、やがて静かになる。殺されたか、逃げたか。

また、こちらで銃声。

あちらで雄叫び。

戦場が静まることはない。

まだふつふつ煮えたぎっている。

殺し、殺される合戦が続いている。その音と気配が、渦巻いている。

谷筋を隊列が小走りに駆けてきた。

黒地に白の四角い一つ目の指物を背負った京極隊の一軍である。三百人ばかりも続いている。鉄炮隊、弓隊、槍《やり》隊がいる。

すぐ真下を通っていくのを、木の陰にじっと身を寄せて見ていた。木になったつもりで動かなければ、見つからない。

この小さな谷を西に突き抜けると、奥に藤古川《ふじこがわ》が流れている。

その川に沿って右手の上流に向かえば、北国街道、左手の下流に向かえば、東山道の大谷刑部の陣があったあたりに出る。

おそらくは、この谷を大勢の西軍兵が逃げたであろう。あちこちに屍が転がっている。

まだ残っているかもしれぬ敵を掃討しに行く部隊であろう。

鉄炮の音は、むこうの笹尾山のあたりから、しきりと響いている。

いま、この谷筋は静かだ。

——よし。

市太郎は、腹をくくった。

「谷を下りて原に出るぞ。途中で、どこかの旗印を拾おう」

低声で、三右衛門と藤二郎に告げた。

「承知」

二人が小さく口を開いた。

市太郎は手にしている槍を握り直した。

藤林三右衛門は肩にかけた半弓を、国友藤二郎は十匁の筒をしっかり手に持ち直した。

京極の一隊が谷の奥に消えたのをたしかめてから、谷筋の狭い道に駆け下りた。

わざと悠然とした足どりで谷の道を、東の原に向かって歩いた。

三人とも背中に旗印はないが、そんな者はいくらでもいる。誰何《すいか》されたら、その相手とは違う家中の名を答えればいい。

警戒しながら、一町（約一〇九メートル）ばかり進んだ。そのあいだに生きた兵隊には会わなかった。小西隊の足軽が大勢倒れている。

京極の指物を立てている武者が転がっていた。首はない。

背中の指物を抜いて三右衛門に渡し、自分の背中に立ててもらった。

これで、京極の武者になった。

そのとき、関ヶ原から軍勢の駆けてくる気配があった。足音がしだいに大きくなる。

整然とした隊列ではない。

群れである。

谷の道を、血相を変えた数十人の男たちがこちらに駆けてきた。なかに騎馬武者も二、三騎いる。ほとんどの者は指物を立てていないが、どうやら西軍の兵らしい。逃げてきたのだ。

利那、市太郎は迷った。

京極の指物を立てている以上は敵だ。

「敵がおるっ」

前を駆けている武者が、叫んで弓を射かけてきた。

「いかん」

ここで、味方だと申し開きしても遅い。

こちらは三人だ。戦えば必ず負ける。

「やり過ごすぞ」

むこうは、逃げるのに必死の修羅の群れだ。近づいてくる形相が、そう語っている。遮れば、敵だろうが味方だろうが殺される。

山の斜面を駆け登った。すぐ上の木の幹に体を隠した。登ってはくるまい。

「ええい、戦えっ。逃げてどうする。洒落臭《しやらくさ》い」

馬を止めて叫んだのは、馬上の大将だ。立派な具足を着け、兜を被《かぶ》っている。名のある者かもしれない。

「なにを血迷っていなさる。いまは逃げるが勝ち。雑兵《ぞうひょう》を相手にしてなんとなさる」

後ろから馬の尻を槍の石突きで突いた武者は、毅然《きぜん》と花クルスの指物を立てている。名高い明石全登《あかしてるずみ》らしい。キリシタンだと聞いたことがある。クルスの指物を捨てるのを潔しとしなかったのだろう。

だとすれば、大将は宇喜多秀家だ。

「ふん。せめて、一人でも二人でも余計に殺さねば、逃げるにしても気がすまぬ。鉄炮を撃ち掛けろ」

武者たちが、筒をかまえるのが見えた。

杉の幹に体を横にして隠れた。

轟音《ごうおん》がひびき、玉が幹に当たった。

肩に痛みが走った。焼け火箸で突かれたように熱い。

「もうよいッ。行きますぞ」

下の道で、明石全登が手を上げて鉄炮をやめさせた。宇喜多の馬の尻を槍の柄《え》で強く叩いた。

嘶《いなな》いた馬が駆けだした。

それに続いて、武者や足軽たちが谷筋を駆け過ぎて行った。

一隊が消えるとすぐあとに、藤堂隊の騎馬武者と足軽たちが駆けてきた。宇喜多を追ってきたのだ。百人あまりもいるであろう。

藤堂隊が、宇喜多の殿軍《しんがり》に向かって鉄炮を撃ち掛けている。

何人かの宇喜多の武者がその場に残り、駆けてきた足軽たちと斬り結んだ。

叫び声をあげて斬られた者がいる。

近くから鉄炮で撃ち抜かれた者がいる。

槍で突かれた者がいる。

殺した屍を踏みつけにして、藤堂の武者たちが宇喜多を追いかけた。

市太郎と二人は、じっと森に潜んで見守っていた。

かろうじてやり過ごせた。

肩は痛むが、たいしたことはない。具足の肩を貫いて通り抜けただけのかすり傷だ。助かった。

そのまま、山の中腹を関ヶ原に向かった。二町も行くと原である。手前で谷の道に下りた。

ゆっくり歩いて谷を出ると、関ヶ原の視界が広がった。

——地獄だ。

見渡す野に、何千、何万の屍が横たわり、転がっていることか。死屍累々《ししるいるい》とは、まさにこの風景だ。

まだ生きている者は呻いている。敵も味方もない。手傷を負って倒れている者は、痛みに泣き、呻くしかない。

倒れている兵から、おびただしい血が流れている。

黒い大地が血でさらにどす黒く染まり、灰色の天空に血の匂いが満ちている。

東軍の兵ばかりがいる。

見える旗は、井伊と本多。

ほかに藤堂高虎や、肥前唐津《からつ》の寺沢広高《てらさわひろたか》である。

福島正則の旗は見えない。

周囲を見回した。

島津の陣のあたりから笹尾山にかけて、兵馬の群れが一番多い。

そこではまだ戦いが続いている。

鉄炮の音がひびき、雄叫びとも、悲鳴ともつかぬ叫喚がしきりと聞こえる。人の群れに殺気が満ち、どよめきが熱波となって天に立ち上っている。

左手の赤備《あかぞな》えの一団がこちらを見ている。井伊の侍だ。ここまで懸命に駆けてきて、ほっと息をついているらしい。

歩いていれば、警戒はされない。

右手には、丸に本の字を染め抜いた一軍がいる。手負《てお》いの者に見えるだろう。

このあたりにいる東軍の部隊は、関ヶ原の西端まできて、小西、宇喜多の本陣を蹴散らして、戦勝としたらしい。

まだ肩で息をしている者が多い。血に染まった手負の者も相当にいる。勝ったほうも無傷ではすまない。

本多隊と井伊隊のあいだを通り抜けようとすると、二十間（約三六メートル）ほど向こうにいた赤武者が、野太い胴間声《どうまごえ》で、市太郎たちを怒鳴りつけた。

「どこに行くのかッ。京極隊は、東山道だ」

「伝令だッ」

歩きながら答えたが、納得しなかった。一組の足軽を連れて走ってきた。

――虎の尾を踏んだか。

そっと通りすぎるつもりだったが、虎を起こしてしまった。

赤備えの武者と足軽たちに取り囲まれた。長巻《ながまき》を持っている者が多い。薙刀《なぎなた》よりさらに刃渡りの長い長巻を叩きつけられたら、具足さえ断ち切られそうだ。

「あやしいやつ。伝令なら、急ぎであろう。なぜ走らぬ。どこへ伝令だ」

「密命だ。言う必要はない」

わざと横柄に言い放って、武者を睨《にら》みつけた。

武者が睨み返した。

「山が山」

「…………」

なにを言われたのか分からなかった。

東軍の合い言葉か――と、思い至ったのは、しばらく睨み合ってからだ。

「ふん。京極隊なら、合い言葉を知らぬはずがない。殺せ。三人とも兜首だ。手柄になるぞ」

武者が長巻を振りかぶり、市太郎の肩を狙って打ち掛かってきた。

ひゅんと凄《すさ》まじい音で、刃が風を切って鳴った。

かわして避けると、横からべつの長巻が襲ってきた。

刃の物打ちが、市太郎の兜に当たった。

首の骨が折れるかと思うほどの衝撃を受けた。目まいがしたが、長巻の刃はすべって大地を叩いた。

——助かった。

この兜はありがたい。阿修羅仏のおかげだ。

祈りながら、槍を振るって赤武者の肩を突いた。

赤武者が仰《あお》のけにひっくり返った。それでも、まだまだ大勢の赤武者がいる。赤い足軽がいる。

三右衛門と藤二郎は、刀を抜いて、戦っている。長巻に刀ではずいぶん不利だ。

騒ぎを見て、むこうからもこちらからも、敵の群れが集まって来る。

まわりは数万の敵だ。

とても、助かる見込みはない。

——ここまでか……。

いや、頼む。阿修羅仏。われを守れ。わが身を守れ。

必死で祈ったとき、むこうで銃声が重なって響いた。すさまじい数の鉄炮が、火を噴いている。

そこに、男たちの雄叫びが、どよめきとなって天を揺るがした。

「なんだッ」

叫んだのは、足軽を指揮していた赤武者だ。

囲んでいる一同もそちらに気を取られた。

銃声が続く。

足音が地響きを立てて、こちらに向かってくる。

すさまじい叫び声が天地を切り裂く。

「島津だッ。島津が吶喊《とつかん》してくる。こちらに突進してくる」

「なんだと」

「気が違いおった。みなで死ぬつもりじゃ」

「迎え撃て。島津を囲め」

「囲め。止めろ」

怒号が飛び交った。

市太郎たちを囲んでいた武者と足軽たちの多くがそちらに駆けた。

残った者も、背中を気にしている。

槍で攻めたてた。

三右衛門と藤二郎も、手槍と長巻を拾って戦っている。
むこうの叫び声や怒号がますます大きくなる。
戦いの勢いが、ぐんぐんこちらに近寄ってくる。迫ってくる。
赤武者たちが、堪《こら》えきれずに走り出した。
「真《ま》っ直《す》ぐくるぞ」
「槍衾《やりぶすま》だ」
「人垣をつくれ」
あちこちで下知《げち》の声がひびきわたる。
数千か数万か、東軍の軍団が入り混じって、人垣をつくった。
数万の背中がびっしり並んでこちらを向いている。
大きく囲んでいる人垣の真ん中の一点が揺らぎはじめた。
叫び声が増える。地響きが高まる。人が揺れる。
大水で堰《せき》が崩れるように、突然、人垣が破れた。
飛び出したのは、水ではない。
火の玉のごとき武者たちだ。
恐ろしげな烈勢面《れっせいめん》をつけた武者の群れが、手槍をかまえて飛び出してきた。

そのまま駆けて突き進んでいく。

丸に十の島津隊だ。

数万人の囲みに、錐《きり》のごとく鋭く揉《も》み込み、鏃《やじり》のごとくまっしぐらに貫いたのだ。打ち破った人垣から、どんどんと島津武者と足軽があらわれる。もはや止めることはできない。

大将の島津義弘らしい騎馬武者もいる。

千人ばかりもそこを突破しただろうか。

「かまりッ」

島津の侍大将が叫ぶと、殿軍《しんがり》の百人ばかりがその場にとどまった。かまりは、伏兵や斥候《せっこう》のことだ。人数を捨てかまりとして残し、本隊を逃がすつもりだ。

くるりと向きを変え、追いかけた東軍の軍勢に、鉄炮と矢を放った。

一瞬の間をおいて攻めかかった東軍の軍勢と、島津の捨てかまりが、まともにぶつかった。さんざんに押し止めた。

ついには全員が討ち死にしたが、そのあいだに、島津の本隊はずいぶん先に逃げた。

東南の伊勢街道に向かっている。

むこうにいる徳川内府の旗本たちが、先回りして迎え撃とうとしている。
「追え。逃がしてはならんぞ」
市太郎のすぐそばで、馬上、大声を発した大将がいた。
見れば、まわりに、青の山道に桐紋の指物が林立している。
福島正則の隊だ。
馬上の大将が、馬の腹を蹴って島津を追った。
馬廻《うままわり》の武者が持っている旗には、白地に黒で、丸の中に福島沢瀉《おもだか》が染めてある。
福島正則その人であった。

福島正則

喧騒《けんそう》と阿《あ》鼻《び》叫喚《きようかん》がいくらか遠のきかけていた戦場が、またにわかに騒がしくなった。
敵の軍団が巻き返しを図って、反撃に転じたらしい。

「どこだ」

床几《しょうぎ》に腰をおろして一息ついていた福島正則は、すぐそばにいたせがれの刑部大《ぎょうぶたい》輔正之《ふまさゆき》にたずねた。

「さて、天満山《てんまやま》の北でございますな。場所からすれば島津でしょうか」

「島津……。まさか……」

北天満山北側の奥まったところに陣を布《し》いた島津勢は、朝からじっと動かなかった。

——島津も裏切りか。

とさえ思えるほど動かず、母衣武者《ほろむしゃ》の報告では、自陣に近寄る者は、西軍の兵でも鉄炮《てっぽう》で撃って追い払っていたという。

「島津なら、北国街道へ逃げるであろう。半日動かず、いまさら反撃などするまい」

「……さて、では、石田か小西の軍勢が、巻き返しを図ったのでありましょうか」

「そうかもしれん」

敵軍の誰かが、生き残った足軽たちをひとまとめにして、最後の突撃をかけるということは、大いにありそうだ。逃げたところで、負け戦《いくさ》なら、どのみち領国はなくなる。この関ヶ原こそ、死に場所にはもってこいだ。

——いったい誰が……。

と思えば、やはり石田治部少輔《じぶしょう》家来の島左近か、蒲生郷舎《がもうさといえ》あたりが浮かんでくる。それとも、治部少輔本人が、死ぬ気で突っ込んでくるか。

——いや、あの男は……。

再起をはかって、逃げるであろう。

大坂城に籠もり、陣を立て直すつもりであろう。

——そのとき、どうするか。

はなはだやっかいなことになる。

正則は、なにしろ、治部少輔が嫌いである。小賢《こざか》しさが鼻についてたまらない。しかし、豊家《ほうけ》を第一に考えるあの男の姿勢には、一分《いちぶ》の真実がある。

徳川内府《ないふ》は、油断のできない男だ。

このまま許しておけば、豊臣家を抹消しかねない。

そうなったら、正則は、なんとしても徳川内府と戦うつもりである。

加藤清正や加藤嘉明《よしあき》は、一も二もなく、正則に味方するだろう。黒田長政はかなり内府に肩入れしているが、それでも説得はできるはずだ。

こたびの合戦で、豊臣恩顧の将たちは、みな三成が憎くて徳川に味方した。

ただ、その結果、徳川が力を持ちすぎて、豊家を滅ぼすとなれば——。

福島正則は、首を大きく振った。

そんなことは、いま考えたくない。

とにもかくにも、治部少輔を殺すことだ。

まだ、治部少輔の首を取ったとの報《しら》せは届いていない。

こちらに向かってくる雄叫《おたけ》びが、ひときわ高くなった。

それでも、ここからは、叫喚と鉄炮の音が聞こえるばかりで、反撃してくる敵がだれかは分からない。

関ヶ原の西に群がっている東軍の軍団は、もう天満山に突き当たって、それ以上は進まずにいる。

北の北国街道方面は、なにしろすさまじい数の東軍の兵が溢《あふ》れていて、もはや後《ご》詰《づ》めも必要はなかろう。

南の東山道方面に、福島隊の先鋒《せんぽう》は走っている。

——深追いはするな。

と、侍大将に命じてある。いまは谷間の入口に、大勢が群がっている。

「反撃してくる敵がいるなら、あっぱれだ。わしが返り討ちにしてくれよう」

言いながら立ち上がると、むこうから馬に乗った可児才蔵《かにさいぞう》が駆けてきた。

「島津じゃ。島津が突っ込んできますぞ」

大声で喚《わめ》きながら、馬から下りた。

「なんの。島津なら小勢であろう」

島津義弘の軍は、たしか一千か一千五百しかいないはずだ。なにを血迷って突撃してくるのか。

「徳川本陣を狙っているのか」

徳川の本陣向かって突っ込み、みごと散って見せるという覚悟なら、分からぬでもない。最期の花を咲かせるつもりか。

「さて、どのようなつもりか、しかとは分かりませぬ」

可児才蔵のことばに、福島正則は首をかしげた。

「内府を相手に討ち死にするつもりでなければ……。まさか正面を突破して逃げるつもりか……」

こちらは、五万を軽く超える人数が、原に群がって西を睨《にら》んでいる。その軍団のなかを突破するなど不可能であろう。

「きますぞ、ほれ、あそこ……」

才蔵の指さした先を見れば、幾重にもかさなっていた足軽の群れが逃げまどいはじめた。見る見るうちに崩れ、人垣が破れ、そこから敵兵が飛び出してきた。飛び出してきた軍勢は、すでに旗や指物《さしもの》を捨て去っている。

「島津だ……」

人垣を破って突進してきた兵を見て、福島正則は、度肝を抜かれた。旗や指物はなくとも、島津以外にあんな激烈な吶喊《とっかん》をかける軍勢はいない。薩摩《さつま》人以外ではありえまい。

思わず口が開いたままになってしまった。

島津兵の剽悍《ひょうかん》さは、朝鮮の陣で評判だった。朝鮮人から鬼石曼子《グイシーマンズ》、すなわち鬼島津と恐れられただけのことはある。

いささかのことでは驚かぬと自負していた正則だが、あの島津勢は尋常ではない。常軌を逸している。

「死に狂いじゃ……」

まさに狂ったとしか思えないほどの我武者羅《がむしゃら》な戦いぶりである。

「はい。まぎれもなく狂っておりまするな。すでに、三が二は死んだと、物見《ものみ》が言うておりますす」

一千五百人の将兵がいたとしたら、一千が死んだということだ。

なにしろ、勢いが凄《すさ》まじい。

残った五百人ばかりが一団となって、前へ前へと駆けていく。

東軍の足軽たちがいくら人垣をつくり、押し止《とど》めようとしても、鋭い錐《きり》となって揉《も》み込み、突破してしまう。

「敵に不足なし。いざ、手合わせ願おう」

福島正則は、すぐに槍を手にして馬に跨《また》がり、大声を張り上げた。

「島津を止めるぞ。ひるむな」

采《さい》を振ると、あたりにいた将兵が大声で応じた。

すぐさま、馬に笞《むち》をくれて駆けだした。

島津は、人の垣を突破して枯れ田を進んでいく。

駆けている者たちは、南東に向かっている。

徳川本陣なら、真東である。

なるほど、島津はどうやら徳川本陣を目指して駆けているわけではないらしい。

徳川旗本のわきをかすめて逃げるつもりなのだ。

先頭の者たちが向かっているのは、関ヶ原の南東にある伊勢街道であろう。

毛利が陣取っている南宮山《なんぐうさん》の南麓を伊勢に抜ける道だ。

たしかに、このあたりさえ突破してしまえば、伊勢街道に徳川方の陣はない。北国街道や東山道に向かうより、逃げおおせる可能性が高い。

むこうから、徳川の旗本たちが駆けてきて、島津の前に槍衾《やりぶすま》をつくった。わきから鉄炮を撃ちかけ、矢を射かける。島津の先頭を駆けていた将兵が何人も仰《の》け反《ぞ》って斃《たお》れた。

後ろを駆けてきた足軽たちが、その屍《かばね》を踏み越えて突き進んでいく。

島津勢は、幅のある長柄《ながえ》槍《やり》の衾の真ん中に突っ込んでいく。

真ん中の一人が倒れればそこに活路が見える。足軽が死んでこそ、将の生きる道が生まれる。狭い隙間に、数百人の島津勢が闇雲に突っ込んでいく。

正面で槍衾をつくっていた徳川の旗本たちが崩れた。

後ろで支えていた徳川勢は逃げまどい、人垣が破れた。

「右手にまわれ」

島津の進路を読んで、福島正則は、その先に槍衾をつくらせるつもりである。

「真ん中を厚くしろ」

正則が命じると、槍衆の頭《かしら》が大きくうなずいた。

「承知ッ。真ん中は五段に布《し》け」

いつもなら、槍衆に三段の列をつくらせ、下段、中段、上段に槍をかまえさせて衾をつくる。

死に狂いに勢いのついている島津は、平気で自ら槍の穂先に突っ込んできて槍衾を崩すので、真ん中だけとくに厚くさせるのである。

島津勢の進路の先に百人ばかりの槍衆が槍衾を布いた。

右翼には、徳川旗本の槍衆が槍をかまえている。左翼には、井伊直政の槍衆がやはり槍衾を布いている。

「鉄炮ッ」

鉄炮衆が、槍衆の前に出て、筒をかまえた。

三十間（約五五メートル）の距離で放たせた。

島津勢の何人もが斃れた。

後ろから来る連中が、仲間の死骸を踏みつけて、槍衾に飛び込んだ。何人かが槍に突き刺さると、そこが崩れる。

崩れたところに、後から来る島津勢が雪崩《なだれ》込む。槍衆を手槍や刀で薙《な》ぎ倒しながら、突進する。

槍衾の後ろにいた正則は、馬上、槍をかまえ直した。

飛び出してきた甲冑武者《かっちゅうむしゃ》の肩を狙って槍で突いた。槍はうまく武者の肩に突き刺さったが、武者が槍の柄《え》をつかんで放さない。

振り回そうとしたが、懸命に柄にしがみついているので、それもできない。ぐっと槍を手元に引き寄せて馬から飛び下り、刀を抜いて喉を突いてようやく息の根を止めた。

島津の軍勢は、そのあいだに、正則の左右を駆け抜けて行った。あっという間の出来事だった。

ざっと二百か三百の武者と足軽が、目を血走らせた必死の形相で走っていた。なかに、いちばん立派な甲冑を着けていたのは、島津義弘だろう。馬に乗っていないのは、狙われないためだろう。

駆け抜けていく武者たちの面相が、正則の瞳に焼きついた。

――おそるべし。

島津武者の面相は、まさに人ではなく鬼になっていた。唖然《あぜん》として、後ろを見送った。

槍を抜こうとしたが、死んだ武者がしっかりと握って放さない。胴を足で踏みつけにして抜こうとしたが、それでも抜けない。

——なんという執念だ。

正則は、武者の指を一本ずつ力いっぱいはずして、ようやく槍を抜いた。

「追いましょう」

せがれの正之が言ったが、正則は首を振った。

「よせ。あのような死に狂いの兵を相手にするものではない」

「しかし、井伊が……」

見れば、島津のあとを、井伊直政と松平忠吉《ただよし》が手勢をひきいて追っていく。

「まかせておくがよい」

あれだけ必死に逃げようとしているのだ。逃がしてやるのが情けというものだ。

それに、今日の合戦はもはや徳川方の勝ちと決まった。島津まで打ち倒すことはない。むしろ、生き残ってもらったほうが、あとあとのためには、豊家の味方が増えて都合がよい。徳川が勝ち過ぎるのは、なんとしてもよくない。

福島正則は、空を見上げた。

雲が厚い。

また雨が降ってきそうだ。

——そろそろ未《ひつじ》の下刻《げこく》（午後三時ごろ）くらいか。

ゆうべは、結局、一睡もしなかったが、眠さや疲れなどは感じない。

頭は、冴《さ》えきっている。

考えるのは、やはり、これからのことだ。

徳川内府が、勢いのある勝ちを得て、これからどんな手を打ってくるか。

それが気がかりだ。

この関ヶ原での勝ちで、内府が大きな力を手にしたことは間違いない。

大坂方は、果たしてまとまりがつくだろうか。

それとも、みな、内府にひれ伏すか。

いまは、まだ、見通すことができない。

そんなことを考えていると、豪快な音を立てて腹が鳴った。

——腹が減ったな。

先のことより、まずはいまのことだ。なにしろ、朝から駆けずりまわっていたのに、なにも食べていない。

「乾飯《ほしいい》でも食うか」

つぶやいた正則は、あたりを見回して大木を見つけると、指でさした。

「兵をまとめよ。あそこで暫時《ざんじ》休息する」

可児才蔵に命じると、才蔵が将兵に向かって大きな声を張り上げた。

歩きだしたところに、三人の武者が駆け寄ってきた。

三人の武者は、背中に黒地に白で升形《ますがた》を染めた一つ目の指物を立てている。京極高知《たかとも》の手の者だ。

頭形《ずなり》の兜《かぶと》を被《かぶ》った武者と二人の供が、片膝をついて頭を下げた。

「福島左衛門大夫《さえもんのたいふ》殿でございますな」

正則のそばには、旗と馬標《うまじるし》を持った侍が立っている。こちらのことは分かるだろう。

「いかにも。京極殿からなにか伝言か」

じっと見すえた。

「いえ、京極の指物は偽りにございます」

言いながら、武者は自分で背中の指物を引き抜いた。

偽り、と聞いて、まわりにいた正則の家臣たちが身構えた。槍の穂先が、何本も武者に向けて突き出された。

「では、誰からの使いだ」

「大谷刑部《ぎようぶ》殿より、お渡しせよと命じられたお品がございます」

まわりの家来たちがさらに気色《けしき》ばんだ。

正則は、それを手で制した。

「刑部か……」

正則は大きな溜《た》め息をついた。大谷刑部が敵だという意識は希薄である。この激戦で、病気のあの男はいったいどうしたか。

「刑部は、逃げおおせたか」

武者がしずかに首を振った。

「見届けてはおりませぬが、自害なさったと存じます」

「ふむ」

大谷刑部は、ちかごろずいぶん病がひどくなったと聞いている。この関ヶ原を死に場所に決めたのであろう。

武者が、胴のなかから、木綿の袋を取り出した。口を縛ってあった紐《ひも》をほどいて、小さな金瓢簞《きんぴようたん》と書状を取り出した。

金瓢簞を見て、福島正則は、思わず身を乗り出した。

正則も、同じ金瓢簞を持っている。まだ小姓《こしよう》だったころ、秀吉からもらった品だ。

もらったときは、天に舞い上がるほど嬉《うれ》しかった。大切にして、お守りのようにいつも帯に付けている。いまも甲冑の胴の紐に付けている。

恭《うやうや》しく差し出された金瓢箪を受け取った。

両手で受け取ると、高く捧《ささ》げて頭を下げた。秀吉のありがたさが、掌《てのひら》から伝わり、熱く甦《よみがえ》ってくる。

金瓢箪を握ったまま書状を受け取って開くと、なかに切り落とした髻《もとどり》が入っていた。髪は色褪《いろあ》せて力がない。病気の刑部のものであろう。

書状には大きく歪《ゆが》んだ字で、たった五文字だけ書いてある。

刑部は、病で目がかすんでいると聞いている。これだけ書くのがやっとだったのだろう。

くれぐれも

書いてあるのは、ただそれだけだ。

それでも、刑部が、なにをどう〝くれぐれも〟願っているのかははっきりしている。

豊家のこれからに決まっている。

「そうか……」

正則は、立ったまま天を仰いだ。

天に向かって咆哮《ほうこう》したかった。大きな叫び声を上げたかった。

徳川内府が、このまま力を持てば、豊家をどのように冷淡に扱うか――。

それを思えば、心が千々《ちぢ》に乱れる。

――あの三成めが……。

もうすこし殊勝な男だったら、こんな戦いをせずにすんだのだ。戦うべき敵は、本当は違うはずだ。それが分かっていながら、秀吉恩顧の大名たちが徳川に味方したのは、ひとえに治部少輔三成めがなんとも憎いからである。

金瓢箪を力強く握りしめた正則は、はっと気がついて、書状と髻をそばにいた正之に渡した。

金瓢箪をしげしげ見ると、やはり、正則が秀吉からもらったものと同じである。

瓢箪の胴の真ん中に切れ目がある。

軽く捻《ね》じると、瓢箪が上下二つに分かれた。

なかは正則と同じ仕上げで、朱の漆がていねいに塗ってある。

小さく畳んだ紙が入っている。
取り出して広げた。何度も読み返したらしく、折り皺《じわ》が強くついている。
書状である。
几帳面《きちょうめん》な字がならんでいる。

貴意のとおり、拙者に人望のなきこと、返す返すも口惜しく候。さはあれども、太閤《たいこう》殿下の死の床にての、くれぐれも、との仰せ、けっして忘れまじく候。こと成り難きみぎりは、我が素っ首《そくび》、福島左衛門大夫殿に差し出すとも、なによりも、豊家を滅し去らんとする徳川内府の悪辣なたくらみこそ阻みたく存じ候。

恐惶謹言
治部少輔

刑部殿足下

読んでいて、福島正則は嗚咽《おえつ》がこみ上げてきた。
石田治部少輔は、自分に人望が欠けているため一軍の将となることができないと、刑部に諭されたのであろう。

それでもあえて戦いの旗を揚げたのは、なによりも徳川内府が豊家を滅し去ろうとしているからだ。自分の首を正則に差し出しても、なんとしても徳川内府のたくらみを阻みたい——。

そこまで考えていたのか、と正則は胸を強く打たれた。

——あっぱれなり、治部少輔。

小賢しく憎い男には違いないが、豊家を思う心の強さでは、誰にも負けていない。正則のことはずいぶん憎く思っているであろうが、その正則に首を差し出しても豊家を守り抜きたいとの心意気はあっぱれである。

正則は、天を仰いだ。涙がこぼれそうだった。

しばらく天を仰ぎ、手で顔を撫《な》でてから、膝をついて控えたままの武者たちを見下ろした。

「そのほう、刑部の家来だな」

予想に反して、武者が首を振った。

「いえ、違いまする」

「どこの家中《かちゆう》だ」

「はばかり多きことなれど、石田治部少輔が家来土肥《どひ》市太郎と申しまする」

槍を立てていた正則の家来たちが、また槍を突き出した。

「三成は、憎い男だ。朝鮮の陣を思いだせば、あやつの所業、首を刎《は》ねたくらいでは気がすまぬ」

土肥市太郎と名乗った武者は、なにも言わずうなだれた。

「さはさりながら、あやつが豊家を思う気持ちはあっぱれである。大いに感じ入ったと伝えるがよい……、まだ、生きていれば、だがな」

「承知いたしました」

三人の武者が頭を下げた。

礼を取って引き下がろうとするので、正則は呼び止めた。

「待て、そのほうら、どこに帰るつもりだ」

土肥が首をかしげた。

「さて、ここからようすを窺《うかが》うかぎり、もはや治部少輔殿は、討ち死になさったか、退転なさったようでございまするな」

「であろう。戻っても詮ないばかり。なんなら、ここにおってもよいぞ」

「ありがたきしあわせ。されど、さきほどの左衛門大夫殿のお言伝《ことづ》て、ぜひとも我が主《あるじ》を探し出して伝えたく存じまする」

「……ふむ」

正則はあごを撫でた。なにか、土肥をねぎらってやりたい。

「されば、そのほうは、福島から治部少輔への使いである。指物を立てて行くがよい。三本、用意してやれ」

小姓がすぐに三本の指物を持ってきた。

「ありがとうございます」

土肥が礼を言った。

「なに、不要となればすぐに捨てよ。遠慮はいらぬぞ」

「かたじけなく存じます」

「それを立てておれば、すくなくとも笹尾山の麓までは無事に行ける。あとのことは、よいように算段せよ」

「ご配慮の段、身に染み入りまする」

「治部少輔が討ち死にしておったら、わしのところに帰ってこい。無駄に死ぬなよ」

頭を下げて、三人の武者が駆けだした。

笹尾山に向かって行く。

――治部少輔めは、いったい……。

死んだのか、生きているのか。
——どちらにしても……。
もはや、決着はついた。
これだけの大敗を喫したのちに、治部少輔が陣を立て直すことは難しかろう。
——走るがよい。
駆けていく土肥市太郎に向かって、福島正則はこころの内で声をかけた。
向かっていくのは、地獄か極楽か。どちらにせよ、精一杯走るがよい。
そう念じて、金瓢箪を握りしめた。

石田三成

石田三成は、奥歯が砕けるほど強く歯嚙《はが》みした。
——これまでか。
なんどもそう思いながら、考え直した。

──いや、まだ、最後の手が……。

十匁《もんめ》（約三七・五グラム）の筒が得意な狙撃兵を十組、徳川本陣に向けて送り込んである。

彼らが内府《ないふ》家康めに鉛玉を撃ち込んでくれることを、今か今かと待ちかまえていたが、こちらに向かって進んできた家康麾下《きか》の軍団を見ていると、いささかでも近寄れるような隙間はない。前にはびっしりと旗本たちが群がっているし、後ろには、東山道を守っていた山内一豊《やまのうちかずとよ》、浅野幸長《よしなが》、池田輝政らの軍団が折り重なってならんでいる。

とても二町（約二一八メートル）の距離からでも、狙撃できる可能性はあるまい。

関ヶ原は、徳川方の満ち潮だ。

どんどんこちらに押し寄せてくる。

その潮に逆らって、さきほど島津義弘の軍勢が、吶喊《とつかん》していった。

あれには驚かされた。

命とひきかえに徳川内府の本陣を突くのかと期待したが、ただ、真正面を突破して逃げきった。どれほどの味方を捨てかまりとして死なせたことか。

笹尾山から見ていると、一本の鏃《やじり》となった島津兵は、徳川の旗本たちを鋭く貫いて走った。

福島勢や井伊勢がなんとか食い止めようと人垣をつくったが、そこさえも突き破った。伊勢街道を走って逃げるのを、井伊の手の者が追ったが、どうやら追いつかなかったようだ。数十人の将兵が生き延び、島津義弘一人を守ったのであろう。

島津が遁走《とんそう》してからというもの、笹尾山に群がってくる敵兵の数がさらに増した。島左近、蒲生郷舎《がもうさといえ》は、すでに討ち死にしたらしい。果敢な敵兵のなかには、笹尾山を登ってくる者もいる。もはや、守りきれない。

——されば……。

ここは退転して生き延び、陣をかまえ直すのが最上の策である。

そのときが来たのだ。無念ながら覚悟を決めねばならない。

「再起をはかる。みなの者、佐和山城《さわやまじょう》に入れ」

三成は、まわりにいる家臣たちに声をかけた。

「佐和山城に戻れましょうか。東山道はすでに徳川勢で溢《あふ》れております」

家来の一人が疑問を投げた。

たしかに、この笹尾山から近江《おうみ》の佐和山城に行くためには、東山道を通らねばならない。

むろん、大谷刑部《ぎょうぶ》の陣があったあたりは敵兵が溢れていて、通るのは不可能だ。北国街道からいったん近江に出て南下することになるが、急がねば、その道も敵に塞がれてしまうだろう。

三成は、天を仰いだ。

曇っていた空がさらに暗くなり、いまにも雨が降り出しそうだ。

「まもなく雨になろう。今宵《こよい》の闇にまぎれて走れば、なんとか辿り着けるだろう」

佐和山城には、三成の父正継《まさつぐ》と兄正澄《まさずみ》が留守を守っている。留守居の兵はわずか数百しかいないが、なにしろ、要害の山城《やまじろ》だ。しばらくは持ちこたえることができるだろう。

「佐和山城で戦って、陣を立て直し、時期を見て大坂に移る。さすれば、この戦いの本筋が、徳川内府めが、豊家《ほうけ》を滅ぼさんとする戦いであること、明白となる」

「佐和山城は、ここにいる十万の敵が囲みましょうな」

「そうなったら、城を抜け出して船で湖水を渡り、なんとしても大坂に入る」

「承知つかまつった。それにしても、まずはいかにして佐和山城に入るかが難題でございましょう」

ここから佐和山なら、北国街道から遠回りしても、六里か七里（約二四〜二八キロメートル）だ。雨が降れば、徳川も追えまい。

ただ、やはり地理に明るい者の案内が欲しい。

「枝折城《しおりじょう》の土肥《どひ》はおるか」

息子の市太郎《いちたろう》、市次郎《いちじろう》はそれぞれ、松尾山と南宮山《なんぐうさん》に走らせたが、まだ父親がいるはずだ。三成の家臣のなかでは、このあたりの地理にいちばん精通している。

ややあって、肩を布で縛った土肥六郎兵衛《ろくろべえ》が、槍《やり》を杖《つえ》にしてやってきた。布はすでに血で真っ赤に染まっているが、顔つきはしっかりしている。

「無事に佐和山城に入りたい。よい道はあるか」

訊《たず》ねると、六郎兵衛がすぐに答えた。

「おそらく、徳川勢の先鋒《せんぽう》は、今須《います》の宿《しゅく》に着いておりましょう。ほどなく近江に入り、柏原《かしわばら》の宿までは出ましょう。さすれば、北国街道を伊吹山《いぶきやま》の麓まで進み、そこから西に転じられませ。太い道はなく、田圃《たんぼ》の畦《あぜ》や野道を通ることになりますが、低い山にぶつかったところで南に向かわれませ。さすれば番場《ばんば》の宿でござる。そこから東山道を進めば、すぐに佐和山にござる」

「わかった。その道を行こう」

言われたとおりにいけば、雨の夜でもなんとかなりそうだ。

「もはや、隊列は無用だ。おのおの、我が道を見極めて駆けるがよい」

「承知つかまつった」

一同が答えた。笹尾山の麓から聞こえてくる阿鼻叫喚《あびきょうかん》が、じわりじわりと山を登ってくる。

「そのほうは、走れるか」

三成は、六郎兵衛に訊ねた。

「いえ、駆けるのはもはや無理と存じます」

「ならば、肩を貸してやろう。わしと逃げるがよい」

「足手まといでございます。殿一人、お逃げなさいませ」

「そうか」

「ただひとつ、申したき儀がござる」

「なんだ」

「徳川内府は、今宵、この関ヶ原にて野陣を張りましょう」

ちかごろの家康は、野陣の際、簡便な小屋を組み立てさせ、そこで寝るのをつねとしている。関ヶ原のどこかで、その小屋を組み立てさせて泊まることになるはずだ。

「されば、なんとする」

「それがし、家人《けにん》たちとともに山に登って闇になるのを待ち、内府めの寝小屋を……」

そこまで話したところで、六郎兵衛が大きく噎《む》せ込んで突っ伏して倒れた。

起こしてみると、口から血を吐いている。気丈さだけで立っていたのが、限界になったらしい。

三成は、しずかに六郎兵衛を寝かせると、手を合わせた。

「されば、これにて陣を移す」

言って立ち上がり、伊吹山を目指して駆け出した。

三成は、笹尾山を駆け下りながらあたりを見回した。

黒田や細川の指物《さしもの》を背中に立てた足軽が大勢いる。山麓はすでに乱戦状態である。

三成のまわりは、近習《きんじゅ》の武者と馬廻衆《うままわりしゅう》とが百人ばかりで囲んでいる。ともに山麓まで駆け下りた。群がってくる敵の足軽たちを、馬廻衆たちが突き伏せ、追い払う。

——馬はないか。

つないでおいた横木に三成の馬はいない。近習たちの馬も、乱戦のなかで敵に盗まれたのか、手綱《たづな》が切れてどこかに走っていってしまったのか。

馬を守っているはずの家来たちは、懸命に敵と切り結んでいる。もはや、馬を守る余裕はない。

島左近、蒲生郷舎らの兵も、まだ踏みとどまって戦っている。敵はどんどん押してくるが、それでも、笹尾山を守るべく、味方はけっして退《ひ》かない。

犛《ヤク》牛の毛をたくさん植え、金色の脇立《わきだて》を立てた三成の天衝兜《てんつきかぶと》はいたって目立つ。

敵兵たちが大勢、群がり集まってきた。

「治部少輔《じぶしょう》だっ。天衝兜を狙え」

大きな叫び声が聞こえた。すぐさま、鉄炮《てっぽう》がこちらに向かって撃ち掛けられた。

まわりの馬廻衆がばたばたと倒れた。

「兜をお脱ぎなさいませ。拙者が被《かぶ》りましょう」

馬廻衆の頭《かしら》に言われて、三成は息を呑《の》んだ。影武者となって、ここで死ぬつもりだ。

一瞬ためらったのち、三成は兜の緒に手をかけた。固く結んであるのをほどいて、頭にわたした。

頭は、兜を被ると、おびただしい犛牛の毛を後ろに払って、急いで緒を締めた。

そのまますこし山の裾を駆け登った。

「石田治部少輔、ここにて存分に戦う。旗、馬標は、ここに集まれ。郎党どもは、われに加勢せよ」

頭が大音声《だいおんじょう》を上げると、大一大万大吉の旗と家来たちが集まってきた。

敵の武者も、そちらに群がっていく。旗と天衝兜があれば、そこに三成がいると思っているからだ。

「恩に着るぞ」

三成のために死んでくれるのだ。ありがたいことこのうえない。

かくなる上は、なんとしても生き残って佐和山城に入り、陣を立て直す。

――そのうえで……。

走りながら三成は考えた。

いちばん優先すべきは、やはり、福島正則のことだ。

なんとか福島正則を説き伏せたい。

わが首くらいはすぐさま差し出す。正則の前で腹を切ってもよい。

豊家のこと、なんとしても、徳川内府の魔手から守りたい。

畿内にいる武将で、それができるのは、もはや、福島正則だけであろう。

そんなことを考えながら、三成は西に向かって駆けた。

すでに、敵の黒田長政、細川忠興《ただおき》、加藤嘉明《よしあき》、井伊直政らの足軽たちがあたりを駆けまわっている。

石田の兵は勇猛果敢だ。逃げずに最後まで戦っている。みながそうであれば、合戦はけっして負けぬ。どこかに弛《ゆる》みが生じればこそ、兵が逃げ出して、負けに到《いた》る。

大勢の武者たちに取り囲まれて駆けていくと、野の、そこここにいる敵の足軽たちが逃げまどう。

「味方にござる」

大声で叫んで寄ってくるのは、小西行長や宇喜多秀家の足軽たちである。逃げるうちに、こちらの谷に迷い込んできたのだろう。石田隊と見て、ともに逃げるつもりだ。

「集まれ、集まれ。このまま走れ、走れ」

三成が采《さい》を振ると、むこうの丘から鉄炮を撃ち掛けられた。

「治部少輔ぞ。討ち取れば、大手柄ぞッ」

たちまち、敵兵たちが群れとなって、こちらに向かってくる。

正面の道を塞がれた。

屍《しかばね》となって倒れている武者に一礼して、三成は手槍を借りた。こうなったら、どこまでもとことん突き進んでいくばかりだ。

前を塞いでいる敵は、せいぜい数十人。こちらの一団が駆けていけば、無理なく突き崩せる。

「掛かれ、掛かれ」

大音声を上げると、三成のまわりの武者や足軽たちが、まっしぐらに敵に向かって突っ込んだ。

さみだれに、鉄炮を撃ち掛けられた。

矢が飛んでくる。

攻撃には勢いがない。

敵はまとまった部隊ではない。徳川方の諸隊の足軽たちが混じっている。指揮をする頭もいない。恐れるに足りない。

長巻《ながまき》を水平に構えて、足軽が向かってきた。三成は一瞬早く手槍で喉を突いた。足軽が悶絶《もんぜつ》して倒れた。喉に深く突き刺さった手槍がどうしても抜けない。

とっさに、足軽の持っていた長巻を奪って構えた。

「采を腰に挿《さ》したのが、治部少輔ぞ」

そんな敵の声が聞こえた。

「采をもらいましょう」

ともに駆けてきた武者が手を差し出した。この男も、身代わりとなって死んでくれる。

「頼む」

渡すとき、涙が溢れた。覚悟を定めた男は美しい。おれもそれだけ美しく生きて死ねるか。

向かってくる足軽の首を、長巻で薙《な》ぎ払った。よい長巻だ。首をすっぱり一刀両断できた。遠くまで転がった首が恨めしげだ。

ずいぶん駆けたが、まだ、敵の足軽がそこここにたむろしている。逃げてくる大将首を狙うつもりの連中だ。

矢と鉄炮の玉が、飛んでくる。

駆けている武者たちはずいぶん倒れた。すでに半分に減って五十人ばかりか。ここでなんとしても生き抜くことが豊家のためになる。

息が切れて喉がひりつくが、それでも駆け続けた。群れとなって、敵の足軽たちを斃《たお》した。

三成を囲む武者はどんどん減っていく。

それでも、敵を突破して駆けていく。

——あそこを越えれば。

むこうに、伊吹山につらなる小さな峠がある。そこを越えてしまえば、おそらく敵はおるまい。

敵の数は、もうずいぶんまばらになってきた。

こちらの五十人が一団となって駆けていけば、みな、慌てふためいて道を空ける。危ないのは、離れたところから狙撃してくる鉄炮撃ちだ。こちらが群れになって走っているので、一発撃てば誰かに当たる。かならず一人が倒れる。

懸命に駆けた。

左右は山の迫った狭い畑である。集落があって、何軒かの家がある。

道に、ときどき敵の足軽の群れがいる。こちらの形相に驚いて、遠ざかる。

道が細くなって、ゆるやかな登りにさしかかった。

馬廻衆たちが、物見《ものみ》をかねて十人ばかり先に走った。高い峠ではない。そこを越えれば、近江である。ゆるやかな登りでも、具足《ぐそく》を着けていると登るのはつらい。

左右の森に人影はない。

ここまでは敵も来ていないようだ。

——峠だ。

山道のむこうに、厚く重い雲が広がっている。ぽつぽつと雨が降ってきた。雨粒が、兜のない月代《さかやき》に当たった。

近江に入れば、わが領地である。なんとでも算段がつけられよう。

先頭の十人が峠に立って、こちらに手を振った。安全だという合図だ。

三成と後続の者たちも駆けて峠に着いた。

ほっと息を入れた刹那、銃声がとどろいた。

まわりの武者たちが何人も倒れた。

——くそっ。

敵はどこだ。あたりを見回した。峠の左手、低い山の森のなかに、足軽が三十人ばかりいる。背中の指物は、黒に中白。黒田長政の手の者だ。

とどまっていることはできない。

「峠を駆けくだれっ」

大声で叫ぶと、三成は先頭を切って駆けだした。

坂の下に五十人ばかりの敵がいる。鉄炮の筒先が十ばかり、こちらを向いている。

道が左右二手に分かれている。左手の道が佐和山に通じるが、敵はその道を塞いでいる。

三成は右手の道を駆けた。左の敵が鉄炮を撃ち掛け、矢を放ってくる。足軽たちが追ってくる。

降り出した雨が強くなった。

——天佑《てんゆう》だ。

野が雨にけぶって視界が悪くなった。すぐむこうが見えにくい。

雨鉄炮の用意もあろうが、やはり撃ちにくく、当たりにくい。

三成は長巻を手にしたまま、道を駆けた。

まだ、数十人の武者と足軽が従っている。

上平寺《じょうへいじ》村に入るところに、武者の一団が見えた。敵に違いあるまい。

右手は、伊吹山の大きな谷だ。

左手に小高い山がある。

小高い山を越えれば、近江の平野に出る。

「一同、別れて逃げよ」

三成は大声で命じた。

それでも、敵が道の南を塞いでいるので、どうしても、北の谷に向かった者が多くなった。
敵が矢玉を浴びせてくる。
足軽たちが迫ってくる。みな、抜き身の刀や脇差《わきざし》を手にしている。
三成は、谷筋に向かって駆けた。
雨が降ってきて駆けにくい。草鞋《わらじ》が丈夫で滑らないのがまだしもありがたい。
雨にかすむ谷を見上げて、三成は身震いした。
勘はいたってよい。
——この谷には、伏兵がいる。
肌で危険を感じた。
三成は、谷筋に入らず、谷の左の森に飛び込んだ。
しばらく登ると、すぐに敵が二十人ばかりあらわれた。
——こちらにもいたか。
別れて逃げよと命じたが、三成のまわりにはまだ武者たちが従っている。
雨の森で、乱戦になった。
森では長巻は振るいにくい。
——長巻を捨てるか。

迷ったが、短く持つことにした。振り回せなくとも、突きに使えば、長いぶん利がある。

刀を手にした武者と足軽が五人、三成を囲んだ。じりじりと輪を狭めてくる。

正面の敵が一歩踏み込んできた。長巻を長く突き出すと、すっと後退《あとずさ》った。

左右の者たちも、みな一歩踏み込んできた。

背後にも、人の気配がする。

長巻で左の武者の首に突きかかり、柄《え》の石突きで右の足軽の喉を突いた。

うしろからしがみつかれた。脇差が三成の首を狙っている。足払いをかけて、転ばせた。自分もいっしょに転んで、武者の上に乗った。武者の切りつけた脇差を、長巻の柄で受けた。柄がすぱっと斜めに切れた。鋭く切れた柄で、武者の喉を突いて立ち上がった。

雨足がさらに強くなった。

森のあちこちで、家来たちが黒田の武者と戦っている。黒田の家中《かちゅう》でも、相当な強者《つわもの》だ。しかも、このあたりの地形に通暁しているらしい。

――竹中か……。

名高い軍師半兵衛のせがれが、黒田の手にいる。その手勢かと思った。

刀を手にした三人の武者が、いっせいに三成に飛びかかってきた。

即座に腰の刀を抜いた。

足に組み付いてきた者の肩を、刀で突いた。

正面から切りかかってきた敵の刀が、三成の具足の肩を強く打った。そのまますべって腕の鎖に食い込んだ。

左からきた武者の刀が頭上に迫った。

——まずい。

もはやこれまでと観念したが、刀は頭上高く振りかぶったままで、襲ってこない。

武者は、そのまま崩れるように倒れた。

——助かった。

なにごとが起こったのかは分からない。

正面の敵がひるんだ隙に、腕をつかみ、足払いをかけて倒すと、三成は刀で喉輪《のどわ》の隙間をねらって突いた。噴き出した血が、強い雨ですぐに流れた。

左手の倒れた武者のうしろに、渡辺勘兵衛《わたなべかんべえ》がいた。

「勘兵衛か……。命をひろった。礼をいう」

勘兵衛は振りかぶって襲いかかろうとした武者の胴を、鎧通《よろいどお》しで突いたのだ。

勘兵衛は、三成がまだ五百石の禄《ろく》で、秀吉に仕えていたとき、五百石そっくり与えて召し抱えたほどの男である。

そのころ、秀吉と交わしたやり取りを思い出した。

——そなたはどうするつもりだ。

禄をそっくり与えたと聞いた秀吉があきれてたずねると、三成は平然として答えた。

——勘兵衛の家に居候《いそうろう》いたします。

そう大笑いした。

しかも、そのとき、三成が百万石の大名になったら、勘兵衛に十万石を与えるとの約束までしていた。

佐和山城で二十万石を秀吉から与えられたとき、三成は、勘兵衛に加増を申し出た。

勘兵衛はこれを断った。

——百万石の大名になられましたおりに、十万石いただきまする。

勘兵衛の顔を見て、三成は、そのことを思い出した。

「十万石は、いましばらく先となった」

三成のことばに、勘兵衛が頭を下げた。

「そのためには、なんとしても生き延びていただかねば困り申す」

「むろんのこと、そのつもりだ」

谷筋を避けて、左手の斜面を登り始めると、後ろから、武者が二人、追いついてきた。

磯野平三郎《いそのへいざぶろう》と塩野清介《しおのせいすけ》だ。どちらも、勇猛な侍である。

「この雨がなによりの隠れ蓑《みの》。もう暗くなります。逃げきれます」

磯野が言った。

雨は強く、森のなかは薄暗い。雨が具足のなかまで染みている。

「谷を行くより、伊吹山の麓をぐるりとまわり、佐和山への道をさぐりましょう」

塩野が言った。

ここまで敵がきていたのだから、迂回《うかい》しても、東山道にまわるのはむずかしいかもしれない。それでも、どこかで南に向かわねばならない。

「それがよい」

雨のなかを、三成は駆けだした。

渡辺、磯野、塩野の三人が、ともに駆けてくる。

生き延びられるのか、それとも、いずこかで果てて死ぬのか。
今日は負けた。
しかし、すぐにまた、なんとしても再起を果たして戦う。
――かならず家康に勝つ。
石田三成は、そう念じて走りつづけた。

竹中重門

降り始めた雨のなかで、竹中重門《しげかど》は、じっと谷の入口を見つめていた。
――治部少輔《じぶしょう》めは、かならず、ここに逃げてくる。
そう計算して、待ち伏せしているのである。
このあたりの地形なら、重門は子どものころからよく知っている。
――治部少輔の首を取る。
地元ならではの地形の知識を生かして、その一点に賭けることにした。

首が取れれば、本日の合戦、第一等の手柄である。内府《ないふ》殿の覚えが、さぞやめでたかろう。

東軍の最右翼にいた重門は、開戦前から、関ヶ原北側の山に入った。山中を進み、笹尾山の側面に飛び出して攻撃した。

鬼左近と呼ばれるだけあって、さすがに島左近の軍勢は手ごわかった。果敢に攻めたてたが、笹尾山を登れぬままだった。本陣のまわりにめぐらしてある柵が、はるか遠くに見えてしまう。いっときなどはあまりに敵の勢いが強く、ほかの味方の軍団ともども東に押し戻された。

——この勢いでは、治部少輔めの勝ちか……。

そんな思いが脳裏をよぎるほどの、敵の勢いだった。

しかし、内府殿はなんといっても野戦の巧者だ。自軍が押されていると看て取るや、自ら本陣を、ずいっと前に移した。ついには関ヶ原の真ん中まで進んだ。

そのあと松尾山の小早川が裏切って、流れが変わった。黒田隊、細川隊、田中隊らが、どんどん笹尾山に押し寄せている。

迎え撃つ石田勢は、山から大筒《おおづつ》を放ち、盛んに気勢を上げている。

なにより、島左近と蒲生郷舎《がもうさといえ》の部隊がおそろしいほど強い。頑として麓を動かず、寄せてくる敵を蹴散らし続けた。

――先まわりすべし。

重門はそう考えた。

小早川が裏切った以上は、もはや石田治部少輔の負けは決まった。

されど、治部少輔めは自害するまい。無駄な討ち死にもするまい。その前に再起をはかって、戦場から離脱するに相違ない。

――逃げるとすれば、どこか。

治部少輔が逃げるなら、むろん西だ。笹尾山から、まずは伊吹《いぶき》山麓をまわり、そこから佐和山《さわやま》城《じょう》に入ろうとするだろう。

重門は、その途中で待ち伏せして、首を取ると決めた。

三百いた重門の手勢のなかで、討ち死にしたり、手負《てお》いになった者は二十人ばかりか。まだ、九割以上の者がうごける。

――北国街道のいくつかの要所に兵を配置して、伊吹山の谷に導き入れる。谷に追い込めば、捕らえやすい。そこで待ち構え、袋の鼠《ねずみ》にして討ち取る策を立てた。

「北国街道に行く」

重門は、乱戦のなかに散らばっている手勢をまとめて、笹尾山の麓を迂回《うかい》した。

左の谷の奥に、島津の旗が、ゆらりとも動かぬまま林立している。

——不気味な。

不審に思っていると、突然、すさまじい雄叫《おたけ》びがわき上がった。

その雄叫びとともに、旗の群れが勢いをつけて前に進んだ。森の陰で見えないが、兵士たちが塊となって吶喊《とつかん》していく気配がする。

——死ぬために、突っ込む気だ。

そうとしか思えない。そんな連中と関わり合いになるのはまっぴらだ。いま、島津を討ち取っても、武功は低い。

島津には取り合わず、重門は兵を率いて北国街道を西に進んだ。

谷間の狭い平地に、家が何軒かあり、畑が開いてある。玉《たま》という在所だ。

その先の低い峠を越えれば、もう近江《おうみ》である。

峠に立ったが、伊吹山の頂きは、すでに厚い雲に隠れている。近江の空もまた、暗い雲に覆われている。いまにも、また雨が降りそうだ。

「峠の南の丘に一組を伏せる」

ここには、鉄炮《てつぽう》を十人、弓を十人、足軽三十人を置くことにした。

「落ち武者が峠に来たら、さんざん撃ち掛けてから、攻撃をしかけよ」

逃げて来てほっとしたところに玉と矢を浴びて、伏兵がいたと気付けば、必死で峠を下るだろう。ぜんぶ討ち取らずともよい、懸命に逃げさせよ、と、頭《かしら》に命じた。

「かしこまった」

頭がうなずいて、丘の森に入っていった。

坂を下りてしばらくすると、道は平地に出る。まだ近江の広い平野ではない。山間《やまあい》のちいさな盆地である。

そこで、道は二手に分かれている。

手勢とともに、重門はそこまできた。そこにも、五十人の兵を配置した。

「南の道に鉄炮と弓をならべて塞げ。どのみち、敵に馬はない。徒《かち》で突っ込んでくる無茶はすまい」

敵を北の街道に誘導する策である。

そこから、道はしばらく山沿いに進む。

上平寺《じょうへいじ》という在所の手前にも、五十人を置いて、道を塞がせた。

そこからは、北に向かって山道が延びている。伊吹山の南側の大きな谷である。

「わしは、あの谷にいる。せいぜい、盛んに追い込んでくれ」

「承知つかまつった」

頭がうなずいた。

伊吹山は山容が大きく、谷が深い。小さな谷はいくつかあるが、南山麓の大きな谷はこれから入るひとつだけだ。

谷に入って、二十人ずつ、要所要所に伏せさせた。逃げてくる敵は、谷さえ登れば敵はいないだろうと油断している。

そこに飛び出していくのだ。討ち取るのはたやすい。

自分は、谷の上のほうの、ながめのよいところで待っていると、峠のほうから鉄炮の音がとどろいた。

――さて、どこの連中が逃げてきたか。

石田治部少輔ばかりが逃げてくるとは限らない。

笹尾山の麓には、秀頼の黄母衣衆《きほろしゆう》が、二千ばかりいたはずだが、重門が来たときには、もはや旗印はなかった。小早川の裏切りを見て、真っ先に逃げを打ったのであろう。

宇喜多や小西の兵が逃げてくるかもしれないが、一団となってまとまってやってくるとすれば、やはり石田治部少輔であろう。それを期待している。

敗軍であるから、もはや、旗や指物《さしもの》は捨てているだろう。

石田治部少輔は、乱髪天衝《らんぱつてんつき》の兜《かぶと》を被《かぶ》っていると、物見《ものみ》が知らせている。金色の脇立《わきだて》が高く目立つ兜だ。

もっとも、敗軍となれば、それさえ捨てているかもしれぬ。

重門は、三成の顔を、朝鮮の陣で見たことがある。

整った顔ながら、不遜ともいうべき芯の強さがただよっている。目にすれば、きっと分かるはずだ。

峠で伏兵から矢玉を浴びた一隊は、あわてふためいて坂を駆け下っているだろう。

ちょうど、坂を下ったと思う頃合いで、また銃声がとどろいた。

坂の下に、重門の家来たちがいるのを見て、敵は右手の道に逃げ込むだろう。左手が佐和山へ通じる道だから、そこを塞がれたと思うはずだ。不自然ではない。

そこから、さらに道を駆けて、こんどは上平寺村の入口にさしかかる。

ちょうどそこまで来たと思った頃合いで、また鉄炮の音が聞こえた。

重門は、谷の入口をじっと見つめていた。

数十人の武者が逃げ込んできた。必死で谷筋を駆け登ってくる。

なかには、谷を見て立ち止まり、すぐに避けるように左手の斜面を登っていく一団もある。

――見破られたか。

勘のよい武者なら、ここに伏兵がいることを見抜くかもしれない。

それでも、そのまま、谷を登ってくる者もいる。

谷に駆け込んでくる敵をじっと見つめていたが、天衝の兜は見当たらない。

――治部少輔はおらぬのか。

それとも、すでに兜を捨てたのか。

兵たちには、ぎりぎりまで待つように命じてある。

先頭の武者が、ほんのすぐそばまで登ってきたところで、重門は大声を張り上げて命じた。

「討ち取れッ」

家来たちが木陰から飛び出した。

伏兵を見つけて、敵が逃げまどう。

なかには、力尽きて、その場にしゃがみこんでしまう敵もいる。

数十人の敵が簡単に討ち取れた。

谷筋を下りながら、一人ずつ顔をたしかめたが、三成はいない。

倒れている敵の武者のそばに寄った。家来が脚に大きな傷を負わせた。血が大量に流れている。止血せねば、死ぬだろう。

重門は、わきにしゃがんだ。

「石田治部少輔の手の者だな」

たずねたが、武者は顔をそむけて答えない。脚が痛むのだろう。顔を苦しそうに歪《ゆが》めている。

「血を止めてやろう。止血すれば、生きられるぞ」

「ふん。いらぬ世話だ。ほっておけ」

言っているあいだにも、あたりの地面が、血で赤く染まっていく。雨がそれを流して広げる。

たしかにいらぬ世話に違いない。重門が同じ立場でも、けっして命乞いなどしはすまい。

「治部少輔は、覚悟のよい男だ。徳川の旗本に突っ込んで果てたか」

「ふん。周到なお方じゃ……。さような無駄死にはなさらぬ……」

答えているあいだにも、武者の顔色はどんどん白く、青ざめていく。血の気が退《ひ》いて、意識が遠くなっているらしい。

武者の目から、光が消えた。

重門は、瞼《まぶた》を閉じさせて、手を合わせた。

「この一団のなかにおったようでござるな」

そばにいた家来が口にした。

「そのようだ」

そのまま谷筋をくだって、谷の入口まで下りたが、討ち取った者のなかに、三成はいなかった。

「ああ、最初に、谷の入口で、左の斜面を駆け登った者かもしれん。あそこにも兵は伏せてあったはずだが……」

斜面を見上げると、兵たちが下りてきた。

「四人ばかり、討ち漏らし、逃がしました」

うなだれて、報告した。

——見込みは当たっていた。

しかし、討ち漏らしたのなら、いかんともしがたい。

「雨が強くなってきました。いかがしましょうか……」

近習《きんじゅ》にたずねられた。

雨でなければ、夜でも松明《たいまつ》を灯《とも》して、山狩りができる。重門の家来は、この伊吹山をよく知っている。どこに人の隠れそうな窪《くぼ》みがあるかも、熟知している。

それでも、雨ではたいそう難儀だ。

夜の雨は、追う者より、逃げる者に利を与えるだろう。

降りしきる雨で、伊吹山の頂きは、すでにけむって見えない。

追ったところですぐに暗くなるだろう。

「三成にとっては、冥加《みようが》な雨よ……」

つぶやいた重門は、一同に、引き上げを命じた。

黒田長政

厚い雲から降り出した雨が、関ヶ原に斃《たお》れたおびただしい屍《しかばね》を濡《ぬ》らしている。

地に倒れ伏していても、死んでいる者ばかりではない。まだ息があって、呻《うめ》き、もがき、足掻《あが》き、助けを請うている者もいる。味方なら助けもするが、敵ではどうしようもない。今日一日槍《やり》を振るって何十人もの敵を殺した。止《とど》めを刺してやるほどの情けも、すでに消えはてている。どのみち今夜のうちか、明日には果てる命だ。

——あやつ、どこへ消えたか。

笹尾山の麓にいた黒田長政は、小高い山の彼方《かなた》を仰いだ。

関ヶ原の北西にある伊吹山《いぶきやま》の方面は、もう、雲がかかって見えない。治部少輔《じぶしょう》が逃げるとすれば、やはりあの方面だ。竹中重門《しげかど》が追いかけて行ったが、はたして首尾よく捕まえることができるか。

治部少輔の首はなんとしても欲しい。あやつの首がなければ、戦いのけりがつかぬ。

これだけはっきりと勝負がついたのだ、たとえあの男が生き長らえていたとしても、陣を立て直すのは不可能だ。佐和山城《さわやまじょう》はもはや守りきれまい。大坂城では、すでに味方となる者がおらぬであろう。

関ヶ原では、もう鉄炮《てっぽう》の音や、雄叫《おたけ》び、阿鼻叫喚《あびきょうかん》は聞こえない。

それでも、野は騒然としている。勝利の凱歌《がいか》には感じられない。戦いを終えた武者たちの殺戮《さつりく》の熱気が、余韻となって渦巻いているようだ。

長政は今日一日、この笹尾山の麓で戦った。これまでに、いくつもの合戦をくぐり抜けてきたが、敵と味方、これほど大勢の将兵が、正面から激突し、揉み合った合戦は初めてだ。

正直なところ、治部少輔の軍勢を見くびっていたが、島左近と蒲生郷舎《がもうさといえ》の部隊は勇猛果敢だった。こちらのほうが人数が多いだけに、兵をまとめるのに苦心した。戦いの流れからいえば、やはり内府《ないふ》が本陣を進めたのが大きかった。それを潮にみなが動いた。小早川も寝返った。

虚脱ではない、放心ではない、疲労ではない。

かといって、充足でもなければ、歓喜でもない。

なにか不思議な感慨が全身に満ちているが、言葉にはなりそうもない。関ヶ原に残っている十万以上の味方は、戦いの終わりになにを感じていることか。

あたりを見れば、武者も足軽も、雨に濡れながら、関ヶ原の真ん中を目指して歩いている。そこにたいへんな人の群れができている。まさに蟻《あり》が餌に群がるように人が群がっている。

そういえば、さきほど使番《つかいばん》が知らせにきた。そこで、徳川内府が首実検をしているのだ。武者にとっての戦《いくさ》は、主人から褒美を貰《もら》わなければ終わらない。

――そろそろ行くか。

石田治部少輔の首は、竹中重門に任せておくのがよさそうだ。馬上で、長政は腰につけていた竹筒をはずして水を飲んだ。考えてみれば、今朝からなにも食べず、なにも飲まぬままに駆けまわっていた。腹は減らなかった。喉喉も渇かなかった。いま、ようやく喉が渇いていることに気付いた。

手綱《たづな》を握って、馬の首を返そうとすると、そばにいた母衣《ほろ》武者《むしゃ》に言われた。

「殿。水牛の脇立《わきだて》が片方折れております。左でござる」

手を上げて触ってみると、たしかに被《かぶ》っている桃形兜《ももなりかぶと》の大水牛脇立が片方折れていた。触った感触では、何かに当たって、根っこからもぎ取れたらしい。大水牛の脇立は、黒漆塗りで、見た目にはいかにも勇ましいが、じつは、桐《きり》かなにかの軽い材でつくってあり、いたって脆《もろ》くて弱い。強い材で頑健につくってあると、長い角を敵に摑《つか》まれたり、樹木などに引っかかって動きが取れなくなったりしたときに生死に関わる。被っている者の命を守るため、わざと折れやすくつくってあるのだ。

長政が先陣を切って、敵の足軽に突っ込んだとき、長柄《ながえ》の槍が頭上から襲ってきた。そのときに折れたのだろう。

「先陣の誉れぞ。気にすまい」

言って、馬の首を返した。

関ヶ原のちょうど真ん中あたりに、内府は陣を張っていた。

――周到な爺《じい》さんだ。

長政は、感心せずにはいられない。そこにいれば、万が一、石田勢や大谷勢が西から盛り返してきても、また、万々が一、毛利が背後から攻めたててきても、すぐさま伊勢街道に逃げられる。

――あの爺さんは、いつも逃げる場所を考えている。

内府家康と親しく交わるようになって、長政は、まずそのことに驚いた。

そういう発言をするわけではない。

しかし、内府の思考をたどってみると、いつも必ず、逃げる場所をまず算段してから戦いに臨んでいる。若いころはいざ知らず、長政が接するようになってからの内府は、その点でじつに周到きわまりない。

内府の本陣に近づいて、長政は馬を下りた。

あたりには、あまたの将兵が群がって濡れそぼった旗を立てている。

「首実検の方々は、恐れ入りますが、こちらにお並びくださいまするように」

旗本の若侍が、内府に首実検をしてもらいにきた者たちを整理していた。

「おまえらは、待っておれ」

ついて来た者たちに命じ、数人の供だけを連れて本陣に向かった。

本陣までは、まだずいぶん遠い。そこではおびただしい数の旗本たちが警固している。雨に濡れてはいても、勝軍の意気は軒昂《けんこう》だ。群れた男たちから、湯気が立ち上っているのが見えた。数万の男たちが、熱を帯びたままたむろしている。これほどの大軍勢が、勝ちにどよめいている様は壮観である。

何重もの人垣を通り抜けた。槍をかまえた足軽たちが、黒田長政と見て、槍を立て、一礼する。

陣幕の前まで進んだところで、番卒に槍を突きつけられた。

「誰かっ」

供の武者たちは、黒に中白の旗、指物《さしもの》を立てている。

——分からぬとはなにごとだ。

怒鳴りつけてやろうと思ったとき、すぐに声がかかった。

「馬鹿もん、黒田甲斐守《かいのかみ》殿だ」

そばにいた旗本が頭を下げて謝罪した。槍を手にしていた足軽が、両手をついて土下座した。

「お許しくださいませ」

「警戒厳重でけっこうなことだ」

文句はつけず陣幕のなかに入った。

大勢の人間であふれている。勝てば人が群がり、負ければ人が去る。潮の満ち引きと同じである。

潮はいつも満ちるばかりではない。この徳川家からも、いつか潮の引く日がくるであろう。それがいつかは、まだ分からない。

内府家康は、真ん中の床几《しょうぎ》にすわり、目の前に運ばれてくる首をひとつずつ丁寧に見ていた。

戦いが終わったばかりなので、首はまだきれいに化粧などされていない。血糊《ちのり》を落とし、髪を梳《くしけず》り、板の台に味噌《みそ》で固定してあるばかりだ。

「よい首だ。大儀であった」

「かたじけなきお言葉」

内府に手柄を見てもらえたことに感極まった武者は、いんぎんに礼を述べ、引き下がる。首をすえた台は、従者が下げる。

また次の武者が進み出る。供の者たちが首を運んでくる。台や味噌の用意のない武者のほうが多い。血で汚れたままの首もある。戦場だ。仕方あるまい。略儀でも、家康はにこやかに首を眺めた。

「五つも取ったか。大手柄ぞ」

大きく驚いて見せた内府が、その場で武者に扇をわたした。感激した武者が平伏した。

「ありがたき仕合わせ。家宝といたします」

そんなやり取りがくり返されている。

扇を家宝にしてくれるなら、主人としては掛かりが少なくて助かる。

しばらく見ていると、内府が長政に目を向けた。ちょうど、首が下げられた潮だったので、すぐ前に招かれた。

「御戦勝のこと、まことに祝着至極《しゅうちゃくしごく》に存じまする」

長政は、内府の前で膝をついて、型通りの祝いを述べた。

「おお、甲斐守よ。本日の勝利、なによりも貴殿の手柄が大きかった。礼を申すぞ」

内府が長政の手を取って、いかにも感極まったように言葉をほとばしらせた。

——この爺さんは……。

長政は、こころの内で苦笑した。まったく周到な上に、芸が達者だ。感激など毛の先ほどもしていなくとも、そういう顔や仕種《しぐさ》ができる老獪《ろうかい》さがある。

たしかに、今回の戦いでは、長政はずいぶん事前の調略に骨を折った。小早川秀秋と交渉し、調略したのは長政の手柄に違いない。しかし、この爺さんは、本心でそれをどれくらい評価しているのか。

「治部少輔はいかがした」

内府が長政だけに聞こえる低声《こごえ》でたずねた。

「いま、竹中重門に追わせております。なんとか捕まえてくれると存じますが」

「できれば、生かしたまま連れてくるがよいぞ」

「はっ……」

「生かしたまま京に連れて行き、六条河原《ろくじようがわら》で首を刎《は》ねるのだ。さすれば、世の中の誰もが治部少輔こそ、天下の大悪人であったことを知るであろう」

「………」

長政は、黙した。爺さんの奸智《かんち》さを露骨に見せつけられて、いやな気がした。

この合戦で、自分は、治部少輔が憎いばかりに、内府の味方についた。内府を勝たせようと、能力をぞんぶんに発揮して、小早川を調略した。吉川広家《きつかわひろいえ》を通じて、毛利にも手を打った。

今日の勝利が、その結果であることはまちがいない。

――それがよかったのかどうか。

いまになって初めて迷いを覚えた。

これから、天下はまちがいなくこの爺さんのものとなる。古狸《ふるだぬき》より始末に悪いこの爺さんは、いったいどんな国をつくるのか。

――もしも、いまおれが。

胴に帯びた脇差《わきざし》で、この爺さんをひと思いに刺し殺したら……。

そんな思いが脳裏をよぎった。

この爺さんを刺し殺せば、むろん、この場でおれは殺されるだろう。

しかし、天下はいったいどう転がるだろうか。

この爺さんのいない徳川家には、なんの重みもない。せがれの秀忠などは、信州上田城《うえだじょう》で真田《さなだ》に翻弄されて、この関ヶ原に来ることさえできなかったではないか。

この爺さんさえいなくなれば、徳川の家は終わりだ。

――では、誰が天下を取るか？

石田治部少輔などは、生きていたとしても論外だ。もう、あの男に味方する者は誰もいない。

おれか、細川か、福島、加藤、藤堂あたりが旗を揚げれば、また天下の趨勢《すうせい》が面白くなる。

――存外、九州にいる親父《おやじ》かもしれんな。

父の如水《じょすい》は、いまごろ、九州各地に軍を進めて領国を広げているはずだ。内府が倒れたと知れば、その勢いを一気に強めて味方を糾合し、畿内にまで上ってくるであろう。ありそうなことだ。

そんな思いで見ていると、内府が満面の笑みを浮かべた。

長政の思いくらいは、百も承知だと言わんばかりの顔である。

「まことによくやってくれた。そなたの力があればこそ、今日は勝てた。くり返し礼を言わねばならんな」

そう言いながら、内府が長政の手を強く握りしめた。

思いのほか、ぼってりして暖かい手であった。喜悦を浮かべた顔も、嘘《うそ》ではなさそうに思えてしまう。それがこの爺さんの狷介《けんかい》さに過ぎないとは知っていても、ついつい、取り込まれてしまう。それだけの不思議な力をもった爺さんではある。

「お言葉ありがたい限り。お力になれて、なによりと存じます」

礼を述べて立ち上がった長政は、ふっといやな予感がした。

「ここは、どうにも用心が悪うござるな」

思ったままを口にした。武者としての直感である。逃げるに適した場所は、そこに立ってみれば、逆に襲われやすい場所でもある。

「用心が悪いか」

「さよう、いくら戦勝ののちとはいえ、かような平地の真ん中に陣を布《し》くものではござるまい」

「さすがに長政殿は炯眼《けいがん》よ」

内府が大きくうなずいた。

「さては、さきほどの乱波《らっぱ》は、長政殿の使嗾《しそう》であったか」

内府のそばに腰かけていた本多忠勝が、笑いながら言った。たいそう太い鹿角の脇立がいかにも厳《いか》めしい。

「なに、拙者が乱波をけしかけたと仰せか」

長政は、本多忠勝を睨《にら》みつけた。

「戯《ざ》れ言《ごと》でござる。許されよ」

「いまのは聞き捨てならぬ。戯れ言にもほどがある」

長政は、胴に帯びている脇差に手をかけた。返答しだいでは許さない。叩《たた》き切ってやるつもりである。

「平《ひら》にご容赦くだされ。申し訳ない」

床几から立ち上がった本多が、丁寧に頭を下げた。許すしかなかろう。

「ふん。気を付けられるがよい。しかし、乱波とはなんの話だ」

「さきほどから、敵の乱波どもが、何度も、ここに鉄炮を撃ち掛けてきおった。それにな、あろうことか、池田の使番を装った乱波の一群が、ここまで来おった。大事なくて済んだが、たしかにここは用心が悪いわい」

ほぼ戦勝が決まったのちも、内府の本陣を襲った敵がいたのだ。あっぱれなことには違いない。

「黒田殿も仰せのとおり、ここは地の相が悪うございましょう。やはり、藤古川《ふじこがわ》の高台に移られませ」

本多に言われて、内府が立ち上がった。

「そうよな。陣替えいたそう」

内府が言うと、それを受けて、本多忠勝が大声を張り上げた。

「陣替えじゃぁ。藤古川に移るぞっ」

そう命じると、まわりの旗本たちが、大地がどよめくほど、大きな声で返事をした。

土肥市次郎

家康の本陣の脇で、市次郎《いちじろう》は、地面にうつ伏せに倒れ伏している。

厳《いか》めしい鹿角の脇立《わきだて》を立てた武者に、手槍《てやり》で腹を突かれた。胴の下の草摺《くさずり》のところを、下からうまく狙われた。槍の穂先が背中まで突き抜けたのが分かった。

槍を抜いて引きずられ、本陣の脇に捨てられたのである。

はじめは激しく痛んだが、血が抜けるにつれて、痛みも消えはてた。意識がだんだん遠くなっていく。間もなく、死ぬだろう。

雨が降り出したので、兜《かぶと》から顔に滴がしたたる。ずっと喉が渇いていたが、これですこしは潤せる。

市次郎の率いる五十人の武者は、南宮山《なんぐうさん》の毛利を説得に行ったが、どうにもならなかった。

次善の策を考えるしかなかった。

麓で、池田輝政の斥候《せっこう》部隊を襲い、揚羽蝶《あげはちょう》の使番指物《つかいばんさしもの》を五本奪った。市次郎と四人の武者が指物を背中に立て、池田の五騎の使番を偽装して、南宮山から徳川内府《ないふ》の本陣目指して、駆けに駆けた。

市次郎が率いてきた残りの四十余人は番場直三郎が指揮した。番場たちは、吉川《きつかわ》の白段々三引両《しろだんだんさんびきりよう》の旗と指物を奪い、擬兵《ぎへい》となった。攻めの法螺貝《ほらがい》を吹き鳴らし、旗を動かして、吉川、毛利が南宮山を下りた——と見せかけた。

毛利の大部隊が南宮山を下りて、徳川内府の背後を突きに駆けてきた、となれば一大事である。徳川旗本隊は大混乱に陥る。その攪乱《かくらん》こそが狙いである。

「毛利が山を下りたッ。攻めてくるぞッ」

馬上、市次郎は声をかぎりに叫んだ。

叫びながら、市次郎はふり返った。

たしかに南宮山の麓で吉川の旗が動いている。法螺の音が高らかに鳴り響いている。

毛利の旗は奪えなかった。あるのは吉川の旗が二本と、何本かの指物だ。それで一万五千の毛利と三千の吉川、六千六百の長宗我部《ちようそかべ》や、安国寺、長束《なつか》らが動いたことにせねばならぬ。

——おれたちがせいぜい騒ぎ立てることだ。

それが波紋になってくれることを期待している。

「毛利が攻めてくるぞぉ」

喉が裂けるほど、くり返し叫び続けた。

「毛利が動いたッ」

市次郎につられて、いちばん近くにいる山内《やまのうち》の見張りが大きな声を張り上げた。

警戒をうながす法螺貝が鳴り響いた。

俄然《がぜん》、あたりが騒がしくなった。

南宮山の麓で、昼寝でもしていたような徳川方の諸隊が、にわかに騒然となった。

具足《ぐそく》のぶつかる音まで聞こえてきそうだ。

山内隊からは、すぐに部隊が駆け出してきた。五百ばかりの将兵が、山麓に向かって駆けて行く。

続いて、浅野、有馬、池田の部隊が騒ぎ出した。やはり、数百人ずつ駆け出して、南宮山の麓に向かって行く。

——いいぞ。もっと繰り出せ。もっと騒げ。

徳川方を驚かせ、兵を動かさせるのだ。市次郎はまた叫んだ。

「毛利が動いた。毛利が動いたぞッ」

市次郎は、自分の声が天の声であるかのごとく感じた。

――いま、まさに毛利が動く。

それが事実である気がしてくる。

――毛利よ、天の声を聞け。いまこそ、動け。徳川を蹴散らせ。

そう念じながら、市次郎は馬を駆けさせ、叫び声を上げた。ほかの四騎の者たちも、懸命に叫んでいる。

南宮山山麓にいる番場たちが、どれほどまで敵を引きつけられるか、見破られずにすむか。

わずか四十余人に過ぎないことを思えば、むろん、かぎりがあろう。

しかし、この刹那に、保たれていた均衡が崩れている。あちこちに隙間ができている。

山内、浅野、有馬、池田の部隊が駆け出し、南宮山に向かって進んでいる。

静かだった関ヶ原の東方面が、唐突に騒がしくなった。戦場ではなにが起こるか分からない。練達《れんたつ》の武者ほど、それをよく知っている。

いままでじっと動かずにいた、山内、浅野、有馬、池田の四部隊は、あきらかに狼狽《ろうばい》しているのが見てとれる。本隊まで動きはじめたようだ。全軍が動けば、なお面白い。

いま、戦場が揺れている。市次郎の駆けて行く野に、潮目ができている。五騎の使番は、たいそう効き目がある。

――一点を突く。

市次郎が目指しているのは、ただ内府家康の一点だけだ。

そのために徳川旗本隊に向かって、関ヶ原を東から西へ駆けている。

旗本隊に近づくと、本陣の背後にいる部隊があわてているのが見て取れた。内府の周囲にいる徳川旗本隊三万の背である。前にいる旗本より、よほど人数が少ない。

旗本隊が、南宮山方面を警戒して、隊列を組み直している。動揺が広がっている。

叫び声、怒鳴り声がしきりと上がっている。

「注進、注進ッ。池田三左衛門《さんざえもん》より、内府殿に火急の御注進にござる」

旗本隊に向かって市次郎は、駆けながら叫んだ。背負っているのは、池田家の使番の揚羽蝶の旗印である。

旗本たちが道を空けた。

雲霞《うんか》のごとき人の群れが、左右に分かれる様は壮観であった。

「毛利が動いたッ。毛利が動いたぞッ」

叫ぶごとに、旗本たちに動揺が広がっていく。あちらに駆ける者、こちらに走る者が錯綜《さくそう》する。小早川の裏切りで、もう勝ちを得たと決め込んでいたところだけに、驚きもただごとではない。

人垣のむこうに、厭離穢土欣求浄土《おんりえどごんぐじょうど》の旗が立っている。

葵《あおい》の紋を染めた陣幕が見えたところで、槍衾《やりぶすま》に道を塞がれた。

「下馬じゃ。下馬せよ」

旗本の侍大将が市次郎たちに向かって叫んだ。

「池田三左衛門より、急ぎの御注進なれば、通されよ」

「ならん。ここからは下馬じゃ」

侍大将の恐ろしげな烈勢面《れっせいめん》が、こちらを睨《にら》み付けている。

「承知ッ」

叫んで馬を下りた。

付いてきた四人も下りた。

市次郎は駆け出したが、あとの四人は止められた。

「伝令は一人だけの決まりじゃ。知らんのか」

市次郎は唇を噛《か》んだ。ここで揉《も》めては怪しまれそうだ。四人に頷《うなず》いて見せて、駆けだした。

「御注進。内府殿に池田三左衛門より、火急の御注進なりッ」

叫んで走ると、真っ黒な具足を身に着けた大柄な侍大将が両手を広げて立ち塞がっている。兜の前立《まえだて》の獅噛《しがみ》がいまにも食らいつきそうだ。

「通されませい。内府殿に火急の伝令にござる」

「なにやら怪しい奴《やつ》。その方、毛利が動いたと叫びながらやって来たな」

「由々しき一大事にござれば、みなに知らせたくて叫びました」

侍大将に、強い視線で睨まれた。

「まことに池田の伝令か」

「まことにござる」

「名を申せ」

「さようなことより、火急の用件でござれば、さっさとお通しくだされ」

「名をなのって通れ」

「池田家使番狭山《さやま》源《げん》之丞《のじょう》」

とっさに思いついた名を言った。

「山が山」

侍大将が、なにげなく口にした。

「麾《さい》が麾」

東軍の合い言葉は、山の中を進軍しているあいだに覚えていた。

「通れッ」

助かった。背中に脂汗がながれている。

陣幕のそばまで行くと、旗本衆が手槍を構えていた。

「池田三左衛門より内府殿へ火急の御注進にござる」

「聞こう」

侍大将が大声で言った。

「内府殿に直々《じきじき》にお伝えせよとの池田公よりのご下命《かめい》」

「たわけたことを。火急ならとっとと話せ。わしが伝える」

「それでは主人の下命に背くことになり申す」

「問答してる場合か、早く話せ。毛利が動いたと叫んでおったな。ほかになんの用件があるのか」

正式な使番なら、直接、主《あるじ》の言葉を伝えるのが筋である。叫んだことで、やはり怪しまれているらしい。

「内府殿でなければ、お話しできぬ」

侍大将と睨み合った。ここで引いては意味がない。

「なによりも主人の下命が大事」

目に力を込めて睨みつけた。一歩も退《ひ》く気はない。

「よしっ。前にまわれ」

侍大将が、陣幕の前を采《さい》でさした。

「池田殿の使番を入れ申す」

陣幕の紐《ひも》に、背中の指物がかからぬように、頭を低くして中に入った。

陣幕の内には、数十人の武者が居並んでいる。みな、甲冑《かっちゅう》が仰々しい。

真正面に茶色い兜に金の羊歯《しだ》の前立を立てた男がすわっている。

小太りで、ふくよかな顔立ちをしている。

家康にまちがいない。

前に進み出て、片膝をついた。

家康までの距離は、大股で駆けて五歩というところか。

家康のすぐ右に、黒い甲冑をまとい、恐ろしげな鹿角の脇立を立てた男がいる。側近の本多忠勝だ。黒い鹿角がいかにも太く厳めしい。

左の武者も精悍《せいかん》そうだ。

市次郎が家康に飛びかかるのと、左右の武者が防ぐのと、どちらが速いか。なんにしても、ころ合いを見て、飛びかかるばかりだ。

「主池田三左衛門輝政より、内府殿へ火急のお知らせ。南宮山の……」

と話しはじめたとき、陣幕のすぐ裏で鉄炮の音が轟《とどろ》いた。

玉が幕を貫いて飛び過ぎた。

「なにごとだ」

「暴発か……」

「敵襲だッ」

武者たちが立ち上がった。

白い幕を貫いた玉は、惜しいことに、すこしだけ上に逸《そ》れていた。あと一尺、下に飛んで来ていれば、家康の兜を突き破り、後頭部を貫いていた。

「曲者《くせもの》がおるぞ、捕まえろ」

陣幕の内が大騒ぎになった。

居並ぶ武者たちの数人が、陣幕の後ろを見に行った。残った者も、みな陣幕の後ろに身構えている。

——いまこそ。

市次郎は、鼻から息を強く吐いて、下腹に力を込めた。

一歩。市次郎は、立ち上がりながら、右足を大きく前に踏み出した。

二歩。左足を踏み出すと同時に、腰の脇差《わきざし》に手をかけた。

三歩。脇差を抜きながら、右足を大きく踏み込んだ。

四歩。抜いた脇差を前にかまえ、左足を強く伸ばして、喉を突きにかかった。

五歩。家康の喉輪《のどわ》の隙間に脇差の切先《きっさき》が触れかけた刹那——。

市次郎の下腹部に激痛があった。

本多忠勝が、手槍で市次郎の下腹をひと突きにしたのである。胴の下の草摺の隙間を正確に狙って突き上げられた。穂先が背中まで突き抜けた。

しばらく堪《こら》え、なお右手を伸ばして家康の喉元を狙ったが、強く押され、仰《あお》のけに倒れた。

胴を踏みつけにされて、本多忠勝が槍を抜いた。

「なぜ、こんな者を入れた。気をつけよ」

本多忠勝が大声で叫んだ。

旗本たちが集まってきて、市次郎の足を摑《つか》んで地面を引きずった。

幔幕《まんまく》から離れたところに捨てられた。槍が背中を突き抜けたのを見ていたのだろう。止《とど》めは刺されなかった。

それから、そのまま倒れている。

もはや、指先一本、動かすことも叶《かな》わない。首の向きを変えることもできない。

ただ地面が見えているだけだ。

——戦った。

おれはみごとに戦った。悔いることはない。

そう思ってはみるが、しかし、負け戦《いくさ》は、やはりつまらない。

つぎに生まれてくるなら、勝つ方がよい。

——勝ちたいな。

無念だけが、こころの闇に渦巻いている。

——勝ちたかった。

無念を残したまま、意識が消えはてた。

徳川家康

家康は、そぼ降る雨のなか、馬に跨《また》がり、陣を移す藤古川《ふじこがわ》そばの高台へと向かった。

行く途中、西軍の陣跡を視察してまわるつもりである。この目で、はっきりと、敵を打ち倒したことを確かめておきたい。

まずは、笹尾山の麓に行き、石田治部少輔《じぶしょう》の本陣跡を見やった。

二重にかまえてあった竹の柵は、すでに押し倒されている。

麓から斜面にかけて積み重なっているおびただしい死骸の山は、島左近や蒲生郷舎《がもうさといえ》の家来たちであろうか。激戦だっただけに、黒田隊、細川隊の足軽たちの屍《しかばね》も多い。

黒田隊の足軽たちが、転がっている死体を検分しているのは、なかに兜首《かぶとくび》でも混ざっていないか探しているのであろう。

「石田治部少輔が逃げたのは、伊吹山《いぶきやま》の見当か」

　そばで馬に跨がっている黒田長政にたずねた。

「さようにござりましょう」

　家康はうなずいて、しばらく考えてから、反対側にいる本多忠勝に向かって命じた。

「界隈《かいわい》の村々に触れを出せ。石田三成を見つけ、生きて捕らえた者には、年貢を末代まで免除する。殺して捕まえた者には、金子《きんす》百枚を与える。逆に、匿《かくま》った者は、本人はもとより、一族、在所の全員まで処罰するとな。三成ばかりではない。宇喜多秀家、伊勢方面に逃げたとおぼしき島津義弘の身柄にも同じ褒美を出し、処罰をほどこすとな」

「承知つかまつった。ただちに触れを出しましょう。さように過分な褒美が出ますれば、百姓たちは喜び勇んで、間違いなく捕縛いたしましょう」

　末代まで年貢を免除するというのは、百姓にとっては、極楽が舞い降りてきたような喜悦だろう。みな争って、三成めを捜し出すにちがいない。

　馬の首を左に向けて、北天満山《きたてんまやま》の麓に向かった。

　そのあたりは、小西行長の陣があったところだ。やはり、おびただしい屍が、雨に濡《ぬ》れて転がっている。陣幕が泥にまみれて無惨に踏みにじられている。

「よい合戦でありましたな」

本多忠勝が言った。

「みょうな言い方をするのう。よい合戦とはなんだ」

家康には理解できない。

「存分の勝ちを得た合戦でござる。合戦へのはこび方がよし、事前に打った手がよし、戦いぶりがよし。みな絶妙の合戦でござった」

本多のことばに、まわりにいた側近たちが声をあげた。

「言い得て妙でござるな」

「たしかに三拍子そろった勝ちでござった。まこと、大殿にとっても誉れの戦《いくさ》でございましょう」

口々に言われて、家康はまんざらでもなかった。

——勝ったのだな。

ようやく、その実感が胸に染みてきた。

——たしかに、勝ったのだ。

よろこびというようなものではない。勝つか負けるかは、ほんの紙一重なのだ。

それをわきまえて、三成が挙兵しやすいように小山《おやま》まで軍を動かし、八方手を尽くして、小早川と毛利を説いた。

それが功を奏して今日の勝ちをもたらしてくれた。

さきほど、原の真ん中の陣で首実検したときは、まだ、勝利を信じきっていなかった。

武将たちがさしだす首を見ていてもどこか上の空で、落ち着かなかった。

ひょっとして、石田や大谷が新手を率いて押し返してはこぬかと、どこかで不安があった。

なにしろ、昨日の夜からずっと、心の臓を切り刻まれるほどの心労を重ねてきた。一日で百歳も歳《とし》をとった気がする。

しかし、勝ちの喜びを満喫すれば、百歳も若返ったここちであろう。まだそこまでの歓喜は湧いてこない。

家康は、馬を南天満山の麓に進めた。

宇喜多秀家は、自軍をしきりと吶喊《とつかん》させた。それゆえか、あたりは、ことのほか死骸が多かった。流れた血が雨に滲《にじ》んで、地面が紫色に見える。

「今日一日で、どれくらい敵を討ち取ったかのう」

家康は、誰にともなく問いかけた。

「三万は討ち取りましたでしょう。それぐらいの手応えは、はっきりござった」

黒田長政が即座に答えた。

たしかに、今日一日の戦いぶりを思い浮かべれば、それくらいは討ち取った気がしてくる。

「さほどにはおりますまい」

と口をはさんだのは本多忠勝だ。

「戦勝のこと、石田方三万を討ち取ったり、と広めるのはよろしかろうが、実数としては、まず五、六千がところではございますまいか」

淡々とした口調であった。

「ふむ。さようなくらいか」

家康はうなずいた。激烈な戦いであれば、将兵の十人に一人、二人が死ぬ。むろん、それ以上に手負《ておい》がたくさんでる。三人死ねば、軍団としてもはや立ち直れないくらいの打撃である。

敵の石田方は、毛利や小早川の寝返りで、まともに戦ったのは三万人ほどか。そのうちの十人に一人が死んだとして三千人。

優勢だったとはいえ、こちらも一千人や二千人はやられたであろう。

それを合わせれば、五、六千人の死者というのは、遠くない数であろう。

南天満山の麓から、東山道に入ると、こちらもまたたくさんの屍が転がっていた。

大谷刑部《ぎようぶ》の家来たちが、死にもの狂いで、戦ったのであろう。雨に流れてはいるが、谷筋のせいか、血の臭いが鼻をついた。

「大谷の首は取っておらぬのか」

「届いてはおりませぬ」

本多が答えた。

病ではあっても、知恵のまわる大谷のことだ。生きていれば、石田を助け、どんな手を打ってくるかわからない。

それでも、大谷勢のおびただしい屍を見ていると、満足に目が見えず、駕籠《かご》に乗ってしか移動のできない大谷が、とても生きてはいまいと思えてきた。

――まさか生きてはおるまい。

それが順当な判断であろう。

藤古川を渡ると、すでに、大勢の武者たちが控えていた。家康を見て、頭を下げた。

鷹揚《おうよう》にうなずきながら、多数の武者のなかを進み、高台に登り、馬を下りた。陣幕が張られて、床几《しょうぎ》などの用意がしてある。

真ん中の家康がすわる床几には、大きな傘がかざしてある。

家康は、兜の緒を解くと、脱いで小姓《こしょう》にあずけた。兜のなかが蒸れて気持ちが悪かったので、鉢巻きを取り、大童《おおわらわ》にしてある月代《さかやき》を手拭いでよく拭った。絞った鉢巻きを着けて、また兜をかぶった。

「勝って兜の緒を締むる、とは、けだし至言であるのう。こういうときは、早く、ゆるりとしたくなるものだが、それは油断というものだ」

居並んでいる武者たちがうなずいた。

傘の下にすわっていると家康は濡れないが、傘の滴が、床几のすこし前に落ちている。それでは、首を見せに来た者に褒美を手渡すとき、武者の背に滴が垂れてしまう。

首をふった家康は、その傘を外すように命じた。

「わし一人濡れずにいては、やってくる者たちに申し訳なかろう」

雨に濡れて、甲冑《かっちゅう》の下の小袖《こそで》も褌《ふんどし》もびしょ濡れである。体が冷えてならぬので、できれば早く着替えたいが、そうもゆかぬ。この関ヶ原にいる者は、みな濡れそぼっているのである。

「そこまでお心がまわられてこその勝ち戦でございますな」

本多忠勝が大きくうなずいた。小姓が傘をはずして畳んだ。

したくが終わると、待ちかまえていた大名や旗本たちがすぐにやってきた。

首を持ってきた者もいれば、首はなくとも、自分の働きぶりを語りにきた者も多かった。

「本日の戦勝、まことに重畳至極《ちようじようしごく》。拙者は残念ながら兜首は討ち漏らしましたが、足軽どもを三十人ばかりもこの手槍にて……」

本当か嘘《うそ》かわからぬが、本人がそう得々と語っているのだから、聞いてやらねば気の毒だ。

「よう働いてくれた。礼をいうぞ」

家康は慇懃《いんぎん》に褒めて手を握り、それ相応の褒美を手渡した。

何人かの旗本たちが、賀を述べ、手柄を語ったあと、井伊直政と、家康の四男である松平忠吉《ただよし》がやってきた。

二人とも腕に怪我《けが》をしているらしく、忠吉は弽《ゆがけ》の緒を結んで肩から右腕を吊《つ》っている。

家康は、腕に巻いた紺色の布にべっとり血が滲んでいる。

家康は、思わず立ち上がった。

「いかがした。大事はないか」

「お恥ずかしい。二人ともただのかすり傷にござる。なにほどのこともござらぬ」

言いながら、直政と忠吉が家康の前で膝をついた。

「島津を逃してしまい申した。口惜しいこと限りなし」

直政がいかにも悔しそうな顔をして見せた。雨に濡れた赤い甲冑は、それでもいかにも勇ましげである。

「さようなことはよい。それより薬だ。薬を持て」

陣幕の内にいた医師《くすし》が差し出した貝を、小姓が受け取って家康に差し出した。

家康は、忠吉の腕を弾からはずし、たっぷり血を吸い込んだ布をほどいた。槍で突かれたらしく鎧《よろい》の小袖がざっくり破れ、五寸（約一五センチメートル）ばかりの切り傷がある。深さは一寸近くあるが、幸い、骨も、筋も切れてはいない。大事はなかろう。貝中の薬を指で塗ってやった。

「ありがたき幸せ。もったいないかぎりでございます」

忠吉は目に涙を浮かべて感激している。わが子ながら、二歳のときに、嗣子《しし》のなかった三河の東条《とうじょう》松平家の跡継ぎとしたため、接したことがあまりない。

「忠吉殿の馬が玉を受けて棹立《さおだ》ちとなりましてな、落馬されて昏倒《こんとう》なさった。敵の足軽が群がってきたときの傷でござる。それくらいの浅手でなによりでござった」

それで生きていられたのなら、強運の持ち主である。

直政にも、同じようにして薬を塗った。

「ありがたや。恐れ多いかぎり」

「ほんによう働いてくれた。その方らが先陣を切ってくれたおかげで、今朝は戦の勢いがついた」

軍議では、福島隊が先鋒《せんぽう》と決していたが、直政はそこをすり抜け、敵に向かって突き進んだと聞いている。抜け駆けは、あきらかに軍法違反だが、罪に問われることはめったにない。むしろ、武勇として称賛されることのほうが多い。

「今日の合戦、それがしより先に行った者は一人もございませんでしたぞ」

直政がいかにも自慢げに言った。

「そなたの働きぶりは、今に始まったことではあるまい。いつもながらの働きぶりじゃ」

家康は、声をあげて笑った。居並ぶ一同も笑った。

「そういえば、みなの働きによって、合戦は夜が明けたごとくでござる。いまこそ勝鬨《かちどき》を上げてもよいのではありますまいか」

居並んでいる武者の一人がそんなことを言った。板部岡江雪《いたべおかこうせつ》という老人で、秀吉に御伽衆《おとぎしゅう》として仕えていた茶好きである。

家康は首をふった。

「いや、味方の諸将の妻子は、まだ大坂城に人質として捕らえられたままだ。みなを救ってから勝鬨を上げよう」

家康のことばに、一同が大きくうなずいた。

つぎに入ってきたのは、織田有楽斎《うらくさい》とせがれの長孝《ながたか》であった。二人の従者が、板にならべた首を持ってついてきた。

「本日の戦勝、まことに目出たいかぎり。拙者も老いの身には不似合いのことながら、首を討ち取りました。知らずにおりましたが、なかなか名のあるものらしゅうございますな。どうぞ御実検くださりませ」

首をのせた大きな板が前に置かれた。首のわきに名前の札がついている。戸田重政とせがれだと書いてある。

戸田は、越前安居《あご》城《じょう》二万石の城主である。秀吉に仕えて多くの戦で活躍していたため、東軍の将にも知己が多い。なかなかな人物であるとの評判を、家康も聞いたことがあった。

「戸田はどこに陣を布《し》いておったのかな」

家康がたずねると、有楽斎は目を泳がせた。

「さて、なにしろ、激戦のなかでござって、しかとは……」

「大谷勢の先鋒でござる。平塚為広とともに、七百は率いておりました」

言ったのは、黒田長政であった。

大谷に属していたのなら、松尾山の麓で寝返った脇坂、朽木《くつき》、小川、赤座らとまともにぶつかったであろう。どうやって、その首を有楽斎が取ったのか。

「なにしろ死にもの狂いで戦場を駆けておりましたゆえ、どこがどこやら。とにかく敵の旗印を見つけては、槍《やり》を振るっておりました」

茶好きの有楽斎がさほどに武勇をふるったとは思えない。家来たちが奮闘したのであろう。

むろん、それでも手柄は手柄だ。有楽斎にしては上出来である。

「よくぞ首を取ってくれたな。ありがたし」

家康は、有楽斎の手を握って礼を言った。

「褒美には茶の道具がよかろうが、ここには用意がない。ほどなく取り寄せて進ぜよう」

「ありがとうございまする」

有楽斎が恐縮して、深々と礼をとった。

「小早川金吾中納言殿がおいでになられました」

有楽斎の引き下がる間合いを見て、小姓が告げた。小早川には、遠慮もあるだろうから、本陣に来るように使者を出しておいたのだ。

「何人で来たか」

「ここの下までは三百騎にございまする」

「そんなものだな」

家康はうなずいた。あまり多くても、少なくても、こういうときは、裏の気持ちを読まれてしまう。多すぎれば、なにか遺恨があるのか、少なすぎれば遠慮し過ぎと思いたくなる。

「ここに通すがよい」

「脇坂、朽木、小川、赤座の四将も同道しております」

「まとめて通せ」

「承知ッ」

小姓が駆けだして高台から下っていった。

ほどなく、十人余りの武者が具足を鳴らして高台へと登ってきた。先頭を歩いてきた小早川金吾中納言のすがたが見えると、家康は床几から立ち上がった。よい笑顔をつくって迎えてやった。

金吾中納言が、家康の前で膝をついた。家康は、ちょっとおどおどした若者の手を握った。

「今日のはたらき、ことのほかありがたかった。そなたの決断のおかげで、われらは勝ちを得られた。まことに第一の功労であるぞ」

金吾中納言は、なんと答えてよいか分からないらしい。口は動いたが、ことばが出ない。

「……治部少輔に踊らされ、伏見の城を攻めたこと、なにとぞお許しくださいませ」

それだけ言うのがやっとだった。

治部少輔が挙兵した直後、家康の老臣鳥居元忠《とりいもとただ》にあずけておいた伏見城を、七月に西軍として攻めたことを詫《わ》びているのだ。鳥居と一千八百の将兵は、四万の西軍に囲まれたが、十日余りも持ちこたえたのち、結局は落城した。

いまとなっては、そんなことはどうでもよい。

「今日のはたらきこそ格別なれば、遺恨などあろうはずがない。明朝さっそく、近江佐和山《おうみさわやまじよう》城に向かい、みごと攻め落としてくれ。治部少輔めは、北に逃げ、まだ佐和山には入っておらぬであろう。すぐに攻めたて、ぜひにも落としてくれ」

そう頼むと、金吾中納言の顔が輝いた。

「お任せください。ご配慮、痛み入るばかりにございます」

深々と頭を下げた。

「拙者にも攻めさせていただきたく存じます」

「当家にも……」

口々にそう言ったのは、金吾中納言の後ろに膝をついてならんでいる脇坂安治、朽木元綱、小川祐忠、赤座直保の四将であった。松尾山の麓にいたこの四人は、寝返りの時刻がいささか遅かったことを、気にしているのだろう。

「よかろう。大いに武功を上げるがよい」

「ありがたし」

「御恩情、身に染みまする」

金吾中納言と四将がさがると、つぎにやってきたのは福島正則だった。数人の供を連れている。

正則は黒い無骨な具足を身につけている。

入ってきた途端、家康は正則に襲われそうな恐怖を感じて腰が引け、床几から後ろに転んでしまった。

土肥市太郎

土肥市太郎《どひいちたろう》は、福島正則に従って、家康本陣の陣幕のなかに入った。

福島正則が先頭に立って入ると、正面にいた徳川内府《ないふ》家康が、いきなり床几《しょうぎ》から後ろにひっくり返った。周囲の側近たちが、あわてて抱え起こしたが、内府家康の顔は、けわしく引き攣《つ》っている。福島正則に怯《おび》えている気配を感じた。

市太郎は、さきほど、東山道で偶然、福島正則に出会った。

——豊家《ほうけ》を思う気持ちはあっぱれである。大いに感じ入った。

との福島の伝言を、石田治部少輔《じぶしょう》に伝えるために、笹尾山の麓から西に向かってみたが、伊吹山《いぶきやま》は山塊が大きく谷が深く、とても捜せそうにない。

石田治部少輔は、かならず佐和山城《さわやまじょう》に向かうはずだと考えて、そちらへ先回りするつもりで、後戻りし、東山道に出てきた。

そこで福島正則に、また出会ったのだ。

なにしろ、福島隊の指物《さしもの》を背負って、藤林三右衛門、国友藤二郎とともに駆けていたのである。福島隊の者が呼び止めないはずがない。

すぐ福島のもとに引き出されたので、佐和山城に向かうと話した。

「今から佐和山城に入っても、詮なかろう。そのほうら、わしに付いておれ」

「しかし、さきほどのご伝言を、治部少輔に伝えねば……」

「伝言？」

「あっぱれなり、とのご伝言にございまする」

「ああ、あれか……」

福島がうなずいた。

「あれは、もうよかろう。もはや、時宜《じぎ》を逸しておる」

「…………」

「いまさら、治部少輔のことをあっぱれと褒めても、虚《むな》しさがつのるばかりだ」

「……承知しました。しかし、拙者は石田家に仕える身なれば、いずれにせよ、佐和山城に入らねばなりません」

腹に力を込めて言うと、福島正則が首を振った。

「それも、もうよいのではないか。そなたは、近江《おうみ》の地侍であろう」

「はい。すぐそこの枝折城《しおりじょう》に、先祖代々住みついております」

「ならば、石田に従ったのも、ただの地の縁。地縁の義理であろう。気にするな。行けば、無駄死にするだけだ」

「死などはもとより覚悟のうえ」

「もっとよい死に場所があるかもしれぬぞ」

「拙者の死に場所でござろうか」

「治部少輔の本懐よ」

「殿がなにを望んでおられましたか」

福島が心得顔でうなずいた。

「これから、徳川内府に会いに行く。付いてくるがよい」

言われて啞然《あぜん》とした。まさか内府に会える機会がやってこようなどとは考えたこともなかった。

もしも、会えるものなら、その場で刺し殺すことができないものか。

帷幕《いばく》のうちには、大勢の武者が群がっているであろうが、あるいは好機があるかもしれない。

そして、それ以上に内府の顔をこの目で見てみたい。

その思いが強く湧いてきた。

「連れて行っていただけるのでしょうか」

「ああ、そのほう一人だけだがな」

それは仕方あるまい。藤林と国友がうなずいている。

「お願いいたします」

「連れていくが、わしより先に、内府を刺し殺そうなどと血迷った考えは起こすなよ」

わしより先に——と言われて市太郎は絶句した。

「福島殿は……」

「ふん。内府の返答しだいだ。わしは訊《たず》ねたいことがある」

福島は空を仰いだ。どんよりした空から、やわらかい雨が降りつづけている。

「……いや、詮ないことばかり思うもの。まずは内府に挨拶するべし」

言いながら馬に跨《また》がり、高台の下までやってきた。

あたりには徳川方の将兵があふれている。そこで馬を下りて、坂道を登った。

葵《あおい》の紋の陣幕のこちら側が開いている。なかに、数十人の武者がいる。

真正面にすわっている茶色い具足《ぐそく》を着けた男が内府家康であろう。

福島正則が大股で前に進むと、その男の顔が引き攣った。

腰が引けて床几がかしいだのか、具足を派手に鳴らして後ろにひっくり返った。

まわりにいた側近たちが、抱え起こして床几にすわり直したが、内府の顔はまだ引き攣っている。どうにも福島正則がこの場にいることが落ち着かないらしい。

——かような男か。

市太郎の目に、内府はどの在所にも一人はいる欲深な百姓に見えた。いつもとなりの田畑を狙い、一摑《ひとつか》みずつ土を移して、境界の畦《あぜ》を少しずつ向こうに押しやりそうな男である。

福島が前に進んで、内府の前でひざまずいた。腰の脇差《わきざし》を抜いて、大きく一歩踏み込めば、刺し殺せる近さである。

市太郎は、ほかの三人の側近ともども、その後ろに一列にならんだ。

「本日の勝ち戦《いくさ》、まことに目出たきことかぎりなし。これもひとえに内府殿の御人徳ゆえの勝利にございましょう」

福島があたりまえの賀辞をならべて戦勝を祝した。

その口調は、みょうに白々しく、福島の本心ではないように市太郎には聞こえた。

「勇んで先鋒《せんぽう》を引き受けてくれたそなたのすばらしい働きがあってこその勝ち戦であった。まことに忠節かぎりなし。本日の勝ち、そなたの軍功が大きいぞ」

内府家康のことばもまた白々しく、本心を語っているようには聞こえない。

「先鋒は井伊殿に抜け駆けされましてな。軍法違反ゆえ、処分をお願いいたします」

内府の後ろに居並ぶ武者のなかに、赤備《あかぞな》えの甲冑《かっちゅう》をまとった男がいる。福島が睨《にら》みつけると、大きく顔を歪《ゆが》めた。その武者が井伊なのだろう。なにか言いたげだが、口が動かないらしい。

「いささかの勇み足があったかもしれぬな。戦場ではよくあること。まあ許してやるがよい」

内府が取りなした。

「それにしても、本日の福島殿は、まことによく戦われましたな。勢いのあった宇喜多の隊をたちまち蹴散らして追い戻してしまわれた。じつにお見事な戦いぶりでござった」

白んだ気配をやわらげるように、家康のとなりにすわっている武者が言った。ずいぶん厳《いか》めしい鹿角の脇立《わきだて》を立てた兜《かぶと》をかぶっている。

「なんの。敵が弱かったせいでござろう」

福島が言うと、鹿角兜の武者が、鼻白んだ顔になった。いまの福島のことばは本心に聞こえた。

あたりが薄暗くなってきたので、陣幕の内に篝火《かがりび》が焚《た》かれた。小雨のなかで、薪《たきぎ》が勢いよく燃えている。

陣幕から一段高いところにも、たくさんの篝火が焚かれた。小さな組み立て小屋を建てているのが見える。内府家康は、今夜そこで泊まるのか。

「こんな雨では、兵たちは飯が炊けぬ。生米を食べると腹をこわすゆえ、水によく浸して戌《いぬ》の刻（午後八時ごろ）になってから食べるように伝えるがよい」

内府が独り言のように言うと、すぐに小姓が走った。伝令がたちまち関ヶ原を走るだろう。

いまこの関ヶ原には、徳川に味方した十万を超える将兵が、雨のなかで濡《ぬ》れそぼちながらうずくまっているはずである。さほど寒くないのがまだしもありがたいが、具足の下に着ている物を乾かす手だてがないからには、夜は体が冷えて難儀するであろう。とても、勝ち戦の夜には思えない。

篝火に照らされた内府の顔には、深い皺《しわ》が刻まれている。勝ち戦の大将ならば、喜悦満面かと想像していたが、そんな浮かれた様子はない。

考えてみれば、内府は、ただ、この関ヶ原の一戦で勝っただけである。

諸国には、まだ徳川を敵と睨む大名が大勢いる。関ヶ原での戦いは終わったが、各地ではまだ壮絶な合戦が続いているはずである。

内府が福島に向き直った。

「これから、石田治部少輔を捕らえ、佐和山を落とすことになる。まだまだ福島殿の働き場がたくさんござる。なにぶん、よしなにお頼み申しますぞ」

「承知いたしました」

福島が深々と頭を下げた。そのまま立ち上がって帰るのかと思ったが、顔を上げると、まだじっと内府を見すえている。

「ひとつ、お訊ねしたき儀がござる」

「なんなりと、訊ねるがよい。領国のことかな。やはり、尾張清洲におられたいか」

福島は、いま尾張清洲城二十四万石の城主である。

「いえ、さようなことではござらぬ」

そこで、福島はしばらく口をつぐんだ。みょうな間合いがあった。居並ぶ誰もが口を開かず、福島がなにを言い出すのかじっと耳を傾けている。

「大坂のことにござる。大坂城はいかがなさるおつもりか」

いま、大坂城には、多数の兵を率いた毛利輝元がいるはずだ。

「まずは、毛利に退去してもらわねばならぬな」

「もしも、毛利殿が籠城し、徹底的に戦うとすれば、どうなさるか」

「ふむ……」

内府の口元が歪んだ。

「それは困る……。なんとか穏便に退去してもらいたい」

それは本音だろう。市太郎は石田治部少輔に付いて、大坂城にしばらくいたことがある。まことにもって金城湯池《きんじようとうち》とはあの城のことだ。兵糧《ひようろう》さえあれば、十万の兵に囲まれても陥落はすまい。しかも、堀がすぐ海に通じているので、兵糧の運び入れが容易だ。つまりは絶対に落城しない城である。

「毛利殿には遺恨などない。こたびの合戦は、なによりも、石田治部少輔が、太閤《たいこう》殿下の奉行であることを笠《かさ》に着て、傍若無人な振舞いに及べばこそのものである」

福島が大きくうなずいた。

「あの男さえ退治できれば、もはや戦いは無用のこと……。そうじゃ。福島殿、大坂に遣いに行ってくれ。黒田殿といっしょに行かれるがよい。こちらは毛利殿に遣恨のないこと、本領はそのまま安堵《あんど》することを約束いたすゆえ、ぜひとも自領に帰国してもらいたいとな」

「承った。それは行かしていただこう」

福島には、まだ言いたいことがあるらしい。内府の目が大きく見開いて、福島を見すえている。

「毛利殿が退去した大坂城はどうなさるおつもりか」

「しばらくは、わしが西の丸に居させてもらおう。あちこちの合戦を終わらせねばならぬでな」

「そのこともけっこう。本丸はどうなさるおつもりか」

本丸には、秀吉の跡継ぎ秀頼と生母の淀殿がいる。福島は、さっきからその二人の処遇について訊《き》きたかったに違いない。

内府の顔が強張《こわば》った。

「それはむろん、いまのままに居ていただくとも」

「末代まで、未来永劫《えいごう》そのままに居ていただくおつもりか」

福島のことばが鋭く響いた。

「天地神明に誓ってまことでござるな。嘘偽《うそ》りはござらぬな」

「む、むろんじゃ」

福島の背中に、身構える気配があった。

もしも内府がいい加減なことを言ったら、飛びかかって刺し殺しかねない勢いである。

市太郎も身構えた。福島の後ろにならぶ者たちとともに飛びかかれば、内府一人、なんとか刺し殺せるかもしれない。

「ぶ、無礼な。なぜ嘘をつかねばならん」

「失礼ながら、たいへんな重大事ゆえに、くり返して、いま一度お訊ねいたす。豊臣家にお手をお出しになることは、ありませんな」

内府が、手で口をぬぐった。なにか、心では別のことを考えている気配である。

市太郎はいつでも脇差を抜いて飛びかかれるように身構えた。膝をついたまま足を踏ん張った。

兜のなかに納めてある阿修羅仏が、熱を発している。阿修羅のせいで、月代《さかやき》がとても熱い。全身が火照《ほて》ってくる。

わが主《あるじ》、石田治部少輔の本懐を遂げるのは、いまかもしれない。

——おれの死に場所はここだ。

耳のなかで、そんな声が聴こえる。くり返し聴こえる。阿修羅がさらに強烈な熱を発している。全身に汗が流れる。

内府は、くちびるを舐《な》めている。

まだ答えない。

雨脚が強くなった。

小降りだった雨が、たいそう強く降りしきり、篝火の炎が小さくなった。

あたりの闇がひときわ深くなった。

修羅の死生観

安部龍太郎

正直言えば読み始めはかなり辛《つら》かった。関ヶ原《せきがはら》合戦当日の人間模様を、何人かの視点人物を設定して描こうとしているのは分るのだが、あまりにあちこちに飛ぶのでついていくのに往生した。

しかも石田三成《いしだみつなり》は豊臣《とよとみ》家を守る義のために立ったとか、徳川家康《とくがわいえやす》は臆病者で計算高い狸親爺《たぬきおやじ》だったという、江戸時代の軍記物のような紋切り型の設定には、いささか失望させられた。

ところが物語が進むにつれて、俄然《がぜん》面白味が増してきた。最初の布石が次々に生き、筋を伸ばしていくにつれて、相互の関連性がはっきりと分るようになり、最後の大団円に向かって突っ走る。

戦場に身を置いた男たちの思いや覚悟、戦略や戦術が臨場感豊かに伝わってくるし、わずか一日の戦いによって十五、六万の将兵の運命が劇的に変わる瞬間が見事にとらえられている。

まるでジグソーパズルのピースを置いていくごとに、秘密の絵が現われてくるような面白さで、ページをめくる手を止められなくなった。

技巧を駆使して読者を物語に引き込む山本兼一の力量の確かさは、直木賞を受けた『利休《りきゅう》にたずねよ』で証明ずみだが、この作品でも時間と空間を自在に移し、相互の人物の関連性を描くことで、彼らの運命に対する読者の興味を引きつけることに成功している。

そして彼が描きたかったのは、関ヶ原合戦の歴史的な解釈ではなく、その場に立ち修羅とならざるを得なかった男たちの死生観だということがよく分った。

山本と初めて会ったのは、もう十二年も前である。京都に仕事場を移し、近くのおばんざい屋さんに夕食を食べに行くようになった。そこで山本の中学時代の同級生に会い、彼を紹介してもらったのである。

同年代ということもあって、我々はすぐに意気投合した。山本は人の話をおだやかに聞くやさしい耳を持っていて、歴史小説に対する姿勢も誠実で熱意にあふれていた。

小説の細部を描き込むために自ら火縄銃を撃ち、抜刀術を習い、刀鍛冶《かたなかじ》の方に鎚を打たせてもらうほどで、資料を丹念に読み込み、取材の労を惜しむことがない。しかも日本史に対する問題意識も互いによく似ていて、酒を飲みながら話していても飽きることがなかった。

「今の戦国時代史観は間違ってるよね」

それが二人の共通認識だった。

戦国時代は世界の大航海時代にあたる。スペインやポルトガルが世界中を植民地化し、その矛先を東洋の島国である日本へと向けてきた。折しも石見銀山《いわみぎんざん》が開発され、優良の銀が大量に生産されたことが、彼らの日本進出熱をあおった。

その結果、鉄砲やキリスト教が伝わり、日本は開闢《かいびゃく》以来初めて西洋世界と交渉を持つことになった。外交、貿易、世界認識の再構築が必要な時代になったのである。

しかもスペインやポルトガルは日本を植民地化する野望を秘めていたために、彼らとどう付き合うかが信長《のぶなが》、秀吉《ひでよし》、家康を始めとする戦国大名の大きな課題となった。キリシタン対策や貿易政策で頭を悩ましたのもそのためである。

ところが江戸時代に鎖国し、鎖国史観によって戦国時代を語るようになったために、外国との交渉や貿易をいっさい切り捨て、国内的な視野しか持たない偏狭な歴史を語るようになった。

また士農工商の身分差別史観によって、商人や流通業者の活躍も排除された。そして軍記物や講談のような歴史が出来上がり、明治維新後も修正されることなく今日に至っている。

「これを改めない限り、本当の戦国時代なんて見えてこないよ」

二人は酒を飲みながら語り合い、同志的な共感をもって互いの健闘を誓い合った。

そうした思いをベースにして山本は『ジパング島発見記』（集英社）や『銀の島』（朝日新聞出版）を上梓《じょうし》したし、私も『レオン氏郷《うじさと》』（PHP研究所）や『五峰の鷹《たか》』（小学館）を書いた。

それゆえこの作品の三成が義の人、家康が狸親爺という古めかしい設定には違和感を覚えたのだが、山本があえてそうしたのには理由があったのである。

その理由はこの作品を書いた時期と深く関わっている。「小説すばる」に連載を始めたのは二〇一一年一月号からで、二〇一二年十一月号で無事に完結したが、その頃彼は肺の病に冒され、死を意識せざるを得ないほどの状況に立ち至っていたのである。

この作品の随所に、修羅場に身を置いた男たちの死に向き合う覚悟と、実際に死んでいく時の思いが描かれているのは、自分の問題として死をとらえていたからにちがいない。

そして作品のテーマが男の生き様と死に様にあるだけに、関ヶ原合戦の史的解釈に関わる問題はすべて切り捨てた。むしろ一般的な解釈に寄り添ったほうが、読者によりストレートにこの作品を受け容《い》れてもらえると判断したのだろう。

この作品の完成から一年後に彼は再び発病し、翌年の二月十三日に五十七歳という若さで帰らぬ人となった。

彼と最後に会ったのは二〇一三年十月十七日。京都上七軒《かみしちけん》の「萬春《まんはる》」でワインを飲み、一条通の「花あかり」というスナックでカラオケを歌った。彼は久々に高田渡の「生活の柄」を聞かせてくれたものだ。

その翌日の二人のショートメールのやり取りを、追善のためにこの場で紹介させていただきたい。

2013／10／18　安部

ありがとうございました。久々に、朋《とも》あり遠方より来《きた》る、の歓《よろこ》びを感じました。お互い、やりましょう。
2013／10／19　山本
こちらこそありがとうございました。安部さんと飲むのは、とても愉快です。お互いに頑張りましょう。
2013／10／19　山本
山崎接骨院に電話しました。今日、明日は先生が出張だそうです。安部さんの名前は留守番の人に伝えておきました。よろしく。
2013／10／19　安部
ありがとうございます。来週平日に行ってみます。新田義貞《にったよしさだ》と格闘中です(^ω^)
山崎接骨院の先生は日本女子柔道界の重鎮で、山本が信頼して整体をしてもらっていた方である。二人で飲んでいた時に、近頃は忙しくて肩や背中が凝って困ると話すと、彼はさっそく先生に連絡し、治療してもらえるように計らってくれたのだった。
本当は自分の方が何十倍も辛かったろうに、そんなそぶりは決して見せなかった。

この作品で彼が描いた男たちのように、覚悟をもって見事に生ききったのである。
今は二人で話し合った志をはたすことを心に誓い、ご冥福を祈るばかりである。
ありがとう、山本兼一さん。

（あべ・りゅうたろう　作家）

解説

葉室麟

関ヶ原《せきがはら》の戦いは歴史小説作家にとってひとつの巨大な峰である。

無論のこと、司馬遼太郎《しばりようたろう》さんの『関ヶ原』という大きな作品があるからだが、それだけではない。

登場する武将たちは、あたかも戦国時代を勝ち抜いた者たちの決勝戦のように東西南北、全国から結集する。

この戦場で実力が問われ、運が分かれ、さらにはひととしての在《あ》り様《よう》があからさまに浮かび上がるのだ。勇者と臆病者、英雄と裏切り者、名のある者と無名の者、それぞれの人生が壮大な戦場で交差し、激突する。

それを描き切らねばならない。

だから、関ヶ原を書くことは生半可ではない。まず、人間のドラマが無ければいけない、戦場の緊迫感、臨場感のリアリティを与えねばならない、運命の存在を感じさせるエピソードが必要である、さらには歴史としての関ヶ原合戦を見渡す視野の広さも欠かせないのだ。

うっかり、準備もなくとりかかるのは、軽装でエベレストに登るようなものだ。道に踏み迷い、峰から転落し、さらには雪崩《なだれ》に遭《あ》い、いずれにしても消息を絶つことになる。

山本兼一さんの場合はどうだったか。

勉強熱心で知識と探求心が豊富な名うての手練《てだ》れである。

以前、お会いしたときに、小説のためなのだろう、火縄銃を撃つことを趣味にされていると話されていた。刀匠を描くために、実際に刀鍛冶《かたなかじ》のもとで学ばれていたことも周知の事だ。

言うならば、歴史的な武器が手になじんでいた方なのだ。読者は鎧兜《よろいかぶと》姿で刀を腰に火縄銃を手にしてしなやかな足取りで関ヶ原に向かう山本さんを想像してもいいだろう。

さらに山本さんの武器となったのは、技巧に優れた文体だ。

戦場では刻々とひとの心理と戦況が変わる。

瞬時の変化に対応するためには、ひと言で正確に、ひとの思いと行動を文章でえぐり取る必要がある。

山本さんは居合のように切れ味鋭く描く。斬った瞬間にはすでに刀は鞘《さや》に収まっており、平然と足を前に進めている。あたかも何事もなかったかのような趣だ。

たとえば、物語が始まって徳川《とくがわ》の家臣、井伊直政《いいなおまさ》は、

合戦の前は、いつでも自分に言い聞かせる。

——勝つのは自分だ。

勝てばこそ、生きて誉れが得られる。

もし、徳川が負けるようなことになれば——。

それを考えると恐ろしい。

最前線にいれば、逃げることなど叶《かな》わない。戦って、戦って斬り死にするばかりだ。

その覚悟は——。

できていない。死ぬのはまっぴらごめんだ。

と胸中で述懐する。

読者は改行が多用されたページで驚くほどのスピード感によって恐怖や迷い、欲望やあるいは悲しみが切り捨てられていくのを見るに違いない。直政はこれほどに合戦前の不安に怯《おび》えながらも、

――国がうねる。

細長い日《ひ》の本《もと》の東から集まってきた大軍勢と、西から来た大軍勢が、この狭い関ヶ原で激突する。

誰もがこれから始まる大会戦に奮い立ち、勇み立っている。


とも感じる。

これが関ヶ原なのだ。

山本さんは、見事に描き切っている。

そして、何といっても関ヶ原の戦いの焦点は小早川秀秋《こばやかわひであき》の裏切りだ。

秀秋は裏切るのか、裏切らないのか。

そして秀秋が裏切れば、自分はどうするのか。すでに激闘が始まり、血みどろに

なって戦いながら、武者たちは、ただ一点を見つめていく。

裏切りか。

否か。

西軍として参加した毛利《もうり》では吉川広家《きっかわひろいえ》が大将の毛利秀元《ひでもと》に徳川につくよう説得する。

「これは裏切りではござらぬ。戦わぬだけだ」

広家はそう秀元を説いた。

裏切りとも呼べない裏切りが行われようとしていた。

この物語は有名な武将たち、

石田三成《いしだみつなり》

徳川家康《いえやす》

黒田長政《くろだながまさ》

福島正則《ふくしままさのり》

く。

島左近《しまさこん》
大谷吉継《おおたによしつぐ》
宇喜多秀家《うきたひでいえ》

の間を石田の家臣、土肥市太郎《どひいちたろう》と市次郎《いちじろう》の兄弟が駆け抜けることで横糸を通していく。

土肥兄弟は言うならば、普通のひとの視線で戦いの成り行きを見つめる。

ついに小早川秀秋が裏切った。

だが、それを食い止めるはずの脇坂安治《わきさかやすはる》に動きがない。すでに徳川に調略《ちょうりゃく》されていたのだ。

市太郎は、奥歯が砕けるほどに嚙《か》みしめた。兜《かぶと》の内の阿修羅の守りが、不実を怒って熱を発しているように感じた。

「許せん」

一方、西軍で裏切りが続くのを目撃した市次郎は怒りのあまり、怒号する。

「ええいっ、どいつもこいつも。欲惚《よくぼ》けのたわけが」

市次郎は、大声で怒鳴った。松尾山《まつおやま》まで届くはずもないが、罵倒せずにはいられない。

「男はおらんのかッ」

この戦場では、誰もが欲に惚けて、生き残ることばかりを考えている。（中略）

「われらが立派な男になりましょうぞ」

番場《ばんば》のことばに、市次郎は身震いした。

「そうだな。そうならねばならん」


つまるところ土肥兄弟とは刀を腰に火縄銃を手にして、関ヶ原の戦場に乗り込んだ山本さん本人なのではあるまいか。

関ヶ原での裏切り、不信、欲望、保身に憤るあまり、山本さんは自らの言葉を土肥兄弟に託したのかもしれない。

そして物語は終盤へと向かう。

言うまでもなく、関ヶ原合戦の勝者は徳川家康である。しかし、勝った家康よりも負けた者たちが輝きを放つのはなぜなのだろう。

敗軍の将、石田三成は恥を恐れず、生き抜く不撓不屈《ふとうふくつ》の生き方を選ぶ。

三成ははっきりと決めた。

――生き抜く。

なんとしても生き抜かねばならない。

裏切りと不信のるつぼと化した戦場で石田三成の盟友、大谷吉継は義を貫き、作法通りに腹を切った。

――天地よ……。

生かしてくれたことを感謝した。

がくりと前に倒れかけたとき、湯浅五助《ゆあさごすけ》の刀が、首に触れたのを感じた。

その刹那、吉継は暗い天地に溶け込んだ。

所詮、ひとは生きて死ぬだけのことである。だとするならば、関ヶ原合戦の行く末もただまっ黒な闇に覆われるばかりだ。

しかし、本書において描かれた戦いをつぶさに見てみれば、誰が勝者になったかで、すべてが終わるわけではないことがよくわかる。

戦いの一瞬、一瞬に様々な可能性がきらめいていた。

それは、勝者と敗者が逆転し、英雄と裏切り者の立場が入れ替わったかもしれない瞬間だ。さらに言えば、いずれが正義か悪なのかがわからなくなる瞬間でもあったと言えはしないか。

こうして見ると、ありがちな比喩ではあるけれど、関ヶ原の戦いは人生の縮図であり、世界そのものなのだ。不信と絶望に満ちた世界に向かって、

「男はおらんのかッ」

と山本さんが悲しい叫び声をあげた小説だ、と読むこともできるだろう。

ところで、この作品は山本さんの遺作長編である。

わたしが山本さんにお会いしたのは、ある座談会の席上と、その後の中華料理店での会食の一度だけだ。

丸テーブルに座って皆で食事しつつ、酒を楽しんでいたとき、山本さんはわたしの隣で温厚な表情を浮かべて老酒《ラオチュー》を飲まれていた。

その穏やかな風貌から本書での修羅の生き様を思い浮かべるのは難しい。

しかし、やはり、山本さんは老酒の杯を置かれた後、静かに席を立ち、小説の執筆という戦場に向かわれたのだろう。
あるいは、いまも山本さんは火縄銃を手に関ヶ原の戦場を、風のように駆けているのかもしれない。

（はむろ・りん　作家）

集英社文庫

修羅走る《しゅらはし》 関ヶ原《せきがはら》

2016年1月25日 第1刷　　定価はカバーに表示してあります。

著　者　山本兼一《やまもとけんいち》

発行者　村田登志江

発行所　株式会社 集英社

東京都千代田区一ツ橋2-5-10　〒101-8050

電話 【編集部】03-3230-6095

【読者係】03-3230-6080

【販売部】03-3230-6393（書店専用）

印　刷　凸版印刷株式会社

製　本　加藤製本株式会社

フォーマットデザイン　アリヤマデザインストア　　マークデザイン　居山浩二

ISBN978-4-08-745403-1 C0193